죽어 천년을 살리라

안중근 평전

죽어 천년을 살리라

◇

◇

이문열 장편소설

1

죽어 천년을 살리라

10년 전 안중근 의사의 행전을 낸 뒤 지금까지 마음속에서 키
워 온 불만은 〈불멸〉이란, 얼핏 웅장하면서도 한편으로는 어딘가
공허하게 들리는 그 제목이었다. 〈불멸〉은 처음 안중근 의사의 일
생을 몇십 페이지로 요약하고 제목을 찾는다면 얼른 떠올리기 좋
은 제목이지만, 또한 너무 단순하고 무미건조하다는 느낌과 함께
어떤 상투성과 무성의함의 예감까지 주어, 의사의 불꽃같은 삶과
죽음을 담기에는 마땅찮아 보였다.

그 때문에 지난 10년간 줄곧 새로운 제목을 찾아보았으나 끝내
새로 짓지는 못하고, 안중근 의사의 죽음을 추모한 중국인들의 칠
언절구에서 몇 번이나 되풀이된 구절 〈죽어 천년을 살리라(生無百
歲死千年)〉로 대신한다. 기이하게도 신해혁명을 주도한 손문과 선통
제를 퇴위시키고 스스로 황제가 되려고 했던 반동 원세개가 똑같

이 안중근 의사의 죽음을 애도한 칠언절구의 전구(轉句) 뒷부분에서 인용된 구절이다. 다시 한 번 비통함과 애절함으로 의사의 죽음을 애도하며.

2022년 4월 22일

부악 기슭에서 李文烈

지난 한 해 나는 민족의 집단 무의식 속에 저장된 한 순직하고 경건한 영혼의 기록을 우리 모두의 가슴속에 살아 있는 뜨거운 서사시로 인출해 내는 데 골몰하였다. 그 기록의 입력자는 30년 6개월 남짓의 짧은 삶을 무슨 정연한 전기를 쓰듯 살아간 의사 안중근이다. 단호하고 명확한 길을 한 번 주저함도 없이 달려간 듯 보이는 그의 불꽃같은 삶은 이제 우리 민족의 집단 기억에 불멸로 타오를 것이다. 하지만 그는 또한 죽음 앞에서 외로움과 허무감에 지지 않으려고 애쓰면서 애처롭게 기도하였다.

"천주여, 들으시고 나를 불쌍히 여기소서. 이 우리의 슬픈 울음을 기쁜 춤으로 바꾸소서."

안중근의 삶은 겨레에 대한 사랑에서 점차 자라난 인간애와 그

실천을 향한 외곬의 정진 말고는 잡티가 없다. 인간이 인간에게 가하는 불의와 폭력에 대한 분노와 그것을 바로잡기 위해 서슴없이 자기를 내던지는 그의 삶은 어찌 보면 숨 가쁘게 진행되는 자기 봉헌(自己奉獻)의 의식 같기도 하다. 닳고 닳은 지성인들이 보기에는 어수룩하고 불확실한 세계 이해, 때로는 어설프기까지 한 열정의 과잉과 허세조차도 그에게서는 개결하고 뒤틀림 없는 특이한 개성으로 빛난다.

하지만 우리 민족의 집단 기억에 입력된 안중근이라는 기록의 파일만큼 여러 종류의 봉인으로 심하게 왜곡되거나 축소 은폐된 예도 드물다. 어떤 것은 오랜 봉인으로 거의 인출 불능 상태에 이른 것들도 있다. 그러한 왜곡의 선두에는 일본 제국주의가 있고, 당시 프랑스 외방전교회 신부들의 영향 아래 가톨릭 조선 교구가 있다. 개화에는 턱없이 적대적이던 고루한 근왕주의자(勤王主義者)들 못지않게, 모든 반역을 혁명으로 미화시키지 않고는 못 배기던 얼치기 공화주의자들이 그 뒤를 잇고, 다시 정치외교 우선의 독립운동 노선과 무장투쟁 노선, 애국계몽운동론의 독선이 거들어 각기 나름의 봉인을 더했다. 그들은 저마다 자기들의 안중근을 내세우며 거기에 배치되는 기억들을 봉인해 버렸다.

다행히도 해방과 더불어 일제의 봉인이 대부분은 벗겨지고, 가톨릭 한국 교구도 1980년대에 접어들면서 교인 안 토마스를 온전히 복권시켰다. 북한의 저작물을 빼고는 진보 진영의 저작물에서도 이제 더는 안중근 정신과 동학 봉기의 충돌을 숨기지 않으며,

안중근이 근왕주의자였는지 공화주의자였는지에 대해서도 날 선 물음을 던지지 않는다. 무장투쟁 우선의 독립 노선도 애국계몽운 동의 성과를 무시하지 않고, 정치외교 노선도 무장투쟁을 테러리 즘으로 경원하지 않게 되었다. 그런데도 지난 1년 내 의식을 적잖 이 짓누른 것은 아직도 우리 사회에 뿌리 깊게 남아 있는 그런 옛 봉인의 흔적이었다.

이제 내게 주어진 날은 다하고 우리 불멸의 노래를 인출하고 재구성하는 작업도 끝날 때가 되었다. 하지만 아직도 우리의 슬픈 울음이 기쁜 춤으로 바뀌지 못한 것처럼, 인출된 민족의 집단 기 억을 우리가 오래 되뇔 뜨거운 서사시로 재구성하였는지에 대해 서는 전혀 자신이 없다. 그저 나로서는 최선을 다하려 했고, 앞으 로도 그러리라는 다짐으로 이 민망스럽고 난감한 자리를 뜨는 수 밖에. 연재 기간 동안 충심 어린 가르침을 주신 독자 여러분, 그리 고 긴치도 않은 시의(時宜)에 맞춘다고 출판을 서두르느라 고생하 신 편집부 여러분께 감사드린다.

2010년 2월 1일
부아악(負兒岳) 기슭에서 이문열

제1부

청계동천

清溪洞天

동학당의 봉기와 그 분란이 끌어들인 청일전쟁으로 어수선하기 짝이 없던 갑오년도 어느새 저물어 가는 동짓달 초순이었다. 해서(海西)의 겨울은 유난히 매서운 추위로 벌써부터 두텁게 얼어붙었다.

신천군(信川郡) 두라방(斗羅坊, 방(坊)은 행정단위로 나중에 면(面)으로 개편됨) 서남쪽 경계에는 천봉산과 병풍산, 성암산이 20리 간격으로 솟아 있었다. 세 산 모두 높이는 구월산에 크게 미치지 못했으나 산세는 웅장해 두라방은 그 여맥(餘脈)들로 험한 산악 지대를 이루었다. 두라방 아홉 동네 가운데 전탄천(箭灘川) 상류의 좁은 들판을 낀 세 동네를 빼면 나머지는 모두 산자락 비탈밭과 골짜기 다랑논에 의지한 산촌이었다.

그 병풍산에서 동북쪽으로 길게 능선을 타고 내려가다가 다시 서북쪽 천봉산 기슭으로 접어드는 산길에 사람을 태운 가라말[黑馬] 한 필이 가볍게 내닫고 있었다. 말안장에 앉은 것은 아직 애티를 다 벗지 못한 젊은이였다. 상투를 틀고는 있지만 자줏빛 두건이 설빔 댕기처럼이나 고와 보이는 데다, 발그레한 기운이 도는 두 뺨도 손으로 쓸어 보면 솜털이 묻어날 듯했다. 그의 몸집도 타고 있는 말을 휘어 내기 어려워 보일 만큼 작고 호리호리했다.

갑자기 까마귀 울음소리가 길게 여운을 끌며 젊은이의 머리 위를 가로질렀다. 그렇게 들어서 그런지 젊은이가 사냥을 그치고 병풍산을 내려올 때부터 뒤따르듯 하던 소리였다. 무엇 때문인지 젊은이가 주름 잡힌 미간을 들어 머리 위를 둘러보았다. 방금 불길한 울음소리를 내며 날아간 까마귀에 화답하듯 또 다른 까마귀 몇 마리가 저편에서 날아오고 있었다.

가만히 고삐를 말안장에 걸친 젊은이가 재빨리 화승총을 빼내 들었다. 그 고장 사람들이 흔히 돔방총이라고 부르는 총신(銃身)을 짧게 한 화승총이었는데, 사냥 끝이어서인지 미리부터 화약과 탄환이 재워져 있고 화승마저 끼워져 있었던 듯했다. 빼 든 총을 왼손으로 옮겨 쥔 젊은이는 이어 오른손으로 조끼 주머니에서 당황(唐黃) 한 개비를 꺼내 안장의 딱딱한 곳에 그었다. 나중에 딱성냥으로 불리게 된 박래품(舶來品) 내풍인촌(耐風燐寸＝성냥)이라 가벼운 발화 소리와 함께 바로 불이 일었다. 그 불을 화승에 붙인 젊은이가 총을 들어 하늘 한구석을 겨냥했다. 연신 불길한 울음

소리를 주고받으며 자신의 머리 위를 날아가는 까마귀 쪽이었다.

오래잖아 요란한 총포 소리와 함께 젊은이의 머리 위 오륙십 걸음 되는 곳을 비껴 날던 까마귀 가운데 한 마리가 검은 깃을 사방으로 흩으며 떨어졌다. 나중에 그의 삶을 기록한 사람들이 한결같이 "말 위에서 나는 새를 맞혀 떨어뜨렸다."고 증언하는 빼어난 사격 솜씨였다. 남은 까마귀들이 놀란 울음을 삼키며 황급히 가까운 숲 속으로 사라졌다.

그 젊은이의 이름은 중근이고 성은 순흥(順興)을 본관으로 하는 안(安)씨였다. 이름이 중근인 것은 젖먹이 때부터 주변의 자극에 너무 예민하고 반응이 빠른 그의 성격을 가볍다고 여긴 아버지 안태훈(安泰勳)이 집안의 항렬자인 근(根)에다 무거울 중(重) 자를 얹었기 때문이었다. 할아버지 안인수(安仁壽)는 그의 몸에 북두칠성을 닮은 일곱 개의 점이 있다 하여 응칠(應七)이란 이름으로 그 상서로움을 기렸고, 아버지 안태훈은 따로 아들에게 자임(子任)이란 아명(兒名)을 지어 주기도 했다. 그러나 어릴 적에 가장 많이 불린 이름은 응칠이었고, 관례와 혼례를 치른 뒤에는 관명인 중근이 더 널리 쓰이게 되었다.

떨어지는 까마귀를 싸늘한 눈길로 바라보던 중근이 화승총을 거두어 다시 안장에 걸었다. 그리고 가볍게 말 배를 차 총을 쏘는 동안 떨어졌던 보속(步速)을 원래대로 돌려놓았다. 그런 중근의 태연함과 의젓함이 놀라운 총 솜씨와 더불어 그를 다시 보게 했다. 그러자 조금 전의 어리고 연약한 인상 뒤에 가려 있던 그의 또 다른 모습이 드러나며 보는 이에게 은근한 위압감까지 불러일으켰다.

바지에다 감발 치듯 꽉 끼는 행전을 두르고, 털 조끼로 단속한 저고리 양쪽 소매에도 좁은 토시를 껴 날렵하게 손발을 쓸 수 있게 한 산포군(山砲軍) 차림이 먼저 만만찮은 기력을 내비치며 중근을 보다 크고 강인하게 느껴지게 했다. 짙은 눈썹 아래 번뜩이는 눈빛과 성년의 결의를 내비치는 꽉 다문 입술도 먼빛으로 볼 때와는 딴판으로 날래고 다부진 인상을 주었다. 말의 보속에 맞게 말 등에 체중을 나눠 주면서도 흔들림 없는 자세로 말을 몰아가는 솜씨 또한 또래의 여느 젊은이들이 쉽게 흉내 낼 수 있는 능숙함이 아니었다.

보는 이의 눈길이 그가 올라앉아 있는 안장 앞뒤에 이르면, 받게 되는 위압감은 더했다. 솜씨깨나 있는 안자장(鞍子匠)이 정성 들여 지은 듯한 가죽 안장도 그렇지만, 그 안장 머리에 걸려 있는 화승총은 무기를 잘 모르는 사람이 보아도 주인의 만만찮은 포술(砲術)을 짐작게 했다. 인근에서 가장 쇠를 잘 다룬다는 대장장이가 처음부터 돔방총으로 뽑아낸 화승총인데, 총신 총열(銃列) 할 것 없이 반들거리는 손때는 포수로서의 짧지 않은 이력을 말해 주고 있었다. 하지만 그보다 더욱 주인의 빼어난 총 솜씨를 자랑하고 있는 것은 안장 뒤에 매달려 있는 산짐승들이었다. 그날 잡은 듯한 수고라니 한 마리와 토끼 두어 마리가 말 등 양편으로 늘어져 있는데, 어디를 맞혔는지 핏자국 한 군데 보이지 않았다. 한 방으로 급소를 맞혀 숨을 끊은 듯한 깨끗한 솜씨였다.

나이 열여섯에 그와 같은 경지에 이른 중근의 기마술과 포술은 오래고 힘든 단련 없이는 이를 수 없는 것이었고, 오래고 힘든 단련은 무엇보다도 상무(尚武)의 바탕이 있어야 했다. 중근의 가문은 5대조(祖) 안기옥(安基沃) 이래 아홉 명이 무과(武科)에 급제하고 네 명이 무반직(武班職) 품계를 받은 무반 가문이었다. 곧 안기옥과 그의 네 아들 안영풍·안지풍·안유풍·안순풍에, 세 손자 안정록·안두정·안신정, 그리고 다시 증손 안인환이 대를 이어 무과에 급제하였고, 비록 실직(實職)은 아니지만 또 다른 증손들과 고손까지도 절충장군(折衝將軍), 오위(五衛)의 사과(司果), 진해 현감, 해주부의 군사마(軍司馬) 같은 무반직을 받았다. 그중 중근의 직계로는 5대조 안기옥, 고조부 안지풍, 증조부 안정록이 대를 이어 무과에 급제하였고, 조부 안인수는 차함(借銜, 명예직)으로 종6품(從六品) 진해 현감을 받았는데, 그것만으로도 그의 핏줄 속에 흐르는 상무의 전통을 헤아려 보기는 어렵지 않다.

하지만 할아버지 안인수 대에 이르러 문반 가문으로의 신분 상승을 꾀하면서 그들 가문의 상무적인 기풍은 수그러들기 시작했다. 특히 중근의 아버지 안태훈이 사마시(司馬試)에 입격(入格)하여 진사가 되면서 그 아랫대부터는 학문으로 입신양명을 도모하여 모두가 무를 숭상하기보다는 선비로서의 소양을 기르는 일을 무겁게 여기게 되었다. 따라서 유독 중근에게 두드러지는 상무적 기풍은 가문에서 물려받은 것 못지않게 개인적인 지향과 선택도 큰 몫을 했다.

중근도 일찍부터 할아버지 안인수의 성화와 조바심에 몰려 여러 종형제들과 함께 글 읽기를 시작했다. 나이 대여섯에 서당에 들어가 팔구 년을 배웠는데, 백암 박은식과 함께 '해서(海西)의 양 선동(兩仙童)'이라 불리던 아버지 안태훈의 재기를 이어받은 것인지 그 성취도 만만치 않았다. 셋째 아들의 소과(小科) 급제만으로는 신분 상승의 갈망을 채우지 못한 할아버지 안인수가 한때는 중근에게 기대와 비원을 옮겨 걸었을 정도였다.

그런데 어찌 된 셈인지 소학을 떼고 사서(四書)와 『통감(通鑑)』에 접어들면서 중근은 책 읽기에서 멀어지기 시작했다. 대신 어려서부터 군진(軍陣) 놀이와 활쏘기로 내비치던 상무의 기질을 되살려 말타기와 포술(砲術)을 익히는 데 매달렸다. 그러다가 『통감』 여덟 권을 읽었을 무렵 해서는 책상머리보다는 집안을 드나드는 포군들과 어울려 산과 들을 내닫기를 더 좋아하게 되었다. 할아버지가 모셔 온 독선생과 부모가 엄하게 나무랐으나 중근은 꿋꿋하게 버티며 따르지 않았다.

그러던 어느 날 제법 선비티를 내 가고 있던 벗과 동학(同學)들이 그의 재주를 아까워하며 간곡히 타일렀다.

"그대의 부친은 우리 황해도에서 문장으로 날고뛴다는 삼비팔주(三飛八走) 가운데서도 삼비의 으뜸으로 이름을 떨치고 계시네. 그런데 그대는 어찌하여 이토록 학문을 등한히 하는가? 장차 무식한 하등 인간이 되어 그대 한 몸과 가문을 아울러 욕되게 하려고 스스로 그 길로 들어서고 있는가?"

그러자 중근이 비로소 속내를 드러내었다.

"자네들의 말도 옳다. 하지만 내 말도 들어 보게. 옛날 초패왕 항우는 글공부란 이름만 적을 줄 알면 된다고 했다. 그랬는데도 만고 영웅으로서 초패왕의 큰 이름은 오히려 천추에 남아 전한다. 나도 학문을 가지고 세상에 이름을 드러내고 싶지는 않다. 초패왕 저가 장부라면, 나도 장부다. 그에게 이루어진 일이 어찌 내게는 아니 된단 말인가. 자네들은 이제 두 번 다시 구구한 말로 내게 학업을 권면하려 들지 말라."

그 자리에 있던 중근의 벗들과 동문은 한결같이 그 말을 터무니없는 허풍이거나 젊은 날을 사냥과 호기로 떠돌며 즐길 구실이거니 여겼다. 그러나 중근은 그때 이미 학문으로는 아무것도 이룰 수 없는 처참한 난세의 예감을 그렇게 드러내고 있었는지도 모를 일이었다.

이윽고 산길이 끝나면서 중근이 탄 말은 저만치 천봉산이 보이는 큰길로 접어들었다. 일본 사람들이 연 신작로보다는 못해도 우마차가 스쳐 지나갈 만큼은 넓고 고른 길이었다. 산등성이로 기우는 햇살을 받아 맨살을 드러낸 천봉산의 바위 능선이 자주색 닭의 벼슬처럼 펼쳐져 야릇한 영기(靈氣)를 뿜어내는 듯했다. 문득 이태 전에 돌아가신 할아버지의 목소리가 중근의 귓전을 울리는 듯했다.

"인걸은 지령(地靈)이니라. 지기(地氣)와 산세가 이만한데 내 자손 가운데서 인물이 아니 나올 수 있겠느냐?"

열두 살 때인가, 중근의 손을 잡고 마을을 거닐다가 천봉산이 그날처럼 자줏빛으로 펼쳐지는 것을 가리키며 한 말이었다. 그때는 별 뜻 모르고 들어 넘긴 말이 그날에 와서야 느닷없는 감동으로 생생하게 되살아났다.

중근이 새삼스러운 눈길로 천봉산을 바라보고 있는데, 누가 해주(海州)에서 올라오는 큰길과 이어진 갈림길 곁의 바위 뒤에서 뛰어나오며 소리쳤다.

"얼마 전에 포(砲) 소리가 들리더니 서방님이셨구면요."

중근이 고삐를 당겨 말을 세우며 그 사람을 보니, 장연 사람으로 구월산에서 산포군을 지냈다는 황(黃) 포수였다. 아버지 안(安) 진사 밑에 든 지 벌써 여러 해가 되었는데, 젊었을 적에 세 번이나 큰짐승(호랑이)에게 불을 먹였다고 자랑했으나, 그 말을 믿어 주는 포수들은 그리 많지 않았다. 하지만 붙임성이 좋고 눈치가 빠른 데다 문자를 읽을 줄 알아서인지 안 진사는 진작부터 그를 곁에 두고 청지기나 서사(書士)처럼 부렸다.

"이 며칠 보이시지 않더니 어디 갔다가 오는 길이시오?"

나이가 배를 넘을 만큼 연장일뿐더러 아버지를 가까이서 모시고 있는 사람이라 중근도 공대로 알은척을 했다.

"진사 어른의 명을 받잡고 어제 해주 장을 돌아보고 오는 길입니다."

"해주 장을? 거기는 무슨 일로 가신 거요?"

그러자 주변에 아무도 없는데도 황 포수가 갑자기 목소리를 낮춰 대답했다.

"요사이 양총(洋銃)을 넘기려는 거간이 장마당에 나온다는 소문이라……"

"양총을 팔다니, 양총이 어디 있으며, 그런 걸 사고파는 간 큰 거간이 어디 있단 말이오? 그것도 저자 바닥에서……"

양총이란 말에 귀가 번쩍 뜨인 중근이 그렇게 물었다. 황 포수가 중근이 탄 말 쪽으로 바짝 다가와 수군거리듯 말했다.

"지난 9월 평양 전투에서 일본군에게 깨강정이 난 청병(淸兵)들이 내동댕이치고 달아난 양총을 몰래 거둬들여 묻어 둔 작자가 있는 모양입니다. 동비(東匪, 동학도를 낮춰 부르는 말)든 의려(義旅, 여기서는 갑오 의려로 반(反)동학 의병을 말함)든 값만 맞으면 누구에게라도 내놓겠다는 장사꾼 심보에 못할 짓이 무어 있겠습니까?"

"그래, 만나 보았소?"

"웬걸입쇼. 구석구석 아무리 쑤시고 다녀도 그런 거간은 찾을 수가 없었습니다. 혹시 진사 어른께서 헛소문을 들으신 것이나 아닌지……"

"하지만 듣고 보니 생판 엉뚱한 소리는 아닐 듯도 싶소. 시절이 하 수상하다 보니 황 포수 말마따나 무슨 일인들 없겠소? 더군다나 양총을 구할 수만 있다면 아버님과 우리 의려소(義旅所, 의병 본부)에는 더할 나위 없이 큰 힘이 될 것이오. 앞으로도 이 장(場), 저장 더 수소문해 보는 것이 좋을 듯하구려."

중근이 양총을 얻지 못하게 된 아쉬움을 달래며 그렇게 어른스러운 말로 얘기를 맺었다. 황 포수가 중근의 고삐를 잡으며 말구종 일을 대신하려 했다. 중근이 사양하고 말했다.

"안장에 매달린 것들 때문에 함께 태워 드릴 수가 없어 미안하구려. 다행히 여기서 청계동까지는 길이 멀지 않으니 이만 나 먼저 가 보겠소. 저녁에 봅시다."

그렇게 말하고 가볍게 박차를 넣어 황 포수와 헤어졌다.

급하게 말을 몬 것도 아닌데 중근은 이내 청계동 동구(洞口)를 막고 선 망대산(望臺山)에 이르렀다. 사방이 험한 천봉산 줄기로 둘러싸인 청계동으로 들어가는 길은 그 망대산을 끼고 도는 좁은 골짜기뿐이었다. 망대산은 그리 높지는 않았으나 그 또한 천봉산에서 흘러내린 지세라 그 등성이에 서면 동구 아래쪽을 멀리까지 내려다볼 수 있었다. 따라서 청계동을 지키는 망대 같다 하여 그런 이름으로 불리었는데, 세상이 어수선해진 그 무렵 들어서는 산등성이에 아예 포대(砲臺)를 설치하고 청계동에서 기르는 포군들이 번갈아 나와 망을 섰다.

"오늘은 일찍 돌아오셨습니다, 서방님. 그래도 고라니 기름기로 쇤네들 목구멍에 낀 때를 벗길 수는 있겠습니다그려."

낯익은 포군 하나가 산 아래를 내려다보며 중근에게 떠들썩하게 말을 걸었다. 그러자 곁에 있던 포군들도 더러는 중근의 후한

24

인심에 공치사를 보내고 더러는 사냥 솜씨를 추어주며 친근함을 표시했다. 그런데 가만히 보니 아침에 중근이 청계동을 나갈 때만 해도 망을 서던 포군이 두셋뿐이었는데, 그새 대여섯으로 늘어나 있었다.

"아침보다 여러분이 나와 계시는군요. 무슨 일이 있습니까?"

포군들의 외침을 건성으로 받던 중근이 궁금해져 물었다. 역시 구월산에서 산포대(山砲隊)를 이끈 적이 있다는 김천수란 나이 든 포수가 여럿을 대신해 받았다.

"봉산 명포수 노제석이 멸악산 포군 10여 명을 모아 왔는데, 오다가 들으니 적도의 형세가 심상찮았다고 합니다. 그래서 번을 배로 늘린 것입니다."

"적도의 형세가 심상치 않다니 그게 무슨 말입니까?"

"해주에 일본군이 들자, 지난달 해주 감영을 둘러엎고 분탕질을 치던 동비들이 놀라 흩어져 우왕좌왕하는 모양입니다. 언제 어디로 치고 들지 몰라 걱정스럽다 했습니다."

"장연 산포군들을 모으러 간 임 포수는 돌아왔습니까?"

"장연 포수들은 대개가 동비에 붙어 아무리 백발백중 임도웅이 제가 간다 해도 별수 없을 겝니다. 황주 쪽이라면 모를까…….
어쨌든 여기서 이렇게 큰 소리로 떠들 일이 아닌 듯하니 안에 드셔서 진사 어른께 여쭤 보시지요."

매사에 침착한 한(韓) 포수가 그렇게 물음을 받았다. 중근도 그럴싸하게 여겨 고갯짓으로 작별을 대신하고 동구로 들어섰다. 망대산을 돌아 벌써 두텁게 언 개울을 건너다가 보니 개울 한쪽 벼랑에 높이 새겨진 네 글자가 보였다.

청계동천(淸溪洞天)

아버지 안태훈이 힘 있는 필체로 쓴 글씨를 솜씨 좋은 각자장(刻字匠)이 한 치 깊이로 판 것이었다. 중근이 여덟 살 때의 일로 그 잔치와도 같이 떠들썩한 날은 아직도 그의 기억에 생생했다.

벼랑의 각자를 바라보던 중근은 다시 맞은편 산등성이에 펼쳐진 청계동 쪽으로 눈길을 돌렸다. 10년을 살아온 곳이었지만 점점 짙게 배어 오는 전운(戰雲) 탓인지 그날따라 아침저녁 바라보던 마을 뒤편의 천봉산조차 새롭게 보였다.

신천군 두라방 청계동은 천봉산 기슭에 자리 잡은 마을로 예부터 그 빼어난 풍광과 탈속(脫俗)한 지리 때문에 시인 묵객들이 찾아들고 은일(隱逸)들이 숨어 살던 곳이었다. 천봉산 주봉이 남쪽으로 흘러내리는 완만한 기슭을 기암괴석으로 된 바위산 줄기가 등 뒤를 싸안듯 두르고, 다시 동서로 솟아오른 또 다른 산줄기가 그 기슭 발치에서 닫히면서 깊고 그윽한 동천(洞天)을 이루었다. 거기다가 천봉산에서 흘러내린 두 줄기 맑고 깊은 개울이 동천을 동서에서 끼고 돌다 발치에서 합쳐져 바위산 성벽 안에서 자연의 해자(垓字) 노릇을 했다. 따라서 동네 앞 망대산을 끼고 도는 좁은 길목만 굳게 지키면 청계동은 그야말로 하늘이 지은 험한 요새가 될 수도 있었다.

하지만 세월이 지나면서 청계동은 그 아름다운 경관보다는 지키기 좋은 지형 때문에 쫓기는 사람들이 숨어 사는 땅으로 더 자주 쓰였다. 한때는 정래수(鄭來秀)란 의적이 무리와 함께 근거지로 삼은 적이 있고, 그다음에는 한 갈래의 천주교도들이 박해를 피해 숨어 살았다. 그러다가 병인박해(丙寅迫害) 때 천주교도들이 모두 잡혀가 처형되거나 배교(背敎)하여 돌아오지 않은 뒤로 한동안 청계동은 버려져 있다시피 했다. 그 뒤 서력기원으로 1885년이 되는 을유년(乙酉年) 때마침 일족이 숨어 살 곳을 찾던 중근의 할아버지 안인수와 그 여섯 아들이 칠팔십 명의 가솔을 이끌고 옮겨 와 살게 되었다.

중근의 집안은 순흥 안씨 참판공파로서 15대조 안효신(安孝信)을 입향조로 하여 대대로 해주에 살아온 명문으로 널리 알려져 있다. 그러나 그 초기 세계(世系)에는 분명치 않은 데가 많다. 곧 안효신이란 인물 자체가 19세기 이전의 순흥 안씨 족보에는 나오지 않는 데다, 그 뒤로도 내리 10대가 이렇다 할 벼슬길에 나가지 못한 것으로 나와 있다. 여러 가지로 미루어 보건대, 중근의 출신을 해주의 향리(鄕吏) 가문으로 보는 쪽이 오히려 맞는 듯하다.

향리 가문이라면 영남에서는 흔히 '아전 집안'으로 낮춰 부르는 신분 계층이다. 하지만 이들 향리 계층은 조선 사림파(士林派)를 형성하는 데 중추가 된 세력이기도 한데, 어떤 이는 조선 시대 양반 사대부 가문치고 향리의 후예가 아닌 이들이 없다고 단언하기도 한다. 퇴계 선생의 6대조도 청송 진보현(眞寶縣)의 아전에서 몸을 일으켜 명문 진성 이씨의 시조가 되었다. 따라서 중근의 가문이 향리 계층에서 자라났다고 해서 그 출신을 폄하할 아무런 근거가 되지 못한다. 그보다는 여러 대 치열한 신분 상승의 의지를 불태우면서 길러진 꿋꿋한 기상과 거듭된 자기 단련으로 축적된 가문의 역량을 짐작게 할 뿐이다.

중근의 가문이 마침내 신분 상승의 비원을 이루고, 점차 해주의 호족으로 자리 잡아 가는 것은 5대조 안기옥 이후였다. 그때부터 불붙듯 가운이 일어 4대에 아홉 명의 무과 급제자를 낸 무반 가문이 되었으며, 엄청난 재력을 축적한 중근의 할아버지 안인수의 대에 이르면 또 한 번의 신분 상승을 꾀하게 된다. 안인수가 아들들에게 문과 준비를 시켜 둘째 아들 안태현을 초시(初試)로, 셋째 아들 안태훈을 진사로 만든 일이 그랬다. 문무를 갖추게 된 그때부터 중근의 직계는 누구도 얕볼 수 없는 해주의 호족이 되었다.

하지만 저물어 가는 조선왕조가 한창 부풀어 오르던 안인수의 꿈을 산산이 부숴 버렸다. 서울로 올라가 개화파의 권문(權門)을 드나들던 진사 안태훈은 한때 박영효나 김옥균 같은 이들의 인정을 받아 장차 나라의 개화를 이끌 해외 유학생으로 뽑히기도 했으나, 갑신정변과 함께 모든 것은 끝이 났다. 정변이 삼일천하로 끝나자 안태훈을 이끌어 주던 이들은 모두 죽거나 일본으로

달아나고, 안태훈 자신은 고향 집으로 쫓겨 와 숨어 사는 신세가
되고 말았다.

약관에 진사가 되어 서울을 드나들며 조정의 실세들과 어울리
던 아들이 갑자기 집으로 돌아와 문을 닫아걸고 숨어 지내자, 중
근의 조부 안인수가 걱정이 되어 찾아보고 물었다.

"서울서 정변이 있어 여럿이 죽고 다쳤다는 소문은 들었다만
어찌 된 일이냐?"

"개화는 조선이 반드시 가야 할 길인데, 수구파들이 청병(淸兵)
을 등에 업고 가로막은 것입니다. 대사성(大司成, 안태훈이 문객처럼
드나들던 당시의 대신 김종한(金宗漢)) 어른은 연루를 면하셨으나, 저
와 상종하던 개화파 영수들은 누구도 성치 못했습니다."

"그렇다면 나라 밖 유학(留學)이고 뭐고 다 틀린 일이겠구나. 아
니, 그들과 교유한 너 또한 필경은 성치 못할 것이니, 이제 어찌할
작정이냐?"

"나랏일이 날로 글러 가니, 벼슬하여 부귀공명을 바라기는 어
려울 듯합니다."

안태훈은 어두운 얼굴로 그렇게 대답하고 더 말이 없었다. 그
리고 여러 달 깊은 생각에 잠겨 있더니 어느 날 문득 부친을 찾
아가 말했다.

"아버님, 아무래도 이 해주에서는 아니 되겠습니다. 어디 깊은
산속에 들어가, 낮에는 구름 아래 밭이나 갈고 달 밝으면 고기나
낚으며 한세상을 마쳤으면 합니다."

"네 뜻이 그러하다면 난들 이 해주 바닥에 무슨 미련이 있겠느냐? 하지만 우리 일족이 숨어 살 만한 그런 곳을 찾기가 어디 쉽겠느냐?"

셋째지만 가장 아끼고 믿는 아들이라 안인수가 두 번 돌아볼 것도 없이 그렇게 받았다.

"이제 저희 여섯 형제가 원근에 흩어져 찾아보면 설마 없겠습니까? 분부만 내려 주시면 저희가 나서 알아보겠습니다."

안태훈이 다시 그렇게 말해 안인수는 그날로 여섯 아들을 불러 모으고 일족이 숨어 살 만한 땅을 찾아보게 했다. 맏이 안태진으로부터 안태현, 안태훈, 안태건, 안태민, 안태순 여섯 아들이 저마다 둔피(遯避)의 길지(吉地)를 찾아 집을 나섰다. 그런데 열흘도 안 돼 둘째 안태현이 돌아와 청계동을 말했다.

"그곳은 이미 흉한 땅이 되었다. 도둑이 떼 지어 들고 서학(西學)쟁이들이 무더기로 잡혀 죽은 곳인데 무슨 땅기운이 남아 있겠느냐?"

안인수가 들은 말이 있어 처음에는 그렇게 반대했다. 하지만 직접 가서 보고 온 여러 아들들이 모두 좋다고 하자, 자신도 청계동을 한 번 돌아본 뒤 마음을 바꾸었다. 오래 터 잡고 살던 해주 수양산 밑에서 청계동까지 백 리 길도 안 된다는 것 또한 그런 결정에 한몫을 했을 것이다.

"산세가 사나우나 논밭을 뜰 수 있는 넉넉함을 갖추었고, 경관이 빼어나 그야말로 별유천지였다. 천년불패(千年不敗)의 땅까지는 못 된다 해도 근래의 흉함을 덮을 만은 했다."

그러면서 집안 살림을 팔고 재산을 정리해 이주할 채비를 했다.

중근의 조부 안인수의 재산에 대해서는 서로 다른 주장이 있다. 하나는 황해도에서 첫째, 둘째를 다투는 몇천 석지기 부호였다고 하고, 다른 하나는 미곡상과 청어잡이로 재산을 불렸지만 삼사백 석을 크게 넘지 않는 부농(富農) 정도였다고 한다. 뒷날 중근 형제와 그 사촌들이 무엇을 하건 먼저 자금부터 걱정하고, 그걸 위해 뭔가 사업을 벌여야 했던 걸로 미루어 그리 엄청난 부호의 후손 같지는 않다. 하지만 안인수의 손자인 그들이 오랜 뒤까지도 물려받은 전답에 의지하는 걸 보면, 삼사백 석을 여섯이서 나눠 받은 것보다는 재산이 훨씬 많았던 것으로 보인다. 안중근이 죽을 때에도 신천에 논 백 두락이 남아 있어 일가의 식량을 대고 있었다.

어쨌든 몇천 석은 안 돼도 농업과 상업으로 상당한 자산을 축적한 것으로 보이는 안인수는 해주 인근에 3백 석지기 들만 남기고 나머지 재산은 모두 팔아, 여섯 아들과 그 가솔 칠팔십 명을 이끌고 청계동으로 옮겨 갔다. 중근이 일곱 살 나던 해의 일이었다.

청계동 비탈을 오른 중근은 곧 집 앞에 이르렀다. 앞마당에 높이 걸린 여섯 자 폭의 의려소 깃발이 기우는 겨울 햇살을 받으며 펄럭이고 있었다. 역시 아버지 안태훈이 손수 써서 내건 깃발이었다. 동비 토벌을 위한 의병을 일으켜 해주의 위급을 구해 달라는 황해 감사 정현석(鄭顯奭)의 글이 청계동에 이른 다음 날의 일이었다.

말굽 소리로 중근이 오고 있는 것을 알았는지 집안의 우마를 맡아 돌보는 일꾼이 문간채까지 달려 나와 말고삐를 잡았다. 말에서 내린 중근은 안장에서 화승총과 화약통, 탄낭(彈囊)을 풀며 고삐를 잡고 있는 일꾼에게 어른스레 말했다.

"잡은 짐승 고기는 큰 주방으로 옮기게. 백숙부(伯叔父)님들의 안줏거리를 조금 떼어 두고는 포군들을 먹였으면 하네. 오늘은 특히 포대에 나가 추위에 떨다 온 포군들을 잊지 말라 하게."

그때 아련한 기척과 중근의 뒷덜미를 가만히 쓸어 오는 듯한 느낌이 있었다. 중근이 까닭 모르게 철렁하는 가슴으로 돌아보니 다홍빛 치맛자락이 펄럭하며 안채 모퉁이를 돌아 사라지고 있었다. 아내 아려(金亞麗)임에 틀림없었다. 뒤쪽 고방에서 무언가를 꺼내 오다가 대문께에 서 있는 중근을 보고 얼른 되돌아가 숨어 버린 듯했다.

아려를 알아보자 중근은 조금 전 왜 가슴이 철렁했는지 알 것 같았다. 등 뒤로 느낀 기척과 눈길로 이미 그녀임을 알아차리자, 신행(新行) 온 지 이제 겨우 여섯 달인 그녀를 두고 하루 종일 산과 들을 쏘다닌 일뿐만 아니라, 그러는 동안 한 번도 그녀를 떠올리지 않은 것이 들킬까 새삼 두려워서였다.

중근은 이제라도 아려에게 달려가 다정한 말 한마디라도 건네줄까 싶었으나, 이내 가슴속에서 뻣뻣이 고개를 쳐드는 또 다른 의식으로 왼고개를 틀었다. 그리고 억지 부리는 아이처럼 이맛살까지 찡그리며 중얼거렸다.

'용렬하다. 갈 곳을 아뢰는 것처럼 돌아온 것을 알리는 것도 유필유방(遊必有方, 부모가 계시면 밖에 나가 놀더라도 반드시 그 행방을 미리 알려야 한다는 논어의 구절)일 터, 집을 나갔다 왔으면 먼저 큰일을 앞두고 계시는 아버님을 뵈옵는 것이 순서거니…… 내 이러고도 충효를 앞세우는 장부라 일컬을 수 있는가…….'

하지만 입술로는 그렇게 중얼거려도 마음 한구석에서는 여전히 써늘한 바람이 불어 가는 듯하였다. 중근은 늘 그러했듯, 그 써늘한 바람이 아리고 에는 듯한 느낌으로 후벼 오기 전에 서둘러 가슴을 닫았다. 상념을 툭툭 털어 버리듯 옷의 먼지를 털고 아버지 안태훈이 의려(義旅=의병)의 중군막(中軍幕)처럼 쓰고 있는 큰사랑으로 갔다. 지난해까지도 중근의 할아버지 안인수가 거처하던 곳이었다.

일족을 거느리고 청계동으로 들어간 안인수는 가져간 재산을 풀어 버려져 있던 동네를 새로 일으켰다. 동천(洞天) 뒤쪽 널찍하고 볕바른 비탈에 논밭을 뜨고, 자신과 여섯 아들이 각기 식구들을 데리고 살 집에다 일꾼들의 거처와 소작인들의 농막(農幕)을 지어 보태자 몇 년 안 돼 청계동은 50호가 넘는 민가에 넉넉한 논밭까지 갖춘 별천지가 되었다. 비록 비탈밭 다랑논이지만 따로 곡식을 들여오지 않아도 되니 해주 인근에 남겨 둔 3백 석지기 들의 소출은 그대로 쌓여 그들 일족의 재산을 해마다 불려 주었다. 결국 안인수 일족은 청계동에서 겨우 숨어 살 곳을 찾은 게 아니라, 거기서 힘을 기를 든든한 근거지를 새로 마련한 셈이 되어, 그들이 해주에서 누리던 호족의 기세도 되살아났다.

중근의 아버지 안태훈이 가독(家督)에 버금가는 힘과 권위로 그들 일가를 이끌어 가기 시작한 것은 청계동에 든 뒤부터가 된다. 원래 중근의 할아버지 안인수에게는 태진(泰鎭)이란 맏아들에 이어 태현(泰鉉)이라는 둘째가 더 있었으나, 안인수는 일찍부터 셋째인 태훈을 총애하였다. 그 뒤 안태훈이 사마시(司馬試)에 올라 가문이 무반에서 문반으로 승격하는 기틀을 마련하자 그 총애는 신망으로 바뀌었고, 갈수록 깊어 가던 그 신망은 청계동으로 옮겨 오면서부터 맏이와 지차(之次)의 분별조차 뛰어넘게 되었다.

"셋째에게 물어보아라."

안태훈을 뺀 나머지 다섯 아들이 무언가를 물으러 오면 안인수는 일의 경중을 가리지 않고 그렇게 되뇌었고, 안태훈 자신이 오면 입버릇처럼 받았다.

"응칠(應七)애비가 알아서 해라."

그렇게 되자 무언가를 결정해야 할 때는 모두가 안태훈을 찾게 되었고, 집안일은 차츰 그의 결정을 따르는 것이 관행이 되어 갔다. 그러다가 안인수가 죽은 뒤에도 그런 집안의 관행은 장자(長子)에게 가독의 권한을 잇게 하는 종법(宗法)에 우선해 유지되었다.

하지만 중근의 기억에는 아버지가 집안의 일을 독단하는 모습이 없었다. 아버지와 다섯 백숙부를 떠올리면, 언제나 집 앞 모정(茅亭)에서 술잔을 기울이며 호기를 부리던 그들과 왁자한 웃음 끝에 이루어지던 크고 작은 결정들이 떠오를 뿐이었다.

청계동에서 일족의 새로운 근거지를 마련하면서 기세를 회복한 안태훈은 곧 여러 형제들을 부추겨, 청계동을 어떤 경우에도 자신들을 바깥세상으로부터 지켜 줄 요새로 가꾸어 나갔다. 농막이나 일꾼이란 이름으로 장정들을 모아들이고, 여기저기서 흘러든 산포군(山砲軍)들을 거둬 기르니, 청계동은 평소에도 백 명 가까운 장정과 스무남은 명의 포수를 거느리게 되었다. 거기다가 동천으로 드는 유일한 관문인 망대산에 참호를 파고 보루를 세워 위급하면 언제든 포대로 쓸 수 있게 해 두었다.

안태훈은 또 인근의 호걸, 지사, 학자들과의 연결로 지방 호족으로서의 활동 기반을 넓혀 나갔다. 뛰어난 인재가 있다면 정성을 다해 청계동으로 청해 들였고, 그가 오기를 마다하면 자신이 백리 길도 멀다 않고 달려가는 정성을 보였다. 화서학파(華西學派)로서 팔도 의병 대장을 지낸 의암(毅庵) 유인석의 동문 고석로(高錫魯)를 청계동으로 맞아들인 것도 그 무렵이었고, 이름난 시인 묵객들을 청해 시회(詩會)를 열며 코끝에 빨갛게 주독(酒毒)이 오르도록 마셔 대기 시작한 것도 그 무렵이었다.

그러다 황해 감사 정현석의 급보가 오면서 안태훈의 집 앞에는 의려소의 깃발이 걸리고, 죽은 안인수의 영실(靈室)이 차려졌던 큰사랑은 의려의 중군막처럼 쓰이게 되었다. 정현석은 진사인 안태훈을 의려장(義旅長, 의병 대장)으로 삼고 초시(初試)인 안태현을 별군관(別軍官)으로 가임(假任)했는데, 이는 청계동의 관행이 되어 있던 위계와도 잘 맞았다. 안태훈은 여전히 형과 아우들을 불러 모아 묻는 과정을 거쳤으나, 그는 의려에서도 최종적인 의사 결정권자였다.

중근이 큰사랑에 들어 보니 큰아버지 안태진과 막내 숙부 태순을 뺀 세 백숙(伯叔)과 아버지가 여러 조카들이며 중근 형제들을 위해 모셔 온 고 산림(高山林, 고석로)과 청계동에 기식하고 있는 몇몇 빈객들을 모두 모아 놓고 앉아 있었다. 어둑한 방 안에서 머리를 맞대다시피 하고 앉아 있는 게 무언가 긴급한 일을 논의한 뒤인 듯했다.

"다녀왔습니다."

중근이 두 손을 모으고 머리를 숙이며 그렇게 말하자, 아버지 안태훈 곁에 있던 넷째 숙부 태건이 받았다.

"오늘은 병풍산 쪽으로 갔었다지. 그쪽으로 수상한 움직임은 없더냐?"

태건은 성격이 호방하고 무골(武骨) 기질이 강해 평소 자주 조카 중근과 함께 사냥을 다녔다. 그날도 함께 가지 못해 사냥으로 잡은 것들을 궁금해하는 줄 알았는데, 중근의 예상을 빗나간 물음이었다.

"별다른 일은 없었습니다. 왜 무슨 급한 일이라도……."

"해주에서 달아난 동비들 중에 도접주(都接主) 원용일과 부접주(副接主) 임종현이 이끄는 수만 명이 북상하고 있다고 한다. 장연으로 가서 그곳의 적도들과 힘을 합친다는 말도 있고, 구월산으로 물러나 험한 지세에 의지하려 한다는 말도 있으나, 어쨌든 우리 청계동은 그런 그들의 길목이 된다. 일본군만 보면 싸워보지도 않고 달아나는 주제에, 우리를 만만하게 여겨 엉뚱한 분풀이를 하려 들면 실로 큰 낭패가 아니겠느냐?"

이번에는 작은아버지 태현이 넷째 숙부 태건을 대신해 받았다. 이상하게 굳은 얼굴로 중근을 바라보고 있던 안태훈이 그제야 짧게 한마디 보냈다.

"내일부터는 동천 밖으로 나다니지 말거라."

그러고는 중근의 대답을 기다리지도 않고 좌우를 돌아보며 하던 말을 이어 갔다.

"포군과 장정을 소집하는 통문은 제가 몇 자 적어 돌린 바 있습니다만, 의려를 일으키는 데 격문이 없을 수 없지요. 어느 분이 한번 지어 보시겠습니까?"

"후조(後凋) 선생께서 토동비(討東匪, 동학군을 토벌함)의 대의를 밝히시어 천하의 의사들을 격동시켜 보시지요."

안태훈이 막빈(幕賓) 대접을 하고 있는 식객 가운데 하나가 고석로를 쳐다보며 말했다. 간절하게 빌기보다는 좌장에 대한 예로 한번 권해 보는 것 같았다. 고석로가 두 손을 내저으며 말했다.

"나는 자질이 노둔하여 젊었을 적에도 남 앞에 내밀 글이 되지 못했소이다. 더구나 이제는 늙어 생각은 막히고 글은 더욱 무디어졌으니 어찌 그와 같이 큰 소임을 감당해 내겠소? 내 생각에는 의려장이요, 황해 삼비(三飛, 글 잘 짓는 세 사람)의 으뜸이시기도 한 안 진사께서 한 번 더 붓을 들어 사자후(獅子吼)를 토해 보시는 게 좋을 듯하오."

그러자 안태훈이 또 사양하여 그들 셋이 서로 권하거니 마다하거니 하며 시끌벅적해졌다. 그걸 보고 중근이 물러나려는데 갑자기 마당이 수런거리며 누가 달려와 큰 소리로 알려 왔다.

"아룁니다. 포대에서 사람을 보냈는데, 밖에서 급한 전갈이 왔다고 합니다."

안태훈이 전갈을 가져온 사람을 방 안에 들이게 하자 중근이 조금 전 포대에서 본 포수 가운데 하나가 달려오느라 가쁜 숨을 고르며 말했다.

"황주 사포(私砲)의 영수 격인 한재호가 포군 스무 명을 모아 이리로 오고 있다고 합니다. 도중 신천 군수가 보낸 화약 3백 근과 연환(鉛丸, 총알) 두 말에 전(前) 훈련도감의 포장(砲匠)이 만들었다는 조총 열 자루를 여벌로 가져오고 있는데, 방금 신전동(新田洞)에 이르러 잠시 쉬면서 전갈부터 먼저 보내왔습니다."

그 말을 들은 안태훈의 얼굴이 활짝 펴졌다.

"이제 한시름 덜었다. 한재호가 오면 우리 포군은 합쳐 쉰 명이 넘게 된다. 장연으로 간 임도웅이 여남은 명만 모아 와도 산포대(山砲隊)로 일흔은 채울 수 있겠다. 거기다가 화약과 탄환까지 넉넉하니 그만하면 신천을 지키는 관포(官砲)에게도 밀리지 않겠다."

안태훈은 그렇게 중얼거리더니 막 방을 나서려는 중근을 보고 말했다.

"너는 안으로 들어가 오늘 저녁 그들을 먹일 국과 밥을 넉넉히 짓게 하라. 술을 거르고 고기를 익혀 의(義)를 짚고 먼 길을 달려 온 그들이 섭섭하지 않게 차려 내야 한다. 또 강 선달에게는 일꾼 여남은 명을 데리고 신전동으로 나가 온종일 힘들여 지고 온 그 사람들의 짐이라도 받아 주라고 일러라."

중근이 할아버지 생전부터 당내(堂內)가 큰 부엌 삼아 써 온 맏 아버지 안태진의 정주간(鼎廚間, 부엌 칸)으로 가니, 그곳에서도 원 래 주인인 맏어머니는 안 보이고, 대신 중근의 어머니 조 씨가 두 아우 동서와 부엌일 거드는 아낙들을 데리고 백 명이 넘는 식객 과 그곳에서 먹는 가솔들의 저녁거리를 익혀 내느라 분주하였다. 중근은 어머니에게 아버지 안태훈의 뜻을 일러 주고, 이어 부른 듯 안마당을 서성거리는 강 선달에게도 아버지의 분부를 전했다.

중근이 집으로 돌아갔을 때는 동짓달 짧은 해가 이미 진 뒤였 다. 신방으로 쓰고 있는 건넌방으로 들어가 등잔에 불을 밝히는 데 아우 정근이 문밖에서 소리쳤다.

"형님, 저녁 드시러 내려오시랍니다."

중근이 안방으로 내려가니 아직 나이들이 어려 붉은 저고리를 입고 있는 정근과 공근이 작은 두레상에 둘러앉아 기다리고 있었

다. 아내 아려가 상 위에 마지막으로 무언가를 차려 놓고 몸을 일
으키더니 빈 소반을 들고 부엌문 쪽으로 갔다. 황급해하는 게 다
시 중근을 피하고 있는 듯한 느낌을 주었다.

"어디로 가시는 게요?"

중근이 이번에도 그냥 넘길 수 없어 부엌으로 가는 줄 뻔히 알
면서도 그렇게 물었다. 아려가 그대로 방을 나가면서 들릴 듯 말
듯한 목소리로 받았다.

"도련님들 저녁상을 차려 드렸으니 의려소 큰 부엌에 계시는 어
머님께 가 보려고 해요."

그런데 중근에게는 그 목소리가 다시 쓸쓸하기 그지없게 들렸다.

아려가 중근의 어머니 조씨와 함께 집으로 돌아온 것은 그날
밤 삼경이 다 되어 갈 무렵이었다. 그때 중근은 건넌방에서 며칠
전 아버지 안태훈이 던져 준 『소서(素書)』를 읽고 있었다.

"글이란 이름 석 자만 쓸 수 있으면 된다고 했다면서? 네 사어
(射御, 활쏘기와 말타기로 여기서는 포술과 기마술)는 이미 볼만하다고
들었으니, 그렇다면 병서(兵書)를 읽어 보아라. 황석공(黃石公)의 『소
서』니라."

『소서』는 『삼략(三略)소서』라고도 하며, 진나라 말기에 황석공
이란 이가 지어 한나라 장량(張良)에게 주었다는 책이다. 장량이
죽은 뒤 어디로 갔는지 알 수 없더니, 뒷날 장량의 무덤을 도굴한
자가 있어 옥으로 깎은 베개[玉枕] 안에서 그 책 여섯 편을 찾아냈
다고 한다. 세상에는 송나라 장상영(張商英)이 주석을 단 형태로

전해지는데, 실은 그『소서』전체가 장상영의 위작(지어낸 글)이라고 의심하는 사람들이 많다.

여느 병서들과는 달리 도가적(道家的)인 주석이 애매하여 여러 날이 되도록 깊이 빠져들지 못하고 있는 중근의 귀에 멀리서부터 고부간에 두런거리는 소리가 들리더니, 이어 두멍에서 물 퍼내는 소리와 함께 부엌에서 가볍게 소세(梳洗)를 마친 아려가 들어왔다.

평소 늦도록 깨어 있는 법이 잘 없어서인지 서안을 펼치고 앉아 있는 중근을 보고 방 안으로 들어서던 아려가 흠칫했다. 어쩌면 중근이 이미 잠들었을 것이라 믿었기에 더 많이 놀랐는지도 모를 일이었다. 중근이 책을 덮으며 물었다.

"사람을 보고 왜 그러시오?"

"일찍 자리에 드시는 터라, 벌써 주무시는 줄 알고……."

"내 부탁할 일이 하나 있어 기다렸소."

이제 열여섯 살 난 새신랑 같지 않게 어엿한 중근의 목소리에 이번에는 까닭 모르게 겁먹은 듯한 눈길이 되어 물었다.

"무엇인지요?"

중근이 아려의 눈빛을 알아보고 애써 대수롭지 않다는 표정으로 그녀의 말을 받았다.

"되도록이면 빨리 붉은 바지저고리 한 벌을 지어 주시오. 행전이며 토시, 조끼도 붉었으면 좋겠소. 바지저고리는 아이 적에 입던 것이 있으니 어머님께 말씀드려 보오. 그걸 새로 마름질하면 어찌 될지도 모르겠소."

사냥에서 돌아올 때부터 생각해 둔 것이었으나 번번이 아려가 피하는 바람에 하지 못한 말이었다. 아려가 알 수 없다는 눈길로 대꾸 대신 말끄러미 중근을 바라보았다.

"듣자 하니 삼남의 비도(匪徒, 동학군을 낮춰 부르는 말)들 중에는 무리 가운데 몸집이 작고 날렵한 자를 골라 붉은 바지저고리를 입혀 내세우고, '아기장수'니 '하늘에서 내려온 홍의장군[天降紅衣將軍]'이니 하며 관군이나 의병들을 겁주는 것들이 있다 하오. 이번에는 저들의 계책을 거꾸로 빌려 내가 붉은 옷을 입고 싸워 볼까 싶소. 옛적 임란 때 망우당(忘憂堂, 곽재우)이 그랬던 것처럼 붉은 옷을 입고 달려 나가 저것들이 혼비백산하도록 만들겠소. 마침 내 키가 아직 여섯 자에 크게 미치지 못하니, 저것들이 멀리서 보면 틀림없이 기이한 느낌을 받게 될 것이오."

"그럼 장부…… 께서 몸소 싸움에 나서실 작정이신가요?"

아려가 갑자기 알아들을 만큼 떨리는 목소리로 중근에게 물었다.

"그렇소. 선봉에 설 것이오."

"싸움은 의려를 따라 나선 포군들과 장정들의 것이 아니고요?"

"아버님이 의려장(義旅長)이시고, 둘째아버님께서도 별군관(別軍官)으로 나라의 부름을 받으셨소. 나는 아버님의 장성한 맏이가 되니 선봉에 서는 것이 마땅하지 않겠소?"

그러자 아려가 한참이나 중근을 바라보더니 가벼운 한숨과 함께 물었다.

"이것이었던가요? 벌써 첫날밤에 말씀하신 그 장부(丈夫)의 죽을 곳을 찾으신 건가요?"

그 말에 중근은 귀밑이 화끈해졌다. 여섯 달 가까이나 지났건만 아직도 눈만 감으면 생생한 첫날밤의 일이었다. 그날 합환주를 나누면서 너울거리는 황촛불 아래서 황홀하게 아려를 바라다보던 중근이 갑작스러운 비장감에 젖어 말했다.

"이슬과 같이 허무한 이 세상에서 소중한 인연을 얻어 우리는 부부로 맺어졌소. 허나 장부의 큰 삶이란 마땅히 죽을 곳을 찾는 데 있다 하였소. 곧 떳떳한 무덤 자리를 찾으면 서슴없이 나를 내던져야 하는 것이 대장부외다. 사는 날은 백 년을 채우지 못하지만, 죽어 천추(千秋)를 산다는 옛사람의 말은 아마도 그런 이치를 일컫는 것인 성싶소. 그렇지만 이렇게 당신을 보고 있으니 홀연 슬프고 쓸쓸해지는구려. 이르든 더디든 그날이 오면 이 덧없는 세상의 인연이 과연 무엇이겠소?"

열여섯의 새신랑이 공연히 심각해져 첫날밤 신부에게 멋 부려 보는 말치고는 사위스럽다 할 만큼 엉뚱했다. 그 뒤 중근도 이따금 부끄러움 속에 그날 밤을 떠올리며, 그 난데없는 비장감의 원인을 헤아려 보았으나 그날까지도 전혀 집혀 오는 게 없었다.

"그렇지는 않을 것이오. 나는 아직 죽을 곳을 찾지는 못했소."

이윽고 중근은 짐짓 굳은 표정으로 그렇게 잘라 말해 아려의 입을 막았다. 그러나 가슴속은 다시 부끄러움이 일면서도 까닭 모르게 스산해졌다.

첫 출진

出陣

삼남(三南)만큼은 못 되지만 황해도에서도 일찍부터 동학운동
이 활발하게 전개되고 있었다. 동학 봉기 전해인 계사년(1893년)
취회(聚會) 때 벌써 여러 명의 황해도 접주(接主)들이 충청도 보은
까지 찾아가 대도주(大道主)인 해월(海月) 최시형을 만나 보았다고
한다. 그들 가운데 뒷날 이름을 김구(金九)로 갈게 되는 열여덟 살
의 접주 김창수(金昌洙)가 끼어 있어, 『백범일지(白凡逸志)』에서 정
감 있게 그 일이 회고되고 있다.

그러나 황해도의 기포(起包, 동학군의 거병)는 늦어, 삼남의 2차
기포 때인 갑오년(1894년) 10월 하순에야 처음 장연(長淵)에서 동
학 교도들이 들고일어난다. 그리고 그해 10월 스무닷샛날에는 재
령, 봉산 등지에서 일어난 동학군과 합쳐 수만 명이 황해 감영이

있는 해주성을 떨어뜨린다.

해주에서 감영을 지키던 황해 감사 정현석은 그 싸움에서 부상을 입은 채 겨우 목숨만 건져 통인(通引)의 집에 숨었고, 해주 판관(判官)은 동학군에 사로잡혀 목숨을 잃었다. 정현석이 중근의 부친 안태훈을 의려장으로 세우고 무기와 식량의 지원을 약조하며 구원을 요청한 것은, 그로부터 며칠 뒤 통인의 집에서 보다 안전한 곳으로 몸을 빼내고 나서였다. 한 싸움에 어이없게 해주성을 빼앗긴 정현석은 조정의 문책을 당하기 전에 어떻게든 해주성을 되찾고 싶어, 한편으로는 흩어진 감영의 군사들을 모으고, 다른 한편으로는 황해도의 호족들에게 글을 보내 반(反)동학 의병을 일으키도록 격려했다.

갑오년 동학군이 봉기했을 때 거기 맞서 의병을 일으킨 세력을 통틀어 갑오 의려(甲午義旅)라고 한다. 때로는 기병한 지역에 따라 이름을 붙이기도 하는데, 중근의 아버지 안태훈이 일으킨 의병은 그래서 신천 의려(信川義旅)로 불리기도 했다. 오늘날 갑오 의려에 대해서는 어떤 의도적인 인멸이 있지 않았나 싶을 만큼 동학과 관련해 논의되는 일이 거의 없다. 하지만 당시 갑오 의려는 호남 일부를 뺀 거의 모든 기포(起包) 지역에서 활동한 흔적이 있고, 더러는 관군 편에 서서 싸운 보부상(褓負商)보다 더 볼만한 전과를 올리기도 했다.

갑오 의려에 자진하여 참여한 세력은 크게 두 가지로 나뉜다. 하나는 전통 사회에서 오래 부귀를 누리고 세도를 부려 온 양반

계층으로 그들은 무엇보다도 자신들의 기득권을 지켜 내기 위해 동학군과 싸웠다. 그리고 다른 하나는 각 지역의 신흥 호족 세력으로, 그들은 동학 토벌의 공로를 또 한 차례 신분 상승의 지름길로 삼고자 했다. 어찌 보면 이들은 조선의 모든 내란에 나타나는 의병의 두 가지 어두운 전형(典型)일 수도 있다.

하지만 진정한 대의로 갑오 의려에 동참한 세력도 없지는 않았다. 그 하나는 동학을 근왕(勤王)의 대의에 반역하는 여러 삿된 것들[衆邪] 가운데 하나로 본 위정척사파(衛正斥邪派) 세력이었고, 다른 하나는 동학과 위국(爲國)의 방법론을 근본적으로 달리하는 개화파의 인사들이었다. 특히 개화파는 오랫동안 청나라로부터의 자주독립을 우선 과제로 삼아온 터라, 동학이 2차 봉기 때 내건 반일(反日)의 대의조차 그들에게는 별 호소력이 없었다.

황해 감사 정현석이 안태훈에게 반동학 의병을 권할 때는 틀림없이 그가 청계동을 근거지 삼아 세력을 키워 가고 있는 지역의 신흥 호족이란 점이 먼저 고려되었을 것이다. 안태훈이 평소에도 백 명 가까운 장정과 스무 명이 넘는 포군을 기르고 있다는 소문은 해서 지역에 이미 널리 알려져 있었다.

하지만 안태훈이 개화파 선비였다는 것도 신흥 호족 세력이란 출신 배경 못지않게 정현석의 믿음과 기대를 샀을 것이다. 정현석은 일찍이 덕원(德原) 부사 때 이 나라 최초의 근대식 학교인 원산학사(元山學舍)를 세운 바 있는 개화파 인사였다. 거기다가 안태훈에게는 아들 중근에게 전해져 중근이 죽는 날까지 안고 가는 반(反)

동학의 대의가 그때 이미 형성되어 있었다.

"형님, 이번 동학당의 난리는 그간의 여느 민란(民亂)과는 다른 데가 있습니다. 삼남을 휩쓸고도 모자라 해서(海西)까지 몰아치는 기세도 그렇거니와, 탐관오리를 징치하고 폐정을 개혁한다는 대의도 홀대받는 서북인(西北人)의 한(恨)에 올라탄 홍경래의 대의에 비할 바 아닙니다. 거기다가 동학을 따르는 무리 또한 한 줌의 수괴를 빼면 거의가 피폐한 삶을 견디다 못해 따라나선 가여운 민초들입니다. 혹시 우리가 명분 없는 싸움을 가로맡아, 오히려 다독이고 보살피며 오래 함께 가야 할 민초들과 등지게 되는 것은 아닐는지요?"

황해 감사 정현석의 기의(起義) 요청이 있던 날 중근도 말석에 끼어 앉은 큰사랑의 논의에서, 넷째 숙부 안태건이 논의를 이끌고 있는 안태훈에게 그렇게 물은 적이 있었다. 그때 안태훈이 결연한 목소리로 받았다.

"우리가 동비를 토벌해야 하는 까닭은 왕토(王土)와 국권을 참절(僭竊)한 역도의 무리를 쓸어 위로 대군주 폐하(大君主陛下, 개화파들이 특히 청나라로부터의 독립 의지를 드러내려고 승격시킨 고종의 호칭)의 상심을 덜고 아래로 벌써 열 달째 그것들의 분탕질에 시달리는 백성들의 놀란 가슴을 달래 주려는 데 있다. 허나 지난 2월 고부 민란 이후 저들의 지난 행적을 유심히 살피고 또 이제까지의 경과로 미루어 보니 더욱 저들을 용서 못할 죄가 여럿 있었다."

"그게 무엇인가?"

군사를 일으켜 동학군과 싸운다는 것은 일족 모두의 안위와도 연관된 일이라 진작부터 그 논의에 나와 있던 중근의 큰아버지 안태진이 가만히 물었다. 안태훈이 공손하게 맏형의 말을 받았다.

"첫째로 저들은 국사를 담당할 능력도 없고, 올바른 개혁의 방책도 없이 구국안민(救國安民)의 대의를 농단했습니다. 저들 가여운 민초의 눈물을 닦아 준다면서 오히려 그 등에 올라타고 삿된 권세를 탐하는 무리에 지나지 않습니다. 군사를 이끌고 입경하여 권귀(權貴)를 모두 죽여 없앤다(동학 1차 봉기 때의 4대 강령 중 하나)는 게 무슨 혁명의 방책이겠습니까? 양반의 씨를 말린다고 그 불알을 까고, 부자를 죽여 그 재물을 나누는 것과 다름없는 삿된 앙갚음일 뿐입니다. 6월의 화약(和約, 전주 화약) 뒤는 더욱 가관이었습니다. 저들은 이른바 집강소라고 하는 집 위의 집을 지어 조정에서 보낸 관리를 허수아비로 만들고, 호남을 왕토에서 베어 냈습니다. 서리(胥吏)들은 모두 동학에 입적하지 않으면 그 자리를 보전할 수 없고, 어린아이들까지 남김없이 끌려 나와 동학의 접(接, 동학의 조직 단위)으로 엮이었습니다. 밀려드는 서양 문물에 강물은 넘치고 둑은 터질 지경인데 이 무슨 때늦은 태평천국(太平天國, 청나라 말기에 홍수전이 이끈 농민반란)의 잠꼬대입니까?"

"그다음 죄는 무엇인가?"

"보국의 적성(赤誠)도 없이 척왜(斥倭)를 부르짖으며 대군주 폐하와 민초들을 아울러 속이는 짓입니다. 내 알아보니 적도의 수괴 전봉준은 한때 대원군의 사랑방을 기웃거리며 그 기세를 타 볼까 한 적도 있고, 또 일본의 낭인 패거리와도 연결을 꾀한 적이 있다고 합니다. 나라를 둘러엎고 권귀에 앙갚음할 세력을 모을 수만 있다면 누구와도 손잡을 수 있는 무리들임을 보여 주는 전력입니다. 그런데 이제 경복궁변란(청일전쟁 도중 일본군이 갑자기 경복궁과 왕실을 힘으로 장악한 사건)으로 일본에게서 돌아선 민심을 부추겨 두 번째 봉기의 구실로 삼고 있습니다. 언제 변절해서 일본의 주구(走狗)로 돌아설지 모르는 것들의 짓이라 더욱 가소롭습니다."

중근은 죽을 때까지도 일진회(一進會)를 동학의 후인(後人)으로 믿고 있다. 손병희가 동학에서 천도교로 이름을 바꾸고 정교분리(政敎分離)를 선언한 것도 동학을 곧 일진회로 보는 당시 일반의 곱지 않은 시선에서 벗어나기 위함이었다고 한다. 그런 중근의 믿음이나 천도교로의 개명에 대한 세간의 추정이 근거 있는 것이라면, 안태훈은 자못 예리하게 동학의 전락(轉落)을 일찍부터 내다보고 있었던 셈이다.

잠시 말을 그쳐 숨을 고른 안태훈은 이제 누구의 채근도 받지 않고 반(反)동학의 대의를 마저 쏟아 냈다.

"하지만 동비들이 저지른 죄 가운데 무엇보다도 큰 것은 청일전쟁을 앞당겨 불러들인 일입니다. 개항 이래 이놈, 저놈의 업신여김을 받던 조선이 종당에는 청나라와 일본과 노서아(露西亞, 러시아)의 각축장이 되고 만 것은 여기 계신 여러분도 이미 알고 계실 것입니다. 청나라와 일본은 갑신년 정변(政變) 때 이미 이 땅에서 총칼을 맞댄 적이 있으나 다시 10년이 지나도록 서로 노려보기만 할 뿐 얼른 형세를 결정짓지 못하였습니다. 이는 조개와 도요새[蚌鷸]가 서로 다투다가 함께 어부의 이득으로 돌아가고, 한로(韓盧, 사납고 날래기로 이름난 개)와 동곽(東郭, 영리하고 재빠른 토끼)이 쫓고 쫓기다가 전부(田父)에게 모두 사로잡히듯, 멀찍이서 살피고 있는 러시아에게만 좋은 일을 하게 될까 걱정해서였습니다. 그런데 허황된 동비들의 망동이 먼저 청일 양국을 몰아대 형세를 서둘러 결정짓게 만들었습니다.

호남의 봉기 소식을 듣고 놀란 대군주 폐하께서 구원을 청하니, 청나라로서는 새로 일어나는 일본의 기세가 날카롭고 영국의 새 함선으로 꾸민 그 함대가 두렵다 해서 모처럼 찾아온 조선 출병의 기회를 마다할 수는 없었을 것입니다. 청나라가 병든 사자이고, 서태후(西太后)가 그 군비를 다 가져다 써 버려 껍질만 남은 북양함대(北洋艦隊)라 해도, 아직은 승리를 기필(期必)할 수 없다 하여 개전을 망설이던 일본도 마찬가지였습니다. 서양 열강에게 오장육부 다 맡겨 놓고 마지막 숨을 몰아가면서도, 일본에게는 멍든 두 눈을 부릅뜨고 푸석돌 같은 주먹을 둘러메는 청나라가 조선 반도에서 활개 치는 꼴을 그대로 두고 볼 수 없었을 것입니다. 그 바람에 터진 청일전쟁은 짧아도 5년, 길면 10년 넘게 앞당겨졌고, 머지않아 일본과 러시아의 결판까지 재촉하게 될 것입니다.

그렇게 앞당겨진 청일전쟁 때문에 사라진 세월은 우리에게 그 한 해 한 해가 천금 같은 자강(自彊)의 기회일 수도 있습니다. 설령 10년이 아니라 그 이상의 세월이 우리에게 주어진다 한들 우리 조선의 개화와 독립을 누가 보장할 수 있겠습니까만, 그래도 지사들이 애써 길을 더듬고 열어 갈 그 세월마저 줄여 버린 동비들의 죄는 결코 용서할 수 없습니다."

안태훈이 그렇게 말을 맺자 그 자리에서는 누구도 다른 소리를 할 사람이 없었다. 청계동의 유학(幼學)들에게는 엄한 스승이지만 의려의 군막 안에서는 진중한 모사이기도 한 후조 고석로도 위정척사(衛正斥邪)의 탄식과 함께 비분을 토해 냈다.

"동비의 사악하고 망령됨은 이미 그 죄를 빌 하늘도 없어졌을 것이오. 오직 싸워 물리칠 뿐, 더 따져 무엇하겠소?"

그렇게 되자 청계동의 의려는 신속하고 거침없이 세력이 불어 갔다. 황해 감사 정현석의 기의(起義) 요청이 있고 열흘도 안 돼 장정 1백여 명과 포군 50명이 더 모여들었다. 장연으로 포군을 모으러 갔던 임도웅이 송화와 은율에서 포군 열여덟을 모아 오고, 마지막으로 재령 신환포에 있는 중근의 처가에서 장인 김홍섭(金鴻燮)이 장정 스무 명을 모아 보내 의려가 차자 안태훈은 진용을 짜고 조련에 들어갔다.

먼저 70여 명의 포군과 1백 20명의 장정을 고루 나누어 세 부대를 만든 안태훈은 제1 부대장은 한재호, 제2 부대장은 임도웅, 그리고 제3 부대장으로는 노제호를 세웠다. 자신은 총지휘가 되고 넷째 안태건은 총참모를 삼았으며, 처자와 조카들까지도 항오(行伍)에 넣어 비장한 전의를 내비쳤다.

갑오년(1894년) 동짓달 열사흘 날 안태훈이 포군과 장정들을 편 갈라 실전처럼 조련을 시키고 있는데, 청계동 밖으로 정탐을 나갔던 장정이 허옇게 질린 낯빛으로 돌아와 알렸다.

"큰일 났습니다. 동비 수만 명이 청계동으로 쳐들어오고 있습니다. 지금 30리 밖에 이르렀는데, 저물기 전에 이곳에 이르러 우리 의려소를 쓸어버리겠다고 합니다."

그 말에 의려소의 중군막 격인 큰사랑은 찬물이라도 뒤집어쓴 듯 움찔했다. 그러나 의려장 안태훈은 숨결 하나 흐트러지지 않았다. 차갑다는 느낌이 들 만큼 차분하고 가라앉은 목소리로 물었다.

"누구의 부대며 어디서 왔다더냐?"

"소문으로 떠돌던 도접주 원용일 부대가 정말 이리로 몰려온 것 같습니다. 그들이 지나간 길을 되짚어가서 알아보니 군사가 2만에 행렬만 10리에 뻗쳤다고 합니다."

"그들이 어찌 청계동을 알았으며, 또 하필이면 우리 청계동을 지목해 오고 있다더냐?"

"마을 사람들이 대중없이 들은 말을 전한 것입니다만, 신천 의려(信川義旅) 중에서도 우리 청계동 의려소가 가장 정예하다고 벌써 소문이 나 있다고 합니다. 황해도 동비의 주력이 되는 원용일 부대는 다시 한 번 관병과 크게 싸워 해주를 되찾고 해백(海伯, 황해도 감사) 부자(父子)를 사로잡겠다고 큰소리치고 있는데, 그전에 우리 청계동을 쳐서 후환을 없이하고자 한다는 것입니다."

"알았다. 너는 우선 망대산 포대로 돌아가 경계를 엄히 하고 명을 기다리라 이르라."

안태훈이 그런 다음 총참모인 아우 태건을 돌아보며 말했다.

"너는 평소 조련한 대로 징을 쳐서 장정들과 포군들을 모으게 하고, 각 부대장을 이리로 오게 하라."

이에 안태건이 명령대로 하니 곧 청계동은 사람을 모으고 병기를 나누느라 부산해졌다.

대장들이 모여들자 안태훈이 미리 준비하고 있던 사람처럼 명을 내렸다.

"청계동천은 하늘이 마련해 준 요해처(要害處)다. 망대산 곡구(谷口)만 틀어막고 있으면 몇만 대군이 와도 지켜 낼 수 있다. 포군들은 모두 망대산으로 올라가 참호와 보루를 포대 삼아 적이 다가들지 못하게 탄환을 퍼부어라. 보군(步軍)들은 단병(短兵, 가까이서 맞붙어 싸울 때 쓰는 무기)을 갖추고 망대산 발치의 계곡에 매복하고 있다가 포격을 뚫고 다가오는 적도가 있으면 가차 없이 섬멸하라."

그리고 난생처음 전투를 치르게 되자 자신도 모르게 얼굴이 굳어 있는 형제들과 모사, 막빈들을 돌아보며 말했다.

"걱정할 것 없소. 저들은 넉넉히 청계동을 지켜 낼 것이오. 아녀자들을 안돈시켜 저들이 놀라지 않도록 해 주시오."

그런 안태훈은 수많은 전투를 겪은 늙은 무장처럼 태연하였다. 오히려 붓을 들어 겁 없이 몰려드는 동학군을 조롱하는 칠언(七言) 대구를 지어 보이는 여유까지 보였다.

새벽 빈대는 살기를 구하여 자취 없이 달아나는데

[曉蝎求生無跡去]

저녁 모기는 죽기를 마다 않고 웽웽거리며 덤벼드네.

[夕蚊寧死有聲來]

그사이 대오를 갖춘 의병들이 각 부대장의 인솔 아래 청계동을
나가 망대산 쪽으로 움직이기 시작했다. 안태훈은 장대(將臺)처럼
쓰는 모정(茅亭) 마루에서 그런 의병들을 한 부대 한 부대 격려하
며 보냈다. 그때 갑자기 붉은 옷으로 몸을 감싼 중근이 화승총을
메고 안태훈 앞에 나섰다.

"아버님, 저도 나가 싸우겠습니다. 선봉으로 써 주십시오."

안태훈이 엄한 얼굴로 그런 중근을 꾸짖듯 말했다.

"싸움판은 사냥터나 놀이판이 아니다. 목숨이 오락가락하는
곳인데 어린놈이 감히 어디라고 나서느냐?"

안태훈은 원래 중근이 책 읽기를 게을리하고 무사(武事)에 빠
져드는 것을 못마땅하게 여겼다. 그러다가 작년 백암(白巖) 박은식
(朴殷植)을 만난 뒤부터 겨우 마음을 바꾸었다.

박은식은 안태훈과 함께 해서(海西)의 양대 신동으로 불릴 만
큼 글로 이름을 떨치고 있었는데, 그만큼 둘 사이의 교분도 두터
웠다. 아직은 위정척사파의 선비로서 그 무렵 향시(鄕試)를 거쳐
능참봉(陵參奉) 노릇을 하고 있던 박은식은 청계동으로 오랜 벗인

안태훈을 찾아와 쌓인 회포를 풀면서 한편으로는 개화파로의 전향을 모색하고자 했다. 그때 담소를 나누던 중에 안태훈이 문득 맏아들 중근을 걱정하자 박은식이 정색을 하고 말했다.

"나는 정계(定溪, 안태훈의 호)와 생각이 다르네. 맏이의 상무(尚武) 기풍은 북돋아 줄지언정 걱정할 일이 아니네."

"백암은 어찌 그렇게 생각하는가?"

"작금의 세계는 나라와 나라가 맞서고 종족이 저마다 따로 떨쳐 일어나니, 반드시 서로 다투고 겨루게 될 것인 바, 그 승패와 존망은 나라와 종족의 강약에 따라 갈릴 것이네. 그 백성이 무강(武強)하고 용감 건투하면 패주(霸主)가 되고 사자나 범 노릇을 하게 될 것이며, 그 백성이 문약(文弱)하고 겁이 많아 죽음을 두려워하면 노예가 되고 양이나 돼지 신세가 되어 잡아먹힐 것이네. 인도가 2억의 무리를 거느리고도 작은 섬나라 영국에게 노예로 부림을 당하고 매일 채찍에 맞는 고초를 겪게 된 것은 그 백성이 문약하기 때문이네. 그러나 새이유아(塞耳維亞, 세르비아)가 겨우 백만의 인구로 능히 강대한 돌궐(突厥, 터키)을 쳐부수고 독립의 기치를 휘날린 것은 그 백성이 무강하기 때문이네.

우리나라 역사로 보면 옛날 고구려가 졸본(卒本)의 한 부락에서 궐기하여 여러 곳을 정복한 뒤에 동쪽을 응시하여 패업을 빛내고 7백 년을 이어 간 것은 바로 상무의 효과가 아니고 무엇이겠는가. 그러나 조선조에 이르러 문(文)을 숭상하고 무(武)를 낮추었기 때문에 조정의 높은 벼슬아치들은 말도 제대로 탈 줄 몰랐고,

군사에 관한 이야기는 입 밖에 내지도 않았네. 무반을 업신여겨 사대부(士大夫)로 쳐 주지도 않았고, 날마다 태평세월이라고 속여 군주에게 아첨하였으며, 제 권세만 키워 백성들을 학대할 뿐이었네. 백성들의 본보기가 될 만한 자들도 모두 송학(宋學, 주자학)의 찌꺼기에 취해 언론을 독단하며, 일하여 이룩한 공[事功]은 속된 학술로 몰아붙이고, 무예는 천한 기술이라 배척하여 상무의 기풍을 헐뜯고 억눌렀네. 백성들의 기운을 쇠약하게 만들었으며, 나라 문을 닫아걸고 졸면서 스스로 교만하여 편안하다 여겼네.

이렇게 하고 망하지 않을 나라와 종족이 어디 있겠는가. 하물며 온 세상에서 약육강식의 참극이 속출하는 대변동의 시대라 열강들이 호시탐탐 날마다 약소국을 침략하고 약한 종족을 박멸하는 짓을 마땅히 해야 할 책무로 여기며 앞다투는 오늘임에랴! 다시 말하네만, 만이의 일은 북돋아 줄지언정 걱정할 일은 결코 아니네. 앞으로 이 나라 이 백성 사이에서 몸을 일으켜 큰일을 이뤄 낼 수 있는 사람이 있다면 그는 반드시 상무의 지사(志士)일 것이네."

그런 박은식의 목소리에는 오랫동안 위정척사의 고집에 갇혀 있다가 이제 막 개화파의 걸음마를 시작한 유생(儒生)의 결기까지 서려 있었다. 그로부터 몇 해 안 돼 박은식은 독립협회에 가입하고 먼저 애국계몽운동에 몸을 던지는데, 뒷날에는 이승만에 이어 임시정부의 대통령까지 되었고, 뒷날 한때는 '창해노방실(滄海老舫室)'이란 필명으로 몸소 안중근의 전기를 쓰기도 했다.

오랜 벗인 박은식의 말에 충정(衷情)과 조리가 있는 데다가, 안태훈 또한 4대에 아홉 명의 무과 급제자를 낸 가문의 후예로서 피로 물려받은 상무의 기풍이 있었다. 그날부터 중근이 무사(武事)에만 빠져 있는 것을 더는 걱정하지 않았다. 집안에서 묵는 포군들과 산야를 쏘다니며 말타기와 총 쏘기로 날을 보내도 중근을 나무라는 법이 없었다.

하지만 그날 청계동으로부터의 출진 때는 달랐다. 곧 벌어질 싸움은 안태훈의 말대로 목숨이 오락가락하는 실전이었다. 그것도 하나가 백을 당해 내야 하는 모진 싸움터에 이제 열여섯에 아직 신혼인 맏아들을 선봉으로 내세우고 싶지는 않았다. 그러나 중근은 아버지의 엄한 표정을 보고도 전혀 움츠러들지 않았다.

"아버님께서 나라를 위하여 도적을 토벌하는 일에 몸을 돌보지 않으시는데, 아들 되어 어찌 편안히 앉아서 구경만 할 수 있겠습니까? 다행히 제 한 몸을 지킬 만하니 앞장서 싸우게 해 주십시오. 반드시 도적을 무찔러 나라와 아버님의 걱정을 덜어 드리겠습니다."

그러고는 앞서 떠난 부대 뒤를 성큼성큼 따라갔다. 거기다가 머리띠부터 행전까지 붉은 빛깔 일색으로 차리고 나선 게 오래 벌러서 마련한 차림임을 말해 주며 중근의 결연함을 한층 드러나게 했다. 어지간한 안태훈도 그런 중근에게서 막지 못할 기세 같은 걸 느꼈는지 말없이 보고만 있었다.

그런데 중근이 그를 뒤따르는 부대와 미처 청계동을 벗어나기
도 전이었다. 동짓달 중순이라 겨울이 한참이나 깊었는데 난데없
이 비가 쏟아졌다. 추적거리는 겨울비가 아니라 패연(沛然)히 쏟아
지는 장대비였다. 거기다가 거센 동풍이 불어 빗줄기를 몰아붙이
니 앞뒤를 분간할 수 없었다.

비는 날이 어두울 때까지 줄기차게 퍼부었다. 망대산 아래위에
진채와 포대가 찬 빗물에 함빡 젖고 화승도 부싯깃도 쓸 수 없게
되고 말았다. 하지만 그 비 때문인지 날이 저물어도 온다는 동학
군은 그림자도 비치지 않았다. 망대산까지 나온 안태훈이 다시 날
랜 정탐꾼을 보내 동학군의 움직임을 알아보게 했다.

"적도들은 박석골에 진채를 세웠습니다. 빗속 어두운 밤에 길
을 잘못 들었다가 자칫 우리에게 낭패를 당할까 두려워, 거기서
하룻밤 묵은 뒤 날이 밝으면 머릿수로 밀어붙일 작정인 듯합니다."

얼마 뒤 어둠 속에 돌아온 정탐꾼이 그렇게 알려왔다. 박석골
이면 청계동에서 10리쯤 되는 골짜기의 작은 마을이었다. 듣고 있
던 안태훈이 가만히 포군 영수(領袖) 노제석을 불렀다. 제3 부대
장 노제호의 아우로 포군들 가운데 가장 솜씨가 좋은 포수였다.

"자네는 포군 중에서 총 잘 쏘고 날랜 이로 마흔 명만 골라 의
려소로 데려오게."

그리고 나머지 포군과 장정들은 그대로 망대산에 머물러 혹시
라도 있을지 모르는 동학군의 야습에 대비하게 했다.

다행히 초경이 지나자 비는 멈추었다. 안태훈은 의려소 마당으

로 불려 온 마흔 명을 배불리 먹인 뒤 불을 피워 젖은 옷을 말리게 하고 화약이며 화승과 부싯깃도 새로 내주었다. 그리고 편히 쉬게 하다가 삼경 무렵 하여 그들을 불러 모았다.

"들어라. 우리가 내일까지 이대로 앉아서 기다리다가 적들에게 에워싸여 공격을 당하면, 얼마 안 되는 우리 군사로 적의 대군을 막아 내지 못할 것은 필연이다. 오늘 밤 어둠을 틈타 우리가 먼저 적을 기습하여 승기를 잡는 수밖에 없다. 너희 마흔 명은 삼경에 청계동을 나가 새벽에 적을 야습한다. 적의 대장기가 내걸린 곳을 알아내어 불시에 들이치면 이길 길이 있을 것이다."

안태훈이 포군들에게 그렇게 말하고 그들 속에 섞여 있는 중근을 따로 불렀다.

"따라오너라."

중근이 나서자 안태훈이 앞장서며 말했다. 안태훈은 중근을 장정 대여섯 명이 돌아가며 파수를 보고 있는 큰사랑으로 데려갔다. 평소 중군막처럼 쓰여 참모 격인 백숙부들과 막빈들이 나와 있었으나 그때는 밤이 늦어서인지 방이 비어 있었다. 안태훈은 그 방 한구석에 놓여 있는 큰 느티나무 궤짝에서 길쭉한 상자 하나를 꺼내 뚜껑을 열어 보이며 말했다.

"이왕 선봉에 설 것이라면 이 장총을 가져가거라. 해주 뱃길로 청국과 거래하는 송상(松商, 개성상인)을 시켜 천금을 주고 구한 양총이다. 영길리(英吉利, 영국)에서 만든 것이라 탄환이 많지 않은 것이 흠이나, 한 번 탄환을 재면 여덟 발까지 잇따라 쏠 수 있다고 하니 네 화승총에 비할 바 아닐 것이다."

중근이 받아 보니 길고 맵시 있게 빠진 총열과 갈색으로 번들거리는 개머리판이 눈에 익은 것이었다. 언젠가 사냥을 나갔다 만난 적이 있는 양대인(洋大人, 서양 선교사)들 가운데 하나가 가지고 있던 총이었다. 한 번도 쏘아 본 적은 없지만 그 총으로라면 백발백중도 어려울 것 같지 않았다. 중근이 가슴 두근거리며 그 총을 받아 살피고 있는데 안태훈이 다시 손잡이가 달린 작은 상자 하나를 중근에게 밀어 놓으며 말했다.

"1백 20발들이 탄통이다. 이번 싸움에 쓸 수 있는 것은 이 한 통뿐이니 탄띠에 꿰어 한 발 한 발 아껴 쓰도록 해라."

그리고 잠시 무언가를 망설이다가 다시 느티나무 궤짝 안에서 작고 납작한 상자 하나를 더 꺼내 놓았다.

"이것도 가져가거라. 미리견(彌利堅, 미국)에서 근래 육혈포(六穴砲)를 개량해 내놓은 단총(短銃)이다. 작지만 열두 방까지 연발할 수 있다 하니 또한 요긴하게 쓸 수 있을 것이다."

그런 안태훈의 목소리에 비로소 아비로서 아들을 걱정하는 자정(慈情)이 스며 있었다.

중근도 단총까지 받자 비로소 자신이 앞두고 있는 싸움의 치열성과 엄혹함을 실감할 수 있었다. 이후 그 단총은 중근이 이 땅을 떠날 때까지 언제나 몸 가까이 지니고 다니는 무기가 되었다.

노제석을 영수로 삼은 포군 마흔 명은 삼경에 새벽밥을 지어

먹고 닭이 울자 청계동을 나섰다. 말이 포군 마흔이지 실제로는 백 명이 넘는 부대였다. 여벌의 화승총에 화약과 탄환을 재워 주고 다가든 적의 보군을 단병(短兵)으로 막아 줄 부포(副砲)라고 불리는 장정 마흔이 그 포군들을 뒤따랐고, 거기에 여벌의 사제(私製) 화승총 마흔 자루와 화약 탄환 같은 군수품을 나누어 진 짐꾼 스물이 덧붙었다. 그 짐꾼들은 모두 보부상이나 오랜 몰이꾼 노릇에 단련된 이들로, 2백 근을 지고도 산길을 평지처럼 걷는다는 소문이 있었다.

노제석과 함께 앞장서 그들 포군들을 이끌고 의려소를 떠나던 중근은 열려 있는 대문을 통해 집 안을 흘깃 살펴보았다. 마당 건너 안채는 어둠 속에 잠들어 있었으나 자신이 신혼 방으로 쓰고 있는 건넌방에는 아직 희미한 불빛이 새어 나오고 있었다.

'아려가 아직 깨어 있구나……'

그런 짐작이 가자 중근은 다시 가슴이 축축하게 젖어 오는 듯했다. 얼마 전 포군들에게 새벽밥을 지어 먹일 때 큰 부엌으로 나와 어머니를 거들어 드리면서 먼빛으로나마 한 번 더 볼 수도 있었건만, 아려는 끝내 그쪽으로는 그림자도 비치지 않았다. 저물 무렵 붉은 옷으로 갈아입고 출전 채비를 할 때 나눈 몇 마디로 마지막 작별을 대신하려는 듯했다.

아내 아려가 왜 그러는지 알 듯하면서 갑자기 중근의 가슴이 쑤셔 오기 시작했다. 이제라도 아려가 숨죽이며 울고 있을지 모르는 그 방으로 뛰어들어 가 한바탕 속 시원한 작별을 나누고 싶었다.

'좋지 않다. 나는 이미 출진하였고, 더구나 지금은 항오에 들어 적을 향해 행군 중이다. 처자의 일에 연연해 의기를 상하는 것은 장부의 본색이 아니다.'

중근은 억지로 마음을 가다듬어 그렇게 자신을 나무라며 집 앞을 지나쳤으나, 머릿속에 떠오르는 아려의 모습까지 지워 버릴 수는 없었다.

드디어 적이 온다는 소문을 듣고 집으로 달려간 중근의 출진 채비를 거들어 줄 때만 해도 아려의 표정은 평온하기 그지없었다. 전에 없이 곁에 바짝 붙어 서서 새로 지은 붉은 바지저고리의 품 이 맞는지, 전포(戰袍) 삼아 입게 짓느라 몇 겹 무명으로 누비거나 호고 공그른 곳이 제대로 되었는지 꼼꼼하게 살피면서 중근이 입 는 것을 거들어 주었다. 중근도 작은 군사로 대군을 맞으러 가는 비장함은 숨긴 채 허세를 부리고 호기를 뽐내며 채비를 마쳤다.

그런데 방을 나설 즈음 하여 갑작스러운 변화가 왔다.

"내 다녀오리다. 그때까지 부모님 모시고 잘 계시오."

중근이 여전히 태평한 목소리로 그렇게 말했을 때 갑자기 아려 가 고개를 홱 젖히며 말이 없었다. 얼굴은 보이지 않지만 가늘게 떨리는 어깨로 보아 울고 있는 것 같았다. 중근이 가만히 그 어깨 를 잡고 몸을 돌려 보니 정말로 아려의 두 볼이 눈물에 젖어 있었 다. 그런데도 두 눈에서 아직 샘솟듯 하는 눈물이 그녀의 예사 아닌 상심을 보여 주고 있었다.

"동비 토멸의 대의는 아버님에게서 내려 받았을 뿐 나의 것이 아니오. 따라서 이 싸움터는 나를 바칠 곳이 아니외다. 한 싸움으로 이기고 돌아오겠소. 너무 걱정하지 마시오."

그래도 아려는 대답 없이 눈물만 줄줄이 쏟았다.

"장부가 장도에 오르는데 이 무슨 불길한 눈물이오? 약속하리다. 내 반드시 살아서 돌아올 터이니 부디 마음을 굳게 가지시오. 공연한 걱정으로 스스로를 상케 하지 마시오."

중근이 열여섯 새신랑이 짜낼 수 있는 모든 위엄과 확신을 다 쏟아부은 말투로 다시 그렇게 아려를 달랬다. 그러자 아려가 두 볼을 줄줄이 타고 내리는 눈물을 훔치려고도 않고 중근을 마주 보며 말했다.

"슬프거나 걱정이 되어서 우는 게 아니에요. 아득하고 막막해서 이럽니다. 일생 이렇게 떠나보내고 기다리며 살아야 할 것 같아서. 장부께서 돌아오시지 않아 또 떠나실 수 없게 될 때까지 이런 이별을 되풀이하면서 살 것 같아서……"

그 말에 중근은 무슨 큰 잘못을 들킨 사람처럼 가슴이 철렁했다. 이 사람과는 첫걸음을 잘못 떼었구나, 늦었지만 이제라도 바로 잡아야겠다. 마음속으로는 그렇게 중얼거리면서도 차마 첫날밤의 감회를 고쳐 말할 수는 없었다. 아내를 힘껏 껴안아 뜨거운 정을 드러낼 뿐, 입은 여전히 애매한 얼버무림으로 웅얼거릴 뿐이었다.

"그 무슨 사위스러운 소리요? 내가 누구라서 당신을 그리 만든단 말이오?"

하지만 그 순간도 중근의 가슴 한구석은 아내 아려 못지않게 아득하고 막막한 슬픔으로 내려앉는 듯했다. 어쩌면 이슬과 같이 허무한 이 세상으로 표현된, 존재 본연의 허망과 슬픔이 일찍부터 중근의 의식 깊은 곳에서 자기 봉헌(奉獻)의 유혹으로 작동하고 있었는지도 모를 일이었다. 그리하여 어떤 위대한 것, 숭고하고 거룩한 그 무엇에 자신을 바침으로써 오히려 그 허망과 슬픔을 벗고자 하는 초자아적 욕구가 아려와의 만남을 첫날밤부터 어둡게 비틀어 놓은 것은 아니었던지.

중근이 노제석 부대와 함께 박석골 뒷산에 이른 것은 동트기 전 어둠이 가장 짙을 때였다. 열나흘 달이라도 폭우 뒤의 두터운 구름에 가려 시커먼 밤하늘 아래 한 군데 희미하게 산 능선이 드러나 보이는 곳을 가리키며 노제석이 말했다.

"저 너머에 적도들의 본진이 있는 듯합니다. 화톳불을 마구 피워 대 밤하늘이 훤하게 비치고 산 능선이 드러날 지경이군요."

그 말에 안중근도 유독 그곳만 훤한 기운이 도는 이유를 알 것 같았다. 벌써 삼경이 지난 새벽인데 아직도 불빛이 그만한 것으로 보아 2만 대군이란 말이 반드시 허풍만은 아닌 듯했다. 중근은 가만히 그곳의 지세를 살펴보았다. 사냥을 다니며 여러 번 지나친 곳이라 어둠 속에서도 어딘지 알 만했다.

"지세를 보니 내가 잘 아는 땅이오. 일전에도 넷째 아버님과 사냥을 와 본 곳인데, 적도들은 아마도 능선 너머 인가(人家) 몇 채와 그 주변 논밭에 대군을 풀어놓은 듯하오. 다행히 저 등성이가 높지 않고, 그걸 넘어서면 우리가 위에서 아래로 치고 내려가는 형국이 되니, 쉽게 기세를 탈 수 있소이다. 더구나 적도들은 머릿수만 믿고 우리를 깔보아 대군을 한 곳에 어지럽게 몰아 놓은 듯하니, 기습의 효과가 더 커질 것이오. 여기서 잠시 부대를 정비한 뒤 날이 밝기 전에 적도들을 들이칩시다."

중근이 그동안 병서 몇 권을 읽어 기른 안목에다 자신의 지식과 체험을 섞어 그렇게 의견을 내놓았다. 그리 많은 나이는 아니어도 관포(官砲) 사포(私砲)를 다 겪어 싸움을 아는 노제석이 지긋한 목소리로 받았다.

"우리 군사는 작고 적은 크니, 기습이라 하더라도 먼저 적의 형세를 잘 알아야 합니다. 또 위에서 아래로 치고 내려가는 것이라 해도, 탄환이 닿을 거리 밖에서 먼저 우리가 드러나 화력이 우세한 적의 반격을 받게 되면 감당하기 어렵습니다. 선봉 겸 정탐대를 미리 보내 적정(敵情)을 살핀 뒤에 전 부대를 들어 적을 치는 게 옳을 듯합니다."

듣고 보니 그 또한 옳은 말이라 중근이 얼른 말을 바꾸어 자원했다.

"그렇다면 내가 먼저 자원하겠소. 내게 포군 여섯만 붙여 주시오. 그들을 데리고 선봉 겸 독립 정탐대로서 노(盧) 대장이 바라는 바를 모두 알아 오겠소."

그러자 노제석이 헛기침과 함께 난감한 목소리로 말했다.

"서방님, 이번 싸움은 제게 맡기시고 한발 물러나 뒤나 지켜 주십시오. 그러면서 전투 감각을 기르고 응변의 기미를 익혀 두는 것도 선봉에서 용맹을 떨치는 것 못지않게 이번 싸움에 따라나선 보람이 될 것입니다."

아마도 처음 중근이 선봉을 자원할 때 말리던 안태훈을 떠올린 탓이었을 것이다. 중근도 그 까닭을 짐작하고 물러나지 않았다.

"아버님께서 말리신 것은 사사로운 육정(肉情) 때문이니 노 대장은 너무 괘념하지 마시오. 사람은 누구나 죽는 법, 장부가 되어 어찌 이부자리 위에서 죽기만을 바랄 수 있겠소?"

"하지만 이팔청춘 새서방님으로 한낱 비적의 무리와 싸우는 데 앞장서 내던지라는 목숨도 아니겠지요."

노제석이 그렇게 말렸으나 중근이 우겨 끝내는 노제석으로부터 선봉 겸 독립 정탐대를 얻어 냈다. 중근과 사냥을 자주 다녀 뜻이 잘 맞는 포군 여섯 명에 부포(副砲) 겸 짐꾼으로 여섯을 보태고, 여벌 화승총 여섯 자루에 산혼(散魂) 폭죽 여러 뭉치를 얻어 냈다. 산혼 폭죽은 총포 소리를 내는 폭죽을 도화선으로 연결한 것인데, 한 번 불을 붙이면 도화선에 연결된 폭죽 수만큼 차례로 총포 소리를 내어 적군을 놀라게 하는 고안이었다.

중근이 이끄는 선봉 겸 정탐 독립대가 어둠에 묻어 가만히 능선을 넘고 보니, 짐작대로 동학군들은 반대편 능선 발치에 있는 작은 마을에 기대 숙영하고 있었다. 더러는 여남은 채 되는 부근 민가에도 들고 나머지는 민가 주변에 둘러 있는 다랑논에 군막을 쳤는데, 노숙하는 부대가 더 많은지 화톳불로 마을 주변이 대낮같이 훤하였다.

중근과 포군들은 발자국 소리를 죽이고 몸놀림을 조용히 하여 좀 더 적진 가까이 다가가 보았다. 곳곳에 벌겋게 치솟는 불길로 가까이 갈수록 뚜렷해지는 동학군의 야영지는 그야말로 가관이었다. 삼경이 지나 날이 샐 판인데 아직도 술에 취해 오락가락하며 떠드는 무리와 제대로 거두지 않아 이리저리 몰리며 울어 대는 말들로 소란하기가 저자 바닥보다 더하였다. 삼엄한 것은 다만 새벽바람에 펄럭이는 갖가지 휘황한 깃발과 여기저기서 불꽃을 날리며 너울거리는 모닥불뿐이었다.

중근은 대장기가 있는 곳을 찾아보았다. 저희 딴에는 낮은 곳을 내려다본다고 그랬는지, 도접주 원용일과 부접주 임종현은 마을 뒤 가장 높은 다랑논에 군막을 벌여 놓고 있었다. 중근이 포군들과 함께 숨어서 살피고 있는 능선 아래쪽으로 2백 보도 안 되는 곳인데, 그곳도 떠들썩하고 어지럽기는 딴 곳과 다를 바 없었다. 주변에는 지키는 부대가 없고, 몇 안 되는 호위들도 추위에 떠는 것인지 술에 취했는지 저마다 건들거리며 오락가락하고 있었다.

"만약 지금 적진을 급히 들이치면 반드시 큰 공을 이룰 것이오."

세심하게 적진을 살피던 중근이 포군들을 모아 놓고 소리 죽여 말했다. 포군들이 모두 놀란 얼굴로 중근을 바라보며 걱정했다.

"무리입니다. 서방님, 우리 몇 명만으로 어찌 적의 수만 대군을 이겨 낼 수 있겠습니까?"

"그렇지 않소. 병법에 이르기를 적을 알고 나를 알면 백번 싸워도 위태로움이 없다[知彼知己 百戰不殆]고 하였소이다. 내가 적의 형세를 살펴본 바로 적도들은 까마귀 떼가 모인 것같이 질서 없는 군중이오. 우리 일곱이 마음을 같이하고 힘을 합치기만 하면 저와 같이 나라를 어지럽히는 도적 떼는 비록 백만 대중이라 하여도 겁날 게 없소. 아직 날이 밝지 않았으니, 적도들이 뜻하지 아니한 때에 쳐들어가면 대쪽을 가르는 기세로 무찌를 수 있을 것이오. 동지들, 부디 두려워하거나 망설이지 말고 내 작전에 따라 주시오."

중근이 포군들을 동지라고 불러 가며 그렇게 달래자 마침내 그들도 응낙하였다. 중근이 그들에게 일렀다.

"먼저 대장기가 있는 곳으로 총포를 집중하여 적도들의 머리부터 부숴 버립시다. 적의 중군(中軍)이 놀라 흩어져 달아날 때, 우리모두 한달음에 달려 내려가 대장기를 덮치고 적 수괴의 목을 베면, 우리 본대(本隊)가 오기를 기다릴 것도 없이 적을 이길 수 있소."

그들 별대(別隊)의 포군들이 말없이 중근의 작전을 따라 주어 곧 동학군의 대장기가 꽂힌 곳으로 총포가 쏟아졌다. 부포와 짐꾼들이 번갈아 화승총에 화약과 탄환을 재어 주니 포군 여섯이라도 화력은 배나 되었다. 거기다가 중근의 양총이 연발로 불을

첫 출진 71

뿜고 또 산혼 폭죽이 잇달아 터지니, 뒷날 중근 자신이 회고한 대
로 "포성은 벼락같이 천지를 뒤흔들고 탄환은 우박처럼" 적진에
쏟아졌다.

안태훈 부대가 아무리 사납고 날래어도, 그 같은 겨울비를 뚫
고 청계동을 나와, 10리나 떨어진 골짜기와 기슭에 진을 친 자기
들 대군을 등 뒤에서 기습해 올 줄은 꿈에도 생각지 못한 동학군
들이었다. 아래위 할 것 없이 크게 놀라 미처 손을 써 볼 틈이 없
었다. 갑옷도 찾아 걸치지 못하고 군기(軍器)도 팽개쳐 둔 채, 서로
밀치고 밟으며 산과 들로 흩어져 달아났다.

바란 대로 동학군이 놀라 흩어지자 중근은 데려간 포군들을
재촉해 적을 뒤쫓기 시작했다. 처음 한동안은, 역시 뒷날 중근이
회고한 것처럼, "파죽지세(破竹之勢)로" 거침없이 치고 내려갔다. 하
지만 고작 포군 일곱으로 벌인 그 추격전은 아무래도 지나친 일
이 되었다.

그사이 동학군을 혼란시키던 산혼 폭죽은 다 터지고, 포군들
이 적을 뒤쫓느라 움직이기 시작하자 화승총의 발사 속도도 전과
같지 못했다. 중근의 양총은 아직도 연발로 터졌으나, 그것도 탄
환이 많지 않아 무한정 쏘아 댈 수는 없었다. 총포 소리가 점점 드
문 데다 동까지 터 오자 중근이 이끄는 별대의 실세가 적에게 그
대로 드러나기 시작했다.

뒤처져 달아나던 동학군이 먼저 뒤쫓는 적병의 외롭고 약한 형
세를 알아차리고 내닫기를 멈추며 돌아섰다. 이어 뿔뿔이 흩어져

멀리 달아났던 동학군까지도 되돌아와 중근이 이끄는 부대의 추격을 되받아쳤다. 몇 안 되는 포군의 야습에 그토록 큰 낭패를 보았다는 게 분해서인지 도리어 중근의 부대를 에워싸고 들이치는 동학군의 기세가 여간 사납지 않았다. 오래잖아 중근은 길을 열어 달아나기조차 어려운 지경에 빠지고 말았다.

다행히도 그때 능선 저편에서 요란한 총소리를 듣고 사태를 짐작한 노제석이 급히 본대를 몰아 구원을 왔다. 황해도의 산포대에서도 난다 긴다 하는 명포수들로만 뽑은 서른네 명의 포군이 능선을 넘어 쏟아지며 총포를 쏘아 대고, 그 배가 되는 부포와 짐꾼들이 뒤를 따르며 남은 산혼 폭죽을 터뜨리고 함성을 지르니, 한번 놀란 동학군들에게는 다시 불벼락과 사람의 사태가 머리 위로 쏟아져 내리는 것 같았다.

이번에는 정말로 안태훈 부대의 계략에 걸린 것으로 지레짐작한 동학군은 잘못 문 미끼를 뱉어 내듯 중근의 별대를 버려 놓고 뒤돌아 달아나기 시작했다. 더는 이것저것 살필 겨를조차 없는 퇴각이라 병기며 군수물자들을 챙길 틈도 없었다. 말도 그들이 타고 있는 것만 빠져나갔을 뿐 나머지는 숙영지에 매어 둔 채였다.

날이 밝자 추격을 멈추고 전리품을 거두어 보니 적이 얼마나 황망하여 달아났는지 알 만했다. 버리고 간 환도와 화승총과 갑옷이 헤아릴 수 없이 많았고, 거둔 화약과 탄환은 수레로 옮겨야 할 정도였다. 군량이 알곡으로만 수백 자루였고, 소와 말도 수십 마리였다. 또 동학군이 남긴 시체가 열여덟 구였는데, 그중에 영장(營將)급도 셋이나 되었다. 동학군은 그야말로 안태훈이 시를 지어 조롱한 대로 '죽기를 무릅쓰고 소리치며 덤벼든 저녁 모기' 꼴이 난 셈이었다.

그와 같은 동학군의 피해에 비해 안태훈의 명을 받고 나가 싸운 노제석 부대는 다친 사람이 단 한 명도 없었다. 그들은 그 승리를 모두 하늘의 도움이라 여겨 감사하는 술을 올린 뒤에 크게 만세를 부르며 청계동으로 개선했다. 삼경에 동천을 나간 뒤로 하루가 다 저물기도 전이었다.

소를 잡고 술을 거르게 해 기다리던 안태훈은 그들이 돌아오자 크게 잔치를 벌였다. 술과 고기를 넉넉히 내어 마음껏 먹고 마시게 하는 한편, 온갖 좋은 말로 그들을 위로하고 치하하기도 잊지 않았다. 중근에게는 따로 위로나 치하가 없었으나, 이후 다시는 중근이 무사(武事)에 앞장서는 것을 나무라거나 말리지 않음으로써 맏아들에 대한 믿음과 정을 드러냈다. 실제 안태훈은 그 뒤 둘째 정근이나 셋째 공근뿐만 아니라 조카들까지도 그들이 학문을 게을리하는 걸 보면 언제나 엄하게 꾸짖었지만, 중근에게는 결코 그러는 법이 없었다고 한다.

잔치가 끝난 뒤 안태훈은 황해 감사 정현석에게 글을 보내 승전을 알렸다. 안태훈 부대의 승전 소식을 들은 신천(信川) 군수도 조정에 첩보(捷報)를 올려 안태훈의 공훈을 알렸다.

……해주 감영(監營)에서 뽑아 세운 의려장인 우리 군(郡)의 진사

안태훈이 포군(砲軍) 70명과 촌정(村丁) 백여 명을 모아 동비의 영장 세 명을 잡아 죽이고, 적도들이 달아나며 버려둔 조총과 환도, 갑옷 등을 거두어 조정으로 올려 보냈다고 합니다. 안태훈의 능숙한 수완 과 기이한 공훈은 지극히 가상한 일로서, 크게 격려하고 포상을 내려 마땅합니다. 안태훈을 우리 도(道)의 소모관(召募官)으로 임명하려 함을 아뢰니 윤허해 주십시오.

신천 군수가 조정에 올린 글은 대강 그랬다. 소모관은 의병을 모을 권한을 지닌 관원이니 안태훈이 소모관이 된다 함은 앞으로 거리낌 없이 군사를 기를 수 있다는 뜻이 되기도 했다. 그러나 조 정이 안태훈을 소모관으로 삼는다는 처분을 내리기도 전에 황해 감사 정현석이 해주에서 보낸 파발이 먼저 청계동으로 달려왔다. 박석골 싸움이 있고 채 열흘도 지나지 않았을 때였다.

정현석이 파발에게 글 두 통을 주어 보냈는데, 한 통은 정현석 이 해주성의 급한 정황을 손수 써 보낸 것이고, 다른 한 통은 황해 도 동학의 수괴가 읍군(邑郡)의 수접주(首接主)에게 보냈다는 통 문(通文)이었다.

공(公)의 의거로 동비들은 박석골 한 싸움에서 일패도지(一敗塗 地) 하였으나, 그 기세는 아직도 강성하오이다. 해서(海西) 동비의 수 괴는 다시 수만 도당을 모아 해주를 되찾겠다고 큰소리치고 있소. 성 중에 영목(鈴木, 스즈키) 소위가 이끄는 일병(日兵) 마흔 명이 있고, 이리저리 긁어모은 감영군 3백이 더 있으나, 그 작은 군사로 죽기를 무릅쓰고 덤비는 수만 적도들을 어찌 당해 내겠소? 공은 다시 한 번 의기를 내어 위태로운 해주성을 구해 주시오. 함께 보내는 글은 기세가 오른 동비들이 저희끼리 내놓고 주고받는 사발통문인데, 그 수작이 황홀하고 계모(計謀)가 간특함을 잘 드러내는 것이라 한 벌 베끼게 하였소. 특히 아직도 청나라에 부화(附和)하려는 그 비루함과 부도(不道)함이 가소롭소이다.

그런 정현석의 편지와 함께 온 동학의 통문은 대강 이러했다.

해백(海伯, 황해도 감사) 부자가 왜(倭)와 더불어 해주, 강령(康翎)의 도인(道人, 동학도) 백여 명을 살해하였으니, 힘없는 백성을 잔혹하게 죽인 이 부자는 조선이 열린 지 5백 년에 처음 보는 대역(大逆)의 악물(惡物)들이라 할 만하다. 이에 해서 10여 읍에 일제히 글을 보내 기포(起包)하자 며칠 만에 모여든 이들이 무려 5만을 넘었다. 이제 취야(翠野) 북쪽에 진을 치고 그 서쪽의 곡식과 사람이 오갈 길을 끊으면, 앞으로 모여들 도인은 틀림없이 더욱 늘어날 것이다.

평산읍의 각 포(包, 동학의 조직 단위)도 떨쳐 일어나 군사를 일으킨 뒤, 석장(石長)에 모여 진채를 세우고 그 동쪽의 길을 끊으라. 그리되면 해백 부자는 반드시 평산이나 금천 북쪽으로 도망칠 것이다. 그때 연안·배천·평산이나 금천에 통문을 내어, 연안·배천 두 읍의 동학도는 읍천(泣川) 도로를 막고, 평산·금천 두 읍의 동학도는 작천(鵲川)

북쪽을 지키게 하면 해백 부자를 사로잡을 수가 있을 것이다.

더욱이 지금 천병(天兵, 청나라 군사)은 왜구를 그 땅에서 몰아내고 압록강을 건너, 강계와 의주 북쪽에서 모조리 때려잡으려 한다는 뜻을 해주와 안악의 수접주에게 글로 알려온 바 있다. 그런즉 이제 크게 창의(倡義)하여 먼저 해백 부자의 목을 벤 뒤 청나라 진영에 바친 뒤라야 우리 동학도의 장래도 기대할 바 있으리니, 모두 떨쳐 일어나 대세의 흐름을 놓치지 말라.

읽기를 마친 안태훈은 그 자리에서 각 부대장들을 불러 모았다.

"해백이 손수 글을 보내 구원을 요청하고 있으니, 그냥 두고 볼 수 없다. 포군들은 모두 출진 채비를 하게 하라. 이번에는 내가 자네들과 함께 가겠다."

부대장들이 모두 모이자 안태훈이 그렇게 말하며 그날로 출진 채비를 마치게 하는 한편, 먼저 발 빠르고 산 잘 타는 장정 셋을 해주 쪽으로 내보내 적정을 살펴보게 했다.

취야 싸움

翠野

해주 쪽으로 간 정탐꾼들이 돌아온 것은 다음 날 해거름이었다. 안태훈의 엄명이 있었던 것인지 그들은 갈 때는 세 갈래로 길을 나누어 시간을 달리해 떠났으나, 돌아올 때는 한 덩어리가 되어 같은 시간에 왔다. 그들은 큰사랑에 모여 기다리던 안태훈 형제와 막빈들에게 보고 들은 바를 차례로 알렸다.

"동비의 본진은 취야(翠野) 장터 북쪽에 있는데, 들리는 말로는 머릿수가 만 명을 훨씬 넘는다고 합니다. 거기서 진을 치고 황해 감사 부자가 잡혀 오기를 기다린다 하였습니다."

"또 다른 적도(賊徒) 만 명은 해주 서쪽 10리 되는 곳에 머물러 해주를 치는 부대의 뒤를 받쳐 주고 있다고 합니다. 그러면서 혹시라도 황해 감사 부자가 해주성을 빠져나온다 해도 자기들이 거기서 기다리다 사로잡겠다고 큰소리치고 있습니다."

"동학군의 정예 육칠천 명은 두 갈래로 나뉘어 가만히 해주를 에워싸는 중입니다. 불원(不遠) 성을 들이쳐 일본군을 쫓고 황해 감사를 비롯한 탐관오리들을 모조리 잡아다 징치하겠다고 외고 다니는데, 그 선봉은 금년에 열아홉 난 김창수(뒷날의 김구라고도 한다)란 접주라 합니다."

그러자 안태훈이 가만히 고개를 끄덕이며 받았다.

"그자라면 나도 알 만하다. 백운방 텃골 팔봉산(八峰山) 밑에 살며 무리를 모은 까닭에 팔봉(八峰) 접주라고도 하고 나이가 어리다 하여 애기 접주라고도 하지."

"그를 어떻게 아십니까?"

안태건이 그런 형의 얼굴을 쳐다보며 물었다.

"지난번에 임 대장(임도웅)이 장연으로 산포를 모으러 갔다가 하나도 데려오지 못한 것은 장연의 포군들이 모두 그를 따라가 버린 까닭이라 들었다. 동비들끼리는 자기가 꾀어 들인 도당을 연비(聯臂)라 한다는데, 그자의 연비가 해서의 접주들 가운데서 제일 많다는 소문이 있다. 그 밑에 든 포군만도 몇백 명이 된다고 한다."

그때 방 한구석에 끼어 있던 중근이 자신도 모르게 불쑥 물었다.

"김창수가 선봉이 된 것은 이끄는 무리가 많아서입니까? 적도들 가운데서 특별히 용맹스러워서입니까?"

어쩌면 중근 자신처럼 나이 어린 선봉이란 점에 묘한 호승심(好

82

勝心) 같은 걸 느꼈는지도 모를 일이었다. 안태훈이 그런 아들의 속 마음을 읽었는지 짐짓 대수롭지 않다는 어조로 받았다.

"모르겠다. 그가 용맹해서 선봉을 맡겼을 수도 있고, 우직해서 총알받이로 내세운 것일 수도 있겠지."

그래 놓고는 자리에 있는 형제들과 막빈들을 돌아보면서 물었다.

"들으셨다시피 적도들은 세 군데에 진세를 벌여 서로 의지하는 형세를 이룬 듯하오. 우리가 내일 군사를 내면 어디로 가든 하룻 길로 그 세 갈래 중 하나와 만나게 되는데, 누구를 가장 먼저 쳐 야겠소?"

근래 새로 온 막빈 중에 안태훈이 김 진사로만 밝힌 중년 하나 가 많지 않은 수염을 가만히 쓸며 받았다.

"해백이 글을 보내 구원을 청한 것은 해주성이 아니었소이까? 마땅히 해주성으로 들어가 힘을 합쳐 적을 막아야 할 것이오."

"하지만 해주성은 적도들 가운데 가장 정예한 육칠천이 에워싸 고 있습니다. 더구나 거기서 10리 서쪽에는 만 명의 적도가 그들 의 뒤를 받쳐 주고 있고, 다시 20리를 가면 적도의 본진 만여 명 이 버티고 섰습니다."

그러자 안태훈이 논의를 풀어 가는 방식을 잘 아는 고석로가 빙긋이 웃으며 말했다.

"내 보아 하니 이미 안 진사께서는 가슴에 품은 비책이 따로 있 으면서 공연히 우리 늙은이들을 떠보고 계신 게 아니오? 바로 말 해 주시오. 그것을 함께 따져 보고, 따로 더하거나 뺄 것이 없으면

취야 싸움 83

그대로 시행해 보도록 합시다."

고석로의 말에 겸연쩍을 만도 했지만 안태훈은 그런 기색이 없었다.

"실은 제가 생각해 본 게 있기는 합니다만 당최 미덥지 않아서……."

아무렇지 않다는 얼굴로 그렇게 말끝을 흐리며 다시 누가 재촉해 주기를 기다리다가, 정말로 자신 없는 것처럼 말을 이었다.

"두 사람의 싸움을 말리려면 싸우는 가운데 뛰어들어서는 안 된다고 들었습니다. 먼저 뜯어말리고 싶은 사람의 급소를 후려쳐 싸우지 못하도록 하는 게 가장 빨리 싸움을 그치게 하는 길이라고 손빈(孫臏, 전국시대의 병략가. 그를 손자라 지칭하기도 한다.)은 말했습니다. 우리도 해주성으로 달려가 적도들과 일본군 사이에 뛰어드는 것보다 취야 북쪽에 있는 적의 본진을 들이쳐 보는 게 어떨는지요? 저희 본진이 무너지면 해주성을 넘보는 것들도 당황하여 물러날 것입니다."

그렇게 시작된 논의는 그 뒤로도 한참이나 이어졌지만 대강은 안태훈의 뜻을 크게 벗어나지 않았다. 포군 80명과 정병 백여 명을 골라 취야 북쪽의 동학군 본진을 급습한다는 것으로 논의를 끝냈다.

다음 날인 동짓달 스무엿새는 양력으로 12월 22일, 동학농민운동과 청일전쟁, 갑오경장으로 요란했던 서기 1894년도 다 저물어 갈 무렵이었다. 그날 안태훈이 이끈 신천 의려의 정병 2백여 명은 부포와 짐꾼 70여 명을 딸린 채 아침 일찍 청계동을 떠났다. 그때까지도 취한 듯한 기분으로 지내던 중근도 당연한 듯 노제석 부대와 함께 다시 출전했다.

그런데 군사들이 막 청계동을 나서려 할 무렵, 중근의 사촌 아우 명근 때문에 작은 소동이 있었다. 명근은 중근의 둘째아버지(仲父) 안태현의 아들로 중근과는 동갑이지만 생일이 늦어 아우였다. 중근과는 달리 그때까지는 할아버지와 아버지의 가르침을 충실하게 따르며 책만 읽었는데, 그의 몸을 흐르는 가문의 피는 끝내 어찌해 볼 수가 없었던 듯했다. 언제부터인가 중근과 함께 박석골 싸움에 따라가지 못한 것을 한으로 여기더니, 그날 기어이 출전 채비를 하고 따라나서려 한 까닭이었다.

명근이 화승총도 다룰 줄 모르는 책상물림임을 잘 아는 안태훈이 좋은 말로 달래고, 포군 대장들이 뒷날을 기약해도 명근은 막무가내였다. 더구나 동갑내기 사촌 형 중근이 말리는 것은 오히려 불에 기름을 부은 격으로 명근의 고집을 더 앞뒤 없게 만들었다. 그러다가 안태현의 벼락같은 호통을 듣고서야 명근은 겨우 되돌아섰다. 하지만 그날부터 안명근의 가슴속에서도, 아직은 자신도 그게 무엇인지 잘 모르지만 죽을 때까지 그를 휘몰아 갈 어떤 열정이 불붙어 오르고 있었다.

점심도 주먹밥으로 겨우 때우고 길을 재촉한 신천 의려는 짧은 겨울 하루에 80리를 달려 그날 저물 무렵에는 해주 가좌방(茄佐

坊)으로 들어설 수 있었다. 거짓 깃발로 동학군을 가장하고 우마와 수레까지 부리며 대담하게 큰길로 달려온 덕분이었다. 그 북쪽에 동학군이 진치고 있다는 취야 장터는 뒷날 철도가 지나갈 곳으로, 그때도 장연(長淵), 강령(康翎) 등지로 이어지는 신작로들이 만나는 교통의 요지였다. 사람의 왕래가 많은 만큼 동학군이 진을 치고 있다는 곳까지 그들의 깃발을 앞세운 채 들키지 않고 다가갈 수는 없었다.

저물 무렵 가좌방에 접어들면서 동학군의 깃발을 거둔 안태훈은 사람들의 눈을 피해 하룻밤 유진(留陣)할 곳을 찾아보게 했다. 다행히 방현서원(芳峴書院) 부근의 이름 모를 야산 등성이에서 그들 군사 2백여 명과 부포, 짐꾼이 겨우 함께 묻어 숙영할 만한 곳을 찾아냈다. 기름진 취야 평야 북쪽 한구석에 어쩌다 솟은 쉰 길도 못 되는 야트막한 민둥산이지만, 능선을 따라 둥그렇게 원진을 치고 보니 거기서 싸움이 붙어도 그런대로 보루나 포대 삼아 쓸 만했다.

"여기서 저녁을 지어 먹고 쉬다가 삼경에 내려가 날 새기 전에 적의 본진을 친다."

다시 한 번 야습으로 어림없는 병력의 열세를 만회해 볼 작정인지 안태훈이 그렇게 말해 놓고 해주 출신으로 특히 취야 장터 부근의 지리에 밝은 이들을 찾아보게 했다. 오래잖아 나이 지긋한 포군 하나와 젊은 장정 몇이 불려 왔다.

"자네들이 우리 청계동 의려에 든 것을 이곳 사람들이 아직 모르는 사람만 나서 주게. 취야 장터로 들어가 적진의 형세를 자세히 살피고 돌아오자면, 이곳 사람 행세를 해야 하는데, 혹시라도 자네들을 알아보는 사람이 있으면 크게 낭패를 당할 수도 있네."

그런 다음 고르고 골라 두 사람을 뽑아 보내면서 당부했다.

"적의 실세는 얼마나 되며, 어떻게 진채를 펼치고 있는지 다가가 살펴보고 오게. 특히 적의 대장기가 세워진 곳을 알아내어 자세히 살펴보고, 우리가 어디로 치고 들며 어디로 빠져나와야 할지도 정해 둬야 하네."

그들이 떠나자 안태훈은 군사들에게 이른 저녁을 먹이고 쉬게 했다.

그런데 그날 밤 이경도 되기 전에 정탐 나갔던 장정 가운데 하나가 겁먹은 얼굴로 돌아와 말했다.

"큰일 났습니다. 우리 의려의 행적이 이미 적에게 탄로 났습니다. 당숙이 하는 주막에 들렀더니, 벌써 해거름부터 청계동의 안태훈 부대가 다가오고 있다는 소문이 돌고 있다고 합니다. 뿐만이 아닙니다. 마침 적도의 군중(軍中)에 술을 대는 당숙을 따라 술통을 지고 적도의 군중으로 가 보았는데, 놀랍게도 그것들이 도리어 오늘 밤에 우리를 때려잡겠다고 출진을 벼르고 있었습니다. 그래서 바로 달려오는 길입니다."

이어 이경에 들 무렵에는 앞서 돌아온 장정과 함께 간 나이 지긋한 포군이 헐떡거리며 달려와 알렸다.

"적도들이 사람을 풀어 우리 자취를 쫓게 한 모양인데, 마침내 우리가 여기 있다는 것을 알아낸 듯합니다. 동학군에 든 생질이 있어 그 진영으로 마누라를 슬쩍 보내 봤더니, 한쪽에서 출진 채비가 한창이더라는 겁니다. 마누라가 어렵게 생질을 불러내 그것들이 어디로 가느냐고 물어보니까 뭐, 방현서원 쪽으로 숨어든 탐관오리의 앞잡이들을 치러 간다나요. 그렇다면 우리밖에 더 있습니까?"

그렇게 되자 안태훈의 신천 의려가 머물던 야산 등성이는 긴장 속에서도 크게 술렁이기 시작했다. 뜻밖의 사태에 안태훈이 말없이 머리를 쥐어짜고 있는데 포군 영수로 따라온 한재호가 걱정스러운 듯 물었다.

"어쩌시겠습니까? 이미 적에게 자취를 밟혔다면 숙영지를 옮겨야 마땅하지 않겠습니까?"

"아니, 그렇지 않네. 얼마나 큰 군사가 올지 모르나 이 등성이를 성채 삼아 한바탕 방어전을 펼쳐 보는 것도 괜찮을 듯하이."

안태훈이 그렇게 답해 놓고 다시 그 까닭을 알려 주듯 덧붙였다.

"적은 이미 여러 날 전부터 이곳에 묵어 지리에 밝고 제법 민심도 얻은 듯하네. 우리가 움직여 봐야 이 어두운 밤 낯선 곳에서 어디를 가며, 간들 소리 없이 내빼는 것이 아닐 바에야 저들의 추격을 떨쳐 버릴 수 있겠는가? 그렇다고 이 먼 길을 싸우러 왔다가 포 한방 놓지 못하고 꽁무니를 뺄 수도 없고……. 차라리 이만큼이라도 익힌 지세(地勢)에 기대 적의 예기를 꺾어 버리는 편이 낫겠네."

이어 안태훈은 대담하게 횃불을 밝게 하고 포군들을 불러 모았다.

"들으니 적이 우리가 온 줄 먼저 알고 도리어 우리를 치러 온다고 한다. 수고롭게 찾아갈 필요 없이 여기서 기다리다가 적을 받아치자. 적이 몇천이니 몇만이니 하는 것은 다만 머릿수에 지나지 않는다. 비록 사포(私砲)나 우리에게는 훈련도감의 포장(砲匠)이 만든 조총이 1백 20자루요, 무라타(일본에서 만든 신식 소총 이름) 소총보다 나은 영길리(英吉利) 양총(엔필드 소총)이 두 자루 있다. 너희 일흔 명이 높은 곳에 자리 잡고 일시에 방포하면 동비의 오합지중이 무슨 수로 버티겠느냐?"

안태훈이 군령(軍令) 삼아 외치는 소리를 듣고 있던 포군의 태반은 이미 박석골 전투에서 그런 동학군과 싸워 본 적이 있는 이들이었다. 아직도 그때의 승리에 들떠 있어 안태훈의 말은 훨씬 더 잘 먹혀들었다. 적세에 움츠러들기는커녕 함성까지 지르며 기세를 올리자 나머지 포군도 덩달아 투지를 되살렸다.

어찌 된 셈인지 그 밤 동학군은 생각보다 늦게 왔다. 저희 딴에는 야습이라 그랬는지 삼경이 넘어서야 왔는데, 10리 밖에서 알아보게 횃불이 훤하고 인마가 소란스러운 게, 야습치고는 이상했다. 그들 선두가 요란한 깃발과 횃불을 앞세우고 야트막한 언덕을 돌아 나오는 걸 보고 언제나 침착하고 사려 깊은 한재호가 그답지 않게 서두르며 말했다.

"적의 군세가 대단하군요. 우리도 횃불을 더 많이 밝히고 깃발을 벌려 세워 허장성세(虛張聲勢)를 할까요?"

"그럴 것 없소. 허허실실(虛虛實實), 있는 그대로 고요히 기다리다가 적이 우리가 있는 곳을 알고 들이칠 때 받아치면 되오."

"하지만 어둠을 틈타 수천 명이 함빡 등성이를 기어오르면……"

곁에 있던 중근도 야습을 당해 보기는 또 처음이라 은근히 한재호를 거들었다.

"서울 용산(龍山)에서 여기까지 달려온 영목(鈴木, 스즈키) 부대 몇십 명이 두려워 싸움 한 번 않고 해주성을 내준 저들이다. 그게 아직 스무날도 지나지 않은 일인데, 그사이 달라져 봤자 얼마나 달라졌겠느냐? 우리 화력이면 멋모르고 앞서 날뛰는 농군들의 얼을 빼 놓기에는 넉넉할 것이다."

그사이 다가온 동학군은 여전히 횃불을 대낮같이 밝힌 채 등성이를 에워쌌다. 그리고 군사들이 일시에 치고 올라갈 수 있는 비탈을 찾는지 한참이나 주변을 빙빙 돌더니, 마침내 한 곳으로 주력을 집결시켰다. 안태훈이 진작부터 그곳이 되리라고 짐작해 두텁게 화망(火網)을 구성해 놓은 남쪽과 동쪽 사면(斜面)이었다.

민둥산 높이가 50길도 되지 않고 안태훈이 화선(火線)을 배치한 곳은 8부 능선쯤 되어 두 군사들 사이는 크게 소리치면 서로 말을 나눌 수 있을 정도의 거리였다. 그러나 무슨 계책을 따르고 있는지 동학군은 말 한마디 거는 법 없이 안태훈이 진지로 삼고 있는 등성이 발치를 두텁게 에워싸기만 했다. 눈어림으로도 천 명은 넘어 보이는 군세였다.

한 식경이 지나도 동학군이 치고 들 기색이 없자 노제석이 안태훈을 찾아보고 물었다.

"진사 어른, 저것들이 왜 저러고 있을까요? 혹 우리가 거꾸로 쳐 내려오기를 기다리는 건 아닌지요?"

말없이 적진을 살피고 있던 안태훈이 가만히 고개를 저으며 받았다.

"그건 아닌 듯하네. 우리가 쳐 내려오기를 바란다면 우리를 격동시키거나 꾀어내리는 움직임이 있을 걸세. 그러나 내가 보기에 적은 자못 긴장하여 우리가 치고 드는 걸 경계하는 듯하네."

"그렇다면 정말 우리가 치고 내려가야 하는 것 아닙니까?"

"그것도 무리일세. 열 배 가까운 군사가 병기를 들고 경계하는 곳을 작은 군사가 정면으로 들이치는 것은 병법의 이치에 맞지 않네. 그리되면 끝내는 단병전(短兵戰)이 될 터인즉 우세한 우리 화력이 무슨 소용이 있겠나?"

안태훈은 그리 대답하고 그저 말없이 살피기만 계속했다. 그러다가 새벽녘에 또 한 부대의 동학군이 등성이를 두텁게 에워싸는 것을 보고야 낯빛이 변해 말했다.

"아뿔싸! 적의 계략은 우리를 이 산등성이에 밤새 묶어 두는 거였구나. 날이 밝으면 우리의 형세를 훤히 바라보며 머릿수로 밀어붙일 작정이었던 것을……. 적의 에움을 뚫고 나갈 기회는 어쩌면 간밤뿐이었는지도 모르겠다. 이제 날이 밝으면 참으로 어려운 싸움을 하게 생겼구나."

그런데 미처 날이 다 밝기도 전에 전투는 안태훈이 짐작한 대로 전개되었다.

동학군의 공격은 먼동이 터 오면서 시작되었다. 갑자기 징 소리, 꽹과리 소리 요란하더니 간밤 삼경에 도착해 서남쪽 사면에 모여 있던 부대가 움직이기 시작했다. 불조차 함부로 피우지 못하고 추위에 떨며 밤을 지새운 안태훈의 신천 의려였으나, 동학군이 사면을 기어오르기 시작하자 금세 정신을 가다듬고 받아칠 채비를 갖추었다. 조총에 화승을 꽂고 부싯깃으로 불씨를 나누었다. 부포와 짐꾼들은 화약을 재어 둔 여벌의 화승총을 점검하고 화약과 탄환이 화선(火線)을 따라 제대로 나누어져 있는지를 살폈다. 보군(步軍) 노릇을 할 장정들도 단병전에 대비해 창칼을 끌어당겨 놓고 시위에 화살을 얹었다.

"적이 60보 안으로 다가들기 전에는 방포(放砲)하지 마라."

안태훈은 노제석과 한재호를 통해 포군들에게 그런 명을 내리고 동학군의 선두가 다가들기를 기다렸다. 그때 중근도 화선(火線)에 나와 노제석 곁에 자리 잡고 있었다. 그 또한 아직도 박석골의 승리에 취한 투혼으로 적이 다가들기만을 기다렸다. 박석골에서처럼 온통 붉은 천으로 온몸을 둘러싼 차림에 날렵한 영길리제 엔필드 소총을 낀 그의 작고 호리호리한 몸매가 막 밝아 오는 새벽하늘을 배경으로 능선에 솟아 있는 게 산 아래서 바라보기에 몹시 이채로웠다.

동학군의 함성이 가까워지며 갑자기 총포 소리가 요란하게 터졌다. 안태훈이 이끄는 80명의 포군이 잇달아 화승에 불을 댕기고, 동학군 쪽도 수십 정 화승총으로 저희 돌격 부대를 엄호했다. 고요하던 산등성이가 뒤집힐 듯 총포 소리로 시끄러운 가운데 외마디 비명과 함께 앞서 달려오던 동학군 수십 명이 우수수 쓰러졌다. 하지만 동학군의 숫자가 워낙 많아 그대로 밀고 올라오면 안태훈 부대는 중과부적이 될 수밖에 없었다.

그런데 뜻밖의 변화가 일어났다. 앞줄에서 수십 명이 쓰러지는 걸 보자 뒤따르던 수백 명의 동학군이 멈칫하더니 이내 파도에 쓸리듯 무너져 내렸다. 두 발을 잇달아 쏜 뒤라 중근과 한재호가 지닌 두 자루의 엔필드 소총 외에는 사격이 뜸해졌는데도, 저마다 뒤돌아서서 산비탈을 구르듯 달아나 버렸다. 쓰러져 있던 수십 명 중에서도 태반은 산비탈을 기어 내려갔다. 구경꾼이 있었다면 자칫 싱겁게 느껴졌을 한 판의 전투였다.

하지만 동학군의 돌격은 그걸로 끝나지 않았다. 해 뜰 무렵 전열을 정비한 동학군은 또 한 번 산등성이 위로 쳐 올라왔다. 새벽보다 더 많은 전력을 투입하였으나, 기어오를 수 있는 경사면의 폭이 좁아 안태훈 부대의 사격 전면(前面)은 그리 넓어지지 않았다. 그래서인지 이번에도 안태훈이 이끄는 신천 의려는 가까스로 동학군의 돌입을 막아 내었다. 첫 번째와 다른 것이 있다면, 밀고 든 병력의 폭이 두꺼워 재빨리 빠질 수 없어서였던지, 동학군이 더 많은 사상자를 남기고 물러갔다는 것 정도였다.

이번에도 중근은 무엇에 취한 사람처럼 싸웠다. 투혼이 그의 내면 깊은 곳에서 이끌어 낸 알 수 없는 격정과 흥분에, 고막이 터질 듯한 총포 소리도 거센 함성과 처절한 비명도 들리지 않았다. 명중률에 집착한 승부욕 같은 것에 휩쓸려 오직 표적만을 쫓다가, 표적이 모두 사라지고 사방이 고요해진 뒤에야 겨우 정신이 들었다. 야릇한 마비이면서도 도취였다. 쓰러진 사람들이 산등성이 중턱을 허옇게 뒤덮고 있어도 아무런 느낌이 없었다.

얼마나 지났을까. 겨울 해가 제법 하늘 높이 솟았을 무렵 동학군의 세 번째 공격이 있었다. 그러나 뒷날 중근의 기억에는 그 전투가 거의 남아 있지 않았다. 있다면 그 전투가 있기 전, 동학군이 산 밑 멀찍한 곳에서 벌이던 야릇한 의식과 그걸 에워싼 소동뿐이었다. 도포를 입고 길게 머리를 늘어뜨린 자가 나누어 주는 울긋불긋한 부적을 다투어 가며 받고, 의관을 갖춘 선비 차림의 사내가 무언가 흰 천에 써 준 글씨를 받아 몸에 두르고, 그 한겨울 추위에 윗도리를 모두 벗은 반벌거숭이 사내가 칼을 휘둘러 천천히 칼춤을 추고, 다시 그 곁에는 산발한 도복 차림이 입에 머금은 물을 뿜어 작은 안개를 피우듯 하며 무언가 주문을 외우고…… 그러다가 무시무시한 함성과 함께 표적들이 쳐 올라왔다.

중근은 다시 이상한 마비에 빠져 자신이 거기서 쓸 수 있는 총알이 다해 간다는 것도 헤아리지 못하고 방아쇠를 당겼다. 이번에는 지난번보다 많은 표적들이 가까이 다가드는가 싶더니, 끝내 등성이를 기어올라 화선(火線)에 대기하고 있던 백여 명의 청계 동 장정들이 창칼을 들고 뛰쳐나가서야 쓰러지거나 등성이 아래 로 달아났다.

중근이 퍼뜩 정신이 든 것은 등성이를 기어오르던 동학군을 모 두 아래로 밀어낸 신천 의려의 장정들이 승리의 함성을 지를 때였 다. 팽팽하게 당겨져 있던 줄이 끊어지듯, 본능적인 공포와 그것을 억누르려는 자의식으로 한껏 죄어진 중근의 내면은 마침내 그 긴 장을 버텨 내지 못했다. 중근이 의지하고 있던 바위 뒤에서 뛰쳐 나와 온몸을 드러내고 이미 산등성이를 굴러떨어지듯 달아나고 있는 적을 향해 총질을 해 댔다. 이제는 적의 탄환으로부터 제 몸 을 가리는 것조차 잊어버린 무의식적인 총질이었다.

하지만 산 아래서 그런 중근을 바라보는 동학군들의 느낌은 달랐다. 맑은 겨울 아침 햇살 아래, 옅게 푸른 하늘을 등 뒤로 하 고 산등성이에 우뚝 서서 총을 쏘아 대고 있는 붉은 옷의 소년. 멀리서도 알아볼 수 있을 만큼 번쩍이는 양총에 총 솜씨도 뛰어 나, 총성이 울릴 때마다 이제 사거리를 벗어났다 하여 한숨 돌리 려던 동학군까지 풀썩풀썩 쓰러지니, 기이함을 넘어 두려움으로 간이 얼어붙는 듯했다.

산 아래 동학군 가운데는 보름 전 박석골 전투에서 이미 그런 중근을 본 자들이 더러 있었다. 그날 아침 밝은 햇볕 아래 다시 보 게 되자, 삼남의 동학군들을 도왔다는 '하늘에서 내려온 홍의장군[天降紅衣將軍]'이 이번에는 거꾸로 동학군을 치기 위해 나타난 것처럼 느껴졌다. 그 바람에 그 일은 또 하나의 신비한 전설이 되어 민간을 떠돌다가 나중 백암 박은식과 위애(緯涯) 이전(李全) 등이 쓴 중근의 전기에 채록되어 뒷날까지 전해졌다.

안태훈의 의병 부대가 차지하고 있는 산등성이를 공격하다 세 번이나 낭패를 당하고도 동학군은 쉽게 물러나려 하지 않았다. 멀찍이 물리기는 했으나 여전히 몇천이 되는 병력으로 그 등성이를 에워싸고 있었다. 한편으로는 흐트러진 전열을 정비하고 다른 한편으로는 본진의 응원을 기다리는 것 같기도 했다.

그런데 정오 무렵이 되면서 등성이 아래 동학군 진영에서 갑자기 이상한 움직임이 느껴졌다. 취야 장터 쪽에서 본진으로 짐작되는 수천 명이 몰려와 미리 와 있던 부대와 합류하는 듯하더니, 안태훈 부대가 있는 산등성이 쪽은 쳐다보지도 않고 장연으로 빠지는 산길로 사라졌다. 깃발을 접고 창칼을 끌며 황황히 몰려가는 게 무엇에 쫓기는 듯했다.

마침내 그 등성이를 에워싸고 있던 부대까지도 그들과 함께 묻어 움직이자 포군들이 안태훈을 보고 말했다.

"적이 장연 쪽으로 달아나는 것 같습니다. 내려가 뒤쫓아야 하지 않겠습니까?"

처음 동학군의 본진까지 몰려올 때 비장한 각오까지 다졌던 만큼 그렇게 묻는 그들의 얼굴에는 어이없어하는 표정까지 있었다.

진작부터 쏘는 듯한 눈길로 동학군의 움직임을 내려다보고 있던 안태훈이 가라앉은 목소리로 말했다.

"그래서는 아니 되겠네. 달아나는지는 몰라도 싸움에 져서 쫓기는 군사는 아니네. 우리를 산등성이 아래로 꾀어내리려는 수작일 수도 있고, 그렇지 않다 해도 전력(戰力)을 보존해 물러나는 대군을 함부로 뒤쫓는 법이 아니네."

그러면서 그들이 모두 사라질 때까지 내려다보고만 있다가 사위가 조용해지자 장정들을 불러 말했다.

"너희들은 패를 나누어 등성이를 내려가 인근을 정탐하고 물을 길어 오너라. 적이 모두 사라졌다 해도 여기서 밥을 지어 먹고 넉넉히 쉰 뒤에 움직이는 것이 좋겠다."

회중시계를 열어 보고 시간을 잰 안태훈이 다시 군사를 움직인 것은 오후 2시가 넘어서였다. 추위에 떨며 밤을 세운 데다 정오를 넘겨 늦은 아침을 먹은 터라 피로와 식곤증으로 졸고 있던 포군들을 일깨운 안태훈이 말했다.

"우리가 청계동을 나온 것은 해주성의 위급을 구하기 위해서 였다. 다행히 적의 본진은 서북으로 달아났으나, 취야와 해주 사이에 진을 치고 있다는 적도 한 갈래가 어찌 되었는지 아직 알 수가 없다. 이제 그것들마저 쳐서 흩어 버려야 해주로 달려가 몰리고 있는 감영(監營)의 군사들을 응원할 수 있는 만큼 여기서 더 지체할 수 없다. 먼저 그쪽으로 정탐을 보내고 우리도 곧 출발하자."

그런 다음 해주 출신의 발 빠른 장정 둘을 보내 하나는 바로 해주성의 정황을 살펴보게 하고 다른 하나는 해주성 서쪽 10리 부근에 진을 치고 있다는 동학군 별대(別隊)의 움직임을 살펴 오게 했다.

그리 먼 길이 아니어서인지 안태훈이 이끄는 본대가 사람과 물자를 수습해 움직이기 시작한 지 한 식경(食頃)도 안 돼 해주성 서쪽의 동학군 별대를 살피러 간 장정이 돌아와 알렸다.

"해주 서쪽 10리 되는 곳까지 살폈으나 동비들은 자취도 보이지 않습니다. 그들이 진을 치고 있었다는 마을에 스며들어 물어보았더니 벌써 점심 나절에 진채를 거두어 재령 쪽으로 사라졌다고 합니다."

그 말에 안태훈은 군사들을 급하게 몰아 그리로 가 보았다. 취야 장터에서 20리쯤 되는 곳에 이르니, 작은 마을 곁에 대군이 숙영하고 간 흔적이 어지럽게 남아 있는 들판이 나타났다. 그러나 만 명이 넘는다는 소문이 돌던 동학군은 정탐꾼이 말한 대로 그림자조차 비치지 않았다.

"그렇다면 어서 해주성으로 가 보자."

그제야 마음을 놓은 안태훈이 짧은 겨울 해가 기우는 서산을 바라보며 그렇게 명을 내렸다. 그런데 해주성으로 가기 위해 동쪽으로 길을 잡은 그들이 두어 마장이나 갔을까, 제법 큰 마을 하나를 지나다가 끔찍한 광경을 보게 되었다. 동구 밖 오래 묵은 당나무[神木] 곁을 지날 때였다. 두어 아름드리 되는 느티나무를 둘러싼 여남은 그루 굵은 잡목에 시체 다섯 구가 매달려 있었다. 하나같이 때에 전 무명 바지저고리 차림이었는데 배와 가슴께에 엉겨 붙은 검붉은 핏자국이 아니면 산 사람을 묶어 둔 줄로 알았을 것이다.

"저게 무엇인가?"

짐작 가는 데가 있었으나 안태훈이 놀란 가슴을 진정시키느라 물었다. 나이만큼이나 세상일에 지긋한 한재호가 별로 놀란 기색 없이 대답했다.

"붙들린 동비들을 포살(砲殺)한 것 같습니다."

"누가 여기까지 와서 동학군을 잡아 죽이고 갔단 말이냐? 그럼 해주성은 어떻게 된 것이냐? 일본군과 감영병(監營兵)은 모두 성안에 갇혀 있다 했는데, 누가 여기까지 와서 저들을 잡아 죽였단 말이냐?"

안태훈이 평소답지 않게 목청을 높였다. 그때 중근은 포군들 사이에서 취한 듯 몽롱하게 걷고 있었다. 아침나절 방현서원 부근의 산등성이에서 세 번째 동학군의 돌입을 뿌리친 이래로 이어지고 있는 야릇한 마비와 몽환 상태였다. 밥도 먹고 물도 마시고, 구령에 따라 걷고 쉬었지만 중근의 의식은 점차 현실에서 멀어지고 있었다. 그런데 아버지 안태훈의 흔치 않은 고성이 중근의 의식을 점점 깊어 가는 마비와 몽환에서 끌어내어 동학군의 시체로 눈길을 돌리게 했다.

중근이 자꾸 흩어지는 정신을 수습해 나무에 묶인 채 총살당한 동학군의 시체를 차례로 살피고 있는데 노제석이 땅바닥에서 무언가를 주워 안태훈에게 보이며 말했다.

"일본군들의 짓 같습니다. 이것 보십시오. 일본군의 무라타 소총 탄피입니다. 그들이 동학군을 쳐부수고 해주의 포위를 푼 뒤 여기까지 뒤쫓아 왔다 돌아간 것 같습니다."

안태훈이 그 탄피를 받아 살피다가 이맛살을 찌푸리며 말했다.

"일본군이 맞구나. 그런데 감사(監司)의 편지에는 해주성 안에 영목(스즈키) 부대 마흔 명 밖에 없다고 했는데, 누가 성을 에워싸고 있던 2만 가까운 동비들을 쫓고 여기까지 와서 그들을 잡아 죽였다는 말인가?"

"가까운 일본군 병참 부대나 수비대(청일전쟁 수행을 위해 황해도 각처에 주둔했음)에서 구원을 나온 것인지도 모르지요."

"그들은 자기 구역을 지키기에도 바쁘다. 해주를 지키는 영목 소위의 부대도 멀리 용산에서 올라온 병력이라고 들었다. 그런데 무슨 수로 몇 명 안 되는 지역 병참 부대나 수비대에서 구원을 나온단 말인가?"

안태훈이 그렇게 말하고 장정을 보내 진상을 들려줄 만한 마을 사람 하나를 찾아오게 했다. 그사이에도 중근은 마비와 몽환에서 온전히 빠져나오지 못한 흐릿한 의식으로 나무에 묶인 채 총살당한 다섯 구의 동학군 시체를 살피고 있었다. 괴롭게 일그러진 채 굳어 있었지만 그 하나하나가 이상하게도 낯익고 친근하게 느껴졌다. 청계동에 농막(農幕)살이 하는 김 서방, 이 서방 같기도 하고, 물지게꾼 박노미며 장작 머슴 윤 총각 같기도 했다. 봇짐장수 칠성이, 등짐장수 점백이였고 강 포수, 정 포수를 닮기도 했다.

중근은 그때까지 여러 명의 동학군을 총포로 쓰러뜨렸지만, 그들의 얼굴을 그렇게 가까이서 보기는 처음이었다. 개화파인 아버지 안태훈에게서 주입된 대로 중근에게는 동학군이 '미련하고 완악한 역적의 무리'로서 용기와 총 솜씨를 아울러 뽐낼 수 있는 추상적인 표적일 뿐이었다. 그런데 죽은 그들을 가까이서 보니, 이 땅 어디서도 쉽게 만나 볼 수 있는 순박한 민초들일 뿐이라는 게 몹시 충격적이었다.

'이들이 왜 여기 와서 죽어 있는가. 무엇 때문에 이들이 이렇게 죽어야 했는가……'

중근이 속으로 그렇게 중얼거리며 동학군의 시체들을 망연히 살피고 있는데, 다시 귀청을 찔러 오는 소리가 있었다.

"점심때 수주끼(스즈키)란 일본 장수가 불시에 닥쳐 동학군을 찾다가 근처 산 속에 숨어 있던 저들을 잡아 포살한 것입니다."

마을에서 불려 온 중늙은이가 벌벌 떨며 안태훈에게 일러 주는 말이었다.

'그들이 왜 이들을……. 이 민초들을, 헐벗고 굶주린 내 동포를 이렇게 무참하게 죽일 수 있는가. 무슨 연유로, 어떤 권한으로……'

중근은 조금 전까지도 일본군을 우군(友軍)으로 여기며 동학군과 싸워 왔다는 것을 까맣게 잊고 그렇게 속으로 중얼거렸다. 그때 안태훈의 편치 않아 하는 목소리가 다시 마비되어 가는 중근의 의식을 파고들었다.

"죽어 마땅한 것들이었다만, 왜병의 손에 이리 됐다니 그냥 지나치기 민망하구나. 시체라도 온전하게 거두어 묻어 주어라."

그 말에 마을에서 불려 온 중늙은이가 펄쩍 뛰듯 하며 말했다.

"안 됩니다. 한 스무날 전에도 수주끼가 취야에서 잡아 온 동학군 몇 명을 여기서 포살했는데, 마을 사람들이 그날로 시체를 거두어 주었다가 호되게 경을 쳤습니다. 감영에서 나와 거두게 할 때까지 그냥 두셔야 합니다."

안태훈이 결기 있게 그 말을 받았다.

"그 일이라면 내가 책임지겠소. 누가 묻거든 청계동의 진사 안태훈이 이들을 묻어 주고 갔다고 하시오."

하지만 그때 이미 중근의 의식은 깊이 모를 어둠 속으로 잠겨들고 있었다. 몸은 아직도 멀쩡하게 서 있었으나 기억은 그때부터 가물가물해졌다.

해주성으로 들어갔던 정탐꾼이 안태훈 앞에 나타난 것은 그들이 언 땅을 파고 다섯 구의 동학군 시체를 다 묻어 준 뒤였다.

"해주성을 치다던 동학군 수천 명은 영목 소위가 이끄는 40명의 일본군 토벌대에게 깨져 풍비박산이 났습니다. 영목은 부대를 둘로 갈라 20명은 해주성에 남아 남문 쪽을 막게 하고, 자신은 나머지 20명을 이끌고 서문으로 치고 나왔다고 합니다. 서문 쪽의 동학군이 화력이 약한 걸 알았기 때문이라는군입쇼. 영목이 일본군 20명을 이끌고 서문 쪽을 매섭게 들이치자 그쪽의 동학군은 놀라 싸워 보지도 않고 흩어져 달아나 버렸습니다. 이에 영목은 성 밖을 돌아 측면으로부터 남문의 동학군을 치니, 가슴과 옆구리로 함께 적을 맞게 된 그쪽 동학군도 그리 오래 버텨 내지는 못했습니다. 네 시간을 버티다가 끝내는 해주성을 버리고 북쪽으로 달아나 버렸다고 합니다. 그런데 서문에서 먼저 일본군에게 무너진 동학군이 바로 팔봉 접주 김창수가 이끌던 선봉대라는 소문입니다."

정탐 나갔던 장정은 해주성의 전황을 그렇게 전했다. 동학 농민군 봉기 진압 과정을 관군 쪽에서 기록한『갑오동도정토록(甲午東徒征討錄)』이나 그때 일본군 소위로 자기 소대를 이끌고 싸웠던 스즈키 아키라[鈴木彰]가 쓴『동학당정토약기(東學黨征討略記)』에도 그 비슷하게 나와 있다. 나중에 김구(金九)로 이름을 바꾼 동학 접주 김창수도『백범일지(白凡逸志)』에서 그날의 싸움을 기록하고 있는데, 대강을 요약하면 이렇다.

……성내에 아직 경군(京軍)은 도착하지 않고 겁먹고 허둥대는 감영병 2백과 일본군 일곱 명이 있을 뿐이라기에 군사를 둘로 나누어 성을 공격하기로 하였다. 선발대로 하여금 먼저 남문을 공격하게 하여 성을 지키는 병력을 그쪽으로 유인한 뒤에, 내가 선봉대 본진을 이끌고 서문을 공격할 테니, 해주성 공성을 맡은 동학군 본대(총사령부)는 둘 중 허약한 편을 뒷받침해 달라는 식으로 작전을 짰다.

그 작전에 따라 우리 선발대가 먼저 남문을 공격하고, 나는 선봉대의 다른 한 부대를 이끌고 서문을 치러 갔다. 우리가 서문에 이르렀을 때 몇 명의 일본군이 성 위에서 요란하게 총질을 해 댔다. 거기 놀란 우리 선봉대가 제대로 싸워 보지도 않고 도망을 치기 시작했다. 일본군은 우리 부대가 달아나자 더욱 심하게 총질을 해 대, 앞서 달려 나갔던 동학군 몇 명이 총에 맞아 죽었다. 오합지졸일 수밖에 없는 농군들인 동학군은 그걸 보자 더욱 전의를 잃고 산으로 들로 달아나기에 바빴다…….

최대 수백 배, 최소로도 수십 배의 병력으로 40명의 일본군에게 어이없이 도살당하는 동학군의 눈물겨운 무력(無力)을 드러내는 데는 모두가 엇비슷한 기록이다. 『백범일지』의 기록으로 하나 더 자세히 알 수 있는 것이 있다면, 서문을 공격한 동학군이 남문을 공격한 쪽보다 화력이 약하게 보인 것은 남문 쪽이 선제공격을 하고, 서문 쪽은 그 유인을 기다리느라 발포를 하지 않아 그렇게 보였을 뿐이었다는 점이다.

"일본군은 지금 어디에 있다고 하던가?"

안태훈은 해주성이 무사하다는 것을 알고도 안도의 기색 없이 물었다.

"이놈이 해주성 안으로 들어갔을 때는 달아나는 동비들을 쫓아 서쪽으로 갔다고 들었는데, 오면서 들으니 서쪽으로 15리쯤 되는 곳에서 동학군 자취를 놓쳐 버리고 해주로 되돌아갔다고 합니다. 그래도 동비 몇 명을 잡아 포살했다고 의기양양해하더라는 말도 들었습니다."

"해백(海伯)은 어찌 되었다던가?"

그 물음에 정탐 나갔던 장정의 얼굴이 시뜻해졌다.

"정(鄭) 감사는 벌써 지난달에 해주성을 적도에게 내준 일로 견책(譴責) 파직되고, 관서 선유사(關西宣諭使) 조희일(趙熙一)이 새 감사로 내려오고 있다고 합니다. 뜬소문으로는, 새 감사가 평양에서 내려오다가 재령에서 동학군에게 붙들렸으나, 그들에게 원혐진 일이 없어 큰 탈은 보지 않고 풀려났다고 하니, 오늘내일이면 해주에 이를 것입니다."

그 말을 들은 안태훈이 잠시 생각에 잠겼다가 문득 좌우를 돌아보며 자르듯 말했다.

"모두 군사를 물릴 채비를 하라. 이제 청계동으로 돌아간다!"

"여기까지 와서 해주성에 들지 않고 그냥 돌아가시겠다니요? 그럴 바에야 청계동에서 예까지 백 리 길을 달려와 밤새 그토록 모질게 싸워야 할 까닭이 없지 않았겠습니까?"

포군 대장 노제석이 알 수 없다는 얼굴로 그렇게 물었다. 안태훈이 단호한 표정을 풀지 않고 받았다.

"이미 해주성이 적도의 에움에서 벗어났는데 굳이 성안으로 들어가서 무얼 하겠느냐? 게다가 황해도 감사까지 개화의 지사(志士) 대신 민씨 척당(戚黨)의 주구가 오게 되었으니 무슨 흥으로 그 감영에 들겠느냐? 적도들이 북으로 서로 달아났다 하니 우리도 속히 돌아가 청계동을 굳게 지킴만 못하다."

말은 그랬지만 안태훈 또한 그 전투에서 받은 충격이 큰 듯했다. 실제로도 안태훈은 그날 이후 스스로 찾아 나서서 동학군과 총칼을 맞댄 일은 없었다. 동학군과 적대적인 입장은 견지했으나, 신천 의려의 소모관(召募官)으로서 어쩔 수 없이 동학군과 싸워야 할 때에도 마구잡이 살상은 피하려 애썼고 이긴 뒤의 처결도 최소한의 원상회복에 그쳤다.

안태훈이 회군을 결정했을 때 중근은 이미 혼미와 고열로 정신을 잃어 가고 있었다. 그러나 이를 악물고 버티다가 청계동에 이른 뒤에야 스르르 무너지듯 혼절하고 말았다. 사실 박석골 전투만 해도 아직 몸과 마음이 다 여물지 못한 열여섯의 중근에게는 무리였다. 그런데 보름도 안 돼 그보다 더 모진 취야 싸움을 다시 겪고, 동비 토벌의 거창한 대의에 가려져 있던 처참한 살육의 실상을 보게 되자 더는 그 충격을 버텨 내지 못했다.

전에도 상심이나 충격이 중근을 앓게 한 적은 더러 있었다. 특히 이태 전 할아버지 안인수가 세상을 떠났을 때는 반년이나 앓아눕기도 했다. 중근은 뒷날 쓴 자서전(『안응칠 역사(安應七 歷史)』)에서 그때 앓아누운 까닭을 "사랑으로 감싸 주시고 길러 주시던 정을 잊지 못해 심히 애통한 나머지"라고 밝히고 있다. 어찌 보면 그런 일들은 원래 중근에게 있었던 섬세하고 심약한 일면을 보여 주는 것 같기도 하다.

손
님

청계동에 들어서자마자 쓰러져 집 안으로 떠메어져 간 중근은 그날부터 꼬박 보름을 고열과 혼미 속에 지냈다. 가끔씩 들러 보는 아버지 안태훈의 안쓰러워하는 눈길이나 아내 아려의 수심 어린 수발조차 기억에 없을 만큼 지독한 열병이었다. 그러다가 겨우 의식을 회복해 사람을 알아보고 더듬더듬 말을 주고받을 수 있게 되었을 때는 갑오년 섣달 중순, 서력(西曆)으로는 어느새 1895년이 밝은 뒤였다.

어느 날 갑자기 바깥이 수런거려 중근이 알아보게 하였더니 아내 아려가 잠시 후에 돌아와 알려 주었다.

"해주에서 쫓겨 온 동학군이 원용일 부대와 합쳐 다시 신천으로 밀려들었답니다. 군아(郡衙)를 빼앗긴 군수가 사람을 보내 위급을 알려 왔다고 하네요."

"아버님께서 또 출전하신다고 합니까?"

"그러지는 않을 것이라 들었습니다. 이곳을 굳게 지키기로 하고, 신천 군수와 그 가솔들은 이리로 피란 오도록 포군들을 마중 보냈다고 합니다."

그리고 며칠 뒤 다시 바깥이 수런거리면서 신천 군수가 아전 몇과 가솔 여남은 명을 거느리고 밤길을 걸어서 청계동으로 쫓겨 왔다.

중근이 앓아누워 있는 사이에 안태훈의 출진도 한 번 있었다. 어느 날 의려소 마당이 군사를 움직이려고 채비하는 기척으로 소란하더니 안태훈이 병석을 들여다보며 말했다.

"아무래도 사람들을 데리고 청계동을 나갔다 와야겠다. 그러나 싸우러 가는 것이 아니니 너는 그리 마음 쓰지 않아도 된다."

"무슨…… 일이신지요?"

중근이 아직도 맑아지지 못한 머리로 물었다.

"우리 신천과 재령 일대에서 준동하는 동비들이 군량을 쌓아둔 곳을 알아냈다. 가산 용두리(龍頭里) 민영룡(閔泳龍)의 창고에 그것들이 뺏어 모은 곡식 5백 석이 있다는구나. 마침 우리 군량이 다해 가니 그걸 뺏어다 써야겠다."

"그렇게 많은 군량이라면 적도들도 대군으로 지키지 않겠습니까?"

중근이 휑한 머리를 짜내 그렇게 묻자 안태훈이 가볍게 안심
시켜 주었다.

"영목 소위가 제 졸개 마흔에다 우리 경군(京軍) 서른을 보태
장연으로 빠진 동학군 본대를 치러 갔으나, 소문을 들은 적도들
이 자취를 감춰 군사를 신천으로 돌렸다 한다. 그 바람에 신천에
있던 것들도 모두 꼬리를 싸 말고 숨었다 하니 크게 걱정할 일은
없을 것이다."

그러고서 청계동을 떠난 안태훈은 다음 날 정말로 큰 탈 없이
동학군이 가산 용두리에 군량으로 모아 둔 곡식 천여 자루를 빼
앗아 왔다.

안태훈이 팔봉 접주 김창수(뒷날의 김구)에게 몰래 사람을 보내
그들만의 밀약을 맺은 것도 그 무렵이었다. 나중에 병줄에서 온
전히 놓여나게 되어서야 중근도 상세히 알게 된 그 경위는 대강
이러했다.

해주성 싸움에서 무참하게 지고 쫓긴 팔봉 접주 김창수는 따
르는 무리와 함께 서쪽으로 70리나 달아나 회학동이란 곳에 머물
게 되었다. 전에 감역관(監役官)을 지낸 곽 아무개란 사람의 집 부
근이었다. 거기서 놀란 가슴을 가라앉히고 군사를 정돈해 보니 실
로 한심하였다. 한창 형세가 좋을 때는 오다가다 따라붙은 유민(流
民)들을 합쳐 몇천을 일컫기도 하던 부대였으나, 한 번 져서 쫓기
고 보니 남은 것은 5백 명도 차지 않았다.

그래도 김창수는 낙담하지 않고 다시 동학군의 세력을 키워 보기로 했다. 해주성의 여지없는 패전이 훈련 부족에 있다고 보아, 한편으로는 오합지졸인 농민군을 매섭게 다그쳐 조련하고, 다른 한편으로는 동학 교도가 아니더라도 전투 경험이 있으면 누구든 받아들여 군세를 불리는 데 힘썼다. 열아홉 미성(未成)의 접주답지 않은 침착과 강인함이었다.

그렇게 한 열흘 지내는데, 구월산 밑에 사는 정덕현(鄭德鉉)과 우종서(禹鍾緖)란 사람이 찾아와 김창수에게 여러 가지를 헌책(獻策)했다. 동학군의 상하 위계를 바로잡아 군율을 세우고, 총칼로 민가를 약탈하지 못하게 하여 민심을 살 것이며, 널리 인재를 모아들이고, 군사를 구월산으로 옮겨 그 험한 산세에 의지할 것과 재령, 신천 두 고을에 왜군이 쌓아 둔 쌀 수천 석을 노획하여 군량으로 쓸 것 등이었다. 김창수는 그 말을 옳게 여겨 그들을 무겁게 쓰고, 본거지를 구월산으로 옮길 채비를 서둘렀다.

그때 김창수 부대가 머물던 회학동은 청계동과 20리 거리에 있었다. 진작부터 그와 같은 회학동의 움직임을 가만히 살피고 있던 안태훈이 어느 날 사람을 보내 김창수에게 자신의 후의(厚意)를 전하게 했다.

"나는 그대가 한 시대를 떠받칠 만한 인재라는 말을 들어 왔다. 그런데 이제 우리 청계동에서 멀지 않은 곳에 유진(留陣)하여 군사를 기르고 있다 하니 심히 걱정이 된다. 만일 그대가 청계동을 침범하다가 패멸당하게 되면 실로 그 인재가 아깝지 아니 하냐. 부디 헤아리고 또 헤아리며, 자중하고 또 자중해서 움직이기 바란다."

그 말을 전해 들은 김창수는 거기서 바로 여럿을 불러 놓고 어찌할까를 물어보았다. 김창수의 막빈이 된 정덕현이 나서서 말했다.

"안 진사는 사람을 알아보는 안목이 있는 사람입니다. 됨됨이가 비범하니 그 뜻을 받아들이는 게 좋겠습니다. 좋게 들으면, 왜군을 앞에 두고 우리끼리 피를 흘리는 일은 되도록 피하자는 것 아니겠습니까? 지난 6월의 전주 화약(全州和約, 전봉준과 홍계훈 사이에 맺은 화약)도 이런 뜻이 있었을 겁니다."

이에 김창수는 안태훈이 보낸 사람을 불러 말하였다.

"가서 안 진사에게 전하시오. 그쪽에서 우리를 치지 않으면, 우리도 그쪽을 침범하는 일은 없을 것이오."

그러자 청계동에서 심부름 온 장정은 미리 듣고 온 안태훈의 당부를 다시 전했다.

"제가 떠나올 때 진사 어른께서 이르시기를, 만일 그쪽에서 우리 후의를 받아들여 준다면, 다만 서로 침범하지 않는다는 약조를 넘어 따로 청해 보라 하신 게 있습니다. 어느 한쪽이 어려움에 빠지면 다른 쪽이 구해 준다는 공수(共守)의 밀약은 아니 되겠습니까?"

김창수도 그걸 굳이 마다할 까닭이 없어 곧 신천 의려 안태훈과 팔봉 접주 김창수 부대 사이에는 유례없는 밀약이 이루어졌다. 그런데 이전(李全)이 쓴 『안중근 혈투기』에는 그 밀약의 경과와 내막이 다르게 나와 있다.

동학군 팔봉 포(包)에는 김창수라는 열여덟 살 난 총각 접주(接主)
가 있었다. 독특한 훈련을 한 포군 부대를 영솔(領率)하고 동에 번쩍,
서에 번쩍하며[東閃西忽] 황해 일대에 출몰하여 관군을 처부수어, 산
포군(山砲軍)의 안중근과 좋은 맞수가 되는 신령한 소년 대장으로 이
름을 날렸다. 그는 생김이 우람하고 기골이 장대하였으며, 그의 쏘는
듯한 눈빛은 감히 맞받기 어려운 무엇을 가졌다.

당시 정치의 부패를 극도로 통탄한 김 청년은 호남 전봉준의 당
당한 주장에 매력을 느껴 시폐(時弊)를 없이하는 데는 동학을 중심
으로 하는 대중운동밖에는 방책이 없다고 생각하였다. 그는 당돌히
해서(海西) 동학당의 두령 원용일(元容日)을 찾아가서 소신을 밝히고
지도해 주기를 빌었다. 원용일은 그의 박력 있는 기백에 홀려 그 자리
에서 동학당에 들어오는 것을 허락하고 팔봉 포의 접주란 무거운 임
무를 맡겼다.

총각 접주의 영명이 높아지자 원근 각지에서 그 아래 들려고 하는
포군(包軍, 포(包)의 군사들)이 몰려와서 오래잖아 6백 명이나 되는 무
리를 이끌게 되었다. 그는 단군의 성지(聖地)로 유서 깊은 구월산 단
군굴 남쪽 계곡에 포군의 근거지를 마련하고 신출자재(神出自在)한
활동으로 관군을 속수무책 탄식하게 하였다. 신임 황해 감사 조희일
은 몇 차례나 밀사를 보내 갖은 향기로운 미끼로 회유하고 협박해 보
았으나, 그는 일소에 붙일 뿐 움직이지 않으니 감사의 백 가지 계책이

모두 쓸모가 없었다.

　이때에 안중근 소년이 스스로 몸을 던져 달려가 포군 접주 김 청년을 몸소 만나 보고 친목을 도모할 담판을 해 보기로 결심하고 구월산 팔봉 포군 진영으로 찾아갔다. 안 소년은 용감 솔직한 태도로 흉금을 털어놓고, 자신이 찾아간 뜻을 밝혔다. 김 청년도 안 소년의 의기에 감동되어 아무 조건 없이 청계동 안 진사를 방문하겠다고 약속하였다. 안 소년이 구월산으로 찾아간 일이나 김 청년의 청계동 방문이 당시의 정세로 보아서는 모두 모험적 행동으로서, 한 조각 신령한 기상이 서로 통하는 사이가 아니고는 어찌 실행할 수 있었겠는가.

　(뒷날) 안 진사는 찾아온 김 청년을 만나 보고 대의명분과 순역득실(順逆得失)을 들어, 자애로운 아버지가 사랑하는 아들을 달래는 것과 같이 여러 말로 정리(情理)를 드러냈다. 김 청년도 그 말에 크게 깨닫고 피차간 무익한 항전 없이 대의의 기치 아래 함께하기를 맹서하였다…….

　이전은 같은 황해도 사람이고, 또 중근의 제자라 가까이서 중근의 삶을 볼 수 있었다. 따라서 그의 기록도 대개는 믿을 만한 것으로 여겨지지만, 이 대목은 아무래도 믿기 어려운 데가 있다. 우선 중근 자신의 기록에 이 부분이 전혀 나와 있지 않을 뿐만 아니라, 김창수가 나중에 김구로 이름을 바꾸어 내놓은 『백범일지』에도 중근이 구월산을 찾아온 것으로는 되어 있지 않다. 이전의 지나친 숭모의 열정에서 비롯된 과장이나 왜곡이 있었던 것이나 아닌지 모르겠다.

　일본군 소위 스즈키 아키라가 청계동을 찾은 것은 그로부터 며칠 뒤였다.

　장연(長淵)에서 동학군을 포착하지 못한 스즈키는 한 군데 화약 제조소를 찾아내어, 잿물[灰汁] 짜는 기구들과 그 움막을 부수고 화약을 만드는 데 쓰는 숯[木炭] 50섬을 불태웠다. 또 송화(松禾)와 온정(溫井)을 거치면서 다시 큰 도검(刀劍) 제조소를 찾아내 대장간은 부숴 버리고, 보기 드물게 잘 뽑힌 창 40자루는 거두어 해주 감영으로 보냈다. 이어 스즈키는 신천으로 밀고 들었으나 거기서도 동학군은 눈에 띄지 않았다. 그래서 동학군의 자취를 쫓아 여기저기 휘젓고 다니는 그에게 어느 날 갑자기 원래의 수비 지역으로 돌아가라는 명령이 떨어졌다.

　청계동은 스즈키가 해주로 돌아가는 길목에 있었다. 박석골 싸움으로 이미 널리 알려진 청계동을 지나게 되자, 스즈키는 그 동네만큼이나 인근에 널리 알려진 진사 안태훈을 한번 만나 보고 싶었다.

　망대산 아래 군사를 멈춘 스즈키는 역관(譯官)에게 안태훈의 지난 승전을 치하하는 글을 주어 동천 안으로 들여보내며 만나 주기를 청하였다. 스즈키의 글을 읽어 본 안태훈이 차게 웃으며 말했다.

　"요 병아리도 못 되는 위관(尉官) 놈이 저희 병기의 날카로움만 믿고 장닭같이 벼슬을 흔들며 다니는구나. 내 저희를 위하여 싸운 것이 아니거늘 치하라니 무슨 자발없는 소리며, 경애니 귀하니 하는 것은 이 주둥이 노란 어린놈의 또 무슨 어림없는 망발이냐? 이만 물러가거라. 가서 영목 창(鈴木彰)에게 내 몸이 성치 못해 손님을 맞을 처지가 못 된다고 전하여라."

그러고는 내쫓듯 그 역관을 돌려보냈다.

동학군을 치기 위한 안태훈의 마지막 출진은 중근이 아직 병석을 걷어 내지 못했을 때 있었다. 중근이 겨우 이부자리를 빠져나와 방 안을 몇 발자국 걸어 보거나 책 몇 줄 읽는 것으로 무료함을 달래며 날을 보내던 어느 아침, 갑자기 바깥이 수런거렸다. 가만히 귀 기울여 보니 인마가 출동하는 기색이었다. 궁금해 방문을 열자 마침 마당으로 들어서던 아버지 안태훈이 중근의 방 쪽으로 왔다.

"아버님, 밖에 무슨 일이 있습니까?"

중근이 궁금함을 참지 못하고 물었다. 안태훈이 굳은 얼굴로 대답했다.

"동학당이 아무리 서절배(鼠竊輩, 쥐도둑 떼)라 해도 왜병들과 총부리를 나란히 하여 죽이고 싶지는 않았다. 그런데 아무래도 또 한 번 그것들을 몰아댈 수밖에 없게 되었구나."

"어인…… 일이신지요?"

문득 해주성 밖에서 본 동학군의 시체를 떠올리고 중근이 절로 무거워지는 가슴으로 물었다.

"새 관찰사 조희일이 사람을 보내 아직 신천 의려 소모관(召募官)인 내게 수안군(遂安郡)을 회복하라고 한다. 봉산 정방산성(正方山城)으로 숨어들었던 동학당 2백여 명이 수안 관아를 들이쳐 무기와 금품을 약탈하고 윤(尹) 군수와 그곳 향장(鄕長)을 사로잡아 갔다는 급보가 해주 감영에 들어왔다는데, 사태가 매우 위급한 것 같다."

"수안이라면 질러가도 여기서 2백 리가 넘는 길입니다. 언제 우리 산포군을 이끌고 달려가서 그 위급에 당해 내겠습니까?"

"그래서 정예한 포수 쉰 명만 데리고 동천 안에 있는 마필을 모두 끌어내 당장 달려가려 한다. 밤새워 달려가면 내일을 넘기지 않고 수안에 이를 수 있을 것이다. 송화군(松禾郡) 군교(軍校)로 있던 정황(鄭晃)이 마침 우리 청계동에 머물러 이번 싸움에 요긴하게 쓸 수 있을 것 같다."

끄트머리에 굳이 송화 군교 정황의 일을 덧붙인 것은 아직 몸이 낫지 않아 전투에 앞장서지 못하는 중근의 송구한 마음을 헤아려서인 듯했다. 안태훈은 말을 끝내기 바쁘게 가려 뽑은 포군 50명과 청계동의 모든 마필을 휘몰아 수안으로 달려갔다.

안태훈이 하룻밤, 하룻낮을 달려 수안에 이르니 마침 그날이 장날이었다. 전날 사로잡은 군수와 향장에게 온갖 악형(惡刑)을 베푼 동학군은 그날 다시 군수와 향장을 말 등에 묶어 장터거리로 끌고 나갔다. 그리고 그들의 비행을 쓴 글을 목에 건 뒤 조리돌림을 하는데, 그들이 실린 말을 에워싸고 뒤따르는 동학군들이 어지럽게 공포를 쏘아 대니, 군수와 향장 모두 놀란 나머지 자신이 죽었는지 살았는지 모를 정도로 넋이 나가 있었다.

먼저 들여보낸 척후대로부터 그와 같은 읍내 사정을 전해 들은 안태훈은 전날의 승리에 들떠 방심하고 있는 적을 급습하기로 작정하였다. 아래위가 한 덩어리가 되어 읍내로 뛰어든 안태훈의 포군들은 군수와 향장을 조리돌리고 있는 동학군을 놓아두고 그들 본대가 점령하고 있는 관아부터 들이쳤다. 마침 수안 관아 북쪽에는 관아를 아래로 내려다보고 총질하기 좋은 고지가 하나 있었다. 불시에 그 고지를 차지한 청계동 산포대는 거기서 관아를 제집처럼 여기며 흥청거리고 있는 동학군을 내려다보며 벼락같이 총격을 퍼부었다.

무인지경 들듯 수안 읍을 점령하고 하룻밤을 느긋하게 보낸 동학군들은 그 뜻밖의 공격에 놀라고 겁먹어 어찌할 줄 몰랐다. 우두머리급 서너 명이 맞서 보겠다고 버티다가 총에 맞고 쓰러지자, 나머지는 제대로 한번 싸워 보지도 않고 사방으로 흩어져 달아나 버렸다. 약탈한 돈과 곡식은 물론 그동안 쓰던 장비며 자신의 총과 피복까지 내팽개친 채였다. 군수와 향장을 끌고 장터에 나가 있던 패거리도 관아에 있던 본대가 무너졌다는 소리를 듣자 저마다 들고 있던 병기를 내던지고 자취 없이 사라져 버렸다.

안태훈은 총에 맞아 땅에 쓰러져 있던 동학의 수괴 서너 명의 상처를 돌본 뒤 해주 감영으로 압송하게 했다. 또 사로잡힌 동학군 졸개들과 멋모르고 그들을 따른 농민들은 총포와 창검을 몰수하고 두 번 다시 동학에 들지 않겠다는 다짐을 받은 뒤에 고향으로 돌려보냈다. 그리고 해주 감영에 급보를 띄워 수안 회복을 알리게 했다.

동학군에게 사로잡혀 죽을 뻔했다 살아난 수안 군수와 향장은 안태훈과 포군들에게 눈물을 흘리며 감사했다. 그리고 아직도 악몽에서 깨나지 못한 것처럼 몸까지 부들부들 떨며 안태훈에게 애걸하였다.

"동비들이 놀라 흩어졌다 하나 언제 다시 작당하여 몰려들지 모르는 일입니다. 해주에서 관포대(官砲隊)가 구원을 오고, 달아나 숨은 본군 관아의 이속(吏屬)과 교졸(校卒)들이 다시 모일 때까지만이라도 여기 남아 저희들을 좀 지켜 주십시오."

안태훈이 차마 그 청을 물리칠 수 없어 청계동 산포대는 수안에 며칠을 더 머무르기로 했다. 그런데 이틀 뒤 수안에 이른 해주 감영의 관포대 2백 명이 관찰사의 새로운 군령을 전해 안태훈은 그 뒤 열흘이나 더 황해도 서북쪽을 떠돌며 동학군과 싸워야 했다.

"감사께서 이르시기를 저희 가운데 절반은 남아 수안 관아를 지키고, 절반은 소모관님을 따라 인근에서 준동하는 동비 잔당을 쓸어버리라 하셨습니다."

그 바람에 안태훈은 일본군과 함께 동학군을 치게 되지 않은 걸 오히려 다행으로 여기며 그들 관포 1백 명과 자신의 산포대 50명을 이끌고 수안 인근을 전전(轉戰)하게 되었다. 그때는 이미 동학군의 주력은 무너지고 전봉준을 비롯한 지도부는 체포되어 처형된 뒤였으나, 외진 산곡 간에는 이따금 모였다 흩어지기를 되풀이하는 동학의 잔여 세력이 있었다. 수안 관아를 급습한 것도 그런 세력이었다.

안태훈은 포군들을 이끌고 그들을 수소문하며 수안군과 이웃한 황해도 곡산(谷山), 신계(新溪)뿐만 아니라 강원도 이천(伊川)까지 넘나들었다. 동학 잔여 세력은 미미하고 안태훈이 이끄는 1백 50명의 포수들은 정예하여 한동안은 거칠 것이 없었다. 열흘 가까이나 싸움이랄 것도 없는 소탕전을 벌이다가 이천군 충점촌이란 곳에서 안태훈은 크게 낭패를 당했다. 그 일대 황해도와 강원도의 동학군 잔여 세력이 크게 무리를 모아 안태훈의 포대를 역습한 까닭이었다.

방심하고 있던 안태훈의 사포대와 해주 감영에서 나온 관포대는 열 배가 넘는 동학군의 갑작스러운 반격을 받아 산골짜기로 몰렸다. 거기서 험한 지세에 의지해 이틀 밤, 이틀 낮을 버텼으나 마침내는 먹을 것도 없고 탄환도 다해 가는 위급한 지경에 이르렀다. 그때 다시 안태훈이 기이한 전략을 냈다.

"날이 샐 무렵 우리 50명이 험한 비탈을 타고 내려가 적의 뒤를 돌 터이니, 그대들 관포(官砲)는 여기서 허장성세로 적의 이목을 끌어 주시오. 그래서 우리가 적의 뒤를 들이치거든 그대들도 한꺼번에 골짜기 아래로 쏟아져 내리시오. 결코 겁먹고 멈칫거려서는 아니 되오. 마치 관군 대부대가 구원을 나온 것처럼 기세 좋게 쳐 내려오시오. 지난 이틀의 우세로 이번에는 적도들이 방심하고 있을 것이니, 그리되면 반드시 놀라 흩어질 것이오."

관포대에게 그렇게 일러두고 청계동 산포대 50명과 함께 골짜기 뒤편을 빠져나간 안태훈은 다음 날 해 뜰 무렵에 동학군을 돌아 중군 뒤편에서 일제사격을 퍼부었다. 약속대로 관포대가 거기에 호응하여 빗발치듯 총을 쏘며 골짜기 밖으로 쏟아져 나오자, 갑자기 앞뒤로 적을 맞게 된 동학군은 다시 훈련도 안 되고 화력도 약한 농민군의 특징을 드러냈다. 적지 않은 포로와 노획품을 버려두고 사방으로 흩어져 버렸다.

그때 천주교 이천 본당에는 한국 성을 강(姜)으로 쓰는 프랑스 신부가 있었다. 동학군이 크게 무리를 지어 나타났다는 말에 걱정하던 강 신부는 동학군이 흩어지자 반갑고 느꺼운 감정을 이길 수 없었다. 안태훈과 포군들의 무용을 절찬하면서, 싸움으로 해진 군복을 지을 수 있는 베 필과 원기를 돋우고 주림을 달랠 주과(酒果)를 내어 감사를 표했는데, 강원도 이천에는 수십 년이 지난 뒤에도 그 일을 기억하는 늙은이들이 있었다.

그런데 수안 관아를 동학군으로부터 탈환한 것과 그 뒤 이천 싸움에 이르기까지의 무용담도 이전(李全)의 기록에는 안태훈이 아니라 그 아들 중근이 한 일로 되어 있다. 하지만 이전이 황해도 수안과 멀리 강원도 이천까지 가서 그 지역 사람들에게 전해 내려오는 안중근 일가의 이야기를 채록한 것은 그로부터 50년이 넘게 지난 뒤였다. 그때는 안태훈은 이미 아득히 잊히고 안중근의 이름만 휘황하게 살아 있을 때라, 그곳 늙은이들의 기억에 어떤 착오나 혼동이 일어난 것은 아니었던지.

중근이 온전히 자리를 털고 일어난 것은 혼절하듯 앓아누운 날로부터 석 달이 다 차 갈 무렵이었다. 어느새 을미년 2월도 하순이 되어 봄기운이 완연한 어느 날 중근은 비로소 이부자리를 걷고 집 밖으로 나왔다. 이미 동학군이 모두 흩어져 태평한 때여서인지 아버지 안태훈과 다섯 백숙부가 의려소 앞 모정에서 흥겹게 술판을 벌이고 있었다. 고 산림(高山林, 고석로)이나 김 진사 같은 막빈들이 보이지 않는 게 좀 별나게 여겨졌다.

"저게 누구냐? 웅칠이 아니냐? 자리를 털고 나선 걸 보니 이제 다 나은 게로구나. 반갑다. 어서 오너라."

숙부들 가운데서도 중근의 무골(武骨) 기질을 가장 귀히 여기는 넷째 아버지 안태건이 먼저 중근을 보고 그렇게 소리쳤다. 그 바람에 중근은 어려운 자리라 머뭇거리면서도 정자 쪽으로 다가갔다. 둘째아버지 안태현도 웃음 가득한 얼굴로 중근을 맞았다.

"아직 여물지 못한 심신으로 모진 도적들과 싸우느라 기력이 심하게 떨어진 게지. 너도 한잔 받아 보아라. 술은 백락지장(百樂之長, 백 가지 즐거움 가운데 으뜸)이라지만 백약지장(百藥之長, 백 가지 약 가운데 으뜸)이기도 하느니."

그러면서 방금 걸러 내온 듯한 탁주를 사발 가득 따랐다. 중근이 사양할 겨를을 주지 않고 맏아버지 안태진이 아우를 나무라듯 말했다.

"이제 막 병줄에서 놓여난 아이에게 술이라니 당치 않다. 저게 어디 열일곱 살 장부의 형색이냐? 한 바퀴 돌아 바람이나 쐰 뒤에 누운 자리로 돌아가 쉬게 하여라."

맏이요, 좌장인 그의 말에 술을 권하려던 안태현뿐만 아니라 안태건까지도 찔끔하며 웃음을 거두었다. 안태훈이 자칫 굳어질 뻔한 자리를 호탕한 웃음으로 풀어 주었다.

"이토록 여러 아버님들의 사랑을 흠뻑 받는 것도 네 복이로구나. 마신 듯하고 여기 잠시 쉬어 네 복을 더 누리다 가거라."

안태훈의 수습으로 다시 흥을 찾아 가는 술자리 한구석에 중근이 머뭇거리며 끼어 앉는데, 망대산을 지키던 포군 하나가 웬 선비 차림의 중년 하나를 데리고 와서 말했다.

"진사 어른을 뵙겠다고 찾아왔습니다만 출처가 분명치 않아 제가 함께 데리고 왔습니다."

"내가 안태훈이오. 어디서 온 뉘시오?"

안태훈이 나서서 특유의 쏘는 듯한 눈길로 바라보며 그렇게 물었다. 그 중년 사내가 별로 움츠러드는 기색 없이 대답했다.

"구월산 밑에 사는 출신(出身, 여기서는 잡과에 급제하고도 벼슬을 얻지 못한 사람) 정덕현이라면 아실는지요?"

"구월산 밑 정덕현이라. 글쎄, 들은 듯도 하오만……."

"지난 섣달 초순 회학동 곽 감역(監役) 댁에서……."

그러자 안태훈에게도 그 이름이 떠올랐다.

"아, 그 팔봉 접주의 군사(軍師)라던 선비…… 읽고 난 그 자리에서 태워 없앴지만 그때 보낸 밀약의 서신, 실로 명문이었소."

"군사라 내세울 것도 없거니와, 보잘것없는 글을 명문이랄 것까지야…… 그런데 그 일을 여럿 앞에서 이렇게 큰 소리로 떠드셔도 될는지요?"

그러잖아도 팔봉 접주라는 말이 나오자 모두 얼굴이 굳어 있던 안태훈 형제였다. 그러나 안태훈은 태연했다.

"그것이라면 너무 걱정하지 마시오. 여기는 혈육끼리만 모인 자리고, 팔봉 접주와의 일은 이미 형님들과 아우들에게도 다 말씀드렸소이다. 그래, 김 석사(碩士, 덕이 높은 선비 또는 관직이 없는 사람을 높여 부르는 호칭으로, 여기서는 김구를 가리킴)는 어떠시오? 패엽사(貝葉寺)에서 있었던 고약한 일은 나도 진작 전해 들었소만……."

패엽사는 구월산에 있는 절로 한산사(寒山寺)라고 불리기도 한다. 회학동에서 안태훈과 밀약을 맺고 근거지를 구월산으로 옮긴 팔봉 접주 김창수는 패엽사에 재령, 신천 일대에서 모은 군량을 쌓아 두고 군사를 조련하는 한편, 인근의 이름난 선비와 불덕(佛德) 높은 스님들을 모셔 가르침을 들었다.

그런데 구월산 일대에는 이동엽(李東燁) 부대라고 하는 동학군이 김창수 부대보다 먼저 와서 자리 잡고 있었다. 세상일이 다 그렇듯이 어떤 집단이든 세력을 얻게 되면 사이비가 끼게 마련인데, 이동엽 부대가 특히 그랬다. 우두머리 이동엽은 동학의 법통을 받음 없이 스스로 접주라 일컫은 자였고, 그를 따르는 졸개들도 동

손님 125

학의 교의(敎義)보다는 그 위세에 올라타 한몫 보려고 모여든 거짓 도인[僞東學軍]들이 많았다.

이동엽은 졸개들이 동학 깃발을 앞세우고 민가를 약달하거나 부녀자를 욕보여도 제 말만 잘 들으면 못 본 척했다. 하지만 팔봉 접주 김창수는 그런 그들의 못된 짓을 용서하지 않았다. 함경도 포수 출신으로 그때는 김창수 부대의 화포 영장(火砲領將)으로 있던 이종선(李鍾善)을 내세워, 그들을 눈에 띄는 대로 잡아 호된 벌을 내렸다.

그런데 불행하게도 그런 엉터리 동학군은 이동엽 부대에만 있는 것이 아니었다. 김창수 부대에도 적지 않아, 소문을 들은 그들은 모두 김창수 부대를 빠져나가, 재물을 뺏고 사람을 욕보이거나 죽여도 괜찮은 이동엽 부대로 달아났다. 따라서 김창수가 거짓 동학군을 단속하여 민심을 얻으면 얻을수록 거느리고 있는 세력은 줄어들었고, 거꾸로 이동엽의 부대는 갈수록 몰려드는 사이비 교도들로 세력이 커졌다.

패악 무도하게도 이동엽이 그 세력을 이끌고 같은 동학군인 김창수 부대를 치러 온 것은 김창수가 패엽사에서 때늦은 홍역을 앓고 있을 때였다. 이동엽은 우세한 화력으로 김창수 부대를 가볍게 제압한 뒤, 거짓 동학군의 못된 짓을 엄하게 벌한 영장 이종선을 오히려 포살하고 나머지 동학군은 모두 제 밑으로 몰아가 버렸다. 그래도 김창수까지 죽이지 않은 것은 그가 대도주(大道主) 최시형이 법통에 맞게 세운 접주였기 때문이었다.

"그럭저럭 잘 지냅니다. 지금 몽금포에 숨어 있습니다."

패엽사 일을 떠올리는지 정덕현이 얼굴에 잠시 처연한 빛을 띠었다가 그렇게 받았다.

"무사하다니 다행이오. 어쨌든 우선 정자 위로 오르시오."

안태훈이 그렇게 정덕현을 정자 위로 불러 올려 술 한잔을 권한 뒤 물었다.

"그래, 김 석사는 어쩌다 그리로 가게 되었소?"

"팔봉 접주는 몸이 낫는 대로 다시 도인들을 모아 세력을 되살린 뒤 썩은 반역 도당 이동엽 부대를 치려 했으나 그럴 겨를이 없었습니다. 그것도 천벌인지 오래잖아 이동엽 부대는 경군(京軍)과 일본군에게 풍비박산이 나고, 이동엽은 사로잡혀 사형을 당해 버렸기 때문입니다. 거기다가 다른 포(包), 접(接)의 도인들도 잇따라 토멸 당해 황해도의 동학군이 모두 스러지게 되니, 우리도 달아나 숨는 수밖에 달리 길이 없었습니다. 팔봉 접주는 먼저 저희 집이 있는 부산동으로 가서 함께 있다가 지금은 몽금포로 옮겨 숨어 지내는데 갈수록 앞일이 막막할 따름입니다. 그래서 둘이 의논 끝에 지난 섣달의 밀약을 생각하고 안 진사를 찾아보기로 한 것입니다."

그와 같은 정덕현의 대답을 듣자 안태훈은 한 번 망설이는 기색조차 없이 말했다.

"옛말에 지초가 불에 타면 혜초가 탄식한다[芝焚蕙歎] 하였소. 김 석사 같은 인재가 한번 뜻을 펴 보지도 못하고 세상 티끌 속에 묻히게 되었는데 내 어찌 가만히 두고 볼 수 있겠소? 이 길로 돌아가 어서 김 석사를 데려오시오. 이 청계동이 궁박한 골짜기라 하나 김 석사가 잠시 몸을 숨기고 뜻을 가다듬을 만한 곳은 될 수 있을 것이오."

그러고는 정덕현을 안으로 데려가 배불리 먹인 뒤에 두둑한 노자까지 주며 몽금포에 있는 김창수를 데려오게 하였다.

며칠 후 샛길로 숨어 온 김창수와 정덕현이 가만히 천봉산을 넘어 청계동으로 들어왔다. 동학군에게 관아를 뺏기고 청계동으로 피란 와 있던 신천 부사가 겨우 되찾은 관아로 가솔들을 데리고 돌아간 그다음 날이었다.

안태훈이 그들을 반갑게 맞아 큰사랑에 들이고 김창수에게 물었다.

"김 석사가 패엽사에서 위태로움을 벗어났다는 말은 들었으나, 간 곳을 몰라 걱정하고 있었는데, 오늘 이처럼 찾아 주시니 참으로 고맙소이다. 듣자 하니 구경하(具慶下, 양친이 모두 살아 계심)시라던데, 어디 두 분을 따로 편안히 모실 만한 곳은 있소?"

그리고 김창수가 그런 곳이 없다고 하자 그 자리에서 포수 오일선(吳一善)을 불렀다.

"오 서방은 당장 포군 서른 명을 데리고 해주 백운방 텃골로 가서 김 석사의 춘부장과 자당 내외분을 이리로 모셔 오게. 이웃의 소와 말을 빌리더라도 가산(家産)까지 모두 옮겨 와야 하네."

이어 안태훈은 청계동 안에 집 한 채를 비우게 하였다가 이틀 뒤 오일선이 김창수의 부모를 데려오자 그곳에 함께 살게 해 주었다.

중근은 그 김창수가 바로 해주성을 치다 쫓겨 간 동학군 선봉장이라는 사실을 알게 되자, 그가 청계동에 든 날부터 유심히 그를 살폈다.

그때만 해도 나이 열 살이 많으면 형 대접을 한다[十年以長則兄事之]던 곡례(曲禮)의 가르침이 통하던 시절이었다. 거기 따르면, 김창수는 견수(肩隨, 함께 걸을 때 반걸음쯤 뒤처져 걸어 예를 표한다는 뜻으로, 곡례에 따르면 다섯 살 위의 연상에게 표하는 예)조차 필요 없는 세 살 위라 중근과 또래라 해도 좋을 나이였다. 김창수의 출신이나 외양도 보잘것없었다. 성은 안동 김씨라 하였으나 집안은 이미 몇 대나 군역전(軍役田)을 부쳐 온 상민이었고, 생김도 멀쑥한 허우대뿐 솟은 광대뼈와 좁은 이마에다 얼굴은 마마로 벅벅 얽어 추괴하다 할 만했다. 학식도 그랬다. 이미 열일곱 때 과장(科場)을 기웃거려 본 적이 있다고 내세웠지만, 언사(言辭)로 드러나는 학식은 일찍부터 말 달리고 활쏘기에 마음 붙여 서책과 멀어진 중근보다 별로 나을 게 없어 보였다. 거기다가 싸움터에서의 이력으로 보더라도 중근은 한 싸움에 크게 이기고 돌아온 장수요, 김창수는 여지없이 지고 쫓겨 온 패장이었다.

중근의 가문에는 5대조 안기옥 이래 4대에 아홉이나 무과 급제자를 내면서 자라난 신흥 호족으로서의 기개와 자부심이 일찍부터 자리 잡고 있었다. 특히 할아버지 안인수가 이룩한 재부(財

富)와 아버지 안태훈의 문과(文科) 진출로 더해진 가문의 성취감은 그런 기개나 자부심을 넘어 소공자(小公子) 의식까지 심어 주었다. 거기다가 갑오년 첫 출진에서 받은 충격은 중근으로 하여금 자신에게 이를 어떤 범상치 않은 소명까지 예감케 하였다. 따라서 몽롱한 열정으로 아직은 자신도 무언지 모를 길을 가고 있는 그 무렵의 중근에게 김창수는 그 어떤 면으로도 크게 감동을 줄 수 있는 개성이 못 되었다.

그런데도 안태훈은 청계동에 머물러 있을 때는 거의 매일같이 김창수를 큰사랑으로 불러 말벗을 삼았고, 잔치라도 벌일 때는 반드시 부리는 사람을 보내 그를 청해 올 만큼 두텁게 대우했다. 어쩌다 청계동을 나설 때는 아우들이나 청계동의 막빈들에게까지 김창수를 귀한 손님으로 대접하도록 당부했고, 또 김창수에게는 집 안에 틀어박혀 책을 읽든 동천 안의 누구와 어울리든 마음 내키는 대로 하며 편히 지내게 했다. 그러자 처음에는 싸움에 지고 항복해 온 패장쯤으로 여겨 김창수를 대수롭지 않게 보던 집안의 일꾼들이나 아낙들까지도 그를 달리 대접하게 되었다.

중근도 아버지 안태훈이 왜 그렇게 김창수를 후대하는지 잘 이해되지 않았다. 하지만 워낙 우러르고 따르는 아버지였다. 개화파를 자처하면서도 위정척사파 시절의 백암 박은식과 우의를 나누고 후조(後凋) 고석로를 청계동으로 모셔 들이는 안 진사의 대인적 기풍이 김창수의 보잘것없는 출신과 동학군으로서의 이력까지를 싸안은 것으로 보아, 말 그대로의 경원(敬遠)으로 김창수를 대했다. 그러다 보니 청계동 시절은 말할 것도 없고, 서울을 드나들며 서북학회(西北學會) 같은 데 관여할 때도 서로 만났을 터이지만, 중근이 김창수에 관해 남긴 말은 전혀 없다.

하지만 김창수는 달랐다. 뒷날 쓴 『백범일지』에는 청계동에서 받은 인상과 안태훈에 대한 경모의 감정을 숨김없이 드러내고 있을 뿐만 아니라, 중근에 대한 기억도 정감 있게 드러내고 있다.

당시 안 진사의 맏아들 중근은 열여섯의 나이로 상투를 틀고 있었다. 머리를 자줏빛 명주 수건으로 질끈 동이고서 돔방총이라는 짧은 총을 메고 날마다 사냥을 즐겨 다녔다. 얼핏 보기에도 영특한 기운이 묻어났다. 중근은 청계동 군사들 가운데서 총 솜씨가 으뜸이어서 내닫는 짐승이건 나는 새건 한번 겨눈 것은 놓치는 법이 없었다. 언제나 계부(季父) 안태건과 함께 사냥을 다니고 있었는데, 그들이 잡아 오는 노루나 고라니로는 군사들을 먹이고 또 안 진사 여섯 형제의 술안주로 삼았다.

안 진사는 자기 아들들과 조카들을 위해 따로 서실을 만들었다. 진사의 둘째 아들과 셋째 아들 정근(定根)과 공근(恭根)은 그 무렵 여덟, 아홉 살로 붉은 바지저고리에 댕기 머리를 하고 있었다. 안 진사는 그 둘에게는 글공부를 다그쳤지만, 맏아들인 중근이 책 읽기를 게을리한다고 나무라는 것은 한 번도 보지 못했다.

이런 구절에는 어딘가 세 살 아래인 중근을 너무 어리게 보는 듯한 데가 있지만, 또한 떠도는 망명객이 호족의 귀공자에게 느끼는 선망의 느낌도 짙게 서려 있다.

어쨌든 김창수는 그렇게 하여 그해 7월 청나라로 떠날 때까지 네댓 달을 청계동에 머물렀다. 애초에 안태훈의 손님으로 왔고, 그때는 중근과 김창수 모두 서로를 잘 알아보지 못했으나, 뒷날 돌이켜보면 그는 오히려 중근에게 더 귀한 손님이었는지도 모른다.

기다리는 사람,
떠나는 사람

현인과 군자는 성쇠의 도리에 밝고 성패의 운수에 통해 있으며

치란의 형세를 살피고 거취의 이치에 통달하여

숨어 살며 도를 끌어안고 때를 기다리나니

때가 이르러 나아간즉 신하 된 몸으로 지극함을 이룰 것이요

계기를 얻어 움직인즉 절대의 공을 이룰 것이나

때를 만나지 못하면 그대로 한평생을 다할 뿐이라.

賢人君子 明於盛衰之道 通乎成敗之數

審於治亂之勢 達乎去就之理

故潛居抱道以待其時

若時至而行則 能極人臣

得機而動則 能成絶代之功

如其不遇沒身而已

중근이 큰사랑에 이르니 안태훈이 방 안에서 그렇게 읊조리는 소리가 문밖까지 들렸다. 황석공(黃石公)의 『소서(素書)』에 나오는 구절이었다. 아버지가 벽장문에 써 붙여 두고 외우다시피 하는 것이라 『소서』를 읽기 전에도 중근은 그 구절을 알고 있었다.

방 안에 들어가니 아직 일러서인지 안태훈은 혼자 앉아 있다가 덤덤한 얼굴로 중근을 맞았다.

"다녀오겠습니다."

중근이 두 손을 모으고 그렇게 말하자 안태훈이 전에 없이 물었다.

"오늘도 넷째와 함께 가느냐?"

"아닙니다. 넷째 아버님께서는 해주에 다녀오실 일이 있다 하시기에 황 포수와 함께 나가 볼 생각입니다."

"큰 산으로 들거든 사람을 좀 더 데리고 가거라. 총도 양총을 가져가고."

안태훈이 그래 놓고 지나가는 말처럼 덧붙였다.

"들으니 천봉산 자락에서 큰짐승을 본 사람이 있다고 한다. 아직 사람이 다치지는 않았으나, 산자락 마을에서는 더러 우마까지 없어진다는구나. 일간 포군을 내어 몰아 볼 작정이다만, 그 짐승이 워낙 영물이라 만만히 보아서는 아니 된다."

말투는 덤덤해도 아버지가 무엇을 걱정하고 있는지를 알아든

기에는 넉넉했다. 중근도 이미 그런 소문을 들은 적이 있고, 그래도 그리 두려워하지는 않았지만, 선선히 아버지의 근심을 받아들였다.

"알겠습니다. 포대에 순번이 없는 포수 몇을 더 찾아보지요."

그러고는 큰사랑을 나왔다. 바깥은 이미 늦은 봄이었다. 뒤란의 모란은 지고 대추나무가 갓 돋은 잎으로 푸릇했다. 중근이 동구 길을 따라 일 없는 포군들이 쉬고 있는 농막으로 걸음을 옮기는데 저만치서 종제 명근이 다가오며 큰 소리로 물었다.

"형님, 오늘도 사냥이우?"

명근은 아우라도 중근과 동갑내기라 자랄 때는 말을 놓았으나, 중근이 결혼한 뒤로는 존대를 썼다. 하지만 지난번 해주로 출전할 때 따라나서지 못하게 한 게 종내 한스러웠던지 중근이 자리를 털고 일어난 뒤까지도 조면(阻面)하다시피 했는데, 그날 웬일로 먼저 말을 걸어온 것이었다. 중근은 그게 반가워 다정하게 받았다.

"그럴 생각이다. 그런데 너는 아침 일찍 어딜 다녀오는 길이냐?"

"저요? 여기 고 산림 선생."

명근이 손을 들어 쥐고 있던 서책을 흔들어 보이며 그렇게 말했다. 그러고 보니 명근이 지난달부터 마음을 바꿔 먹고 다시 서책에 매달린다는 얘기를 들은 듯했다.

"아, 참. 후조(後凋) 선생의 초당을 다녀오는 길이로구나. 『통감』을 끝내고 거기서 다시 시서(詩書,『시경』과『서경』)를 듣는다지? 그런데 오늘은 일찍 끝났구나. 웬일이냐?"

중근이 묻자 명근의 눈길이 실쭉해졌다.

"그눔의 김 석사(안태훈이 김구를 높여 부르는 말)는 셋째 아버님한테만 대단한 게 아닌 모양입디다. 고 산림 선생한테도 김 석사가 되어 지금 그 초당에 와 있는데, 고 산림 선생은 아들, 며느리에다 이제는 남녀 내외를 해도 이르지 않을 손녀딸까지 불러내 통호(通好)를 시킨 듯합니다. 거기다가 아침부터 두 사람의 고담준론이 하늘 같고 추상같아 어디 저 같은 게 끼어 앉을 자리가 있어야지요."

그렇게 대꾸하는 명근의 말투는 예사롭지 않게 뒤틀려 있었다. 명근에게도 또래나 다름없는 김창수가 어른들로부터 그렇게 우대를 받는 게 아니꼬웠던 듯했다.

"고담준론? 잘은 모른다만 김창수 그 사람이 후조 선생과 고담준론을 나눌 만한 형편은 못 되는 것 같던데……."

"말도 마우. 고 산림 선생 아주 호기가 3천 장(丈)은 솟았습디다. 『주서백선(朱書百選)』에 『화서아언(華西雅言, 위정척사파 학자 이항로의 저서)』까지 들먹이며 의리를 역설하시는데, 지금까지 용케도 참으셨단 기분이 들더군요. 곁다리로 듣는 나도 위정척사가 무엇인지 화끈하게 알아듣겠더라니까요. 아무리 셋째 아버님이 개화파라도 그렇지, 고 산림 선생, 그 객기로 그동안 어찌 그리 내색 않고 지내실 수 있었던지……."

"후조 선생께서 우리에게는 들려주지 않던 귀한 말씀을 해 주신 셈이로군. 흔치 않은 말씀일 텐데 더 들어 보지 않고……."

"그 대단한 김 석사의 뒤숭스러운 맞장구를 들어 주자니 당최 정신 사나워서, 참. 셋째 아버님도 그 사람 어디가 그리 마음에 드시는 건지."

명근이 그렇게 말하고는 슬며시 중근을 바라보다가 하소연하듯 말했다.

"형님, 이제 시서(詩書)나 끼고 고 산림 찾아다니는 것도 그만둘까 하우. 아버님께 말씀드리고 서울로 올라가 신식 학문이나 했으면 하는데 형님도 좀 거들어 주시오."

그제야 중근은 명근이 왜 자신에게 그러는지 알 듯했다. 명근이 청계동을 나가 신식 학문을 배우는 일은 둘째아버지 안태현의 허락 못지않게 중근의 아버지 안태훈의 허락도 있어야 했다.

"하루아침 일로 큰 거취를 그리 가볍게 결정해서야 쓰겠니? 무엇이 네 마음에 거슬렸는지는 모르겠다만, 좀 더 앞뒤를 헤아려 본 뒤에 어른들께 말씀 올려라."

중근이 그렇게 형티를 내며 명근을 달랬다. 그러자 명근은 격한 감정을 드러냈다.

"하루아침이 아니오. 실은 매일 아침 이 길을 지나 고 산림 선생 초당을 오락가락할 때마다 별러 오던 일이외다. 고 산림처럼 분개하고 탄식하는 것만으로는 아무것도 안 되겠지만 이 청계동에 고여 동도서기(東道西器, 도덕이나 문화 등의 제도는 동양, 문물(물질문명)은 서구를 본받자는 초기 개화파의 주장으로, 여기서는 안태훈의 입장)나 외고 있다고 될 일도 없을 거요."

그런 말로 미루어 명근은 중근보다 더 세심하게 큰사랑에서의 개화 논의에 귀를 기울여 온 듯했다.

'명근이 길을 찾아 세상으로 나서려 하는구나……'

명근의 단호한 기세를 좋은 말로 얼버무려 달래 놓고 돌아서며 중근은 속으로 그렇게 중얼거렸다. 동갑내기지만 동생이라 그런지 어려 보이기만 하던 명근이 그런 결의를 굳혔다는 게 대견스럽게 느껴지면서도 가슴이 섬뜩해졌다.

'나는 내 길이 있는가. 그리고 어김없이 그 길을 가고 있는가……'

중근은 문득 그렇게 자문해 보았으나, 아버지 안태훈을 막연히 따라 걷고 있을 뿐 그게 무엇인지는 알 길이 없었다. 그런데도 그리 막막하지 않은 것은 자신의 길이 찾아 나선다고 만날 수 있는 것이 아니며, 그쪽에서 부를 때까지는 기다릴 수밖에 없으리라는 까닭 모를 확신 덕분이었다.

명근이 한바탕 분란을 겪고 서울로 나간 뒤 두어 달이 지났다. 중근은 아직도 청계동에 머물러 자기도 무엇인지 모를 길을 열심히 가고 있었다. 중근에게 이전과 달라진 것이 있다면 그 무렵부터 이따금씩 신천이나 해주 일대로 출입을 시작한 것 정도였다. 근방 어디에 쓸 만한 인물이 있다는 소문을 들으면 스스로 찾아가 벗을 삼는 일인데, 전에 없던 일이지만 그렇다고 전혀 낯선 일은 아니었다. 아버지 안태훈이 일생 즐겨 하던 일로, 어떤 면에서는 중근이 아직도 충실하게 안태훈을 따라 걷고 있다고 하는 편이 옳았다.

어느 날 중근이 또 그런 벗을 찾아 재령으로 나갔다가 하루를 묵고 일찍 돌아오는 길에 김창수를 만났다. 청계동을 막 벗어난 큰길가였다. 김창수는 웬 봇짐장수와 함께 가고 있었는데, 역시 작은 괴나리봇짐을 멘 게 먼 길을 가는 행색이었다. 가까이서 보니 봇짐장수도 누군지 알 듯했다. 김씨 성을 쓰는 전주 사람이었는데, 품은 뜻이 있어 참빗 장수로 전국을 떠돌다가 안태훈의 이름을 듣고 청계동을 찾아왔다던 30대 중반이었다. 이틀 전에 큰사랑에서 보았는데 이제 떠나는 길인 듯했다.

청계동 안 같으면 공손히 목례나 하고 지나쳤겠지만, 청계동을 20리나 벗어난 데다 김창수의 차림 또한 먼 길을 떠나는 것 같아 그리할 수 없었다.

"어디를 가시는 길인지요?"

중근이 그렇게 묻자 김창수가 무엇 때문인지 움찔했다. 그리고 잠깐 무언가를 생각하는 눈치더니 이내 쾌활하게 대답했다.

"청계동에 죽치고 앉아 남의 식객 노릇 하기에도 지쳐 잠시 세상을 돌아보려 합니다."

"세상을 돌아본다면 어디를……?"

중근이 갑작스러운 마음이 들어 그렇게 묻자 김창수는 평소 큰사랑에서 그러듯 시원스레 대답했다.

"북쪽으로 올라가 형편이 되면 청나라까지 둘러보고 올 생각이외다."

"갑자기 청나라는 무슨 일로······."

"나라 꼴은 글렀지만 그냥 뒷짐 지고 구경만 하고 있을 수는 없지 않겠소이까? 왜놈들이 못된 짓을 하면 결국 우리가 기댈 곳은 청나라밖에 없을 터, 그래서 여기 이 김형진 형과 함께 미리 한번 둘러보아 두려는 것이외다. 평양에 들어가 나도 봇짐을 하나 꾸리고 행상을 돌면 큰 여비를 들이지 않고도 청나라를 돌아볼 수 있겠지요. 청나라도 언젠가는 갑오전쟁(甲午戰爭, 중국은 청일전쟁을 갑오전쟁이라고 함)에 진 원수를 갚으려 들 것이니, 그전에 미리 그쪽 인물들과 손을 잡아 두는 것도 뜻있는 일이 될 것이외다."

늘 그렇듯 중근에게는 허풍스럽게만 들리는 말투였다. 그게 마음에 거슬려 중근은 그쯤에서 알은체를 끝내고 돌아서려 했다. 그때 김창수가 잠시 멋쩍은 표정을 짓더니 실토하듯 말했다.

"실은 춘부장께 하직 인사를 드리지 못하고 나왔소. 공연히 요란스러울까 봐 그런 것이니 돌아가시거든 형이 대신 말씀드려 주시오. 부모님이 청계동에 계시니 길어도 1년을 넘기지는 않을 것이오."

그 말에 중근은 슬며시 속이 뒤틀렸다. 오갈 데 없는 사람을 식구대로 데려다가 다섯 달이나 거두어 주었는데 인사도 않고 떠난다니 뭔가 심상찮은 느낌도 들었다. 그러나 아버지 안 진사가 귀하게 대접하는 손님이라 내색은 하지 않았다.

"알겠습니다. 그리 전해 드리지요."

그렇게 대답하고 가벼운 목례와 함께 돌아섰다.

청계동으로 돌아온 중근은 바로 큰사랑으로 갔다. 동천 밖으로 나가지 않을 때는 밤낮없이 큰사랑에 나가 있던 아버지였으나, 그날따라 둘째아버지 안태현이 홀로 큰사랑을 지키고 있었다. 중근이 아버지가 있는 곳을 묻자 안태현이 어딘가 어둡게 들리는 목소리로 일러 주었다.

"신천 관아에서 사람을 보내 찾는다 해서 방금 너희 집으로 내려갔느니라."

그 말에 중근은 선 자리에서 큰사랑을 나와 집으로 갔다. 할아버지 안인수가 살던 큰집과 잇달아 짓다시피 한 집이라, 큰사랑에서 몇 발자국 안 돼 중근의 집으로 통하는 중문이 나왔다. 중문을 지나 사랑방 쪽으로 발걸음을 옮기는데, 아버지 안태훈의 높은 웃음소리에 이어 찬바람 도는 목소리가 5월 한낮의 적막을 가르고 중근의 귓속을 후벼 왔다.

"어 씨(魚氏), 민 씨(閔氏) 두 분의 쌀이 어찌 되었는지는 내가 알 바 아니오. 나는 다만 동학당의 진중에 있던 것을 뺏어 온 것뿐이니 다시는 그런 무리한 말을 하지 마시오!"

목소리로 미루어 아버지는 치솟는 노기를 억누르고 있었다. 웬만한 사람이면 그런 안태훈의 목소리와 함께 쏘아보는 눈빛에 기가 죽을 만도 했으나 방 안의 상대는 지지 않고 맞받았다.

"안 진사께서는 지금 어떤 분들과 맞서려고 하시는지 아십니까? 어윤중(魚允中) 대감은 시임(時任) 탁지부(度支部) 대신이시고, 민영준(閔泳駿) 대감은 전임 선혜청(宣惠廳) 당상(堂上)인 데다 왕후마마께서 아끼시는 척족이십니다. 이런 두 분의 곡식을 무단히 빼앗아 쓰시고도 안 진사께서 무사하리라고 믿으십니까?"

"토끼 사냥이 끝나면 앞장서 달리던 사냥개는 삶기고, 내를 건널 때 요긴하게 쓴 지팡이는 건너편에 이르면 모랫바닥에 내동댕이쳐진다더니, 내가 실로 그 꼴이 되었구나. 이 나라의 대신 척족이라면 오히려 동학당 토벌에 앞장선 나를 누구보다 두텁게 대해야 하거늘, 이 무슨 해괴한 트집인가? 갑오 의려 때 동학군 진중에서 뺏어다 군량미로 쓴 곡식을 이제 와서 공무미(公貿米)니 추수곡(秋收穀)이니 하며 내놓으라니 이보다 더한 억지가 어디 있는가? 이만 물러가라. 가서 두 분 대감께 전하거라. 적도들에게 곡식을 빼앗겨 그 군량미를 댄 것도 죄가 작지 않거늘, 오히려 그걸 되찾아 군량으로 쓴 의려장(의병대장)에게 이제 와서 물어내라니, 천고에 어찌 이리 기막힌 일이 있겠는가고."

문밖에서 듣고 있는 중근까지 가슴이 섬뜩해지는 호령이었다. 그제야 상대도 기가 죽었는지 더 말이 없었다. 잠시 방 안이 조용하더니 이윽고 두 사람이 무연한 얼굴로 방문을 열고 댓돌 위로 내려섰다. 한 사람은 신천 관아의 아전 같고 다른 사람은 어 씨나 민 씨네 집사 같았다. 두 사람이 대문을 나서는 걸 보고 중근이 아버지 안태훈에게 물어보았다.

"어찌 된 사람들입니까?"

속으로는 대강 짐작 가는 데가 있었으나, 석연치 않은 데가 있어서였다. 안태훈이 아직 성이 다 가라앉지 않은 어조로 받았다.

"가산 용두리 민영룡의 창고에 있던 곡식이 말썽이구나. 송상 (松商) 김수민(金壽敏)이 맡겨 둔 곡식을 동학당이 빼앗아 군량미로 쓰고 있던 것이라기에 아무 걱정 없이 몰수해 포군들을 먹였는데, 이제 와서 그 절반은 정부가 돈을 주고 사들인 공무미고 절반은 척족 대신의 추수곡이라며 돌려 달라니 실로 어처구니가 없다. 우선은 신천 아전바치와 민씨네 집사 놈을 꾸짖어 보냈다만 눈치를 보니 쉽게 물러설 것들 같지 않구나."

그리고 미간에 골 깊은 주름을 지으며 한참이나 말이 없었다. 중근도 탁지부 대신이니 선혜청 당상이니 하는 말을 들은 게 있어, 일이 쉽게 풀리지 않을 것 같은 예감에 마음이 무거워졌다. 그런 안태훈의 말에 얼른 대꾸를 못하고 있는데, 갑자기 안태훈이 복잡한 속을 툭툭 털어 버리는 듯하며 물었다.

"그래, 재령은 잘 다녀왔느냐?"

"예. 하룻밤 거기 산가(山家)에서 묵고 아침 일찍 떠나 이제 오는 길입니다."

"사람은 쓸 만하더냐? 소문대로 솜씨도 놀랍고?"

"태견을 빼고는 『무예도보통지(武藝圖譜通志)』를 펼쳐 놓은 듯한 요란스러움뿐이었습니다. 이와 같은 총포의 시대에 낡은 격자지법(擊刺之法, 창칼의 무예)이 무슨 소용이겠습니까?"

중근은 재령에서 느낀 바를 그렇게 솔직하게 말했다. 중근이 전날 찾아본 것은 장수산(長壽山) 골짜기에 숨어 산다는 무예의 달인이었다. 그는 아직 젊은 나이인데도 24반 무예에 고루 통달하였으며, 거의 인멸되다시피 한 수박(手搏) 태껸의 한 갈래 정맥(正脈)을 이었을 뿐만 아니라, 외가(外家)로 지장(指掌)을 단련하여 맨손으로 산돼지의 창자를 끄집어낸다는 소문이 있었다. 그래서 찾아가 하룻밤을 묵으며 그의 무예를 살필 수 있었으나, 이미 양총으로 몇 차례 치열한 전투를 치러 본 중근에게는 그리 큰 감동을 주지 못했다.

중근의 그와 같은 말을 듣고 난 안태훈이 그새 온전히 평온을 회복한 얼굴로 자리를 털고 일어나며 말했다.

"네가 가는 걸 말리지는 않았다만 그럴 줄 짐작은 했다. 민간의 소문이라는 것이 원래 좀 허황된 데가 있느니라. 또 아무도 돌아보지 않는 일을 홀로 고집스레 지켜 가다 보면 남에게는 그게 오히려 놀랍고 엄청나게 비치는 수도 있지. 그럼 나는 이만 큰사랑으로 나가 봐야겠다. 백숙부님들을 불러 앞으로 어찌해야 할지를 의논해 보아야겠구나."

그제야 퍼뜩 김창수를 떠올린 중근이 얼결에 따라 일어나며 말했다.

"그런데 아버님, 돌아오는 길에 김 석사를 만났습니다."

"김 석사를? 어디서?"

안태훈이 대수롭지 않은 표정으로 물었다. 중근이 얼마 전 길가에서 김창수를 만난 일을 말하고 그의 고별을 전했다. 김창수가 청나라로 떠나는 이유까지 들은 대로 전해 주자 안태훈의 얼굴이 알아보게 굳어졌다.

"들어 보니 그건 김창수의 말이 아니라 고 산림의 말이로구나. 끈질긴 사대모화(事大慕華)의 병통이다. 아직도 병들어 죽어 가는 청나라에 기대를 버리지 못하다니……."

그렇게 말하면서 가볍게 혀를 차다가 문득 중근을 쳐다보며 물었다.

"큰사랑에 너도 가 보겠느냐?"

그 무렵 들어 부쩍 큰사랑의 논의가 궁금하던 중근이었다. 슬며시 졸라 보기라도 할 판에 그렇게 물어 주니 반갑기 짝이 없었다.

"그리하겠습니다."

"그렇다면 먼저 큰집, 작은집을 돌아 백숙부님들을 모두 큰사랑에 들게 하여라. 자리가 자리니만치 후조 선생이나 김 진사는 따로 부를 필요 없다."

그러고는 먼저 방을 나갔다.

마침 큰아버지 안태진까지 청계동에 머물러 있던 때라 한 식경도 안 돼 안태훈 여섯 형제가 모두 큰사랑에 모여 앉았다. 안태훈이 곧 차려 내올 술상도 기다리지 못하고 바로 의논을 시작했다. 먼저 조금 전 자기 집 사랑방에서 있었던 일을 형제들에게 소상히 말한 뒤 무거운 한숨과 함께 물었다.

"신천 호방(戶房)과 민영준의 집사는 꾸짖어 쫓았지만, 실로 어떻게 감당해야 할지 걱정입니다."

"실은 저도 벌써 달포 전에 그런 소문을 들었습니다. 신천 군수에게 탁지부 공무미 5백 석을 환징(還徵)하라는 조정 공문이 내려왔다는 말은 있었습니다만, 그게 민영룡의 창고에 있던 곡식을 가리키는 소린 줄은 몰랐습니다."

신천 읍내 출입이 잦은 넷째 안태건이 그렇게 말을 받았다. 안태훈이 이번에는 태진, 태현 두 형에게 사죄라도 하듯 가볍게 머리를 숙여 보이며 말했다.

"저는 이미 그게 우리를 겨냥한 소문이라는 것을 알았습니다만, 신천 군수가 어찌 방패막이가 되어 줄 줄 믿고 구태여 형님들께 말씀드리지 않았습니다. 신천 군수는 저를 의려장으로 세웠을 뿐더러, 지난겨울 동학군에 쫓겨 가솔들과 함께 석 달이나 이 청계동에서 우리의 보호 아래 있었던 사람 아닙니까? 그 정리로 보아서도 발 벗고 나서 우리를 발명해 줄 줄 알았는데……."

그러자 맏이인 안태진이 어두운 낯빛으로 받았다.

"어윤중이나 민영준이 모두 그리 호락호락한 사람들이 아니다. 신천 군수가 발 벗고 나선들 시임 탁지부 대신이 이미 먹은 마음이 있어 걸고 드는 것을 어찌 막아 낼 수 있겠느냐? 그것 참 난감하게 되었다. 우리 집안 성세가 아버님 살아 계실 때만 같아도 어찌해 볼 수 있었을지 모르지만, 요즘 형편으로는 우리 여섯 형제가 전장(田莊)을 줄여도 쌀 5백 석 물어 주기가 쉽지 않을 터……."

그러자 안태훈이 갑자기 차가운 웃음과 함께 맏형의 말을 받왔다.

"형님, 아무려면 그 곡식을 물어 줄 수야 있겠습니까? 우리는 나라를 위해 아녀자까지 항오에 세우고 식구대로 동비 토벌에 나섰으며, 우리를 따라나선 장정 가운데 목숨까지 잃은 이가 여럿 됩니다. 그런데 군량 한 톨 대 준 적이 없는 조정의 대신이 거꾸로 우리가 동학군에게서 빼앗아 군량으로 쓴 곡식을 이제 와서 내놓으라니요. 아마도 그리되지는 않을 것입니다."

"그럼 어쩔 것이냐? 포군을 이끌고 탁지부라도 둘러엎을 생각이냐?"

"정히 아니 되면 그리 못할 것도 없지마는, 그전에 할 수 있는 일은 모두 해 봐야지요."

그런 안태훈의 대답에는 조금도 기죽은 데가 없었다. 거기 힘을 얻었는지 넷째 안태건이 불쑥 끼어들어 안태훈의 말을 받았다.

"무엇보다 신천 군수 놈이 괘씸하지 않습니까? 포군들을 데리고 신천 관아로 가서 먼저 그것들 겁이라도 좀 주고 올까요?"

마침 상을 들여와 한 순배 돌린 술이 그새 올랐는지 불그스레한 안태건의 얼굴에는 제법 흉흉한 기세까지 떠돌았다. 매사에 침착하고 조심성 많은 맏이 안태진이 놀라 그런 넷째 아우를 꾸짖었다.

"그렇다면 너희도 동학당과 다를 것이 무에 있느냐? 아니면 이 청계동에다 양산박이라도 차릴 작정이냐?"

둘째 안태현도 맏형을 거들어 넷째를 나무랐다. 그러나 안태훈에게는 별로 꾸짖는 기색이 없었다.

"그리 못할 것도 없다만 아직은 때가 아닌 듯하다. 좋은 말로 신천 군수를 달래, 먼저 조정에 우리 일을 소상히 알리고 선처를 빌게 해 본 뒤에 다시 방도를 생각하자. 포군을 보내는 것은 이도 저도 안 될 때의 마지막 수단이다."

부드러운 목소리로 태건에게 그렇게 말해 놓고 다시 두 형을 돌아보았다.

"신천 부사의 탄원이 받아들여지지 않으면 제가 서울로 올라가 봐야겠습니다. 도승지 어른(김종한(金宗漢), 안태훈의 정치적 후원자로 전해 도승지를 지냈고 그때는 궁내부협판이었음)과 논의하면 길이 나오겠지요. 대군주 폐하께 바로 아뢸 길도 열어 보겠습니다. 포군을 동원하는 것은 그 모든 일이 틀어진 뒤, 그것도 우리 우익(羽翼)을 튼튼히 기르고 나서야 쓸 수 있는 수단이 될 터이니 형님들께서는 너무 심려하지 마십시오."

"우익을 튼튼히 한다, 그건 또 무슨 말이냐? 이제 여기서 무슨 도당이라도 모으겠다는 소리냐? 누가 그런 일에 우리의 나래와 깃이 되어 줄 수 있단 말이냐?"

안태진이 다시 걱정스러운 눈길로 셋째 아우를 쳐다보며 물었다. 안태훈이 애써 가다듬은 목소리로 맏형의 물음을 받았다.

"불란서(佛蘭西, 프랑스)와 천주학입니다."

"불란서와 천주학이 어떻게 우리의 우익이 될 수 있단 말이냐?"

안태진이 여전히 걱정스러운 표정을 지우지 못하고 안태훈에

150

게 물었다. 안태훈이 잠깐 방 안을 둘러보고 난 다음에 말했다.

"대여섯 해 전 제가 과거를 보러 서울로 올라갔을 때 해주 사람 민영구(閔泳龜)와 함께 민 씨 대감 댁에 머물지 않았습니까? 그해 증광시(增廣試)에 도승지 어른이 마침 시관(試官)으로 나오시게 된 터라 그 댁 사랑에 묵지 못하고, 민영구의 알음에 얹혀 그 민 대감 댁에서 몇 달 유숙한 것은 형님께서도 들어 알고 계시겠지요?"

안태훈의 진사과(進士科) 입격에 대해서는 모든 기록이 일치할 뿐만 아니라 누구도 그 사실을 의심하지 않는다. 그러나 고종 때의 사마방목(司馬榜目, 사마시 입격자들의 명단) 어디에도 안태훈의 이름은 올라 있지 않고, 고종 28년(1891년) 증광시 방목에 안태훈의 손아래 아우 안태건의 이름만 나올 뿐이다. 그러나 그때 사람 누구도 안태건을 진사라고 하지는 않은 것으로 보아, 안태훈이 아우의 이름으로 그해 증광시에 응시해 진사과에 입격한 것으로 보인다. 안태훈이 아우의 이름을 빌려 과거에 응시한 것은 아마도 한때 개화파가 되어 갑신정변의 주역들과 교유한 일을 감추기 위해서였을 것이다. 이미 과거제가 문란해질 대로 문란해진 뒤라 그 시절 남의 이름을 시권(試券)에 적어 내는 경우도 드물지 않았다. 김창암(金昌巖)이란 이름을 쓰던 시절의 김구도 아버지의 이름으로 향시(鄕試)에 응시했다는 기록을 『백범일지』에 남기고 있다.

그해 안태훈의 진사과 입격과 조정에 있으면서 안태훈의 뒤를 돌봐 주었다는 김종한과의 연관도 전하는 기록마다 조금씩 다르다. 김종한은 병자호란 때 빈궁(嬪宮)들과 원손(元孫)을 보호해 강화도로 피란 갔다가 청병에게 성이 함락되자 남문루(南門樓)에서 화약 더미에 불을 질러 순절한 척화 대신(斥和大臣) 김상용(金尙容)의 봉사손(奉祀孫, 제사를 맡아 올리는 자손)이다. 일찍이 과거에 급제하자 그런 가문의 후광이 더해져, 젊어서부터 이조참판에서 대사헌까지 조정의 요직을 두루 거쳤는데, 안태훈은 청계동으로 들어간 뒤부터 갑신정변으로 잡혀 죽고 달아난 개화파 대신들에 갈음하여 그런 김종한의 문하(門下)를 드나든 듯하다. 당시 지방의 이름 없는 향품(鄕品) 자제들이 중앙의 대관들과 연줄을 맺는 길로 흔히 써 오던 방식이었다.

그 바람에 안태훈은 김종한의 문인이라 일컬어지기도 하고, 그의 진사과 입격도 김종한이 시관으로 있을 때 뒤를 보아준 것이라 수군대는 이들이 있지만, 그리 믿을 일은 못 된다. 김종한이 일생 안태훈을 후원하는 태도는 그 정중하기가 흔해 빠진 문객(門客)들을 대접하는 것과는 거리가 있고, 어려서부터 선동(仙童) 소리를 듣던 안태훈의 문재(文才)도 진사과 입격을 의심받을 수준은 넘어서 있었다. 안태훈은 나중에 해서(海西)에서 문장으로 '나는 셋과 닫는 여덟[三飛八走]' 가운데서도 '나는 셋' 가운데 하나로 꼽혔다.

안태훈이 난데없이 여러 해 전의 과거 이야기를 꺼내자 그때껏 입을 다물고 있던 둘째 안태현이 불쑥 물었다.

"지금 불란서와 천주학 얘기를 하고 있는데, 대감들 얘기는 왜 꺼내느냐?"

"기이하게도 그 민 대감이 천주학을 하고 있었습니다."

"운현궁 부대부인(俯大夫人, 대원군 부인)이 천주학을 한다는 소문을 들은 적은 있다만 민씨 척족 대신이 천주꾼이라는 얘기는 또 새롭구나. 허나 그게 우리 우익(羽翼, 우리편)과 무슨 상관이냐? 그 민 대감이나 천주꾼들이 우리 군량미를 대신 물어 주기라도 한단 말이냐?"

"그런 것은 아니나 그때 민 대감 댁에서 구경한 천주학과 양대인(洋大人, 서양 선교사)들의 위세는 실로 대단했습니다. 어지러운 이 나라의 탐관오리와 맞서는 데 힘이 될 수 있는 세력이라 보았습니다."

"대원위(大院位) 시절만 해도 관부에 들키기만 하면 두릅 엮듯 엮이어 가 떼죽음을 당하던 천주학쟁이들 아니냐? 거기다가 양대인은 무슨…… 저희가 목 잘려 내걸릴 걱정하지 아니하고 거리를 휘젓고 다닐 수 있게 된 게 이제 몇 해나 된다고. 그런데 그 천주학과 양교사(洋敎士, 서양 신부)들에게 무슨 위세가 있어 우리 방패막이 노릇까지 해 줄 수 있단 말이냐?"

안태진이 다시 끼어들어 알 수 없다는 듯 고개를 갸웃거리며 그렇게 물었다. 안태훈이 그런 맏형의 물음을 공손하게 받았다.

"형님, 강대한 불란서의 힘을 업은 그 사람들을 전처럼 얕보아서는 아니 됩니다. 이제 양대인들은 조선의 국법을 따르지 않아도 되고, 호조(護照, 통행증) 없이도 조선 팔도 어디든지 가서 천주학을 퍼뜨릴 수 있습니다."

"불란서라면 지난 병인양요(丙寅洋擾) 때 강화도 정족산성(鼎足山城)에서 대패하고 쫓겨 간 법국(法國)을 말하는 것 아니냐? 그것들이 무슨 힘이 있다고 천주학쟁이들과 양교사들 뒤를 봐준단 말이냐?"

"그들이 정족산성에서 대패했다는 말도 그 실정(實情)이 어쨌는지는 잘 알 수 없거니와, 병술년(1886년) 수호통상조약으로 다시 이 땅에 온 불란서는 그때와 많이 다릅니다. 일본도 불란서를 두려워하는 바, 지난달 저들은 독일, 아라사(俄羅斯, 러시아)와 함께 청일전쟁 배상에 간섭하여 일본이 삼킨 요동반도(遼東半島)를 다시 토해 놓게 만들었습니다. 지금 이 땅의 양대인들은 바로 그 불란서가 나라를 들어 지켜 주는 외방(外方) 선교사들인데, 무력한 조선 조정이 어찌 그들을 함부로 다룰 수 있겠습니까?"

그 말에 안태진도 조금 멈칫하는 기색이었다. 잠시 말을 끊고 맏형을 바라보던 안태훈이 차분히 이었다.

"경상도에서는 촌민들이 양대인의 길을 막고 욕하다가 관아에 끌려가 엄벌을 받고, 전라도에서는 아전에게 빼앗기게 된 천주교인의 땅을 양대인이 찾아 주었다고 합니다. 작년에는 양대인의 시중꾼 노릇을 몇 달 한 적이 있는 어떤 천주교인이 양대인의 서류를 가지고 다니며 양반을 겁주어 그 재물을 빼앗은 일까지 벌어졌습니다. 천주교인과 양대인의 위세를 만만히 보아서는 안 됩니다."

그러자 안태진도 알아들은 눈치였다.

"작년 난리에서 일패도지(一敗塗地)하고 쫓겨 다니던 동학군들이 서교투탁(西敎投託)이라 하며 떼를 지어 천주학쟁이로 돌아서고 있다는 말은 들었으나, 서학과 양대인의 위세가 그 정도인 줄은 몰랐다. 조석(朝夕)으로 변한다는 인심이란 게 이런 것이로구나."

"서울 종현(鍾峴, 지금의 명동)에 새로 짓고 있는 그들 예배당의 규모만 봐도 실로 엄청납니다. 불에 구운 벽돌로 70칸 넓이에 열다섯 길 높이로 본채를 짓고 뾰족탑을 세운다는데, 뾰족탑 높이가 서른 길 넘어 그것이 서면 서울의 어떤 궁궐 용마루보다 높을 것이라고 들었습니다. 또 우리 조선에는 거기 쓸 벽돌을 굽거나 양회(洋灰)를 써서 그 벽돌을 쌓아 올릴 줄 아는 일꾼이 없고 나무를 양식(洋式)으로 다룰 줄 아는 목수도 없어, 모두 중국에서 데려와 쓰고 있다고 합니다. 작년 청일전쟁으로 잠시 공사를 멈춘 적도 있었지만, 시작한 지 5년째인 내년은 되어야 대강이나마 벽체가 드러날 것이라 하니, 저들이 거기에 들이는 정성과 물력(物力)이 어느 정도인지 알 만하지 않습니까?"

그래도 안태진은 마음으로 받아들이기는 싫은 듯 한마디 덧붙였다.

"하지만 천주학과 양대인들의 위세가 아무리 대단하다 해도, 조상의 향화(香火)를 지켜 가야 하는 나로서야 제사도 못 지내게 하는 천주학을 어떻게 받아들일 수 있겠느냐?"

맏이로서 하는 그 말에는 안태훈도 잠깐 낯빛이 흐려졌다. 그때까지와는 달리 한참이나 대꾸를 못하다가 얼버무리듯 말했다.

"그야 달리 변통할 방도가 있겠지요. 밤 깊어 가만히 지내는 제사, 형님께서 굳이 모시려 한다면 누가 막을 수 있겠습니까?"

"내가 믿지 않는다 해도 귀신은 귀신이다. 너는 귀신을 속이자는 말이냐? 더구나 천주는 세계만방의 인종들이 목숨을 내놓고 믿을 만큼 영험한 귀신이라 들었다."

안태진이 나무라듯 그렇게 말해 놓고, 갑자기 무슨 생각이 들었는지 이내 말투를 바꾸어 덧붙였다.

"하지만 천주학에 귀의해서 우리 일문이 그 보우(保佑)를 받을 수 있다면, 내 일에는 너무 마음 쓰지 마라. 우리 여섯 중에 나 하나 빠진다고 해서 저들이 너희를 받아 주지 않을 리야 있겠느냐? 모두 성혼하여 분가한 처지이니, 나만 조상의 신주와 어머님을 모시고 해주로 돌아가면, 청계동에 남은 너희들이 천주학에 귀의하는 데는 아무런 걸림돌이 되지 않을 것이다."

말은 그랬지만 천주학을 두고 하는 논의는 거기서 그만 시들해 지고 말았다.

"저도 당장 우리 일문이 모두 천주학을 하자는 것은 아닙니다. 이번 일이 엄중하게 진행되어 우리에게 달리 기댈 곳이 필요해지면 활용하고자 미리 한번 살펴 둔 것뿐입니다."

안태훈은 그렇게 천주학 얘기를 끝내고 신천 군수를 어떻게 달랠 것인가 하는 쪽으로 말머리를 돌렸다. 형식적인 논의 끝에 일단은 안태건이 안태훈의 서신을 가지고 신천 군수를 만나 보기로 결정을 보았다.

그런데 다음 날 안태건이 미처 청계동을 떠나기도 전에 황해도 관찰사 조희일(趙熙一)이 보낸 군사마(軍司馬)가 먼저 달려와 안태훈을 찾았다.

"감사께서 탁지부에서 내려온 공문을 급히 전하라 하시기에 새벽같이 달려오는 길입니다. 진사 어른께서 읽으시고 일의 엄중함을 헤아려 대처하시라는 분부셨습니다."

정현석이 관찰사로 있을 때부터 낯이 익은 군사마가 그렇게 말하면서 전해 주고 간 서찰의 내용은 대강 이러했다.

신천군 청계동에 사는 안태훈이 갑오 의려를 핑계 삼아 멋대로 써버린 공무미 5백 석을 숫자대로 헤아려 거둬들이도록 하라. 또 안태훈은 그때 일으킨 의병들을 아직도 흩어 버리지 않고 거느리고 있다는데, 그들에게도 타이르고 깨우치는 글을 보내 모두 집으로 돌아가게 하라. 이는 조정의 공론을 받들어 탁지부 대신이 황해도 관찰사에게 보내는 공문이니 반드시 준행하여야 한다.

그 글을 보니 일은 이미 신천 군수의 소명(疏明)과 변호 정도로는 풀릴 수 없을 만큼 크게 번져 버린 듯했다.

당황한 안태훈 형제가 이번에는 후조 고석로와 아직 청계동에 남은 여러 막빈들까지 모두 큰사랑으로 불러 모아 대책을 논의했으나, 이미 안태훈이 작정하고 있었던 대로 그 자신이 직접 서울로 올라가 해결하는 것 말고는 달리 방도가 없었다. 그래서 안태훈이 상경 채비를 하고 있는데, 다시 궁내부(宮內府) 협판(協辦)으로 있는 김종한이 글을 보내 안태훈을 재촉했다.

탁지부 대신 어윤중과 전 선혜청 당상 민영준이 대군주 폐하께 공(公)의 일을 아뢰었는데, 그 내용이 매우 엄중하오. 곧 막중한 국고금으로 사들여 둔 나라의 양곡 천여 부대를 공이 아무런 까닭 없이 도둑질해 갔을뿐더러 나중에 알아보니 그걸로 몰래 군사 수천 명을 길러 불측한 음모를 꾸미고 있었다는 것이오. 급히 군사를 청계동으로 보내 진압하지 않으면 나라의 큰 환란이 일 것이라 소리를 높이니, 공은 실로 위태롭기 짝이 없는 지경에 이르러 있소이다. 하루빨리 서울로 달려와 선후에 맞게 대처하지 않으면 성명(性命)을 보존하기 어려울 것이오.

그런 김종한의 글을 읽은 안태훈은 더 머뭇거릴 수가 없었다. 그날로 청계동에서 가장 빠른 말을 내어 밤낮을 가리지 않고 서울로 달려갔다.

서울에 이르러 김종한의 사랑채에 여장을 푼 안태훈은 조정 안팎의 알음을 통해 공무미 시비가 어디까지 갔는지를 알아보았다. 정말로 김종한이 써서 보낸 그대로였다. 더욱 놀란 안태훈은 김종한을 비롯해 끌어다 쓸 수 있는 연줄은 모두 동원해 탁지부 대신 어윤중을 만나 보았다.

어윤중은 뒷날 시무(時務)개화파라 불린 온건개화파로서, 갑신정변에 참여하지 않았는데도 민비(閔妃) 정권의 중용을 받지 못하다가, 갑오경장에 이르러서야 김홍집 내각의 탁지부 대신으로 발탁된 사람이었다. 그때 안태훈은 동도서기론(東道西器論)적 개화파에서 변법(變法)개화파 쪽으로 기울어 있으나, 심정적으로는 어윤중에게 약간의 동류의식을 느끼고 있었다. 지난해 어윤중이 동학 농민군을 비도(匪徒)가 아니라 민당(民黨)이라 하며 옹호하고 나선 것이 마음에 걸리긴 해도, 어느 정도는 자신에게 호의를 품고 있을 것으로 기대했다. 그런데 어렵게 연줄을 대어 만나보니 그게 아니었다.

"저는 동학군에게서 노획한 양곡을 군량미로 쓰게 된 연유를 진작 군무국(軍務局)에 보고하였고, 비록 크지는 않으나 저희 의려가 세운 공도 순무영(巡撫營)에 기록되어 있습니다. 그런데 이제 와서 그 곡식이 공무미라 하여 내놓으라고 하며 의로운 군사를 도둑떼로 모니 어찌 이런 일이 있을 수 있겠습니까?"

안태훈이 그런 말로 그릇된 일이 바로잡히기를 빌었으나 어윤중은 들은 척도 않았다.

"그대는 동학군에게서 노획한 것을 앞세우나, 민영룡의 창고에서 곡식을 빼내올 때 이미 그것이 나랏돈으로 사들인 공무미라는 것을 알았고, 더구나 사람까지 다치게 해 가며 빼앗아 갔다. 또 군량미로 썼다 하나, 그때는 이미 동학군이 달아나 숨기 시작한 때였으며 이후 동학군이 다시 일지도 않았는데, 그대는 포군들을 흩지 않고 거느렸다. 따라서 곡식의 태반은 의려가 아니라 그대가 사사로이 기르는 포군들이 먹은 셈이니 그것을 군량미라 할 수는 없다. 엄한 국법이 이르기 전에 함부로 빼앗아 쓴 나라의 곡식을 되돌려 놓도록 하라."

그렇게 안태훈을 꾸짖어 물리쳤다. 이에 안태훈은 새로 법부(法部) 대신이 된 서광범(徐光範)에게 의지하려고 법부를 찾아갔다. 서광범은 10여 년 전 갑신정변 무렵에 얼굴을 익힌 적이 있었으나, 오랜 망명 동안 잊은 것인지 안태훈에게 별 호의를 베풀지 않았다. 갑오년 개혁의 후속 조처로 생긴 재판소에 그 일을 넘기게 했을 뿐, 판결을 유리하게 얻어 내는 데는 별로 도움이 되지 못했다.

보다 못한 김종한이 다시 나서 중재를 했다. 하지만 강직한 어윤중은 끝내 자신이 옳다고 믿는 바를 바꾸려 하지 않았다.

한 달이 넘도록 이곳저곳을 뛰어다녀도 아무런 성과가 없자 안태훈은 하릴없이 청계동으로 돌아갔다. 그사이 일은 더욱 험하게 돌아가 그해 6월 말에는 훈련대 병사 열두 명이 안태훈을 잡으러 청계동으로 급파된 일까지 있었다. 다행히 김종한이 그걸 알고 어윤중을 말려 훈련대 병사들을 모화관(慕華館) 부근에서 되돌아오게 하였으나, 안태훈과 청계동이 느끼는 위기의식은 점점 더해 갔다.

안태훈은 겉으로는 전과 다름없이 유유자적한 나날을 보냈다.

찾아오는 선비들을 맞아 시회(詩會)를 열고, 형제들을 불러 모아 호탕하게 마셨다. 인근의 지사, 호걸들을 찾아 의를 맺고 정을 나누었으며, 수십 명 포군들도 여전히 흩지 않고 식구처럼 거둬 먹였다. 보군(步軍)으로 싸웠던 장정들도 농막이나 일꾼으로 주저앉혀 청계동은 아직도 백 명이 훨씬 넘는 군세를 유지하고 있었다.

하지만 중근은 어렴풋하게나마 그런 아버지의 내면에서 피 흘리고 있는 의식들을 느낄 수 있었다. 무력감으로 상처받은 자부심이 그랬고, 낡은 구조와 급변하는 시대에 끼어 있는 가문과 자신을 지켜 내야 하는 신흥 호족으로서의 번민이 그랬다. 취하지 않은 밤은 그것들로 하얗게 지새기 마련인 모색과 궁구(窮究) 같은 것도 분명 피 흘리는 의식의 일부였다.

그 무렵에 새로 생긴 안태훈의 출입처로는 인근의 천주교 본당들이 있었다. 안태훈은 서울 나들이가 있으면 반드시 틈을 내어 종현성당(명동성당)뿐만 아니라 약현(藥峴)성당까지 들러 보았고, 때로는 제물포에 있는 답동(畓洞)성당까지 들렀다. 또 그해 새로 설립된 평양 본당은 일삼아 찾아보고 유심히 형세를 살폈으며, 주임 신부인 장교사(張敎士, 르 장드르)와는 안면까지 터 두었다. 그 모두 일일이 안태훈이 중근에게 일러 준 것은 아니었으나, 이래저래 알게 된 중근은 그런 아버지의 행보에서 자신이 새로 대면하게 될 심상찮은 운명을 예감했다.

다행히 탁지부의 공무미 문제는 그해 6월을 마지막으로 더는 안태훈을 괴롭히지 않았다. 어떤 이는 김종한이 위아래로 뛰어

다녀 무마해 준 덕분이라고도 하고, 어떤 이는 탁지부와 어윤중이 그해 을미년(1895년) 여름에서 가을까지의 잇따른 혼란과 정변에 휘말려 안태훈의 죄를 물을 겨를이 없었기 때문이라고도 한다. 둘 다 이유가 될 수 있지만, 하나만 고르라면 뒤엣것이 더 들어맞을 것이다.

그해 6월 서북 지방에서 창궐한 호열자(虎列刺, 콜레라)는 수만 명의 목숨을 앗아 간 뒤 가을바람이 불어서야 숙졌고, 7월에는 이른바 제3차 김홍집 내각이 들어서며 어윤중이 중추원 의장이 되었다. 갑자기 이노우에 가오루[井上馨]를 불러들이고 미우라 고로[三浦梧樓]를 공사로 보내는 등 수상쩍은 움직임을 보이던 일본도 기어이 큰일을 냈다.

미나리는 절이고
이밥은 잦히자

언제부터인가 거리에 그런 참요(讖謠)가 돌아다니더니, 을미사변이 터졌다. 을미 8월 스무날 공덕동(孔德洞, 물러난 대원군의 별장이 있던 곳)과 조선 훈련대를 쑤석거려 허수아비로 앞세운 일본 공사 미우라가 저희 군대의 지원을 받는 낭인들을 손발 삼아 민비를 시해한 일이었다. 미나리는 민비를 가리키고 절인다는 것은 푸성귀의 결을 죽인다는 뜻에서 '죽인다'와 통하며, 이밥은 이씨왕조를 가리키고 잦힌다는 것은 먹기 좋게 밥의 물기를 졸여 없앤다

162

는 것이니 병탄(併呑)하기 좋게 만든다는 뜻임을 사람들이 미처 알아차리기도 전이었다.

이어 온 나라가 엉머구리 들끓듯 하는 사이에 10월에는 춘생문사건(春生門事件, 친미·친로파가 김홍집 내각을 전복하고 국왕을 그들에게서 빼내려고 꾸민 사건)이 발각돼 가뜩이나 어지러운 조정을 더욱 어지럽게 하였고, 회덕(懷德)에서는 드디어 국모(國母)의 보수설한(報讐雪恨,, 원수를 갚고 한을 씻음)을 외치는 의병이 일었다.

청국으로 갔던 김창수가 청계동으로 돌아온 것은 그런 을미년도 저물어 가는 동짓달 중순이었다. 드디어 조선도 따르게 된 태양력으로 1896년 정초(을미년 음력 11월 17일)가 며칠 남지 않은 어느 날 평소보다 일찍 사냥에서 돌아온 중근이 큰사랑 앞을 지나다 보니 방 한가득 사람들이 모여 떠들썩한 소리가 새어 나왔다. 궁금해진 중근은 총을 들여놓고 옷을 갈아입기 바쁘게 큰사랑으로 가 보았다.

중근이 가만히 방 안으로 들어서니 여럿에 둘러싸인 김창수가 한창 이야기에 열을 올리고 있었다.

"……그 닭 다리와 돼지갈비를 화롯불에 구워 먹고 있는데, 웬 베 두건을 덮어 쓴 사람이 슬그머니 문을 열고 들어오지 않겠습니까? 그래서 저는 짐짓 험한 목소리로 누군데 이 야밤에 남의 집을 함부로 기웃거리느냐고 꾸짖었습지요. 그런데 그 사람의 대답이 걸작이었습니다. 잔뜩 겁먹은 눈길로 자기가 바로 그 집 주인이라고 하지 않겠습니까?"

그러자 방 안 사람들이 한꺼번에 와자하게 웃음을 터뜨렸다. 개 중에는 배를 움켜잡고 구르는 사람도 있었다. 중근은 그제야 방 안에 있는 사람들을 하나하나 살펴보았다. 여러 백숙부에 고산림 선생과 김 진사며 포수 몇까지 모여 참빗 장수 김형진과 나란히 앉은 김창수의 애기에 귀를 기울이고 있었다. 중근이 더 들어 보니, 전쟁이 벌어져 피란 간 빈집에 들어갔던 김창수와 김형진이 배고픈 김에 시렁 위 광주리에서 고기를 꺼내 구워 먹고 있는데, 피란 갔던 주인이 돌아와 그런 어이없는 광경이 벌어진 듯했다.

그 뒤 며칠 동안 청계동 안태훈 일가의 큰사랑은 김창수의 청나라 편력담(遍歷談)으로 떠들썩했다. 집에서 기르던 말 한 필을 팔아 마련한 2백 냥을 여비로 삼고 참빗 장수 김형진과 함께 청계동을 떠난 김창수는 평양에서 문구(文具)와 잡화로 봇짐을 만들어 메고 먼저 함경도로 갔다. 그때까지 가 보지 못했던 북변 땅 구경도 하고 또 봇짐장수로 여비도 불린 뒤에 청나라로 들어가기 위함이었다.

강동·양덕·맹산을 거쳐 함경도로 들어간 김창수는 함흥·북청·단청을 거쳐 마운령(摩雲嶺)을 넘고 갑산으로 갔다. 청계동을 떠날 때가 5월이었는데 갑산에 이르니 벌써 7월로 접어들고 있었다. 거기서 다시 혜산진 삼수(三水)를 거쳐 후창 자성을 지나며 북변 땅 구석구석을 구경한 뒤에 청나라 땅인 모아산(帽兒山)으로 넘어갔다. 원래 민족의 성산(聖山)인 백두산에 올라 참배하려 했으나, 향마적(響馬賊)이라는 중국 화적패가 그 길목에 자리 잡고 사람 죽이기를 파리 목숨 끊듯 한다는 소문에 바로 압록강을 건너게 되었다고 한다.

"통화(通化)로 가서 조선 사람으로 중국 말을 배워 통변을 해 주는 호통사(胡通辭)라는 것들을 처음 보았습니다. 그 뒤 청나라 이곳저곳을 돌아다니며 보니 그것들이 중국 사람들한테 빌붙어 불쌍한 동포를 괴롭히는 꼴이 차마 눈 뜨고 보기 어려울 지경이었습니다. 중국 사람들이 못 쓴다고 버린 땅에 조나 옥수수를 심어 겨우 연명이나 하는 동포들에게 중국어 몇 마디 할 줄 안다고 해서 중국 관리보다 더한 위세를 부리며 온갖 못된 짓을 하지 않겠습니까? 몇 줌 안 되는 동포들의 곡식과 어렵게 모은 푼돈을 등쳐 먹고 부녀자들을 욕보이는데, 피를 빨고 살을 발라 간다는 말이 지나치지 않겠습디다."

김창수는 그런 비분강개까지 곁들이며 청나라 접경 지역에 살고 있는 동포들의 이야기를 전해 주었다. 대부분 청일전쟁 때 피란 간 사람들이지만 더러는 조선에서 죄짓고 도망치거나 민란을 일으켰다가 피신한 사람들이었다.

"그래, 청나라 인재들과 손을 잡고 왜적에 맞선다는 복안에는 무슨 진척이 있었소?"

한번은 안태훈이 김창수의 얘기를 듣다 말고 그렇게 물은 적이 있었다. 이번에는 김창수와 함께 청나라로 갔던 참빗 장수 김형진이 기세를 올렸다.

"심양(瀋陽) 일대에서 세력을 떨치고 있는 연왕(燕王) 의극당아(依克唐阿)가 항일 세력을 후원한다기에 저기 김 형과 함께 심양으로 갔지요. 그리고 우리가 왜적과 맞서려 하니 도와 달라고 하는 상소를 연왕에게 올렸습니다. 연왕은 믿고 아끼는 신하 서장경(徐長慶)과 의논 끝에 저희들에게 진동참의사(鎭東參議事)란 직함을 내리고 저희가 군사를 일으키면 무기와 군자금을 도와주기로 약속했습니다."

사실이라면 그런 연왕의 대우는 그들 둘의 청나라 편력에서 가장 빛나는 수확 중에 하나가 될 것이다. 하지만 어찌 된 셈인지 김형진이 나중에 쓴 『노정약기(路程略記)』라는 글에는 그 일이 나와 있으나 『백범일지』에는 빠져 있다. 그 대신 김창수는 청일전쟁 때 휘하 군사 천여 명과 함께 전사(戰死)한 서옥생(徐玉生)이란 청나라 장수의 아들을 만나 그와 형제 맺은 일을 감동적으로 들려주었다.

"내가 평양 보통문 밖에서 '서옥생이 전사한 곳'이란 비목(碑木)을 보았다는 말을 하자 서 씨는 감개를 이기지 못하고 줄줄이 눈물을 흘리더군요. 원래 그들이 살던 곳은 금주(錦州)로 그들의 집에는 1천 5백 명의 가병(家兵)이 있었는데, 아버지 서옥생이 그중에 천 명을 이끌고 조선으로 출병했다가 평양 전투에서 그렇게 몰사했다는 것입니다. 이어 서 씨는 우리가 같은 원수를 가졌으니 자기 집에 함께 살며 때를 기다리자 하였으나, 나는 마침 저기 김 공과 길을 나누어 김이언(金利彦) 부대를 찾아가는 중이었고, 도중에 소문으로 들은 우리 국모(國母)의 참변도 그 내막과 뒷일이 궁금해 그와 함께 금주로 가지 못했습니다."

그렇게 되어 이야기는 자연스럽게 그들이 의병장 김이언을 만나 조선 진공전(進攻戰)을 펼치는 대목으로 넘어갔다.

김이언은 평안도 벽동(碧潼) 사람으로 5백 근 무게의 대포를 들 정도로 힘이 장사인 데다 글도 잘해, 그를 아는 동포들은 모두 우러르고 따랐다. 심양의 자사(刺史) 격인 지방 장관이 김이언의 용력을 높이 사서 좋은 말과 『삼국지』 한 질을 내려 주며 격려하고, 장차 항일 의병을 일으키면 도와줄 것을 약속하였다. 이에 김이언은 삼도구(三道溝)라는 곳에 자리를 잡고 조선 국내로 진공할 의병을 모았다.

김창수와 김형진이 찾아갔을 때 김이언은 이미 초산·강계·벽동·위원 등지의 포수들과 중국 땅에 사는 동포들 가운데 총이 있는 사람을 모아 3백 명이 넘는 군사를 거느리고 있었다. 그들이 의병을 일으키는 명분은 '국모가 왜적에게 무참하게 죽음을 당하신 것은 백성 모두의 치욕이니 참을 수 없다.'는 것이었다. 거기서 뜬소문으로만 들었던 민비 시해의 진상을 비로소 알게 된 김창수는 두말없이 김이언 의병에 가담하였다.

김창수는 위원, 초산 등지에서 포군들을 더 끌어모으는 일과 강계성에 숨어들어 가 화약을 사 오는 일을 맡았다. 그리고 한동안 그 일로 조선과 청나라를 분주히 오가다가 바로 보름 전인 을

미년 동짓달 초순 김이언 부대와 함께 압록강을 건너 조선 땅으로 들어왔다. 어쩌면 외국에서 군사를 일으켜 국내로 쳐들어오는 진공전으로는 첫 번째가 될지도 모르고, 그 싸움을 이끈 김이언의 뜻은 장했으나, 싸움의 경과는 참혹했다.

김이언은 무기를 빼앗는다고 작은 고산진(高山鎭)을 먼저 쳐서 은밀 신속해야 하는 진공전을 일찍 노출시켰고, 강계에서는 청군(淸軍)의 선봉인 것처럼 속여 군세를 과장하자는 진언을 듣지 않고 이편의 실세를 그대로 드러내어 조선 수비대에게 얕보였다. 그 바람에 강계 전투에서 참패하고, 김이언에게 실망한 김창수와 김형진은 전선을 이탈하여 청계동으로 돌아오게 되었다고 했다. 청계동으로 돌아온 첫날 김창수가 우스개 삼아 전한 그 주객전도(主客顚倒)는 바로 그렇게 되어 강계성을 빠져나오다가 생긴 일이었다.

"거참, 대단하네. 어째 온 만주 땅이 김창수를 기다리고 있었던 것처럼 가는 곳마다 기연(奇緣)일까? 어지간한 사람 평생 경력을 김창수는 단 몇 달 만에 다 겪고 왔네그려. 그 친구 혹시 만주 언저리에서 보고 들은 소문은 모두 제가 한 것으로 떠벌린 것은 아닌가?"

평소 김창수를 그리 대단찮게 여기던 막내 숙부 안태순은 얼마 뒤 그렇게 김창수의 편력담에 의심을 드러냈으나, 중근에게는 달랐다. 김창수가 말하는 하나하나가 어김없는 사실로 들렸고, 머릿속에 깊은 인상으로 남았다. 갑자기 청계동 밖에 펼쳐진 크고 넓은 세계가 휘황한 빛에 싸여 자신에게 손짓하는 것 같으면서, 자신은 우물 안의 개구리처럼 좁은 세계에 갇혀 세월을 허비하고 있는 듯한 느낌으로 우울해지기까지 했다.

그런데 김창수가 청나라에서 돌아온 뒤 며칠 안 돼 서울로부터 놀라운 소식이 날아들었다. 단발령(斷髮令)이었다. 일본의 꼭두각시나 다름없는 김홍집 내각의 압력을 이기지 못한 고종은 양력으로 1896년 1월 1일이 되는 을미년 동짓달 열이레부터 모두 상투를 자르라는 조칙을 내리고 자신도 태자와 더불어 상투를 잘랐다. 그 소식이 들어오자 그때까지도 김창수의 청나라 견문담(見聞談)으로 왁자하던 청계동 큰사랑의 논의는 그날로 바뀌었다. 특히 단발령에 비분과 강개를 드러낸 사람은 후조 고석로였다.

"성현의 말씀에 몸이며 터럭이며 살갗은 어버이로부터 받은 것이니 함부로 다치게 하지 않는 데서 효도가 비롯된다[身體髮膚受之父母 不敢毁傷孝之始也]고 하였소. 아무리 상감마마의 어명이 계셔도 성현의 가르침을 폐할 수는 없소. 하물며 왜적의 앞잡이들에게 몰려 내리신 윤음(綸音)이겠소. 아니 되오. 이 머리는 잘라도 이 머리카락은 자를 수 없소이다."

고석로는 위정척사파답게 목소리를 높였다. 안태진이나 김 진사도 표정이 굳고 낯빛이 어두웠다. 김창수도 쉽게 속내를 드러내지 않을 뿐 결코 밝은 표정이 아니었다. 오직 안태훈만이 담담한 얼굴로 사람들의 논의를 듣고 있을 뿐이었다.

그 무렵 초겨울 일기가 고르지 않아 중근도 며칠 사냥을 멈추고 큰사랑에 드나들었다. 단발령은 그런 중근에게도 충격으로 다가왔으나, 이미 성현의 말씀으로만 살기로 하지는 않아서인지 그리 격렬한 반발은 일지 않았다. 다만 큰사랑의 무성한 비분과 강개 속에 외로운 섬처럼 남아 있는 아버지 안태훈의 평온이 왠지 불안하게 여겨질 뿐이었다.

그런데 중근의 그와 같은 불안은 단발령이 전해진 다음 날로 현실이 되어 나타났다. 그날따라 겨울 궂은비가 추적거려서인지 안태훈, 태건 형제와 중근만 큰사랑에 나와 사람들을 기다리는데, 갑자기 고 산림이 삿갓에 도롱이를 걸치고 들어서고 그 뒤를 우장도 걸치지 않은 김창수가 따랐다. 두 사람이 먼저 만나 무슨 얘기 끝에 바로 달려온 것 같았다.

"안 진사, 아무래도 석연찮은 데가 있어 우중(雨中)을 무릅쓰고 찾아왔네. 한마디로 묻겠네. 그래, 안 진사 생각은 어떠한가? 국모가 시해되어 군부(君父)가 욕을 입고, 성현의 가르침이 하루아침에 폐하게 되었는데, 언제까지 그렇게 두 손 처매 놓고 바라보기만 할 것인가? 의병이라도 일으켜 왜적과 간신들을 쳐 없애 군부의 욕됨을 씻고 성현의 가르침을 회복해야 하지 않겠나?"

그러나 안태훈은 변함없이 평온하고 침착했다.

"후조 선생께서 어찌 이리 서두르십니까? 아직 단발의 득실을 충분히 따져 보지 못했고, 대군주 폐하의 어의(御意)도 알지 못하면서 가볍게 움직여서는 안 될 것입니다."

가라앉은 목소리로 고석로의 말을 받아 빗속에서도 식지 않게 옮겨 온 창의(倡義)의 열기를 무색하게 했다. 그러나 고석로의 투지는 오히려 그 말에 더욱 불타오른 듯했다.

"내 그럴 줄 알았네. 하지만 그럴 때가 아니네. 들어 보게. 예로부터 천하에 흥해 본 적 없는 나라 없고 망해 본 적 없는 나라 없네. 그러하되 예전에 나라가 망한다 함은 땅과 백성은 그대로 있고 왕위만 빼앗기는 것을 말했는데, 이제 왜놈들은 이 나라의 땅과 백성에 주권까지 다 집어삼키려는 판이네. 그럼에도 대신들은 어느 나라 놈한테 붙어야 제 자리를 보전할까 하는 걱정뿐이고, 시골에 묻혀 사는 선비라는 자들도 그저 놀라 탄식할 뿐, 누구도 나라를 구할 경륜을 펼쳐 내지 못하니 실로 큰 걱정일세. 나라가 망하는 데도 거룩하게 망하는 데가 있고 더럽게 망하는 데가 있는데, 우리나라는 참으로 망해도 더럽게 망하게 생겼네."

그렇게 피를 토하듯 말해 놓고 숨을 가다듬은 뒤 다시 이었다.

"한 나라 백성들이 정의로 싸우다가 힘이 다해 망하는 것은 거룩하게 망하는 것이요, 그와 달리 백성들이 여러 패로 나뉘어 한편은 이 나라에 붙고 다른 편은 저 나라에 붙어 제 동포끼리 싸우다가 망하는 것은 더럽게 망하는 것이라 할 수 있네. 이제 왜놈들의 세력이 이 나라에 넘치고, 대궐에 침입해 대신들도 제멋대로 갈아 치울 뿐만 아니라 임금까지 겁박해 욕을 보이는 판이 되었네. 그러니 이 나라가 또 다른 왜놈의 나라가 돼 가는 게 아니고 무엇인가? 허나 망해도 더럽게 망해서는 아니 되네. 천하에 망하지 않는 나라 없듯이 죽지 않는 사람도 없네. 이제 이 나라가 더럽게 망하지 않게 하는 길은 나와 남을 가릴 것 없이 죽음으로써 나라에 충성하는 길뿐이네."

후조 고석로는 그렇게 말을 맺고 불길이 이는 듯한 눈길로 안태훈을 바라보았다. 실로 화서(華西, 이항로의 호)의 전인(傳人)인 성재(省齋) 유중교의 제자요, 의암(毅巖) 유인석의 동문(同門)다운 데가 있었다. 그러자 그때까지도 부드럽고 평온하던 안태훈의 얼굴이 차츰 굳어졌다. 이윽고 이제 더 어쩔 수 없다는 듯 안태훈이 가벼운 한숨과 함께 고석로의 말을 받았다.

"고 산림께서 이리 급박하게 몰아대시니 더는 대답을 미룰 수가 없군요. 저도 국모의 원수를 갚고, 나라가 입은 치욕을 씻을 창의를 꾀해 보지 않은 바가 아닙니다. 또 명색 글 읽은 선비로 단발령이 성현의 가르침을 폐하려 함에도 마냥 마음이 편치만은 않습니다. 허나 아무리 헤아리고 또 헤아려 봐도 지금은 군사를 일으킬 때가 아닙니다."

그런 다음 이글거리는 고석로의 눈빛을 다시 한 번 똑바로 받더니 차가운 목소리로 이어 갔다.

"작년 갑오 의려 때 본 바로는, 당장 일본군과 병기로 겨루어 승패를 가르기는 이미 글러 버린 일 같습니다. 아시다시피 해서의 동학군은 한때 10만을 일컬었으며, 날카롭게 벼린 창칼이 수풀 같고 화승총도 수백 자루에 이르렀습니다. 그런데 일본군이 그 토벌을 위해 저희 주둔지 용산에서 빼 내보낸 병력은 무라타 소총을 든 영목 소대 서른 명 남짓이었습니다. 허나 동학군은 일본군에게 단 한 차례 타격다운 타격도 주지 못하고 이리저리 몰리다가 수많은 시체만 남기고 끝내는 자취 없이 흩어졌습니다. 청일전쟁 때 설치한 지역 병참부에서 일본군이 몇 명씩 파견돼 싸움을 도왔다 하나, 일당백으로도 못 당하는 싸움은 이미 싸움이 아닙니다. 거기다가 청일전쟁 뒤 세계의 형세도 숨 가쁘게 변화하고 있는데, 하나같이 저들 일본에게만 이롭게 돌아가고 있습니다. 저는 이제 잠시 몸을 숨기고 힘을 기르며 시세의 흐름을 관망하려 합니다. 꼭 단발을 해야 한다면 그것도 해야겠지요."

"이미 이 땅은 왜놈들의 천지가 되었거늘 숨기는 어디에 숨는단 말인가? 듣자 하니 진사는 천주학과 법국(法國)에 의지하려 한다는데, 그게 사실인가? 그렇다면 이제 숨으려 하는 곳도 바로 그 그늘인가?"

고석로가 더 숨기거나 에둘러 말할 게 없다는 듯 바로 안태훈에게 따져 물었다. 안태훈도 별로 물러날 뜻이 없는지 되받아치듯 말했다.

"그리해서 아니 될 것도 없지요. 이 나라를 지키고 아울러 이 백성을 살릴 길만 있다면 누구하곤들 손잡지 못하겠습니까?"

"그렇다면 제 나라에서 일어난 동학은 군사를 일으켜 토벌하고, 양귀(洋鬼)들의 천주학은 숭상하겠다는 것인가? 정녕 진사의 뜻이 그러한가?"

고석로가 그렇게 묻다가 안태훈의 흔들림 없는 눈길과 마주치자 벌떡 몸을 일으켰다. 그리고 그때껏 말없이 두 사람을 바라보고만 있던 김창수를 돌아보며 말했다.

"창수, 일어나게. 이만 가세. 더 듣지 않아도 알겠네."

김창수가 엉거주춤 따라 일어서자 고석로가 앞장서 방을 나오며 굳은 듯 앉아 있는 안태훈에게 나직하게 한마디 던졌다.

"진사, 오늘부터 끊네!"

그 목소리에 어린 결기가 모두에게 절교의 뜻을 알아듣게 해 주었다.

"그렇다면 창수도 고 산림과 함께 나와 조면(阻面)하겠다는 것인가? 언제부터 저 둘이 저렇게 뜻을 같이하게 되었지?"

고석로와 김창수가 빗속으로 사라지는 걸 방 안에 앉은 채 망연한 눈길로 배웅하던 안태훈이 문득 쓰게 웃으며 혼잣말처럼 중얼거렸다.

"하마 몇 달 되었지요. 김창수가 고 산림의 고제(高弟)가 된 지는. 게다가 포군들 말을 들으니 고 산림은 김창수를 곧 손주사위로 맞을 모양이던데요."

그 자리에 함께 있던 안태건이 빈정거림 섞인 말투로 그렇게 형의 말을 받았다. 안태훈이 놀란 눈길로 물었다.

"그건 또 무슨 소리냐? 김창수가 고 산림의 손서(孫壻)가 되다니……."

"지난여름 호열자로 죽은 고 산림의 맏아들 원명(元明)의 딸과 짝을 지어 주려는 듯합니다. 김창수가 청나라에 가 있는 사이 고 산림과 김창수의 부모가 그리 정혼했다더군요."

174

그때쯤 중근도 명근에게 들은 말과 자신이 보고 들은 걸 말해 주고 싶었으나, 안태훈이 자리를 털고 일어나는 바람에 그러지 못했다.

하지만 김창수의 혼인은 끝내 성사되지 못했다. 김창수는 어렸을 적 아버지의 친구인 함지박 장수의 딸과 정혼했다가 파혼한 적이 있는데, 바로 그 함지박 장수가 탈을 냈다. 김창수가 황해도에서도 행검(行檢)으로 이름 높은 고 산림의 사위가 된다는 말을 듣자, 돈이라도 몇 푼 우려낼까 하고 고 산림을 찾아와 행패를 부린 게 그 빌미가 되었다.

안태훈과 절교한 터에 집안 간의 혼인도 깨어지자 김창수와 고석로 두 집은 모두 청계동을 떠났다. 고석로는 해주 비동(碑洞) 옛집으로 돌아가고 김창수도 원래 살던 백운방 텃골로 돌아갔다. 그러나 청계동에 머물러 자신도 무언지 모를 부름을 기다리고 있던 중근에게는 그들이 다시 새롭고 넓은 세계로 떠난 듯 느껴졌다.

아
들
의 한
철

시절을 태양력으로 헤아리게 된 서기 1896년 2월 11일 새벽 경복궁 영추문(迎秋門)에서는 서글프고도 기막힌 역사의 희비극이 한 막 펼쳐지고 있었다. 동트기 직전의 어스름 속에서 빈궁(嬪宮)들이 타는 가마 두 채와 몇 사람의 수행원이 다가오는 걸 보고 궐문을 지키던 병사가 앞을 가로막았다. 가마의 쪽문이 열리며 희끄무레한 새벽빛 아래서도 쉽게 알아볼 수 있는 얼굴이 솟아올랐다가 사라지며 귀에 익은 목소리로 말했다.

"날세. 오늘은 새벽부터 긴한 일이 있어 대비마마와 함께 나갔다 오려 하네."

그러자 병사는 그녀가 누구인지 이내 알아보았다. 원래 민비를 모시던 궁녀였으나, 고종의 승은(承恩)을 입은 탓에 궁궐에서 쫓거났다가, 민비가 죽은 뒤 다시 궁궐로 불려 온 엄 상궁이었다. 몸매가 통통하고 얼굴이 동그란 게 눈에 띄는 미인은 아닌데도, 고종의 유별난 총애를 입어 내명부(內命婦)에서 으뜸가는 실세라는 소문이 돌았다. 거기다가 며칠 전부터 그 새벽과 비슷한 가마 행렬로 영춘문을 들락거려 파수를 서던 시위대나 순검들에게는 아주 낯익은 얼굴이 되어 있었다. 아직 날이 다 밝지도 않은 새벽에 대비까지 모시고 나간다는 것이 이상하지 않은 것은 아니었지만, 교태전(交泰殿)의 안주인이 될지도 모르는 엄 상궁이 흔히 그랬듯 가마 두 채에 궁녀와 내시 몇 명을 데리고 나가는 것이라, 그리 엄하게 들춰 보지는 않았다.

"잘 다녀옵쇼."

순검과 병사들이 꾸벅 머리까지 숙이며 가마 두 대와 따르는 궁인 내시들을 내보냈다.

하지만 그 두 대의 가마 안에는 엄 상궁과 왕대비 외에도 당시 대군주 폐하라 불리던 조선의 임금 고종과 세자가 타고 있었다. 궐문 파수병들이 여느 내시로 알고 내보내 준 사람도 그 무렵 한창 고종의 신임을 받고 있던 내관(內官) 강석호(姜錫鎬)와 러시아어 역관(譯官) 김홍륙(金弘陸)이었다.

그들이 발걸음을 죽이며 사직단(社稷壇) 쪽으로 몇 걸음 옮겼을 무렵 갑자기 새벽 어스름 속에서 관복을 입은 세 사람이 한 떼의 외국 군사들과 함께 나타났다. 장총으로 무장한 러시아 수병(水兵) 50명과 친로파 대신 이완용(李完用)·이범진(李範晉)·이윤용(李

允用)이었다. 그들은 변변한 호위조차 없는 고종의 가마를 에워싸 듯 호위하고 정동(貞洞)에 있는 러시아 공관으로 달려갔다. 얼마 안 돼 공관에 이르자 대문 앞까지 나와 기다리던 러시아 대리 공 사 사패야(士貝耶, 스피에르)가 고종을 맞아들였다.

"러시아 대리 공사 스피에르가 조선국 대군주 폐하를 영접합니 다. 이제 마음 놓으십시오. 어느 누구도 감히 우리 대러시아 공관 을 침범하지는 못할 것입니다."

결국 조선의 국왕이 정궁(正宮)을 버려두고 제 땅에 와 있는 외 국 공관으로 피신을 한 셈이었다. 그래서인지 자신을 그토록 구차 하게 피신하지 않을 수 없게 만든 자들에 대한 고종의 원한은 깊 었다. 경복궁을 점거하고 왕비를 시해한 일본군과 그 꼭두각시가 되어 원통하게 죽은 왕비를 다시 폐서인(廢庶人)하게 만든 친일 내 각이 그들이었다.

고종이 러시아 공사관에서 처음 내린 조칙은 김홍집 내각을 단 죄하며, 그 처단을 분노한 백성들의 손에 맡긴다는 것이었다. 그의 부일(附日) 정책 때문에 왜 대신(倭大臣)이라고까지 불리던 총리 김 홍집과 농상공부대신 정병하는 미처 경복궁을 빠져나오지도 못 한 채 고종의 조칙에 성나 몰려든 군중에게 맞아 죽고, 유길준·우 범선·조희연 등은 겨우 몸을 빼내 숨었다가 끝내는 일본으로 달 아났다. 전날 밤 늦게까지 궐 안에 있다가 새벽에 잠간 퇴궐해 용 케 화를 면한 탁지부 대신 어윤중은 진작 인심을 사 둔 고향 보은 으로 몸을 피하려 했다.

어윤중은 여인네들이 타는 가마를 구해 타고 서울을 빠져나와 해 질 무렵 용인(龍仁)의 어살(魚殺)이라는 주막거리에 이르렀다. 거기서 하룻밤을 묵고 일찌감치 주막을 나서던 어윤중은 주인이 무심코 일러 주는 그 거리 이름을 듣고 소스라쳐 놀랐다.

'어살이라면 어(魚)를 죽인다[殺]는 뜻이니, 어가(魚哥)인 내가 죽는 땅일 수도 있구나.'

그렇게 중얼거리며 서둘러 그곳을 떠나려는데, 이미 그를 알아본 자가 있어 사람들을 모아 덮쳐 왔다. 그는 전에 산송(山訟)으로 어윤중과 다툰 적이 있는 용인 토반(土班)이었는데, 지난 원한도 갚고 역적을 죽인 공도 세우고자 마을 사람들을 충동질해 끝내 어윤중은 그들의 몽둥이질 아래 죽고 말았다. 그런데 그 어윤중의 죽음이 다시 중근의 집안과 청계동에 회오리를 몰고 왔다.

탁지부의 공무미와 민영준의 추수곡이라는 곡식 5백 석이 가산 용두리 민영룡의 창고에 있을 때, 그 명목상의 화주(貨主)는 송도 상인 김수민(金壽敏)으로 되어 있었다. 곡상인 김수민이 탁지부를 위해 공무미를 사들이고 또 민영준의 추수곡을 맡아 민영룡의 창고에 쌓아 두었다가 동학군에 뺏기게 된 듯했다. 그걸 안태훈이 다시 빼앗아 군량으로 쓰자 처음 국법으로 걸고 나온 쪽은 탁지부 대신 어윤중이었다.

어윤중이 나서서 나라의 곡식을 되찾는다는 명목으로 안태훈을 얼러 댈 때는 민영준도 김수민도 눈치만 보고 있었다. 나중에

어윤중이 궁내부협판 김종한의 중재와 을미년의 소용돌이치는 정
국에 휘몰려 그 일을 더 따지지 못하고 있을 때도, 민영준과 김수
민은 어윤중이 언젠가는 탁지부 공무미와 함께 자기들의 곡식도
환수해 줄 것이라 믿고 기다렸다. 하지만 어윤중이 난민들에게 맞
아 죽자 그들도 더는 기다리고 있을 수만은 없었다.

민영준은 먼저 송상 김수민을 내세워 탁지부에 다시 소장(訴
狀)을 냈다. 그때 민영준은 조선에서 몇 손가락 안에 꼽히는 갑부
였을 뿐만 아니라, 민비의 죽음을 애통해하는 심사 때문에 다시
고종의 신임을 받게 된 민씨 일족 몇 가운데 하나였다. 그런 민영
준이 탁지부를 쑤석이니 탁지부도 마냥 그대로 있을 수가 없었다.
다시 해주 감영으로 안태훈의 죄를 따지는 탁지부의 공문이 빗발
치고, 황해 감사와 신천 군수는 그 사이에 끼어 시달리다가 차츰
그 모든 분란의 원인이 된 안태훈에게 화를 내게 되었다.

조정과 관부가 그렇게 안태훈을 몰아대자 해서의 민심도 돌아
서기 시작했다. 안태훈이 포군들을 이끌고 동학군을 토벌할 때,
의려의 깃발을 내걸고 사원(私怨)을 풀었다는 비방이 나도는가 하
면, 안태훈을 따라나섰다가 죽거나 다친 포군이나 장정들의 가족
이 때늦게 쏟아 내는 원망도 있었다. 심하게는 안태훈이 사사로이
군사를 모집하여 의병이라 칭하며 대수롭지 않은 원한에도 살육
을 가하고 힘없는 백성들을 늑탈(勒奪)하였다고 고발하는 사람까
지 있었다.

그렇게 되자 안태훈이 그때까지 지역사회에서 누리던 명망과

영향력은 급속히 허물어져 갔다. 갑오 의려의 수공(殊功)은 말할 것도 없고, 해서의 선동(仙童)도 '글로 드날리는 셋 가운데 하나[三飛]'도, 증광(增廣)진사(증광시에서 입격한 진사)도 빛바랜 자랑에 지나지 않았다. 향촌 사람들도 이전처럼 안태훈을 우러르고 따라 주지 않았으며, 아직 청계동에 남아 있는 포군이나 장정들에게서도 예전의 신명과 기백은 찾아볼 수 없었다.

그러다가 그해 봄이 깊어지면서 일은 차츰 안태훈이 청계동에서 그대로 버텨 내기 어렵게 꼬여 갔다. 심상훈(沈相薰)이 새 대신이 되어 우왕좌왕하고 있던 탁지부가 민영준의 성화를 견뎌 내지 못하고 마침내 안태훈을 잡아들이려 한 게 그랬다. 그해 양력 4월 하순 안태훈과 가까이 지내는 해주 감영의 전(前) 판관(判官) 하나가 급한 사신(私信)을 띄워 청계동에 알려 주었다.

일간 법부(法部)에서 청계동으로 순검을 보내 공을 서울로 압송할 것이라 하니 알아서 구처(區處)하시압.

큰사랑에서 그걸 받아 본 안태훈은 곧장 집으로 돌아와 중근을 불렀다.

"아무래도 아니 되겠다. 나는 이제 청계동을 나가 달리 길을 찾아볼 테니 그동안 네가 집안을 잘 돌보아라."

"어디로 가시렵니까?"

감히 입 밖에 내지는 않아도 아버지 안태훈이 받고 있는 상처를 누구보다 아프게 느끼고 있던 중근이 조심스럽게 물었다.

"들으니 안악(安岳) 마렴(痲簾)에 새로 천주학 본당이 하나 들어섰다고 한다. 홍석구(洪錫九, 빌렘 신부의 한국식 이름)라고 하는 양대인이 맡아서 교회(敎誨, 선교)한다는데 그 기개와 수완이 쓸 만하다는 평판이다. 그리로 가서 잠시 피해 있으면서 천주학 교리나 살펴볼까 한다."

"마렴이라면 여기서 너무 가깝지 않습니까? 게다가 그곳에는 아버님을 알아보는 사람이 많아 곧 소문이 날 것이니 몸을 피하시기에는 마땅치 않은 곳인 듯합니다. 이 청계동을 찾아올 수 있는 순검들이라면 거긴들 못 가겠습니까?"

"양대인뿐만 아니라 천주교당 안에도 조선의 법이 미치지 못하니 그리 걱정할 일은 아니다. 허나 마렴 본당이 너무 한갓지게 치우쳐 있고 불란서 공관과 멀어, 조선의 법으로부터 피신하기에 마땅하지 않으면, 서울의 종현성당으로 갈까 한다. 그곳이라면 안전할뿐더러 학덕 높은 교사(敎士, 신부)들에게 더 깊이 천주학 교리를 배울 수 있을 것이다."

안태훈이 중근에게 그렇게 말해 놓고 잠시 무언가를 생각하는 듯하더니 다시 몸을 일으키며 말했다.

"네 백숙부님들과도 작별을 하고 가야겠다. 너는 지금 마을을 돌아 여기 남아 계시는 백숙부님들을 모두 큰사랑으로 불러들여라. 그리고 밤골 이 서방에게는 가위 한 자루를 잘 갈아 큰사랑으로 나오라 해라."

그래 놓고 큰사랑으로 돌아갔다.

중근은 사람을 보낼 데는 사람을 보내고, 자신이 가야 할 곳은 직접 마을을 돌아 여러 백숙부님들께 아버지의 뜻을 전한 뒤에 큰 사랑으로 갔다. 이 서방을 찾느라 잠깐 지체한 것밖에 없는데 큰 사랑에는 벌써 여러 백숙부들이 거의 다 모여 있었다. 그 무렵의 뒤숭숭한 공기 때문에 모두 동천 안에 남아 있었던 듯, 빠진 사람 은 해주로 형세를 살피러 간 넷째 숙부 안태건뿐이었다.

안태훈은 유난히 세심하게 남의 이목을 경계해 큰사랑에 형제 들밖에 없는 걸 거듭 확인한 뒤에야, 중근에게 밝혔던 피신 계획 을 간추려 말했다. 이어 그 일이 형제들 이외의 사람들에게 알려 지지 않도록 단속한 뒤 문득 비장해진 목소리로 덧붙였다.

"형님들 그리고 아우님들, 대군주 폐하께서는 아관(俄館, 러시아 공사관)으로 파천(播遷)하시면서 이미 단발령을 거두시었으나, 나 는 오늘 길 떠나기 전에 머리(카락)부터 자르려 합니다. 이 거추장 스러운 상투에 갓을 얹고는 닥쳐오는 험한 시대와 겨루어 우리를 지켜 낼 수 있을 것 같지 않습니다. 또 천주학에 의지해 사는 데 도 이 상투를 반드시 지켜야 할 까닭이 없습니다. 다만 이 머리카 락을 내려 주신 어버이에게 죄스러워 그 뼈와 살을 함께 나눈 형 님들과 아우들께 먼저 죄를 빌고자 합니다."

그래 놓고 비로소 가위를 든 이 서방을 불러들이게 하였다.

"상투를 자르는 일이라면 나도 너와 뜻을 같이 하겠다. 끝내 지켜 내지 못할 바에야 스스로 버리는 것도 한 방도가 될 것이다."

둘째 형 안태현이 그렇게 말하자 다섯째 태민과 막내 태순도 입을 모아 말했다.

"저희들도 형님들의 뜻을 따르겠습니다."

다만 맏이 안태진만이 어두운 낯빛으로 고개를 저으며 말했다.

"어쩔 수 없구나. 상투 없이 갓을 쓰고 제상을 차릴 수도 없는 노릇이니, 내 평생은 아니 되겠다."

이에 큰사랑은 때아닌 단발청(斷髮廳)이 되었다. 그날 안태훈은 맏형 안태진을 뺀 나머지 형제들과 함께 상투를 자르고 이어진 술 자리로 그 감회를 푼 뒤 청계동을 떠났다. 정자관(程子冠)을 쓰고 도포를 걸친 안 진사가 아니라 짧은 상고머리에 두루마기 차림의 천주학 예비신자로서였다.

"동천의 일은 백숙부님들께 아뢰어 처결하고, 집안일은 네 스스로 알아서 다스려라. 하지만 포군과 장정들을 돌보는 일은 그동안 아비가 해 온 대로 하고, 먹이는 것이든 입히고 재우는 것이든 조금도 규모를 줄이거나 대우를 낮추지 마라. 이제 그들은 우리의 사포(私砲)도 아니요, 농막이나 잡일꾼은 더욱 아니다. 그들은 우리가 아니면 돌보아 줄 이 없는 가여운 생령이지만, 또한 앞으로 우리가 의지하고 언제나 함께해야 할 민초니라."

떠날 때 안태훈은 다시 한 번 중근에게 그렇게 당부했다. 중근이 나이 열여덟 나던 해로, 모든 게 조숙하던 그때로 보아서도 안태훈네처럼 규모가 큰 집안의 가독(家督)을 맡아 보기에는 이른 나이였다.

그때껏 아버지 안태훈의 큰 그늘에 묻어 지내 온 것이나 다름 없는 중근에게 갑작스러운 아버지의 부재는 일찍이 져 본 적이 없는 무거운 짐이었다. 처음 한동안은 무엇에 쫓기듯 청계동을 돌며 자신이 마땅히 있어야 할 곳, 해야 할 일을 찾는 것으로 일을 삼았다. 하지만 나이 열여덟에 이미 성혼한 지 이태가 지났고, 또 안태훈 밑에서 여러 해 엄한 단련을 받았다 해도, 자신이 누구며 무얼 해야 하는지를 하루아침에 깨닫기는 쉽지 않았다. 거기다가 김창수가 해주 감영에 잡혀가면서 해서 일대를 밀물처럼 휩쓰는 요란한 그 후문들은 중근을 거의 강박과도 같은 조급으로 자기 형성(自己形成)에 매달리게 했다.

다섯 달 전 말없이 청계동을 떠난 김창수는 그 뒤로도 이런저런 풍문으로 심심찮게 청계동과 중근을 찾았다. 정초에는 김창수가 청일전쟁 때 죽은 청나라 장수 서옥생의 아들을 찾아 청나라 금주(錦州)로 떠났다는 소문이 들리더니, 2월에는 안주에서 그를 보았다는 말을 해 준 과객이 있었다. 그러다가 3월 들어서는 김창수가 안악 치하포(鴟河浦)란 곳에서 한 일본인을 때려죽였다는 소문에 황해도 인근이 떠들썩하였다.

치하포의 일로 먼저 들어온 소문은 실로 엄청났다. 민비를 시해한 일본 공사 미우라 고로[三浦梧樓]의 졸개로서 몰래 이 땅을 탐지하던 일본군 중위 스치다[土田]를 김창수가 한주먹에 때려죽인 뒤 물고기 밥으로 바다에 던져 넣었다는 내용이었다. 국모의 원수를 갚는다며 그 시체로 포를 뜨고 회를 쳤다는 끔찍한 얘기와 함께 엄청나게 과장된 김창수의 용력이 며칠 청계동을 놀라게 하더니, 다시 엉뚱한 내용으로 바뀌어 앞선 소문의 꼬리를 물고 사람들을 헷갈리게 만들었다. 이번에는 김창수가 국모의 원수 갚음을 핑계로 스치다란 성을 쓰는 대마도 장사꾼 하나를 때려죽이고, 지니고 있던 장사 밑천을 몽땅 털어 간 것으로 비하된 내용이었다.

그런데 정작 중근이 알 수 없는 일은 그다음이었다. 김창수가 '국모의 원수를 갚기 위해 이 왜놈을 죽인다.'라고 쓴 방문 끝에다 '해주 백운방 텃골 김창수'라고 자신의 이름을 밝혔다는 것이나, 그 동리 이장을 시켜 안악 군수에게 그 일을 알리게 했다고 하는 내용은 어느 쪽 소문에서도 같았다. 그런데 그걸로 끝이었다. 그 뒤 해주 백운방 텃골로 돌아간 김창수가 여봐란듯이 활개치고 살아도 두 달이 넘도록 조정에서 내려보낸 사령이나 순검은커녕 향청의 별배(別陪) 하나 얼씬거리지 않았다.

"또 김창수 그 사람 허풍 친 거 아닌가? 아관파천(俄館播遷)으로 일본의 기세가 전만 같지 못하지만, 아무려면 저희 장교가 그토록 무참히 죽었다는데, 저리 가만히 보고만 있기야 하겠나? 틀림없이 뒤에 떠돈 말이 맞을 거네. 저희 본국에서도 살길이 없어 푼돈 몇 푼 모아 들고 난전이라도 펴 보려고 조선에 건너와 여기저기 기웃거리던 쪽발이 봇짐장수를 김창수가 털어먹은 일이 부풀려져 소문이 난 게지."

안태훈이 김창수를 지나치게 후대하는 걸 못마땅하게 여기던 숙부 안태건이 그렇게 빈정거릴 때만 해도 중근은 차라리 홀가분한 느낌마저 들었다. 그런데 5월 중순 들어 갑자기 해주에서 놀라운 소문이 날아들었다.

"며칠 전 해주 백운방에 순검과 사령 수십 명이 덮쳐 체포장을 내보이며 김창수를 잡아갔다더라."

그리고 그때부터 홍수처럼 김창수의 소문이 흘러들어 왔다.

"관찰부 선화당(宣化堂) 뜰에서 집장(執杖) 사령들이 주리를 트니 단번에 뼈가 부러져 살갗 밖으로 허옇게 비어져 나오는데도 김창수는 신음 소리 한마디 없었다 한다. 감리(監吏)가 물을 퍼부어 기절한 김창수를 깨우게 하면, 눈뜨기 바쁘게 호통치기를, 자기는 왜놈 장교를 죽여 국모의 원수를 갚았을 뿐 한낱 장사치를 죽여 그 재물을 턴 적이 없노라고 하였다더라. 그리고 또 자기는 내부(內部) 대신의 체포영장으로 잡혀 왔으니 서울의 재판소로 넘겨 달라고 하는데, 그 호통에 오히려 감리가 찔끔해 더는 심문을 못하고 조정의 하회만 기다린다더라."

"마침내 조정에서 해주 감영에 명이 내리기를 김창수를 인천의 감리서(監理署)로 넘기라 하였다더라. 김창수는 내달 초순에 배에 태워 인천으로 옮기는데, 인천의 순검청(巡檢廳)에서 수십 명 순검을 보내 수륙(水陸) 간에 엄히 호송할 것이라 한다더라."

꼭 누가 보고 와서 전하는 것처럼 김창수의 근황을 일일이 전하더니, 인천으로 떠난 뒤부터는 한층 자상하고 진심으로 걱정하는 투가 되어 매일같이 새로운 소식을 실어 왔다. 서울에 새로 생겼다는 신문이라는 것보다 더 빠르고 상세할 성싶었다.

"김창수는 7월 초순에 나진포에서 배를 타고 인천으로 갔는데, 그 어머니가 홀로 아들을 따라 배에 올랐다더라. 가는 도중에 어머니가 고생 끝에 모진 형을 받고 죽느니 차라리 함께 바다에 뛰어내리자고 하였으나 오히려 김창수가 꿋꿋하게 말려 모자가 함께 자진(自盡)하는 참사는 면했다더라."

"인천에 이른 김창수의 어머니는 어떤 돈 많은 물상객주(物商客主) 집에 동자아치(부엌데기)로 들어가 아들의 옥바라지를 시작하였다더라. 하루 세끼 김창수에게 사식(私食)을 넣어 주는 것으로 품삯을 대신하니, 보는 이가 모두 가긍히 여긴다더라."

그러더니 소문은 점점 더 애조와 비분을 띠어 갔다.

"김창수가 감옥 안에서 자진하려 하였다더라. 허리띠로 목을 매어 이미 숨이 끊어졌으나 같은 차꼬를 차고 있던 다른 죄수들이 김창수가 숨이 넘어가면서 한 발버둥질에 알아차리고 그를 구해 냈다더라. 얼마나 원통하고 괴로웠으면 그 철석같은 가슴에 자진할 마음이 일었겠는가."

"마침내 신문이 시작되었는데, 감리서의 관리들이 모두 김창수의 충성과 의기에 감복하여 도리어 자기들이 죄인인 양 김창수를 바로 쳐다보지도 못할 지경이라 한다. 이제는 감옥도 다른 잡범들과는 따로 쓰게 하고 몸에는 칼이나 차꼬를 채우지 못하게 하였다 한다."

이어 뜻있는 이들이 김창수의 어머니에게 돈을 대어 주며 옥바라지를 격려한 일, 신문이 있는 날은 먼빛으로나마 김창수를 보려고 경무청(警務廳) 인근 지붕과 담장 위까지 구경꾼들이 몰려들던 일과 감리서가 방청하러 온 사람들로 가득하던 일 따위가 감동적인 소문이 되어 전해 오더니, 마침내 소문은 김창수를 우러르고 찬양하는 어조로 변해 갔다.

"요즘 인천 감리서 앞마당은 김창수를 면회 온 사람들로 장사진을 이루었다더라. 또 김창수의 어머니 곽씨에게 돈을 대는 이들 중에는 향촌의 지사와 부호들뿐만 아니라 이름만 대면 알 만한 고관도 있으며, 어떤 이는 을미 의병의 으뜸가는 공을 김창수에게 돌려야 한다고 떠들기도 한다더라."

그 소문을 들었을 때 중근은 자신도 모르게 긴 한숨을 내쉬며 중얼거렸다.

'그것도 한 길이었던가. 그는 이렇게 길을 찾은 것인가……'

그리고 아직도 막연하게 기다리고만 있는 자신을 가슴 섬뜩한 느낌으로 돌아보았다.

하지만 중근도 막연히 기다리고만 있었던 것은 아니었다. 뒷날 중근이 쓴 자서전(『안응칠 역사』)에 보면 그 시절의 일을 이렇게 적고 있다.

그때 내 나이 열일고여덟 나던 때라 젊고 힘이 세어 기골이 남에게 뒤지지 않았다. 내가 평소 즐겨 하던 일이 네 가지가 있었으니, 첫째는 벗을 사귀어 의를 맺는 일이요[親友結義], 둘째는 술 마시고 노래하고 춤추는 일이요[飮酒歌舞], 셋째는 총포로 사냥을 나가는 일이요[銃砲狩獵], 넷째는 날랜 말을 타고 내닫는 일이었다[騎馳駿馬].

얼른 보면 그 네 가지 일은 엄격한 아버지 밑에서 멋대로 즐길 수 있는 일이 아니다. 사냥이나 기마(騎馬), 결의(結義)는 아버지가 그저 묵인한 정도였고, 술과 노래와 춤 또한 이미 성인이 된 그에게 금지된 것은 아니더라도 아직 드러내 놓고 즐길 것은 못 되었다. 따라서 그것을 평소 즐겨 하던 일로 내세울 수 있었던 첫 번째 시기는 안태훈이 여러 달 청계동을 비운 그때였을 것이다. 그리고 또한 겉보기로는 그 네 가지 일 모두가 방일(放逸)이거나 도락(道樂)처럼 보이지만, 그때의 중근에게는 나름의 길 찾기였을 수도 있다.

중근이 총포를 익혀 사냥에 맛을 들이기 시작한 것은 열서너 살 때부터였고, 말타기를 익히기 시작한 것도 대략 그 무렵이었다. 그 두 가지 일에 마음이 뺏기면서 이제 막 『통감(通鑑)』여덟 번째 권으로 넘어가고 있던 중근의 책 읽기는 뒷전으로 밀리기 시작했다. 하지만 그렇다고 해서 그런 일들이 모두 중근 자신의 회고처럼 한낱 도락이었던 것만은 아니었다.

옛날의 육예(六藝)로 치면 사어(射御)에 해당되는 그 두 가지 몰두는 4대에 걸쳐 무과 급제자 아홉을 낸 가문의 상무(尚武) 기질이 중근에게 이어진 것으로 볼 수도 있다. 하지만 조선이 문약으로 흐른 뒤에도 어려서부터 병진(兵陣) 놀이를 좋아했다거나 말타기와 활쏘기를 잘했다는 것은 무장들만의 이력은 아니었다. 주자학의 세상이 되고서도 출장입상(出將入相, 싸움터에 나가면 훌륭한 장수가 되고 조정에 들면 어진 재상이 됨)은 여전히 선비들의 휘황한 이상으로 남아 있었다.

따라서 중근의 그 두 가지 몰두도 나름의 길 찾기 또는 자기 형성의 과정이며 기다림의 한 방식이라고 보아도 크게 틀리지는 않을 것이다. '벗을 사귀어 의로 맺는다(親友結義).'는 중근의 또 다른 즐거움은 그런 자기 형성 과정에 자연스럽게 이어지는 단계가 된다. 상무 정신으로 형성된 개성이 자기를 실현하는 데는 반드시 집단의 조력, 특히 동지적 협력이 필수적이다. 중근의 아버지 안태훈의 호족(豪族)활동은 바로 그런 동양적 결의의 전통에 힘입은 바 크며, 중근의 시대에도 여전히 그것은 유효한 협력 확보 방식으로 여겨지고 있었다.

마지막으로 '술 마시고 노래하고 춤추는 것'도 앞의 세 가지 즐거움 모두와 연관이 있는 나름의 길 찾기 또는 자기 형성 과정이며 기다림의 방식일 수 있다. 곧 '총포로 사냥하는 것'과 '날랜 말을 타고 내달리는 것'으로 단련된 육체에 어울리는 감수성을 연마하고 호연(浩然)한 기운을 기르는 과정일 수도 있고, 미쁜 벗과의 결의에 이르는 자연스러운 친화와 결속의 과정이 될 수도 있다. 다만 중근 자신이 드러내 놓고 그런 것들을 즐길 수 있게 된 것은 아마도 아버지 안태훈이 청계동을 떠나 있던 그때 이후가 될 것이다.

안태훈은 나이 마흔이 되기도 전에 주독(酒毒)으로 코끝이 빨개졌을 만큼 술을 좋아해서, 일찍부터 중근이 술을 마시는 것에도 관대했다. 하지만 중근의 나이 아직 약관에 이르지 못한 데다 청계동에는 여러 백숙부들이 있고, 고 산림이나 김 진사 같은 빈객들이 있어 함부로 마시고 취할 수 없었다. 그런데 안태훈이 떠날 무렵은 백숙부 몇 분만 남고 모두가 청계동을 떠나 중근은 동천 안에서도 술을 즐길 수 있게 되었을 뿐만 아니라, 밖으로 나가면 그야말로 거리낄 게 없이 마시고 노래하고 춤출 수 있었다.

거기다가 뜻밖에 안태훈의 부재가 길어지면서 중근 나름의 길 찾기요 자기 형성 과정인 그 네 가지 즐거움에 오래 젖어 있을 수 있었다.

당초 안태훈이 청계동을 떠나 천주당으로 몸을 피하지 않을 수 없게 한 탁지부 공무미와 민영준의 추수곡 문제는 그해 7월 초순에 이미 해결되었다. 수구당으로 고종의 신임을 받던 심상훈이 탁지부 대신으로 있던 때의 일이었다.

그때 안태훈은 안악 마렴 성당으로 피신해 있다가 오래 버텨내지 못하고, 서울에 있는 종현성당으로 옮겨 와 있었다. 마렴성당에서 교유를 튼 법국 교사(教士, 신부) 빌렘(홍석구)이 조선 교구장인 뮈텔(한국식 이름은 민덕효(閔德孝)) 주교에게 소개장을 써 준 덕분이었다.

뮈텔 주교는 안태훈을 말없이 받아들여 주었으나, 자신의 치외법권적 위치를 활용해 안태훈의 어려움까지 해결해 주지는 않았다. 그저 한 예비신자로서 성당에 몸을 숨기고 교리 공부를 할 수 있게 해 주는 정도였다. 따라서 탁지부와의 시비를 해결해 준 것은 이번에도 안태훈의 오랜 후원자인 당시의 궁내부대신 서리 김종한이었다. 그가 백방으로 손을 써서 민영준을 달래는 한편 탁지부 대신 심상훈에게도 간청하여 안태훈이 받고 있는 혐의를 풀어 주게 하였다.

신천의 진사 안태훈은 동학군의 난리 때 해서 감영이 뽑아 세운 의려장으로서 그가 세운 공로는 이미 순무영에 기록되어 있다. 또 그가 적도(賊徒)에게서 빼앗은 곡식을 군량으로 사용하게 된 경위도 군부(軍部)에 모두 세밀하게 보고되어 기록에 남아 있다. 따라서 송도 상인 김수민이 (민영통의 창고에 맡겨 두었다가 동비에게) 뺏긴 곡식 가운데 현미 172석과 조(租) 19석을 (안태훈이) 되뺏어 의려의 군량으로 썼다 해도, 비적들이 소탕된 지금에 와서 우리 탁지부의 공무미가 섞여 있었다는 이유로 안 진사에게 그 곡식을 환수한다는 것은 온당치 못하다. 그렇게 한다면 나라가 위급할 때 누가 강개하여 일어나 목숨을 걸고 싸우려 하겠는가? 안태훈이 세운 공으로 보면 설령 지금 창고에 있는 나라의 곡식이라도 군량으로 내어 줄 수 있거늘, 하물며 이미 적도에게 빼앗긴 상인의 곡식이겠는가. 앞으로 갑오 의려가 군량으로 쓴 것은 누구의 곡식이든 결코 되찾으려 해서는 아니 될 것이다.

탁지부 일이 대강 그렇게 결말이 지어졌지만 안태훈은 그 뒤에
도 몇 달이나 청계동으로 돌아오지 않았다. 그대로 종현성당에 눌
러앉아 교리 공부를 하는 한편, 한불(韓佛)수호조약 이후 새롭게
이 땅에 자리 잡아 가고 있는 대외 질서와 아관파천 이후의 변화
된 국제 역학 관계, 그리고 그것들과 얽혀 있는 천주교의 위상을
면밀히 살폈다. 다른 사람들이 보기에는 신실한 학습과 경건한 묵
상으로 자신을 새로 다듬어 가고 있는 듯했지만, 어찌 보면 안태
훈에게는 참담한 모색의 세월이었다.

그러는 사이 다시 8월이 가고 9월이 갔다. 어느새 안태훈이 청
계동을 떠난 지 반년이 지났다. 그렇게 되자 중근에게는 홀로 길
을 더듬어 가는 세월이 그만큼 늘어났다. 중근은 앞서 말한 네 가
지 즐거움에 빠져 아직은 자신도 잘 알지 못하는 길을 열심히 가
고 있었다. 완성된 길이 아니라 비틀거리고 에돌기도 하였지만, 그
래도 그의 불같은 개성과 순정(純正)한 지향을 보여 주기에는 넉
넉했다.

한번은 이런 일이 있었다. 아버지 안태훈이 떠난 지 얼마 되지
않은 날이었는데, 청계동으로 찾아온 벗들과 함께 인근에서 높고
풍광 좋기로 이름난 산에 오른 적이 있었다. 호연지기(浩然之氣)를
떠들며 그 산봉우리 높이 올라 세상이 작음을 보려 하였으나, 철

이 봄철이고 함께한 이들이 젊어서 그런지 산행은 곧 답청(踏靑)이나 화전(花煎) 같은 봄놀이가 되었다. 화사한 봄꽃 구경도 하고 시구절도 흥얼거리며 흥겹게 산을 올랐다.

이러구러 중근 일행이 주봉(主峰) 정상에 올랐을 때였다. 함께 간 이들은 마침내 정상에 올랐다는 성취감과 높은 산봉우리에서 낮은 세상을 내려다볼 때의 야릇한 호기로 저마다 함성을 지르거나 만세를 부르고 심호흡을 해 댔다. 중근도 그런 일행 사이에 끼어 발아래 펼쳐진 산야를 바라보며 그 봄 내 시달려 온 어두운 상념들을 가슴에서 털어 냈다.

그때 중근의 발아래서 무엇인가 번쩍하듯 눈길을 끄는 것이 있었다. 봉우리 서쪽 비탈 키 얕은 관목 사이에 피어 있는 한 떨기 이름 모를 풀꽃이었다. 도라지 같기도 하고 산나리 같기도 한 줄기 위에 엷고 널찍한 자줏빛 꽃잎들 사이로 노란 꽃밥을 단 청회색 수술이 솟았는데, 산과 들을 자주 쏘다니는 편인 중근도 전혀 본 적이 없는 꽃이었다. 아름다움과 품격을 아울러 갖춘 그 꽃의 화사한 자태가 신비한 느낌까지 주며 중근의 마음을 까닭 없이 설레게 했다. 그런데 일은 바로 거기서 벌어졌다.

'참으로 아름답구나. 저 아름다움을 내 것으로 옮키고 싶다……'

그런 생각이 머릿속에 퍼뜩 떠오르는 순간 중근은 훌쩍 몸을 날려 봉우리 서쪽 비탈로 달려갔다. 사냥 중에 자주 들러 중근이 잘 알고 있는 서쪽 비탈은 봉우리 근처의 가파른 비탈에서 여남은 발자국만 내려가면 그 아래로 수십 길 깎아지른 듯한 벼랑이 이어지는 산세(山勢)로 되어 있었다. 그러나 꽃의 아름다움에 취한 중근에게는 그런 산세의 위태로움이 전혀 걱정되지 않았다.

내닫듯 여남은 발자국을 다가간 중근이 막 손을 뻗어 그 꽃을 꺾으려는데 갑자기 발밑이 허물어지며 그의 몸이 비탈 아래로 미끄러져 내려갔다. 그제야 중근은 그 비탈 끝에 곧 수십 길 벼랑이 이어진다는 사실이 기억났다. 얼른 손을 내뻗어 무언가 붙잡고 매달릴 만한 것을 찾았다. 몇 그루 가는 관목이 잡혔다가 뿌리째 뽑히면서 중근의 몸은 점점 벼랑가로 미끄러졌다.

마침내 비탈이 끝나고 벼랑가에 이르렀다. 그래도 중근은 포기하지 않고 두 손으로 휘젓듯 붙잡고 매달릴 만한 것을 찾았다. 그때 중근의 오른손에 무언가 굵직한 것이 잡혀 왔다. 남은 왼손을 그쪽으로 모아 쓸어 잡고 보니 벼랑 끝에 나 있던 주목 등걸이었다. 키는 작아도 오래 묵어 그걸 붙잡고 매달린 중근의 무게를 버틸 만했다. 중근이 겨우 정신을 가다듬어 내려다보니 발밑 수십 길 아래 거친 바위 골짜기가 입을 벌리고 있었다. 거기서 떨어지면 뼈는 으스러지고 몸도 갈가리 찢기어 사방에 흩어질 판이었다.

"어이, 이보게들, 날 좀 올려 주게."

중근이 놀라고 당황한 가운데서도 경망하게 보이지 않으려고 애쓰며 위를 보고 그렇게 소리쳤다. 비탈의 관목들에 가로막혀 산 꼭대기에 있는 벗들의 얼굴은 보이지 않았으나 누군가 중근의 목소리를 펄쩍 놀라듯 받았다.

"웅칠이 자네, 떨어지지 않았네그려."

중근이 떨어질 때 못 지른 비명을 대신하듯 그렇게 소리쳐 놓고 다시 감격 어린 목소리로 이었다.

"기다리게. 곧 밧줄을 내려 주겠네."

그런 다음 마침 거기까지 술통을 지고 따라온 일꾼의 지게꼬리에 도포 끈 대여섯 개를 꼬아 이어 중근이 매달린 벼랑가로 내려 주었다. 중근이 그 밧줄을 잡고 몸을 다시 산꼭대기로 끌어올리면서 보니 걱정스레 내려다보고 있는 벗들의 안색이 모두 흙빛이었다.

"이보게, 자네 무엇하러 그 낭떠러지로 뛰어들었는가?"

온몸이 땀에 흠뻑 젖기는 했지만 이렇다 할 상처 없이 중근이 산꼭대기로 돌아오자 허교(許交)하고 지내는 사이기는 해도 나이가 중근보다 네 살이나 많은 안악 백 유학(幼學)이 나무라듯 물었다. 그때도 중근이 꺾으려 했던 꽃은 아직 벼랑 가까운 비탈에서 고혹적인 자태를 뽐내고 있었다. 중근은 무심코 그 꽃을 가리키려다 말고 무안함을 감추는 웃음과 함께 둘러댔다.

"태산에 올라 천하가 좁은 걸 알았다는 이도 있지 아니하오? 나도 거기 서서 우리 해서 땅이 좁은 것을 굽어보려 하다 그리 됐소이다."

꽃 한 송이에 목숨을 건 게 부끄러워 그리 말했으나 중근이 목숨까지 돌아보지 않고 다가가려 했던 것은 한 송이 꽃이 아니라 그것으로 표상된 아름다움 그 자체였다. 그리고 그 일로 중근이 드러내 보인 것은 경박이나 성급이 아니라, 지고(至高)한 가치를 향한 자기 투척의 용의였으며, 죽음조차 잊게 하는 아름다움에의 탐닉과 몰입이었다.

이름에 무거울 중(重)자를 넣어 경계했을 만큼 중근의 타고난 성급이나 팔팔함의 일단을 보여 주는 것은 오히려 그 가을에 있었던 총포 사고가 될 것이다. 그날도 중근은 마음 맞는 벗 예닐곱과 산으로 노루 사냥을 갔는데, 들고 나간 총은 동학군 토벌 때 쓰던 영국제 양총이었다. 하지만 서두르다 그리됐는지 총 한 방 쏘아 보기도 전에 총알이 총열 안에 끼어 빼낼 수도 들이밀 수도 없는 상태가 되고 말았다.

그사이에도 몰이꾼들의 함성은 점점 가까워지고 있었다. 마음이 급해진 중근은 총열 안을 소제할 때 쓰는 쇠꼬챙이로 마구 총구를 쑤셔 댔다. 그러다가 쇠꼬챙이가 막혀 더 들어가지 않자 손바닥으로 쇠꼬챙이 뒤를 힘껏 쳤다. 순간 엄청난 폭발음과 함께 총열 안에 박혀 있던 총알이 터졌다.

총탄 터지는 소리와 함께 쇠꼬챙이를 치던 중근의 오른쪽 손바닥이 섬뜩했다. 갑작스러운 폭발음과 섬뜩함에 이어지는 둔중한 아픔에 잠시 멍해져 굳어 있던 중근이 오른손을 펴 보니 그사이 손바닥이 피범벅이 되어 있었다. 쇠꼬챙이와 탄환이 함께 손바닥을 뚫고 나간 듯했다. 중근의 성급함이 불러들인 작은 춘사(椿事)였다.

놀란 중근은 곧 산을 내려가 해주로 말을 달렸다. 그때는 아직 나라에서 보낸 자혜의원(慈惠醫院)이 내려오기 전이라 해주에 있던 양의(洋醫)로는 미국 선교사가 열어 둔 간이진료소뿐이었다. 마침 선교사가 다른 곳을 돌고 있어 진료소는 조선인 조수가 지키고 있었는데, 그가 어깨너머 배운 서양 의술로 정성껏 중근을 치료해 주었다. 다행히도 쇠꼬챙이와 탄환은 손바닥 가운데를 뚫은 게 아니라, 뼈와 힘줄을 비켜 손바닥 아래쪽을 비스듬히 찢고 간 형국이라 중근이 오른손을 못 쓰게 되는 변고는 면했다.

뒷날 중근은 그때 일을 이렇게 기록했다.

총탄이 큰 소리와 함께 터지니 혼비백산하여 머리가 붙어 있는지 없는지, 목숨이 살았는지 죽었는지조차도 깨닫지 못하였다……. 그로부터 10여 년이 지났으나 비록 꿈속에서라도 그때 놀랐던 일에 생각이 미치면 모골이 송연해진다.

그걸로 미루어 중근도 그 일에 꽤나 충격을 받았던 듯하다.

앞서와 같은 중근의 직정(直情)과 성급은 그 뒤로도 여전히 한 성격으로 남아 그의 또 다른 특성들과 만나면 이내 불같이 타오르게 된다. 중근에게 '번개 입[電口]'이라는 별명이 붙게 된 것도 그 불같은 성품 때문이었을 것이다.

그 무렵 중근은 멀고 가까운 곳을 가리지 않고 의협심이 있는 사내다운 사내가 어디서 산다는 말만 들리면, 그 말을 듣기 바쁘게 안장에 총을 걸고 말을 달려 찾아갔다. 그리고 서로 통성명을 한 뒤 포부를 밝히고 뜻을 나누다가 동지로 삼을 만하다 싶으면, 벗으로 사귀고 의를 맺었다.

이미 선비가 되어 학문으로 살기를 마다하고, 시대의 영걸(英傑)로서 협의(俠義)에 살기로 한 중근이라 그런 이들과의 사귐도 요란했다. 중근은 그들과 만나면 세상 풍운을 얘기하며 강개와 한탄에 젖었는데, 의분에 복받치어 토론하다가 정히 속이 풀리지 않으면 술을 불러 취하도록 마셨다. 또 취한 뒤에는 노래도 하고 춤도 추며 호쾌하게 즐기다가 때로는 기방(妓房)으로 자리를 옮겨 흥을 돋우기도 하였다.

청계동에서 북쪽으로 황주나 안악은 평양이 지척이라 중근이 그곳의 벗들과 어울릴 때는 평양의 기방을 드나들었다. 나라가 어지럽고 청일전쟁으로 쑥밭이 나기도 했지만, 평양은 원래 색향(色鄕)으로 이름 높았던 곳이었다. 예전의 풍정(風情)은 남아 있지 않아도 그곳 기방에는 아직도 옛 일패(一牌) 기생의 잔영(殘影)이 있었다. 또 남쪽으로 해주에 가면 멀지 않은 곳에 송도 기생으로 잘 알려진 개성의 기방이 있었다. 송상(松商, 개성상인)의 기세가 전만 못하고 기호(畿湖)의 물풍(物豊)도 옛말이 되어 가고 있었으나, 그곳의 기방 또한 아직은 명월(明月, 황진이)의 풍류를 흠모하는 전통이 남아 있었다.

하지만 그런 기방은 재력에 못지않게 오랜 출입의 이력이 있는 한량들이나 찾아갈 수 있는 곳이었다. 고관대작도 만석 거부의 자제도 못 되고 오랜 기방 출입의 이력도 없는 향촌 호걸들이 어쩌다 몰려 찾아갈 수 있는 곳은 못 되었다. 중근의 벗들이 드나들 수 있는 기방의 기녀들은 대개가 이패(二牌)인 은근짜[隱君子, 밀매 음녀]로도 모자라 드러내 놓고 몸을 파는 삼패(三牌) 기생의 행색을 거침없이 내비쳤다.

그른 것을 참지 못하는 성품도 성급의 한 변형이다. 그런 성급함이 이제 결혼한 지 3년이라 아직 첫정에서 깨나지 못한 열여덟 새서방의 성적인 결벽증과 어울려 중근을 입빠른 사람으로 만들었다. 중근은 벗들과 어울려 기방으로 갈 때마다 기생들을 타일렀다.

"너는 절묘한 자색으로 호걸 남아와 짝을 지어 죽을 때까지 함께한다면 그 얼마나 아름다운 일이겠느냐. 그런데도 어찌하여 그렇게 살지 못하고 이토록 허랑방탕하게 세월을 허비하고 있느냐. 돈 소리만 들으면 침을 흘리며 정신을 잃고 염치를 돌아보지 않으니 참으로 딱하구나. 오늘은 장(張)가, 내일은 이(李)가에게 붙어서 몸을 내둘리니 들짐승과 날짐승이 하는 짓과 다를 게 무엇이냐."

망국을 앞두고 질펀하게 썩어 내리는 홍등가(紅燈街)의 유녀(遊女)에게 당치 않은 깨우침이었으나 중근은 그걸 알지 못했다. 나이 지긋해 세상살이에 곰삭고 몸 파는 데 이력이 붙은 기생들은 그런 중근의 말을 알아들은 척 눙치거나 불쾌한 내색 없이 피해 갔다. 하지만 고까움을 참지 못하는 데는 중근보다 더한 기생도 없지 않았다.

한번은 중근이 해주 연백의 호걸들과 어울려 개성의 기방을 찾은 적이 있었다. 격의 없이 취해 가다 보니 곁에 앉은 기생의 자태가 전에 없이 아리땁게 보였다. 중근이 취중에 느낀 고혹을 다시 그 어림없는 깨우침으로 드러냈다. 중근이 말을 마치기 바쁘게 그 기생이 새파란 낯빛으로 맞받았다.

"서방님은 어찌 그리도 야속한 말씀만 하십니까? 팔자가 기박하여 기방에 나와 앉았기로 좋은 배필 만나 한평생 의지하고 살기를 꿈꾸는 인정이야 저희인들 세상 요조숙녀들과 무에 다르겠습니까? 아무리 버러지같이 천한 것들이라도 제 좋아서 그런 짐승 같은 짓을 하는 년은 없습니다. 저희를 요조숙녀로 여겨 군자의 좋은 짝[君子好逑]으로 삼겠다는 호걸 남아는 없고, 좋을 때는 없으면 죽고 못 살 것처럼 하다가도 몇 푼 돈으로 육정(肉情)을 채우면 씻은 듯 발길을 끊는 위군자(偽君子) 졸장부의 시절이 되니 저희들이 생겨난 것입니다. 정을 재물로 사고파는 마당이 되었는데, 오늘은 장가 내일은 이가가 아니라, 아침에 장가 저녁에 이가인들 괴이쩍을 게 무엇이겠습니까? 다음에는 기방에 가시더라도 그런 물정 모르는 말씀을 함부로 뱉지 않도록 하십시오."

기생 쪽에서 보면 절절한 경험에서 우러난 말이었으나, 자신의 도덕과 의리에만 취해 있는 중근에게는 그 또한 염치를 모르는 변명 같았다. 치솟는 화를 억누르지 못해 벼락같이 소리쳤다.

"네 이년, 아무리 지분(脂粉)으로 두꺼워진 얼굴이라 하나 어찌 그리 부끄러움을 모르느냐? 그것도 아리따운 자질이라 여겨 주흥을 돋우러 왔다가 정리(情理)에 끌려 한마디 타이르면 귀를 씻고 들을 일이거늘, 어디 대고 막돼먹은 수작이냐? 네 염량(炎凉)이 그러하니 은근짜도 못돼 삼패 기생으로 나앉았구나. 에잇, 이 발칙한 년!"

그러고는 들고 있던 술잔을 그 기생에게 끼얹어 버렸다. 그러잖아도 취해 있던 그 기생이 술 뒤집어쓴 분을 못 이겨 꺼이꺼이 울며 자리에서 쫓겨 나가니 술자리의 흥이 남아날 리 없었다. 그러나 중근은 아랑곳하지 않았다. 그 뒤로도 기방에서 취흥이 오르면 기생들에게 부덕(婦德)과 정절(貞節)을 깨우쳐 주려 했다. 그리고 중근의 말을 고깝게 여겨 대드는 기생이 있으면, 욕설을 퍼붓거나 술잔을 끼얹었고 때로는 매질까지 했다.

친구들이 중근에게 '번개 입'이라는 별호를 붙인 것은 바로 그런 중근의 성벽 때문이었다. 술자리의 흥취와는 영 어울리지 않았지만 벗들은 그것도 중근다운 의기와 정리로 여겨 그와 같은 성벽을 잘 참아 주었다. 그 바람에 중근의 행티 아닌 행티는 그대로 이어지다가 마침내 작은 낭패를 보았다.

아버지 안태훈이 집을 나선 지 반년이 넘어가던 그해 10월 하순의 일이었다. 안악 황주의 호걸스러운 벗들과 함께 9월의 구월산(九月山)을 본답시고 며칠 산을 타다가 내친김에 평양 기방으로 몰려갔을 때였다. 그날따라 중근 옆에는 아직 머리도 얹지 않은 동기(童妓)처럼 앳된 얼굴의 기생이 앉았다. 그 반듯한 이마와 그윽한 눈길에 마시기도 전에 취해 가던 중근이 술자리가 무르익기 바쁘게 그녀를 바라보며 정색을 했다.

"너는 아직 이팔청춘에도 이르지 못한 듯한데 어찌 여기에 나와 앉았느냐? 예쁜 꽃이 먼저 꺾이고, 곧은 가지가 먼저 찍힌다더니 네가 그 꼴이 난 것이냐? 호걸 군자와 짝하여 조신하게 살면 정경부인(正敬夫人)으로도 모자람이 없을 듯하다만, 노류장화(路柳墻花)로 나와 앉았으니 네 앞날이 참으로 가긍(可矜)하구나."

중근이 그렇게 운을 떼는 걸 보고 옛날 관아로 치면 코머리[行首妓生] 격인 나이 든 기생이 먼저 가로막고 나섰다.

"이 아이는 기방에 나온 지 열흘도 안 된 신출내기이니 너무 짓궂게 몰아대지 마십시오. 아직 머리도 얹지 않은 터라 호걸 남아와 짝짓고 말고 할 겨를도 없었습니다."

전에 중근에게 한 번 시달려 본 적이 있는 듯한 말투였다. 그만한 소리에 수그러들 중근의 번개 입이 아니었다. 그녀의 말에 오히려 더 매워진 입으로 받았다.

"그러니 더 일러 줘야겠다. 너는 아직 앞길이 창창하니 비록 팔자가 기구하여 여기까지 나왔으나, 이제라도 부덕과 정절을 무겁게 여겨 군자호구(君子好逑, 군자의 좋은 짝. 시경의 구절)의 길을 찾아보라. 네 이 가르침을 허수히 들어 늙은 유녀(遊女)의 한탄으로 삶을 마쳐서는 아니 될 것이다."

그러고도 미진한 듯 엄한 타이름을 이어 가 마침내는 그 기생을 울리고 말았다. 어린 기생이 아직 다 피어나지도 않은 고운 볼에 줄줄이 눈물을 흘리며 허둥지둥 방을 나간 뒤에 나이 든 기생이 혀를 차며 중근을 나무랐다.

"젊은 서방님께서 너무하십니다그려. 며칠 후면 매점매석을 해서 한몫 잡은 장사꾼이 머리를 얹게 돼 심란해하는 아이를 그렇게 몰아대셨으니, 저 어린것이 어찌 삭여 넬지 참으로 걱정입니다."

그런데 그 걱정은 기우가 아니었다. 여러 날 뒤 중근이 다시 벗들과 함께 그 기방을 찾았을 때 코머리 격인 기생은 성난 기색을 감추지 않고 면박을 주었다.

"이제 어쩌시렵니까? 그 아이가 머리를 얹기로 한 전날 자취를 감췄습니다. 납폐(納幣)에 갈음해 미리 온 천 냥도 없어졌는데, 그 아이가 별러 훔쳐 간 것 같습니다. 젊은 서방님께서 시키신 일은 아니라도, 잠든 범한테 코침 놓는 격으로 어린것을 들쑤신 셈이니, 차마 모르는 척하시지는 못하겠지요."

그러면서 대드는데, 머쓱해져 대답이 궁해진 중근에게는 봉변이나 다름없었다. 벗들이 술판을 벌여 늙은 기생을 달랬지만, 중근에게는 주흥이 날 리 없는 자리였다.

서울 종현성당에 몸을 숨기고 교리 공부에 몰두하던 안태훈이 청계동으로 돌아오겠다는 글을 보내온 것은 그로부터 며칠 뒤였다. 벗들과 어울려 비분강개에 젖거나 사냥으로 시름을 끄고 기방에서 취해 호기를 부리는 일에도 시들해진 중근이 청계동에 틀어박혀 다시 자신을 쓸쓸하게 돌아보고 있을 때였다.

……동천(洞天) 안 두루 무고할 줄 믿는다. 이달 하순 짐을 싸서 그

곳으로 돌아갈까 한다. 아비는 이제 우리가 갈 길을 찾았다. 어떻게 나날이 달라지는 세상을 맞아야 할지도 알 것 같다. 머지않아 너도 새로운 하늘과 땅이 열리는 기쁨과 놀라움을 겪게 될 것이다. 내가 돌아갈 때 청계동에 새 식구들이 늘 것이니 짐작하고 마련 있기 바란다.

대강 그런 내용이었는데, 중근에게는 화들짝 놀라 일어날 만큼 큰 울림과 함께 전해져 왔다. 어찌 보면 중근이 그 반년 여럿과 어울려 이곳저곳 분주히 쏘다니면서 한 일도 실은 나름의 길 찾기였으며, 급변하는 시대에 대처하기 위한 모색이었다. 하지만 헛되이 요란스럽기만 한 아들의 한철이었다. 중근에게는 아직도 모든 것이 막막하기만 한데, 어느새 아버지 안태훈은 그들 일가가 가야 할 길을 찾아내 돌아오고 있었다. 안태훈이 돌아올 때까지 중근은 몇 번이나 아버지가 무슨 괴물 같은 형상을 한 '시대'라는 것의 고삐를 움켜잡고 당당히 청계동으로 들어서는 꿈을 꾸었다.

천주와 양대인

洋大人

안태훈은 서력 1896년 10월 말에 청계동으로 돌아왔다. 떠날 때는 쫓기는 몸으로 어둠 속에 스러지듯 자취를 감췄으나, 돌아올 때는 마치 싸움에 이기고 돌아오는 장수처럼 당당하였다. 짐을 진 일꾼 셋에 갓 쓴 선비 두엇, 단발한 두루마기 차림 서넛에 힘깨나 쓸 듯한 장골 대여섯 하여 여남은 명을 데리고 동구로 들어서는 안태훈에게는 반년 전의 초초(梢梢)한 기색은 찾아볼 길이 없었다.

전갈을 받고 망대산 쪽으로 달려간 중근이 데려간 포군들과 함께 길바닥에서 절을 올리자 안태훈이 손을 휘저어 그들을 말리며 말했다.

"모두 일어나라. 앞으로 이런 거북한 예는 폐한다. 길바닥에서 사람 보는 예로는 공수(拱手, 두 손을 모음)와 점두(點頭, 머리를 끄덕임)로 넉넉할 것이다."

그러고는 중근에게 말했다.

"인사 올려라. 이 보록(保祿, 바오로) 박학사(博學士)이시다. 한학에 깊어 능참봉에 제수되신 적이 있으나 천주학에 투신하시어 깊이 진리를 깨우친 분이시다. 앞으로 너희를 가르치실 것이니 공경하며 받들어야 한다."

중근이 그 말에 공수와 함께 이 참봉이란 사람을 향하여 머리를 숙였다. 영 낯선 사람은 아니었다. 안태훈이 다시 포군들을 향해 말했다.

"이 사람들 짐을 좀 받아 주게. 앞으로 청계동에서 요긴하게 쓰일 책일세. 서울서 예까지 먼 길을 지고 왔으니 모두 고단할 것이네."

자신이 데리고 온 짐꾼들을 가리키며 하는 소리였다. 그래 놓고 안태훈이 다시 남은 사람들을 눈짓으로 가리키며 중근에게 일렀다.

"너는 이 사람들에게 거처할 곳을 잡아 주어라. 앞으로 우리와 함께 살 사람들이다. 아 참, 백숙부님들은 모두 여기 계시냐?"

"며칠 전 아버님의 글월 받잡고 일일이 찾아가 아뢰었더니, 그날로 바깥출입을 끊고 동천 안에 머무시며 아버님이 돌아오시기만을 기다리는 중입니다. 조금 전 전갈 받고 나오면서 다시 집집마다 사람을 보냈으니, 지금은 아마도 큰사랑에 모여 계실 것입니다."

중근이 그렇게 말하자 안태훈도 더 묻지 않고 성큼성큼 동네 안으로 걸음을 내디뎠다. 모정 앞에 이르기도 전에 안태훈을 맞으러 나온 동네 사람들로 큰사랑 앞마당이 그득했다. 죽지 다친 닭처럼 축 처진 어깨로 비실거리며 눈칫밥을 먹던 포군들이며 갑오의려에 따라나섰던 장정들은 말할 것도 없고, 농막들과 일꾼들까지도 눈물을 글썽이며 안태훈을 맞았고, 그들의 아낙네들 중에는 옷고름으로 눈물을 찍어 내는 이까지 있었다.

안태훈이 큰사랑으로 들어가자 다섯 형제들과 노제석을 비롯한 포군 우두머리들이 모여서 기다리다가 분분히 일어나며 맞아들였다. 안태훈은 먼저 맏형 안태진에게 절을 올리고 나머지와는 맞절로 오랜만에 다시 보는 예를 삼았다. 안태훈이 자리에 앉기 바쁘게 그때껏 아우의 얼굴을 가만히 쓸어 보고 있던 안태진이 말했다.

"안색을 보니 걱정했던 만큼 고단하게 지내지는 않은 듯하구나. 중근에게 들었다만 그래, 정말 길을 찾은 것이냐? 이제 우리 일문은 어떻게 해야 해주에서의 지난 성세(聲勢)를 이어 갈 수 있겠느냐? 결국 서학(西學)과 법국에 의지하는 길뿐이더냐?"

"마럼 천주교당의 홍 교사(빌렘 신부)가 소개장을 써 주어, 서울 종현 본당에서 보살핌을 받았습니다. 특히 8월이 지나서는 관아의 추포(追捕)가 없어 마음 편히 공부하며 지냈지요. 그리고 형님께서 물으신 그 길인지는 잘 모르겠지만, 적어도 이제부터 무엇을 해야 할지는 마음을 굳혔습니다. 하지만 그것이 꼭 우리 일문의 지난 성세를 지키기 위함은 아닙니다. 먼저 내 영혼을 구원하고 아울러 이 몸도 해방하고자 천주 야소(耶蘇, 예수)의 가르침에 투탁(投託)하려 합니다."

"네가 서울 종현에 있다는 천주학당에서 서학을 공부하고 있다더니 영 뜬소문은 아니었구나. 영혼은 무엇이며 구원과 해방은 무엇이냐? 우리말에 넋과 얼이 다르듯이, 사람이 죽으면 하늘로 돌아가는 혼(魂)과 땅으로 돌아가는 백(魄)이 나뉜다는 말은 들었으나, 영혼이란 말은 또 처음 듣겠다."

맏이 안태진이 그렇게 묻자 안태훈이 기다렸다는 듯 대답했다.

"대개 천지간 만물 가운데서 오직 사람이 가장 귀하니 그 까닭은 혼이 신령하기 때문입니다. 신령한 혼, 곧 영혼을 지녔기 때문이지요……."

"나도 소학(小學)에서 천지간 만물 가운데서 '인간이 가장 귀하다[唯人最貴].'는 말은 들었다. 허나 그게 영혼이 있기 때문이란 말은 처음 듣겠다. 혼이면 다 혼이지 영혼은 또 무엇이냐?"

안태진이 다시 아우의 말허리를 자르고 그렇게 물었다. 안태훈이 글을 외듯 대답했다.

"무릇 살아 있는 것의 혼에는 세 가지가 있습니다. 첫째는 생혼(生魂)이니 이는 초목의 혼으로, 생장할 수는 있으나 움직이지도 느끼지도 못하는 것의 혼이지요. 둘째는 각혼(覺魂)이니 이는 금수(禽獸)의 혼으로서, 움직이고 느낄 줄 아는 혼입니다. 그리고 셋째가 영혼이니 이는 사람의 혼으로서, 생장하고 지각(知覺)할 뿐

만 아니라, 시비를 분별하고 도리를 토론하고 만물을 맡아 다스릴
수 있기 때문에 신령하다 이르는 것입니다."

"시비 분별을 알고 도리를 따질 수 있는 게 신령함이라면, 유가
에서 말하는 사단칠정(四端七情)과 다름이 무엇이냐? 그걸 구태여
서학을 빌려 와 풀려고 들 까닭도 없지 않느냐?"

"그렇지 않습니다. 그 영혼은 지극히 높으신 천주께서 사람의
태중(胎中)에서부터 불어넣어 주시는 것으로서 영원무궁하고 죽
지도 멸하지도 않는 것입니다……."

"천주라?"

"한 집안에는 그 가장이 있고, 한 나라에는 임금이 있듯이, 이
천지에는 천주가 계시어 시작도 끝도 없고 전지전능(全知全能) 지
공지의(至公至義)하시며……."

안태훈이 처음 출발한 자의 열정으로 그렇게 받아 나가다가 문
득 힘에 부친 기색이 되어 보록(바오로)이란 세례명을 가진 이 참
봉을 바라보았다. 박학사라 불리는 것으로 미루어 이 참봉은 홀
로 교회(敎誨, 선교)에 나서도 될 만큼 천주학에 깊은 수양이 있는
듯했다. 아직 입문한 지 오래지 않아 좀 유식한 예비신자에 지나
지 않은 안태훈은 그런 이 참봉의 터득에 기대려 한 것이나, 범 같
은 안씨 여섯 형제가 모여 앉은 자리여서인지 이 참봉도 선뜻 나
서지 못했다. 말을 끊고 기다리던 안태훈이 느닷없이 이 참봉을 여
럿 앞에 세웠다.

"저는 아직 입문한 지 일천하여 천주 야소의 지극한 가르침을

제대로 전할 능력이 없습니다. 하지만 여기 이 참봉께서는 이미 여러해 전에 세례를 받고 보록(바오로)이란 세례명을 받은 박학사입니다. 앞으로 청계동에 머물면서 형님들과 아우들의 깨달음을 도와드릴 것입니다."

안태훈이 그렇게 이 보록을 소개하고 다시 방 안으로 옮겨 온 책 짐을 풀게 했다.

"여기 천주학의 경전들도 손 닿는 대로 구해 왔습니다. 전심하여 읽으면 우리 형제 대소가가 나란히 천주의 아들딸로 다시 태어날 길이 있을 것입니다. 한 책을 여러 벌 마련한 것도 있으니 나누어 읽고, 하나뿐인 경전은 돌려 가며 읽으십시오. 또 어떤 책은 진서(眞書)와 언문으로 번역된 것을 함께 가져왔으니, 문자를 아시는 분은 번독(繙讀, 원문으로 읽음)하심이 나을 것입니다."

그러면서 교리를 조리 있게 풀이하지 못한 것을 벌충하듯 가져온 책자들을 소개하는 데 열을 올렸다.

"형님들과 아우들에게는 먼저 정약종(丁若鍾), 정하상(丁夏祥) 부자의 『주교요지(主敎要旨)』와 『상재상서(上宰相書)』를 권해 드립니다. 『주교요지』는 언문으로 쓰여 있으나 『상재상서』는 한문 목판본이 있으니 번독하실 수도 있습니다. 이마두(利瑪竇, 마테오 리치)의 『천주실의(天主實義)』를 비롯해서 중국에서 쓰인 『칠극(七克)』, 『성교수난사적』도 번독해 보실 만합니다. 그다음에 성경을 읽어 보시고 또 『십이단(十二端)』과 『교리문답』 같은 걸 읽으시면 천주학의 교리를 어렴풋이나마 깨닫게 될 것입니다……."

안태훈이 청계동으로 돌아오면서부터 그 몇 달 밖으로만 나돌던 중근도 다시 청계동에 틀어박혀 새로운 형태의 자기 형성에 몰두하게 되었다. 효도를 넘어 거의 신앙과도 같은 존숭(尊崇)으로 아버지 안태훈을 따르는 중근은 누구보다 열심히 천주교의 교리를 익혔다. 동천 밖으로의 출입은 말할 것도 없고 안에서도 큰사랑에서 박학사 이 보록의 강론을 들을 때 말고는 문밖출입조차 삼갔다.

하지만 아버지 안태훈만큼 절실하지 않아서인지 중근의 천주교 교리 수용은 그리 순탄하지 않았다. 그 첫 번째 어려움은 군사부일체(君師父一體)로 묶여 있는 충성의 대상에 천주의 자리를 마련하는 일이었다. 중근은 아버지의 가르침에 따라 먼저 정약종, 정하상 부자의 글을 통해 군사부와 나란히, 또는 군사부 위에 천주를 받아들여 보려고 했다. 하지만 애절한 것은 신유(辛酉), 기해(己亥)의 두 사옥(事獄) 때 차례로 박해의 칼날에 피를 뿌리고 죽어간 그들 부자의 명운이었을 뿐, 중근의 가슴에 천주를 모실 자리는 쉽게 만들어지지 않았다.

그날 중근이 다시 한글로 쓰인 정약종의 『주교요지』와 한문으로 된 정하상의 『상재상서』를 나란히 펼쳐 놓고 정독과 묵상을 되풀이하고 있었던 것도 그 마음속에 천주가 깃들일 영적(靈的)인 터전을 닦기 위함이었다.

만일 한 집안의 아버지 되는 이가 집을 짓고 산업을 마련하여 그

아들에게 물려주고 재산을 누리며 잘살게 하였는데, 아들은 제가 잘나 그리된 줄 알고 어버이를 섬길 줄 모르며 불효막심하게 나온다면 그 죄가 실로 크고 무겁다 할 것이다. 또 한 나라의 임금이 정치를 공변되게 하고 백성의 생업을 보호하여 태평을 누릴 수 있게 해 주었는데, 백성들이 그 명을 따를 줄 모르고 충군(忠君) 애국하는 성품이 없다면 그 죄 역시 크고 무겁다 아니할 수 없다.

이 천지간의 큰 아버지요[大父], 큰 임금[大君]이신 천주께서는 하늘을 만들어 우리를 덮어 주시고, 땅을 만들어 우리를 떠받쳐 주시고, 해와 달과 별을 만들어 우리를 비추어 주시고, 또 만물을 만들어 우리로 하여금 쓰게 하시니, 그 은혜 실로 비할 데 없이 크고 무겁다 할 수 있다. 그런데 사람들이 망령되이 제가 잘난 척, 충효를 다하지 않고 근본에 보답하는 의를 잊어버린다면 그 죄는 비길 데 없이 큰 것이니, 어찌 두려운 일이 아니며 어찌 삼갈 일이 아니겠는가…….

그 두 글에서 천주에게 충효를 바쳐야 할 까닭을 밝히는 구절을 대강 엮으면 그러했다. 그러나 이미 여남은 번을 읽고 곰곰이 풀어 그 뜻을 받아들여 보려 했지만, 임금이나 스승이나 어버이를 향한 충효처럼 절실한 신앙의 감정은 우러나지 않았다. 하는 수 없이 그날은 대군대부론(大君大父論, 충효론)을 덮고 천당 지옥과 영혼 불멸을 일러 주는 대목으로 옮겨 가려 하는데, 가벼운 기척과 함께 아내 아려가 문을 열고 들어왔다.

중근이 읽던 책을 덮고 가만히 돌아보며 눈길로 아려가 온 까닭을 물었다.

"아버님께서 사랑방으로 드시어 급히 찾고 계십니다."

아려가 눈길을 피하며 억양 없고 나직한 목소리로 그렇게 전하고 데면데면 몸을 돌려 나가려 했다. 지난 몇 달 중근이 청계동을 나가 벗들과 어울려 다니면서 새로 생긴 아려의 말투와 태도였다. 중근이 불편한 심사를 억누르고 그런 그녀의 등 뒤에 대고 물었다.

"그쪽은 잘 되어 가오?"

"뭐가요?"

아려가 돌아서며 억양 없는 목소리로 되물었다.

"천주학 말이오. 요새 어머님과 함께 『주교요지』를 읽고 있는 것 같던데."

그러자 오랜만에 중근과 눈길을 마주친 아려가 한동안 말끄러미 바라보다가 가벼운 한숨과 함께 대답했다.

"솔직히 모르겠습니다. 왜 이제 와서 그이들을 믿고 섬겨야 하는지……."

그 말끝에는 '저도 지각 있는 사람이라고 여겨 물으시니까 대답하지만요.'라는 한마디가 덧붙여져 있는 듯했다.

중근이 사랑으로 나가니 상고머리로 바뀐 안 진사가 회색 두루마기의 고름을 묶다 말고 자리를 잡고 앉으며 아들을 보고 물었다.

"『상재상서』와 『주교요지』의 가르침은 다 깨쳤느냐?"

조금 전 자신이 아려에게 한 말을 전해 듣고 묻는 말 같았다. 중근이 타고난 성품대로 숨김없이 대답했다.

"대부(大父) 대군(大君)의 논의조차 잘 알아듣지 못하겠습니다. 열 번을 읽어도 어찌하여 천주가 큰 아버지가 되고 큰 임금이 되며, 그를 믿고 따르는 것이 바로 구원과 영생의 길이 되는지 석연치 않습니다."

"먼저 믿어라. 그러면 알게 된다. 내가 종현성당에서 만난 법국 교사도 말하더라. 알아서 믿는 것이 아니라, 믿음으로써 알게 된다고."

안태훈이 그렇게 말해 놓고 두루마기 고름을 마저 묶으며 말했다.

"너도 출입할 채비를 해라. 김 서방이 오면 나와 함께 나가 보자."

이르든 늦든 아들이 천주를 신앙하게 되리라고 확신하는 말투였다. 중근도 그런 아버지의 확신에 눌려 조금 전까지의 고심도 잊고 물었다.

"어디로 가시렵니까?"

"더 많은 사람들에게 천주학 책자를 나눠 주고 입교(入教)를 권해 봐야겠다."

"며칠 전에도 동천 안 사람들에게 두루 서책을 나눠 주시지 않았습니까?"

"천주학을 믿는다는 게 뜻만으로는 안 된다. 먼저 믿는 사람들이 모여야 하고, 다음으로 그들이 모일 곳이 있어야 하며, 거기 모인 이들을 교인으로 묶어야 하고, 그 교인들을 이끌어 줄 교사가 있어야 한다. 그 뒤를 구미(歐美)의 양대인들이 받쳐 주어야 비로소 천주학은 불의한 시대와 맞설 힘을 얻게 된다. 그러자면 먼저 교인들이 모일 곳을 마련해야 하는데, 청계동 백여 호만으로는 공소(公所)를 열기에도 모자란다. 청계동과 가까운 청산(靑山), 신전(新田)뿐만 아니라 원동(院洞), 쌍천(雙川)에 천봉(天峰), 비봉(飛峰) 일곱 동네는 어울러 몇 백 교인은 만들어야 법국 교사를 부를 만한 공소를 열 수 있고, 나아가 본당까지 바라볼 수 있다."

"그 여러 동네에 나눠 줄 서책은 있습니까?"

"산촌에는 언문 서책이면 된다. 네 어머니에게 당부해 언문을 아는 동네 아낙들에게 『주교요지』와 『교리문답』을 여러 벌 베끼게 하였으니, 그것이면 우선 몇 군데 이웃 동네에 뿌릴 수는 있다. 거기다가 내가 인근 사람들에게 입교를 요청하는 글을 곁들이면 우리끼리 할 수 있는 포교로는 어지간할 것이다."

중근이 문을 닫아걸고 교리 서책에 빠져 있는 동안도 안태훈은 여러 가지로 선교를 위해 세심한 궁리를 거듭한 듯했다. 중근이 감탄을 감추고 물었다.

"타고 가실 말은 준비하셨습니까? 또 청산으로 가는 길은 산세가 험해 큰짐승을 만날지도 모르니 총을 메고 갈까요?"

"아니, 그러지 마라. 우리는 그들을 겁주러 가는 게 아니고 달래러 가는 길이다. 말도 총도 필요치 않거니와, 너도 단정한 두루마기차림이어야 한다."

중근이 옷을 갈아입고 사랑으로 건너가니 마침 김 서방이 안장 대신 서책이 든 고리짝 둘을 좌우로 늘어뜨린 조랑말 한 마리를 끌고 와서 기다리고 있었다. 고리짝 안에는 한글로 된 서책 베낀 것과 안태훈이 입교를 권유하는 글을 베낀 것들이 담겨 있는 듯했다.

"청산으로 먼저 가자. 요즘은 해가 짧아 청산을 거쳐 신전까지만 돌아도 저물어야 돌아오게 될 것이다."

사랑방에서 나온 안태훈이 회색 두루마기 자락을 바람에 날리며 말했다.

그날 점심나절 하여 청계동을 나선 안태훈과 중근 부자는 20리 안쪽인 청산과 신전 두 마을 백여 가구를 들른 뒤 저물 무렵에야 돌아왔다. 마침 가을걷이 때라 주로 타작마당을 돌았지만, 때로는 아는 사람을 시켜 마을 사람들을 정자나 동방(洞房)에 모아들여 놓고 천주교로 귀의하기를 권유하기도 했다. 그런데 그러는 안태훈의 선교 방법이 별났다.

"이 청계동의 안태훈, 그대들도 잘 알 것이요. 나는 일찍이 진사과에 오른 뒤 서울로 올라가 진취를 도모해 보았으나, 세상이 어지러워지자 벼슬길을 마다하고 초야에 묻혀 벌써 십수 년 그대들과 함께해 왔소. 조정에서 보낸 관리는 벼슬하는 도둑[官匪]이요,

향리(鄕吏)는 민초의 봇짐을 터는 초적(草賊)이 되어 그대들을 쥐어짤 때 나는 언제나 그대들의 편에 있었고, 갑오년 동비의 분란 때는 의병을 일으켜 그대들과 함께 총칼을 들고 싸우기도 하였소. 하지만 동학군이 물러가도 세상의 어지러움은 가라앉지 않고, 동학군 때문에 불러들인 왜병들에게 시달리던 나라님께서는 지금 아라사 공관으로 피신한 지 아홉 달이 넘었소. 국권을 온전히 대군주 폐하께 돌리기 위해 충군의 지사들이 백방으로 힘쓰고 있으나, 나라의 앞날이 어둡기는 동트기 전의 어둠보다 더하오.

나는 갑오 의려 때 그대들과 더불어 한목숨 던져 싸웠으나, 난리가 끝난 뒤에는 오히려 나라의 곡식을 훔쳐 먹은 도둑으로 몰려 정처 없이 쫓기다 홀연 한 갈래 길을 찾게 되었소. 바로 천주께 의지하는 것이요, 천주 안에서 나와 그대들이 형제가 되는 것이외다. 형제들이여, 이제 나와 함께 천주의 백성이 되어 우리의 큰 임금[大君]이요, 큰 어버이[大父]이신 천주께 충효를 다합시다. 그리하면 병마와 귀신의 재앙도 침입하지 않고, 탐관오리와 토색질하는 아전바치, 구실아치들도 물리칠 수 있소. 모두가 향촌의 유력자가 되어 자주(自主)로 살게 될 것이오. 하늘에는 천주께서 계시어 우리를 보살펴 주실 것이며, 땅에는 법국과 양대인들이 있어 우리 뒤를 지켜 줄 것이오. 형제들이여, 나 안태훈을 믿고 우리 다시 하나가 되어 이 고약한 세월에 맞서 봅시다."

안태훈은 타작마당에서건 모정에서건 동방에서건 여러 사람 앞에 서면 그런 말로 천주교 입교를 권했다. 뒷날 청계동을 찾아

본 적이 있는 성 베네딕트회(會) 베버 신부가 '이기적인 공명심과 지배욕'에서 비롯되었다고 말한 안태훈의 입교 동기를 그대로 드러낸 말이었다. 따로 마련해 간 「안태훈이 요청함」이란 글도 그런 안태훈의 말과 거의 비슷한 내용이었다. 한글로 된 『주교요지』나 『교리문답』, 성경을 나눠 주고 읽게 하는 것은 그다음의 일이었다.

바쁘게 두 마을을 돈 안태훈과 중근 부자가 청계동으로 돌아오니 포군과 장정 몇이 동구까지 나와 웅성거리고 있었다. 심상찮게 여긴 안태훈이 그들 중 하나에게 물었다.

"보아하니 우리를 기다리고 있었던 듯한데, 천 서방, 무슨 일인가?"

"별일은 아니옵고…… 해 질 녘에 웬 실성한 늙은이 내외가 동네로 뛰어들면서 수선을 떠는 바람에 이 사람들이 심란해진 듯합니다."

"실성한 늙은이 내외라니? 그리고 그들이 무엇을 했기에?"

"머리가 허연 영감과 할멈인데, 30년 전에 이 마을에 살았다던가, 어쨌든 그 둘이 갑자기 짝을 지어 나타나더니 난데없이 옛날에 파묻어 둔 십자가를 찾는다며 동쪽 비탈 폐가터 돌담을 맨손으로 헤집듯 파 대지 않겠습니까……."

"그게 자네들을 그리 심란하게 만들 일인가?"

"동네 사람들이 사위스럽게 여겨 말려도 듣지 않고 저무는 폐가터를 파 대니, 보다 못한 사람들이 우격다짐으로 말렸습지요.

그러자 할멈이 돌담 곁에 퍼질러 앉아 훌쩍이기 시작하고 영감도 꺼이꺼이 울어 대지 않겠습니까. 어떻게 말려 저녁이라도 먹여 보려 했지만 막무가냅니다요. 벌써 저물어 오는 폐가터에 영감, 할멈이 두 다리를 뻗고 앉아 목 놓아 울고 있습니다요."

그러자 문득 안태훈의 눈에 묘한 광채가 번쩍였다.

"벌써 우리 청계동에 천주의 역사(役事)가 시작되는 모양이다. 나도 그 얘기는 들어 알고 있다. 30년 전 병인박해가 있었을 때 여기에 꽤 큰 신자들의 마을이 있었다고. 그런데 포졸들이 덮쳐 집은 불살라지고 신자들은 모두 해주로 끌려갔다더구나. 거기서 더러는 죽음을 당하고 더러는 배교(背敎)하여 목숨을 건졌는데, 운 좋게 낌새를 알아차리고 포졸들이 이르기 전에 성물(聖物)을 파묻은 뒤 달아난 사람들이 있었다더니, 그들이 돌아온 것 같다. 이 청계동에 다시 천주의 뜻이 이르렀음을 보여 주는 증좌다. 가 보자."

안태훈이 중근에게 그렇게 말하고 다시 천 서방을 재촉했다.

"앞서게. 실성한 늙은이들이 아니라 귀한 손님이 오신 듯하네."

안태훈 부자와 천 서방이 폐가터에 이르러 보니 아직도 늙은 내외가 무너진 돌담 곁에 두 다리를 뻗고 앉아 울고 있었다. 슬픔과 한이 너무 절실해서인지 얼른 보기에는 둘 다 실성한 이들 같기도 했다. 그들에게 다가간 안태훈이 그사이 제법 익숙해진 천주교인들의 말투로 물었다.

"형제자매님들, 예비신자 안태훈이 문안드립니다. 무슨 일로 여기서 이리 울고 계신지요? 짐작 가는 데가 없지는 않습니다만, 저무는 데다 날까지 차니 감환(感患)이라도 들까 걱정됩니다."

그 말에 영감이 먼저 눈물을 씻으며 대답했다.

"형제라니 과분한 말씀이십니다. 저는 이미 30년 전에 배교하여 겨우 목숨을 건진 냉담자(冷淡者)이고, 이제는 세례명조차 잊었습지요. 저 할멈이 하도 성화라서 여기까지 그저 따라왔을 뿐인데, 할멈이 저리 우니 왠지 나도 하염없이 눈물이 나는구면요."

"자매님, 여기가 정도 한도 깊은 곳인 듯합니다만 날이 차고 곧 어두워질 것입니다. 우시더라도 저희 집으로 가서 우시고 10월 무서리라도 피하시지요."

안태훈이 다시 울고 있는 할멈을 달랬다. 그래도 한참이나 소리 없이 흐느끼던 할멈이 그냥은 일어날 수 없다는 듯 넋두리처럼 가슴속을 털어놓았다.

"진사 어른께서 장차 교우가 되실 거라니 몇 말씀 드리겠수. 그래야 이 저린 속이 조금이라도 풀릴 듯하니 말이우. 나도 진사 어른과 본관을 같이 쓰는 안(安)가 성인데, 세례명은 세실리아라 합네다. 40년 전 신혼 때 남편 박 요셉과 함께 세례를 받고 독실한 신자 여남은 집과 이곳에 숨어 살다가 병인박해를 맞게 되었지요. 그때 이 마을에는 당목(堂木)으로 섬기던 느티나무가 있었는데, 우리 교우들이 미신이라 하여 베어 버린 게 화근이 된 거우다. 마을의 비교인(非教人)들이 그 일에 앙심을 품고 해주부에 우리를 고발한 때문이지요. 다행히도 비교인 중에 나를 가엾게 여긴 이가 있어 미리 일러 주는 바람에, 남편과 나는 십자가와 성물을 저기 돌담 아래 묻고 미리 달아날 틈을 얻었소만, 남편은 숨어 다니던 중에 끝내 잡혀 순교하고 말았수다. 그 뒤 나는 이리저리 교인 마을들을 떠돌다가 박해가 그친 후에야 해주로 돌아와 저 양반을 만나게 되었지요. 30년 전 옛날 여기서 이웃으로 살았는데, 다시 만나 보니 저이 안사람은 병인박해 때 해주 감옥에서 병들어 죽고 저 양반만 배교하여 살아남았더구만요. 그래도 배교를 뉘우치며 슬퍼할 줄 알고, 또다시 믿어 보려는 정성이 갸륵해 함께 의지해 산 지 벌써 10여 년 넘었수. 그러다가 근래 우연히 이 청계동에 다시 천주의 은총이 비치기 시작한다기에 저 양반을 달래 이리로 와 봤수. 그리고 전남편과 함께 묻은 십자가와 도기 성상(聖像)을 찾아보려 했지만, 벌써 40년이 지나서인지 찾을 길이 없구만요. 다만 아득한 옛일과 까맣게 잊고 살았던 옛사람들이 두서없이 떠올라 사람의 넋과 얼을 이리 헝클어 놓는구려."

그러면서 한참이나 더 흐느꼈다. 말투로 미루어 할멈은 안태훈을 잘 알고, 할멈 내외도 근래에는 두라방 근처에서 살고 있었던 듯했다. 그런 늙은이 내외를 달래 집으로 들인 안태훈은 다음 날 그들에게 거처를 마련해 주며 청계동에 머물러 살게 했다. 특히 세례명이 세실리아라는 그 할멈은 벌써 40년이나 신심(信心)을 지켜 온 터라, 박학사 이 바오로[保祿]를 도와 아녀자들에게 교리를 전하는 일을 맡길 만했다.

그 뒤로도 안태훈은 청계동 인근 마을들을 차례로 돌며 마을 사람들에게 천주교 입교를 권했다. 때로는 중근을 데리고 가기도 하고 때로는 박학사인 바오로 이종래나 동생 안태건을 앞세우기도 했으나 전교하는 방식은 청산이나 신전에서 한 것과 같았다. 그러자 한 달도 안 돼 신심보다는 안태훈의 명성과 위세에 눌려 천봉·원동·쌍천 등 다섯 마을에서도 입교하겠다는 사람이 늘어났다. 예비신자가 되어 교리문답을 익히겠다는 사람들이 청계동 부근만 1백 20여 명이요, 다른 일곱 마을에도 4백 명이 넘게 더 있었다.

때가 되었다고 여긴 안태훈이 어느 날 바오로 이종래를 불러 말했다.

"이제 법국의 교사를 모셔 공소를 열고 저들에게 영세를 받게 할 때가 되었소. 안악 마렴 본당으로 가서 홍 교사 요셉[若瑟, 약슬]을 모셔 오시오. 여기 형편을 자세히 전하면 홍 교사도 기꺼이 와 줄 것이오."

그 말에 박학사 이종래는 그날로 길을 떠나 마렴 본당의 빌렘 신부를 찾아갔다. 전에 몇 번 만나 본 적이 있는 이종래가 찾아가 청계동으로 와 달라는 안태훈의 말을 전하자 빌렘 신부가 물었다.

"청계동은 어떤 곳입니까? 대체 어디에 자리 잡고 있습니까?"

"신천군 두라방 천봉산 기슭에 있는 동천으로 여기서 걸어서 열 시간 거리에 있습니다. 그곳에는 천주학 교리를 배우고 깨닫고자 하는 이들이 1백 20명이나 살고 있으며, 인근 마을에도 신도가 되기를 원하는 이들이 4백여 명이나 더 있습니다. 만약 신부님께서 오실 수 없다면, 저희 쪽에서 신부님이 꼭 오셔야 한다는 뜻의 서한을 주교님께 올릴 것이라고 안 진사님께서 말씀하셨습니다."

이종래가 그렇게 대답하자 빌렘 신부가 기억이 잘 안 나는지 고개를 저으며 물었다.

"안 진사라? 그 사람이 누구요? 글쎄, 잘 모르는 사람인데……."

"안 진사가 어떤 사람인가 하면, 그가 한번 말을 내면 누구도 그 말을 듣지 않을 수 없게 만드는 그런 사람이지요. 지난봄 안 진사가 서울 종현 본당으로 와서 몸을 숨긴 것도 신부님께서 소개장을 써 주신 덕분이라고 알고 있습니다만."

"그렇다면 안 진사가 누군지 알 듯도 하오. 하지만 나는 그렇게 갑자기 이곳을 떠날 수가 없소. 아무튼 안 진사에게 전해 주시오. 천주께 의지하려는 사람들이 나를 찾는다면 나는 그에 응하는 것을 의무로 여기겠으나, 강요당하여 갈 수는 없다고 말이오. 간다고 해도 그곳 사정을 좀 더 알아본 뒤가 될 것이오."

빌렘 신부가 그렇게 말하고 곁에 있는 복사(服事)를 시켜 누군가를 불러오게 하였다. 얼마 뒤 글줄깨나 읽은 듯한 두 남자가 오자 빌렘 신부가 이종래에게 그들을 소개했다.

"이 두 사람은 믿는 마음이 굳고 성경도 깊이 깨달아 아는 사람들이오. 새로 입교하려는 사람들에게 교리를 가르치는 일을 맡고 있는데, 먼저 이들을 청계동으로 보내겠소. 바오로 교우께서는 이들을 데리고 가서 그곳 사람들의 열의와 신심(信心)을 보여 주시오."

그리고 다시 두 사람에게 일렀다.

"두 분 교우는 지금부터 여기 이 바오로 교우를 따라 청계동으로 가시오. 청계동과 그 인근에는 수백 명의 예비신자들이 내가 가기를 청하고 있다고 하오. 가서 그런 정황이 맞는지를 살피고, 그곳 사람들의 거짓 없는 마음가짐도 알아보시오. 또 필요하면 며칠 머물러 그곳 사람들에게 교리를 가르치고 와도 좋소."

이에 이종래는 이튿날 마름 본당의 교리교사(教理教師) 둘을 데리고 청계동으로 돌아갔다. 안태훈은 그들 둘을 반갑게 맞아들여 융숭하게 대접하며 청계동과 인근 마을들을 둘러보게 했다. 둘은 며칠 둘러보기도 전에 마름 본당으로 돌아가 빌렘 신부에게 알렸다.

"이 바오로 말고는 단 한 사람의 영세자도 없는 곳에서 그처럼 열심인 예비교우들이 많은 경우도 처음입니다. 청계동은 실로 천주님의 성총(聖寵)이 머문 곳입니다."

"청계동의 무엇이 형제들을 그리 감동스럽게 하였소?"

매사에 엄격한 빌렘 신부가 그 두 교리교사를 지그시 쏘아보며 물었다. 그들도 안태훈의 위세와 명망에 압도된 게 아닌지 의심해서였다. 두 사람이 그 뜻을 짐작했는지 입을 모아 대답했다.

"안 진사가 그 이름과 세력으로 밤낮없이 몰아댄 까닭도 있습니다만, 그곳 사람들에게는 틀림없이 영성(靈性)이 빛나고 생명력이 넘치는 신앙이 태동하고 있었습니다. 먼저 교리를 깨우친 사람들은 새로 입교하려는 사람들이 교리문답을 익히고 세례를 받을 수 있도록 돕기 위해 두 주일씩이나 밤낮없이 교리문답서를 베껴 쓰기도 하였습니다. 그렇게 서둘렀기 때문에, 많은 사람들이 배운 것들 가운데 상당한 부분을 이해하지 못하는 폐단이 있기도 했으나, 그 열심만은 실로 놀라운 것이었습니다."

그제야 청계동의 신심을 믿게 된 빌렘 신부가 조금 풀린 목소리로 다시 물었다.

"그들이 내게서 가장 급하게 바라는 것은 무엇이었습니까?"

"신부님께 영세를 받는 일이었습니다. 안 진사를 비롯해 일부 교리 공부가 된 사람들은 성탄 전에 세례 받기를 원했습니다."

"그렇다면 내가 12월 중순까지는 청계동으로 가야겠군. 그래야 며칠 찰고(察考, 교리문답 시험)로 보내더라도 성탄 축일 전에 그곳 영세를 마칠 수 있을 테니. 성탄 미사는 아무래도 여기 본당으로 돌아와 올려야 되지 않겠소."

빌렘 신부가 그렇게 말하며 자신이 청계동으로 갈 날짜를 기별하게 했다.

12월 중순에는 빌렘 신부가 온다는 말을 들은 청계동은 아연 활기를 띠었다. 이제는 천주교의 공소 대신 쓰게 된 큰사랑은 밤낮없이 박학사 이 바오로에게 교리를 들으려는 사람들로 가득 차고 그 안방과 건넌방은 『주교요지』나 『교리문답』을 베끼는 여자 신도들로 북적거렸다.

중근도 그의 남은 생애를 인도할 신덕(信德)의 반석을 다듬기 위해 마지막 열심을 바치고 있었다. 끝내 거역할 수 없는 필연이 되었으면서도 선연히 잡혀 오지 않는 천주의 실체와 삼위일체(三位一體)라는 공교로운 표현 양식이 그 무렵 중근이 넘고 있던 신앙의 고비였다. 그런데 양대인이 직접 와서 교리문답을 하겠다는 날이 보름밖에 남지 않게 되자 마음이 급해질 수밖에 없었다. 그날도 무조건 머릿속에 새겨 두고 보자는 생각으로 정하상의 『상재상서』를 번독(繙讀)하며 외고 있는데, 밖에서 누가 찾았다.

"형님, 안에 계시오?"

목소리를 들으니 오래 못 본 사촌 동생 명근이었다. 그해 여름부터 서울로 올라가 신식 학교를 기웃거리고 있다고 들었는데, 갑자기 그 목소리를 듣자 반가우면서도 근황이 궁금했다. 얼른 책을 덮고 일어나 문을 열며 맞았다.

"서울에 있다고 들었는데 언제 돌아왔는가? 어서 들어오게."

그러자 방 안으로 들어온 명근이 중근이 덮어 둔 책을 보며 빈정거리듯 물었다.

"형님도 이놈의 교리책이오? 아버님 서신으로 짐작은 했지만, 이번에 돌아오니 어째 이 청계동이 천주학으로 미쳐 돌아가는 것 같소. 상하노소 유무지(有無知)와 안팎을 가릴 것 없이 모두 읽고 외느라 법석이니……."

그런 명근의 말에 중근이 그동안의 열심에서 퍼뜩 깨어나며 멋쩍은 웃음으로 받았다.

"둘째아버님의 서신을 받았다니 들었겠지만, 이제 천주학은 우리 가문이 함께 걸을 길이 되었다. 아버님께서는 이 길로 나아가 다가오는 새 시대를 맞겠다고 하시더구나."

"그 말도 들었소. 하지만 이 거친 세상의 풍랑을 천주학 하나에 의지해 건널 수 있겠소? 지금 이 나라가 어찌 돌아가고 있는데, 기껏 불란서와 서양 신부들한테 의지해 우리 가문을 지킨다는 거요?"

"하느님의 섭리를 그렇게 함부로 말하는 게 아니다. 아직 그리 깊이 깨닫지는 못했지만, 이 가르침 안에는 틀림없이 새로운 하늘과 새로운 땅이 펼쳐져 있다."

중근은 그 무렵 익숙해진 말투로 그렇게 받았으나 마음이 곧 편하지는 않았다.

"지금 이 나라가 어찌 돌아가다니? 대군주 폐하께서 아라사 공관으로 파천하시어 나라 안팎이 뒤숭숭하다는 말은 들었다만, 왜 서울에 무슨 또 다른 일이 있느냐?"

중근이 그렇게 덧붙여 서울에서 방금 돌아온 명근에게 궁금해하는 것을 슬며시 털어놓았다. 명근이 기다렸다는 듯 대답했다.

"명색이 한 나라의 임금이 제 땅에 앉아서 스스로 보존하지 못하고 남의 나라 공사관에 피신한 꼴도 말이 아니거니와, 일본을 대신한 서구 열강이 그 틈을 타고 이놈 저놈 덤벼들어 이 땅의 이권을 훔쳐 먹고 알겨먹고 하는 난판도 차마 눈 뜨고 보기 어려울 지경입니다. 철도 부설권과 금광 채굴권, 삼림 채벌권 등이 차례로 그들에게 넘어가니, 대군주 폐하께서 러시아 공관에 더 오래 머물다가는 조선은 나중에 뼈도 제대로 추리지 못하게 될 것입니다. 독립협회가 일어난 것은 그 때문인 듯합니다만 장한 것은 자주독립과 충군애국(忠君愛國)이라는 그 주의 주장뿐입니다."

"그래도 얼마 전에는 서대문에 독립문이라는 걸 세웠고, 그 세력도 만만치 않다던데."

"하기야 독립협회를 세운 서재필이라는 사람은 예전 셋째 아버님(안태훈)께서 갈 뻔했던 일본 유학을 먼저 다녀온 개화파지요. 갑신정변에 가담했다가 일본으로 달아난 뒤 다시 미국으로 건너가 박사가 되었는데, 작년에 사면(赦免) 소식을 듣고 11년 만에 조선으로 돌아왔다고 합디다. 거기다가 재주 많고 글씨 좋기로 이름난 이완용이 위원장이 되고, 이상재, 남궁억 같은 명망가들도 운영위원으로 일하고 있으며, 어려울 때마다 셋째 아버님을 뒤보아주시던 김종한 대감도 그 협회의 위원으로 계십니다. 듣기로는 회원도 2천 명이 넘는다고 했습니다. 하지만 아직 일반 백성은 아무도 가담하지 않고, 조정의 고관들과 이른바 신(新)지식층이라는 사람들이 자기들끼리만 모여 공론을 펼치고 있으니, 사교 구락부(俱樂部)나 다를 게 무엇이겠습니까?"

"그것은 그것대로 그들의 길이겠지. 다만 이제 막 시작한 길이라 헤매는 듯 보이는 것뿐일 게다. 우리 청계동의 천주교처럼……"

그러자 명근이 가만히 중근을 바라보다가 목소리를 죽여 물었다.

"그럼 형님도 정말로 믿는 거요? 천주학이 우리를 지켜 줄 수 있다고?"

"적어도 우리가 그 안에서 하나 되어 서로 믿고 뭉치기만 한 다면."

"아버님 성화로 불려 오기는 했지만 나는 정말 모르겠소. 물 건너서 온 천주와 양대인이 우리 집안의 반석(盤石)이요, 보루가 될 수 있다니……."

"나도 아버님께 들은 말이다만, 먼저 믿어라. 그러면…… 알게 될 것이다."

중근이 그렇게 말을 어물어물 마무리 짓고 있는데 갑자기 마당에서 자신을 찾는 소리가 들렸다.

"웅칠이 방에 있나?"

들어 보니 넷째 아버지 안태건이었다. 중근이 문을 열고 내다보자 안태건이 마당에 선 채 말했다.

"너 나하고 안악 좀 다녀와야겠다. 셋째 형님께서 마렴 본당을 찾아가 홍 교사에게 문안드리고 오라는구나. 기별할 것도 있고……."

"무슨 기별입니까?"

"성탄 축일 전 교리문답 말이다. 아무래도 이 마을 사람들에게는 그게 어렵다는구나. 홍 교사에게 여기 오는 것을 보름만 더 늦춰 달라고 일러 주어야겠다."

그때 명근이 무슨 생각에선지 중근의 등 뒤에서 얼굴을 내밀며 안태건에게 물었다.

"넷째 아버님, 저도 중근 형님과 함께 따라가면 안 될까요?"

"응, 너도 함께 있었구나. 보자, 그게……."

갑작스러운 명근의 물음에 잠시 그렇게 우물거리며 답을 미루던 안태건이 명근에게 불쑥 물었다.

"우리가 거기 가는 까닭은 너도 들었을 것이다. 그런데 너는 왜 거기 따라나서려는 것이냐?"

"이곳으로 돌아오기 전에 종현성당도 둘러보았고, 양교사들도 먼빛으로 보았습니다만, 이번 기회에 천주학 교당과 양교사를 좀 더 가까이에서 한 번 보아 두고 싶어서요. 아버님의 엄명이 돌아와 교리 공부를 하고 세례를 받으라는 것이었지만, 저는 저대로 천주학 세례를 받는다는 게 어떤 일인지 알아볼 만큼은 알아보고 그 명을 받들어야 하지 않겠습니까?"

명근이 그와 같이 솔직하게 대답하자 안태건도 선선히 명근이 따라가는 것을 허락했다.

"알았다. 그럼 너도 채비해라."

그러고는 중근에게 말했다.

"점심 뒤에 바로 떠나 해 지기 전에는 마렴에 이르러야 하니 말을 준비하도록 해라. 네가 좋아하는 구렁말과 내 가라말로 하면 좋겠다. 명근이 말을 못 타도 너와 내가 번갈아 태워 주면 걷는 것보다 몇 곱절 빠르게 갈 수 있을 것이다."

안태건과 중근, 명근 세 숙질(叔姪) 간이 안악 마렴에 이르렀을 때는 짧은 초겨울 해가 뉘엿할 무렵이었다. 박학사 이 보록이 일러 준 대로 안악 본당을 찾아간 그들은 겹집의 내벽을 터 예배당으로 쓰는 듯한 기와집 앞에서 말을 세웠다. 모퉁이 감나무에 말고삐를 묶고 교당 마당을 살펴보니 어떤 키 크고 수염 덥수룩한 서양인 하나가 겨울날의 마지막 햇살을 뒤로 하고 무언가 검은 상자 하나를 든 채 오락가락하고 있었다.

"저이가 법국 사람인 홍 교사인 모양이구나. 그런데 뭘 하고 있는 거냐?"

안태건이 눈으로는 말고삐 묶을 데를 찾으며 누구에게랄 것도 없이 물었다. 진작부터 눈을 반짝이며 빌렘 신부가 손에 든 검은 쇠 상자를 바라보고 있던 명근이 알은체를 했다.

"지금 교당 사진을 박고 있는 듯합니다. 맞아요, 저거 요즘 새로 나온 사진 틀입니다."

그러면서도 감탄 어린 두 눈은 여전히 사진기에 머물러 있었다. 그러다가 이윽고 빌렘 신부를 살피기 시작했는데, 그때까지도 명근의 눈길에는 사진기를 바라볼 때의 감탄이 그대로 어려 있었다. 중근도 진작부터 빌렘 신부를 주의 깊게 살펴보고 있었다. 중근에게는 엄청나 보이는 몸집과 털북숭이 얼굴로 사진 찍는 데 몰두해, 지는 햇살을 등 뒤로 받으며 교당을 향하고 구부정하게 서 있는 모습이 기괴하면서도 묘한 신비감을 자아냈다. 그로부터 13년 뒤 그가 바로 자신에게 이 땅에서의 마지막 고해성사와 성체성사를 베풀게 되리라는 게 그때 이미 어떤 막연한 예감으로 중근에게 와 닿았는지도 모를 일이었다.

"아이쿠, 이거 안 초시(初試)님 아니십니까? 해가 뉘엿한데 여긴 웬일이십니까?"

갑자기 누가 성당 문 안에서 나오며 안태건에게 알은체를 했다. 중근이 보니 달포 전에 교리교사로 청계동에 왔던 두 사람 가운데 하나였다. 중근, 명근과 마찬가지로 빌렘 신부를 살피는 데 눈길을 빼앗기고 있던 안태건이 퍼뜩 그를 알아보고 받았다.

"형님께서 홍 교사님께 급히 전해 달라는 말씀이 있어 청계동에서 달려오는 길입니다. 저기 둘은 홍 교사님을 뵙고자 하여 나를 따라온 조카들이고……."

그러자 교리교사로 청계동에 왔던 사람이 다시 중근을 보고 알은체를 했다.

"안 진사댁 새서방님이군요. 안 진사께서는 강녕하신지요?"

그때야 비로소 사람들의 기척을 느꼈는지 빌렘 신부가 사진 찍기를 멈추고 그들 쪽으로 걸어왔다.

"이 사람들을 아시오? 무슨 일로 여기 온 거요?"

빌렘 신부가 청계동에 교리교사로 왔던 사람에게 무뚝뚝하게 물었다. 교리교사가 얼른 대답했다.

"청계동 안 진사가 보낸 사람들입니다. 저기 저분은 안 진사님의 동생분이 되고 이분은 안 진사의 맏아드님이 되십니다. 또 한 분은……."

그때 안태건이 빌렘 신부에게 꾸벅 머리를 숙이고 나서 끼어들어 명근이 누구인지를 밝히고 아울러 자신도 소개했다.

"안 진사가 무슨 일로 당신을 내게 보냈는지 모르지만 우선 들어오시오."

안태건의 말을 듣고 난 빌렘 신부가 그렇게 말하며 세 사람을 예배당 안으로 이끌었다. 말투가 무뚝뚝하게 들리는 것은 아직 조선말에 서툴러서인 듯했다. 소나무 널판으로 짠 양식 탁자를 가운데로 하고 마주 놓인 네 개의 의자 가운데 하나에 앉으면서 자리를 권하는 빌렘 신부의 태도에는 제법 자상하게 느껴지는 구석도 있었다. 세 사람이 자리에 앉자 빌렘 신부가 평소에도 곁에 두고 복사처럼 부리는 듯한 교리교사에게 사진기를 내밀며 말했다.

"가밀로(카밀로), 이 사진기를 궤짝에 넣어 두고 단총 상자를 내오시오."

그리고 안태건에게 물었다.

"안 진사께서 무슨 말을 내게 전하라고 합디까?"

"형님께서는 청계동 예비신자들의 교리문답 찰고(察考)를 보름만 미뤄 달라고 하십니다. 모두 열심만 앞섰지 아직 천주의 가르침을 제대로 깨우치지 못했기 때문입니다. 십이단(十二端, 주요기도문)도 입으로만 외울 뿐 마음으로 알고 있는 이는 많지 못합니다."

안태건이 외어 온 것을 읊듯이 그렇게 대답했다. 빌렘 신부가 대범하게 받았다.

"그렇다면 청계동 찰고와 영세는 성탄 미사 뒤로 미루지요. 삼왕래조 축일(三王來朝祝日)쯤에 청계동으로 가겠습니다."

"삼왕래조 축일이 무슨 날이며 언제쯤인지요?"

"동방박사들이 아기 예수님을 경배하러 온 것을 기념하는 날입니다. 이번에는 양력으로 새해 초가 될 것입니다."

그때 사진기를 강론대 쪽의 큰 나무 궤짝에 갈무리하고 돌아온 교리교사가 비로드로 된 얇고 납작한 상자 하나를 가져왔다. 빌렘 신부가 그 상자를 열어 작고 반짝이는 새 권총을 하나 꺼내더니 조심스레 먼지를 털었다. 이번에는 중근의 눈이 잘 닦아 둔 권총의 윤기(潤氣) 만큼이나 반짝였다. 몇 년 전 중근이 동학군과 싸우러 나갈 때 아버지에게서 받은 단총과 같은 회사에서 만들어진 것이었으나 훨씬 신형이었다. 작고 맵시 있을 뿐만 아니라, 총알을 탄창에 끼우면 12연발로 쏠 수도 있는 것이라, 그걸 알아본 중근의 눈이 반짝이지 않을 수 없었다. 조금 전 빌렘 신부의 사진기를 알아본 명근의 눈빛에 비할 바가 아니었다.

그 무렵은 조선의 치안 상태가 좋지 않고, 호랑이 같은 맹수가 흔해 선교사들은 대개 총기를 지니고 다녔다. 빌렘 신부도 그 권총을 호신용으로 가지고 있었는데, 오지를 여행할 때나 해가 지면 몸에 지니는 것을 원칙으로 삼고 있었던 듯했다. 빌렘이 탄창을 꺼내 장전 상태를 확인한 뒤 주머니에 넣으려는데, 갑자기 교당 입구가 시끌벅적했다. 여러 사람이 한 사람을 끌고 오는 모양인데, 끌려오는 사람이 구원을 청하듯 악을 쓰며 대들고 있었다.

"이놈들 이러고도 무사할 성싶으냐? 이 나라에도 법이 있고, 임금님이 있다."

그러다가 매질이라도 당했는지 무거운 신음에 외침이 잠시 끊어지는가 싶더니 다시 고래고래 악을 썼다.

"이놈들 두렵지도 않느냐? 네놈들이 지금 양교사들의 위세를 입고 이리 난장질을 한다만, 두고 보자. 병인년의 불벼락이 다시 네놈들 머리 위로 떨어질 날도 그리 멀지 않았다."

그러는 사이 일행은 저물어 오는 교당 안으로 들어서고 있었다. 끌려온 자가 마지막으로 발버둥을 치며 소리를 높였다.

"놓아라. 나를 이만 놓아 주지 않으면 내 너희들의 참람됨을 관가에 고발할 것이다. 반드시 양교사와 네놈들의 머리가 나란히 저 잿거리에 매달린 꼴을 보고야 말 것이다."

진작부터 이맛살을 찌푸리고 끌려오는 사람의 악쓰는 소리에 귀를 기울이고 있던 빌렘 신부가 마침내 무슨 일인지를 알겠다는 듯, 굳은 표정으로 일어났다.

"가밀로, 불을 밝히시오."

빌렘 신부가 권총을 눈에 띄게 허리띠에 꽂으며 곁에 있던 교리교사에게 말했다. 이내 환해진 교당 안으로 여기저기 피탈이 난 사람을 묶어 앞세운 여남은 명이 우르르 몰려들어 왔다. 빌렘 신부에게 저마다 나름의 인사를 하는 게 교인들 같았다.

"무슨 일이오?"

빌렘 신부가 엄한 표정으로 그들에게 물었다.

"신부님, 저자가 오늘 장터에서 터무니없는 말로 신부님을 비방하고 우리 천주교를 훼교(毀教)하였기로 잡아 왔습니다. 엄히 벌하여 주십시오."

"무슨 말로 나를 비방하고 어떻게 훼교하였소?"

"신부님은 어린아이를 사서 잡아먹는[買食] 서양 귀신[洋鬼]이며, 천주교와 양교사는 서양 오랑캐들이 이 땅에 먼저 들여보낸 정탐 척후대(偵探斥候隊)라고 했습니다."

그때 다시 끌려온 사람이 악을 썼다. 당차 보이는 중년 사내였다.

"이놈들 터진 입이라고 함부로 놀리지 마라. 내 모를 줄 아느냐? 네놈들은 서교도(西教徒)라 일컬으며 작당하여 갖은 못된 짓을 다 하고 다니다가, 내가 몇 마디 바른 소리 한 것을 트집 잡아 이리 앙갚음하는 것 아니냐? 이러고도 네놈들이 무사할 줄 아느냐?"

"저 사람들의 못된 짓이 어떤 것이오?"

빌렘 신부가 아무 내색 없이 그 사내를 보고 물었다.

"저놈들은 서로 짜고 궁장토(宮庄土)를 빼돌리고, 없는 빚을 서로 증거하여 힘없는 이들을 털어먹었으며, 마름[舍音]들을 겁주어 소작을 마음대로 나누었습니다. 모두 양대인들의 위세를 등에 업고 하는 짓인데, 흉악하기가 이전의 거짓 동학군[僞東學軍]보다 더한 놈들입니다."

"그게 정말이오?"

빌렘 신부가 이번에는 교인들을 보고 물었다. 교인들이 목소리를 합쳐 대답했다.

"아닙니다. 아무려면 천주 야소를 믿는 저희들이 그럴 리 있겠습니까? 저자가 악에 받쳐 하는 모함입니다."

"악에 받쳐 하는 모함이라니? 내가 무얼 그리 못할 소리를 했느냐? 청국에서는 양귀들이 세 살 먹은 어린아이도 사서 잡아먹고[洋鬼買食嬰兒], 천주교가 침입하는 서양 오랑캐의 길라잡이라는 걸 다 안다더라."

끌려온 사람이 다시 교인들을 맞받아쳤다.

그때 뒤따라오던 교인들이 교당 아래채에서 무언가를 꺼내 맞들고 교당 안으로 들어섰다. 관아의 것과 제법 비슷하게 짜 맞춘 밤나무 형틀이었다. 그러고 보니 그 곁의 교인이 들고 선 회초리도 길이 석 자 반에 굵기 세 푼이 넘지 않는다는 태(笞)의 규격과 비슷했다. 그 형틀과 회초리 묶음을 보자 악을 쓰던 사람의 기세가 주춤했다.

말없이 교인들과 그들에게 끌려온 사람을 번갈아 살피고 있던 빌렘 신부가 돌연 서릿발 같은 호령으로 끌려온 사람에게 꾸짖었다.

"내가 너를 해주 감영에 넘기고 관찰사에게 패지(牌旨)를 내면 매를 든 관리가 어느 말이 참인지를 가려낼 것이다. 어떠냐? 그리로 끌려가서 매를 맞고 실토하겠느냐? 여기서 바른말을 하고 천주님께 용서를 구하겠느냐?"

그 말에 무엇을 상기했는지 끌려온 사내의 낯빛이 허옇게 질리며 몸이 가볍게 떨렸다. 그 무렵 관아의 무지막지한 집장사령(執杖使令)과 토색질할 구실만 찾는 아전바치, 구실아치들의 모진 꾀를 떠올린 것이리라. 관찰사도 호령한다는 양대인의 위세와 그들 위세를 뒷받침하는 법국의 부강함도 새삼 그를 두렵게 하였음에 틀림이 없다. 거기다가 눈앞에 펼쳐진 형틀과 회초리 묶음은 그때까지의 기세를 일순에 꺾어 놓고 말았다.

사내는 그 뒤로도 몇 마디 더 뻗대는 시늉을 하다가 오래잖아 죄를 자복(自服)하고 용서를 빌었다. 빌렘 신부는 그제야 형틀을 거두게 하고 그 사내를 엄하게 꾸짖은 뒤 풀어 주게 하였다. 그 모든 광경을 말없이 지켜보는 동안 선망으로 그 눈빛이 가장 빛났던 것은 이번에는 안태건이었다.

청계
계
본
당

안악 마렴 본당의 빌렘 신부가 청계동으로 와서 세례성사를 위해 그곳 예비신자들을 찰고한 것은 삼왕래조 축일인 1897년 1월 초순이었다. 그 뒤 며칠 동안 1백 20명이 넘는 청계동의 예비신자 거의가 찰고를 받았으나, 1월 11일 빌렘 신부가 세례성사를 베푼 것은 그들 가운데 서른세 명뿐이었다. 그때 안태훈, 태건 형제와 중근도 그들 속에 끼어 영세를 받았는데, 안태훈의 세례명은 베드로였고 태건은 가밀로, 중근은 도마[多默, 토마스]였다.

　"성부(聖父)와 성자(聖子)와 성신(聖神)의 이름으로 도마에게 세례를 주노라."

　빌렘 신부가 어딘지 낯설게 들리는 조선말로 그렇게 중얼거리며 이마에 성수를 찍어 바를 때마다 중근은 영혼에 낙인이 찍히는 듯 뜨겁고 세찬 충격을 받았다. 그 아침까지도 마음 한구석에 똬리를 틀고 있던 불신과 의혹들이 그 순간 자취 없이 흩어지고 그늘 없는 믿음과 그 믿음에서 오는 평온이 가슴 가득 차올랐다. 끝내 석연치 않던 삼위일체의 교리조차도 그 순간만은 해가 동쪽에서 뜬다는 것만큼이나 자명하게 느껴졌다.

그렇게 청계동에 첫발을 들여놓은 빌렘 신부는 그해 4월 중순 마렴 본당에서 부활절 미사를 마치기 바쁘게 다시 청계동으로 왔다. 그리고 여드레나 머물면서 찰고한 끝에 지난 1월에 영세를 받지 못한 예비신자 가운데서 예순여섯 명을 더 교인으로 받아들였다. 맏아버지 안태진을 뺀 중근의 나머지 숙부들이며, 명근을 비롯한 몇몇 나이 든 사촌들과 아우인 정근(定根), 공근(恭根)이 세례를 받은 것이 그때였고, 아내 김아려도 아네스란 이름으로 영세를 받았다. 30년 전에 배교하여 목숨을 건진 뒤에 냉담자로 지내면서 세례명까지 잊어버렸던 안 세실리아의 남편이 요안이라는 이름으로 다시 세례를 받은 것도 그때였다.

부활절 세례 때는 중근의 할머니 고(高) 씨도 영세 받기를 원했으나 큰아버지 태진이 말려 받지 못했다. 태진 자신도 제사를 받들어야 할 장손임을 내세워 영세를 받지 않았을 뿐만 아니라 얼마 뒤에는 청계동을 떠나 해주로 돌아갔다. 세례 받기를 마다한 친지 몇 명과 일꾼 하나도 그때 안태진을 따라 청계동을 떠났다.

그리하여 청계동에는 1월에 영세를 받은 서른세 명에다 부활절 무렵에 세례를 받은 예순여섯 명을 합쳐 아흔아홉 명의 새로운 신자들만 남게 되었는데, 그들 가운데 어른이 아닌 사람은 중근의 아우인 정근, 공근과 또 다른 어린 사촌을 합쳐 셋뿐이었다. 그렇게 청계동과 중근은 천주교가 열어 둔 길을 따라 근대사 속으로 발을 내디뎠다.

세례를 받고 천주교도가 되어, 조선의 행정력과 사법권을 간단히 무력화할 수 있는 천주교와 불란서 신부를 등에 업게 된 안태훈은 곧바로 지난날의 토호(土豪) 활동을 되살렸다. 탁지부 공무미 때문에 쫓기면서 위축되었던 호족(豪族) 의식이 새로 얻은 든든한 후원자로 전보다 더 기세 좋게 되살아난 까닭이었다. 그런데그 지나친 기세가 곧 일을 냈다.

지난해 종현성당으로 몸을 숨기기 전에 안태훈이 마지막으로 매달렸던 것은 갑오년에 있었던 결전(結錢, 조선 시대 결 단위로 매긴 토지세) 중과(重課)를 둘러싼 시비였다. 갑오년(1894년) 조선 조정은 봄에 농민들로부터 결전을 거두어 놓고서도 갑오경장의 새로운 장정(章程)에 따라 겨울에 한 번 더 결전을 거두었다. 이듬해안태훈은 그 부당함을 참지 못해 탁지부에 소장을 내었고, 해주관찰사에게도 엄중한 항의문을 내 그 그릇됨을 바로잡으려 했다.

애초 일이 워낙 잘못된 데다, 그때만 해도 안태훈의 위세가 살아있을 때라 해주 관찰사도 안태훈의 말을 무시할 수 없었다. 두번 낸 결전을 농민들에게 되돌려 주는 대신, 이듬해 을미년에 낼 토지세에서 결(結)당 16냥 5전 7푼을 빼 주도록 했다. 그런데 탁지부가 가만히 있지 않았다. 펄펄 뛰며 해주 감영으로 공문을 내려 보내 나라의 세금을 함부로 줄여 줄 수 없으니 달리 좋은 방도를 내 보라고 훈령했다.

탁지부가 한 번 거둬들인 결전은 내줄 수 없다고 나오자 황해도 관찰사도 무턱대고 안태훈의 말만 들어줄 수는 없었다. 그렇다고 이미 한 말을 곧바로 뒤집을 수도 없는 노릇이라 엉거주춤해 있는데, 안태훈이 동학군에게서 뺏어 군량으로 쓴 공무미 일이 터졌다. 그 바람에 안태훈이 종현성당으로 피신하게 되자 갑오년 결전 문제는 을미년을 넘겨 병신년인 그때까지 미뤄지게 되었다.

안태훈은 다시 그 일을 들춰내 신천 농민들에게 갑오년에 두 번 낸 결전을 되찾아 줄 것을 약속하는 한편, 조정에 글을 올려 부당하게 거둬 간 결전을 농민들에게 환급해 달라고 거듭 졸랐다. 그래 놓고 다시 감면 조치가 내려오기를 목을 빼고 기다렸지만 조정에서는 아무런 소식이 없고 안태훈만 점점 궁박한 처지로 몰렸다.

그 무렵 무엇보다도 안태훈을 어렵게 만든 것은 포군을 유지하는 비용이었다. 갑오년 동비 토벌 초기에는 아버지 안인수가 물려 준 재물에 의지했고, 나중에는 의려를 앞세워 여기저기서 군비(軍費)를 염출할 수 있었다. 그런데 그때까지도 해산하지 않고 거느려 사병(私兵)이나 다름없게 된 포군들을 내세워서는 군비를 달리 전가(轉嫁)할 곳이 없었다.

이에 안태훈은 부비(浮費)라 하여 결당 16냥 5전 7푼을 되찾는 데 들어간 수수료 조로 결당 3냥씩을 신천의 농민들에게서 거둬들이게 하였다. 말하자면 농민들이 억울하게 빼앗긴 16냥을 찾아 주는 대가로 3냥씩을 미리 내놓으라고 한 셈이었다. 하지만 아직 억울하게 두 번 낸 토지세를 되찾지 못한 농민들로서는 수수료부 터 먼저 내놓을 마음이 없었다.

그러자 안태훈은 형제들에게 포군들과 천주교도들을 딸려 보 내 신천 농민들을 위협해 가며 억지로 결전 환수에 따르는 부비 를 거두어들이게 했다. 세례를 받고 천주교 신도가 된 지 겨우 백 일도 안 된 4월 초순의 일이었다.

그래도 아직 나라가 있고 법이 있는데, 안태훈이 사포(私砲)와 서교도(西敎徒)를 이끌고 위협하여 백성들에게서 함부로 돈을 거 두니 관부가 가만히 보고 있을 리 없었다. 신천 군수 남효원(南孝 源)이 순검을 풀어 결전을 핑계로 백성들에게서 돈을 거둔 포군과 서교도들을 잡아들이게 했다. 그 소식을 들은 포군 하나가 달려 와 안태훈에게 알렸다.

"큰일 났습니다. 신천 군수 남효원이 부비를 거두던 포군 최원 석과 유은석, 천주교인 윤수겸과 정언국을 잡아갔습니다. 지금 관 아의 옥사에 가두어 놓고 문초를 하는데 여간 엄중하지 않다고 합니다."

그 말을 들은 안태훈의 얼굴이 싸느랗게 굳었다.

"이 탐관오리 놈이 간이 부었구나. 내 이놈을 징치하지 못하면 안태훈이 아니다!"

혼잣말처럼 그렇게 내뱉고는 곧 포군 대장 한재호와 아우 태건을 불러오게 했다.

"한 대장은 어서 포군들을 모으게. 적어도 서른 명은 되어야 하네. 양총도 있는 대로 나눠 주고."

그 두 사람이 불려 오자 안태훈은 먼저 한재호를 보며 그렇게 말하고 다시 아우 태건에게 말했다.

"너는 교우들을 불러 모아라. 되도록이면 이번에 세례를 받은 남자 교인들을 앞세워야 하지만 여차하면 싸울 수 있는 장정들도 여남은 끼워 넣어야 한다."

"무슨 일이십니까?"

두 사람이 한목소리로 말하듯 그렇게 물었다.

"신천 군수 남효원이 우리 포군 둘과 교우 둘을 잡아 가두었다 한다. 내 이 밤으로 신천읍에 달려가 관아를 들이치고 남효원을 사로잡아 천하의 본보기로 징치할 작정이다. 탐관오리가 따로 있느냐? 그런 놈이 바로 탐관오리니라. 나라의 잘못으로 힘없는 백성에게서 한 해에 결전을 두 번이나 거둔 걸 알았으면, 두말없이 환급하는 것이 마땅하거늘, 그걸 바로잡자고 하는 우리 신도들을 잡아 가두고 문초를 해?"

"그래도 저쪽은 조정에서 우리 고을을 다스리라고 내려보낸 관장(官長)입니다. 함부로 무력을 썼다가는 도리어 우리가 큰 죄를 입을 수도 있습니다."

나이는 그리 많지 않아도 성품이 지긋하고 생각 깊은 포군 영수 한재호가 먼저 그렇게 안태훈을 진정시켰고, 겁 없이 나서기로는 누구 못지않은 안태건도 전에 없이 신중하게 거들었다.

"교우들로만 하시지요. 포군들을 데려가도 관아를 들이치는 것은 지나칠 듯합니다. 우리가 동학군도 아니고……."

그 말에 안태훈이 조금 수그러든 기세로 받았다.

"자세한 방책은 가면서 의논하자. 오늘 밤 안으로 신천읍에 이르는 것이 더 시급하다. 무지막지한 집장사령 놈이 오늘 밤 안에 우리 식구들과 교우에게 무슨 모진 짓을 할까 걱정이구나."

그때 그 자리에 함께 있던 중근이 다시 나섰다.

"아버님, 저도 따라가겠습니다. 갑오년의 경험도 있고 하니, 어딘가 쓰일 데가 있지 않겠습니까?"

하지만 안태훈은 미리 생각해 둔 것처럼 잘라 말했다.

"그래서 너는 더욱 안 된다. 일이 이리된 이상 청계동에도 포군과 장정들을 남겨 지켜야 한다. 나와 넷째가 가고 나면 네가 그들을 이끌어야 하는데, 너까지 우리를 따라가면 어쩐다는 것이냐?"

그리고 안태훈은 그날로 포군과 교인들을 모아 신천으로 달려갔다. 하지만 떠날 때 호기를 부리던 것처럼 바로 신천 관아를 들이치고 군수를 잡아 묶는 모험은 하지 않았다.

신천읍에 이른 안태훈은 지난번 갑오 의려 때 크게 도움을 준 박만채(朴晩菜)란 호족의 집에 자리를 잡고 먼저 변죽부터 울려 신천 군수 남효원을 겁주려 했다.

"내 들으니 이번 일은 신천의 향장(鄕長, 옛날의 좌수) 유만현(柳

萬鉉)이 신천 군수를 쑤석여 벌어진 사단이라고 한다. 먼저 내가 유만현을 부르는 글을 써 줄 터이니, 가서 전하고 데려오너라. 만일 유만현이 제 발로 걸어오지 않으면 바로 묶어서 끌고 와도 좋다."

안태훈이 그러면서 포군 서넛에 천주교도 대여섯을 붙여 유만현에게 보냈다. 좋은 말로 만나 보기를 청하는 내용이었다. 유만현은 총 든 포군에 따르는 사람이 여럿인 게 마음에 걸렸으나 안태훈이 향장인 저를 차마 어쩌랴 싶어 별로 뻗대지 않고 따라나섰다. 그러나 박만채의 마당에 들어서자마자 유만현은 함부로 따라나선 것을 후회했다. 대청마루에 덩그렇게 올라서서 바라보고 있다가 벽력같이 내지르는 안태훈의 호통 때문이었다.

"여봐라. 뭣들 하느냐? 저 못된 좌수 놈을 어서 묶어라!"

그러자 기다리고 있던 천주교도와 장정들이 우르르 달려 나가 유만현을 묶었다.

"안 진사, 이 무슨 짓이오? 어찌 사람을 이리 대접할 수가 있소?"

비록 돈 주고 산 공명첩(空名帖)에 이름 얹은 것뿐이지만, 저도 명색 진사 노릇을 해 온 터라 유만현이 그렇게 악을 써 보았으나 소용없었다. 안태훈이 유만현에게 눈길조차 주지 않고 포군들을 보고 소리쳤다.

"저놈이 청계동에 끌려가서도 저리 악다구니를 쓸 수 있는지 보자. 저놈의 오라 끈을 내 말 꼬리에 묶고 어서 돌아가자."

그리고 다시 박만채와 그 가솔들이 다 들을 수 있게 큰 소리로 말했다.

"박 선다(선달) 님께 여러 가지로 폐를 끼쳤소. 오늘은 이만 청계동으로 돌아갈까 하오. 혹 관속들이 찾아와 묻거들랑 이 안태훈이가 향장 유만현을 잡아갔다고 일러 주시오. 그리고 군수에게 전해 주시오. 함부로 청계동에 관속들을 보내면 남김없이 포살(砲殺)할 것이며, 이후에도 천주교도들을 박해한 것을 뉘우쳐 바로잡지 않는다면, 포군들을 이끌고 신천 관아를 들이쳐 군수까지 징치(懲治)할 것이라고."

그런 다음 그날로 다시 청계동으로 돌아간 안태훈은 말 꼬리에 묶어 끌고 간 향장 유만현을 함부로 매질하며 문초했다.

"너는 어찌하여 우리 천주교도들을 잡아 가두고 박해하였느냐? 그게 군수 남효원의 명이냐? 또 다른 세력이 위에 있느냐?"

온몸이 묶인 채 말 꼬리에 매달려 신천읍에서 몇십 리 깊은 산중으로 끌려왔을 뿐만 아니라, 모진 매질까지 당하고 나니 어지간한 향장 유만현도 더 뻗대지 못했다. 이내 기어드는 목소리로 아는 것을 죄다 털어놓았다.

"이번 일은 이 유 아무개나 신천 군수가 주동한 일이 아니고, 서교(西敎)를 단속하라는 관찰부의 훈령이 있어 그랬습니다. 곧 근일 서교에 입교한 자들은 도둑 떼[匪徒]나 다름없는 자들로서 행패가 자심하니 이를 잡아 징계하라는 내용이었습지요. 그들은 서교를 핑계 대고 책자를 억지로 나눠 주며 믿기를 강권하는데, 심지어는 한 동네 열 집 가운데 다섯 집이 서학을 하지 않으면 서학을 하는 다섯 집에서 믿지 않는 그 다섯 집 몫까지 애긍전(哀矜錢)을 거둬들인다고 합니다. 또 관장을 무시하고 관부의 명을 예사로 어기니, 이는 서교의 본지(本旨)에도 위배될 뿐만 아니라 국법으로도 용서할 수 없는 자들이라는 것입니다. 그런데 때마침 청계동에서 보낸 사람들이 포군과 서교도를 앞세우고 또 다른 결전이나 다름없는 부비를 억지로 거두어들이자 군수께서 그들을 모두 잡아들이게 한 것입니다."

안태훈이 그런 향장을 개 꾸짖듯 하였다.

"너희들은 관찰부의 훈령을 핑계 대나, 나는 진작부터 너희가 토색질로 사복(私腹)을 채우기 위해 우리 천주교도들을 모질게 다스리고 있다는 것을 알고 있다. 관찰부의 일은 우리 신부님의 패지(牌旨)가 한번 이르면 그날로 바로잡히려니와, 너희들이 서교 단속을 구실로 힘없는 민초들을 학대하고 수탈한 죄는 어쩔 것이랴? 신천 군수가 제 죄를 깨닫고 와서 빌 때까지 너는 여기 머물러야겠다."

결전 얘기는 쑥 빼고 일을 오직 천주교 박해로만 몰아 그렇게 유만현을 얼러 댄 뒤 광에 가두게 하였다. 곁에서 보고 있는 중근에게는 얼른 이해가 되지 않는 아버지의 변모였다.

한편 향장 유만현이 안태훈에게 잡혀갔다는 말을 들은 신천 군수 남효원은 얼른 사람을 박만채의 집으로 보내 일이 어찌 되었는지를 알아보게 했다. 심부름 갔던 호방이 벌벌 떨며 돌아와 박만채에게서 들은 대로 전해 주자 남효원은 가슴이 써늘해졌다. 갑오 의려 이래로 안태훈의 포군들은 사납고 날래기로 이름났고, 박석골 싸움과 취야 싸움을 통해 안태훈의 군령이 매서운 것도 해주 일대에 널리 알려진 터였다. 그런 안태훈이 정말로 마음먹고 쳐들어온다면 허술한 신천의 관속(官屬)들로는 막아 낼 수 있을 것 같지 않았다. 이에 남효원은 그날로 가솔을 피신시키고 자신은 해주 감영으로 달아났다.

황해도 관찰사 민영철을 찾아본 남효원은 안태훈의 발호(跋扈)를 낱낱이 일러바치는 한편 조정에 사직서를 올렸다. 그때는 갑오년의 난리를 겪은 지 아직 이태가 지나지 않아, 지방의 관장들은 민란이라는 소리를 들으면 자다가도 화들짝 깨어날 만큼 겁에 질려 있었다. 남효원도 얼결에 신천을 버리고 오기는 했지만, 해주 감영에 오고 보니 부끄러워서라도 더는 신천 군수로 버틸 수가 없었다.

남효원의 말을 들은 황해도 관찰사 민영철은 깜짝 놀랐다. 안태훈이 향장을 묶어 가서 매질한 것은 제쳐 놓더라도, 사사로운 군사를 길러 나라가 세금을 거두듯 강제로 부비를 거둬들이게 한 것은 관부로서 결코 그냥 두고 볼 수가 없는 일이었다. 이에 민영철은 조정에 상소를 올려 안태훈의 죄상을 알리기로 하는 한편 남효원의 사직을 말리며 다독였다.

"한 고을의 관장으로서 까짓 토호의 위세에 눌려 관아를 버리고 사직까지 하려 한다니 말이 되는가? 내 감영병(監營兵) 2백을

줄 터이니 신천으로 데려가 그곳 관속들과 합치면, 안태훈으로부
터 신천 관아를 지키는 데 크게 부족하지는 않을 것이네. 그들을
이끌고 관장의 위엄을 지키면서 안태훈을 잡아 하옥(下獄)하도록
하게. 뒷일은 조정의 훈령이 이르는 대로 다시 조처를 내리겠네.
이번에는 바로 의정부(議政府)에 급보를 띄우면 하회(下回)가 이르
는 데 여러 날이 걸리지 않을 것이네."

　신천 군수 남효원도 그와 같은 관찰사의 말을 듣자 힘이 났다.
해주 감영에 소속된 관병 2백을 모아 주는 대로 그들을 데리고
신천으로 돌아갔다.

　신천으로 돌아온 남효원은 다음 날로 형방(刑房)에게 해주에서
데려온 감영병 여남은 명을 딸려 청계동으로 보냈다.
　"군수 영감께서 진사 어른을 부르십니다. 향장 유만현도 함께
데려오라는 분부십니다."
　형방이 은근히 감영병의 위세를 과장하면서 안태훈에게 신천
군수 남효원의 명을 전했다. 이번에는 안태훈이 잠시 혼란에 빠졌
다. 원래 안태훈은 남효원을 겁주어 기를 꺾고 갇힌 포군과 신도
만 빼내려 했는데, 남효원이 해주로 달아나면서 일이 꼬이기 시작
했다. 그런데 남효원이 관찰사 민영철을 부추겨 조정에 알리게 하
고, 감영병 2백까지 얻어 왔다니 힘으로만 함부로 밀어붙일 수도
없는 노릇이었다.
　"형님, 박석골 싸움 때처럼 선수를 칩시다. 감영병 2백이랬자

별것 아닙니다. 밤을 틈타 신천 관아를 들이치면 남효원을 사로잡을 수 있습니다."

형방을 내보내고 형제만 방 안에 남게 되자 안태건이 그렇게 말했다. 그러나 왠지 안태훈은 어두운 표정으로 고개를 저었다.

"그러다가 진노한 조정에서 경군(京軍)이라도 내려보내면 어쩔 테냐? 토끼 간도 안 돼 해주까지 달아났던 남효원이 이제는 한껏 젖히고 앉은 채로 형방을 보내 하는 수작을 보니, 무언가 단단히 믿는 데가 있는 듯하다. 함부로 무력을 써서는 아니 되겠다."

"그럼 이대로 끌려가실 생각이십니까? 남효원이 무슨 생각으로 형님을 부르는지 알 수 없는 데다 청계동에 끌려와 매질을 당하고 닷새나 갇혀 있었던 유만현도 적잖이 앙심을 품었을 것입니다. 이대로 신천 관아에 끌려가셨다가는 무슨 일을 당할지 모릅니다."

그때 함께 있던 중근이 다시 끼어들었다.

"그럼 저와 넷째 아버님이 우리 포군과 장정들을 모조리 이끌고 가만히 아버님을 뒤따르면 어떻겠습니까? 소문이 들어가면 남효원이 아버님께 함부로 할 수도 없거니와, 여차하면 군사를 풀어 응변할 수도 있습니다."

"그것도 아니 된다."

안태훈이 그렇게 대답하고 천천히 몸을 일으키며 안태건에게 말했다.

"아무래도 우리 사포(私砲)의 무력을 쓸 때는 아닌 것 같다. 이제 천주와 양대인이 어떻게 우리를 구하는지 시험해 볼 때가 됐다. 나 혼자 가서 남효원을 만나 보겠다. 너희들은 포군들과 장정들을 단속해 동천을 잘 지키고 있어라. 너희들이 움직여야 할 때가 있으면 달리 기별하마."

그리고 다시 중근을 돌아보며 말했다.

"너는 내가 떠나는 즉시 말을 내어 마렴으로 달려가거라. 가서 홍 교사에게 여기 일을 전하여라. 결전 일만 빼고 모두 네가 본 대로 일러 주면 된다."

이어 안으로 들어가 단정한 두루마기 차림으로 갈아입고 나선 안태훈은 광에서 풀려나온 향장 유만현과 함께 신천 형방 일행을 따라 청계동을 나섰다. 중근도 그런 아버지를 뒤따르듯 말을 내어 안악의 마렴 본당으로 달려갔다.

중근이 마렴에 이른 것은 그날 오후 3시쯤이었다. 빌렘 신부(홍교사)는 마침 본당에 머물고 있었다. 중근이 결전을 건 일과 포군을 앞세운 얘기는 빼고, 갇혀 있는 천주교 신도들과 그들을 빼내기 위한 안태훈의 노력만을 얘기한 뒤, 그 뜻 아니한 반전(反轉)을 일러 주자 빌렘 신부는 성난 기색이 되어 주먹을 부르쥐었다.

"알았다, 도마. 먼 길에 수고했다. 나는 이 길로 신천 군수를 만나러 가겠다. 너는 청계동으로 돌아가 모두에게 안심하라고 해라. 내 오늘 밤 안으로 반드시 안 베드로와 갇혀 있는 교우들을 구해 청계동으로 보내마."

그날 초저녁 신천 관아에 이른 빌렘 신부는 막 저녁상을 물린 군수 남효원과 만났다. 빌렘 신부는 전교 활동을 보장하는 한불 수호조약의 조항으로부터 통리아문(統理衙門) 시절의 관문(關文, 지역 관리들에게 선교사의 통행 편의와 보호를 요청하는 문서)과 호조(護照) 등을 내밀고 말했다.

"병술년 수호통상조약으로 우리 천주학 전교사(傳敎士)들도 불란서 공관원들과 똑같은 대우를 받게 되었을 뿐만 아니라, 외부(外部, 외무부)에서 발급한 호조만 지니면 조선 팔도 어디든 자유롭게 유력(遊歷)하며 천주교의 가르침을 전할 수 있게 되었소. 지난날 통리아문에서는 따로 병원(兵員)을 파견하여 전교사의 신변을 보호하도록 지방 관아에 훈령하기도 하였는데, 신천 군수는 어찌 된 것이오? 어찌하여 우리 천주교도들을 함부로 잡아 가두고 핍박하는 것이오? 청계동의 새 신자들을 모욕하고 구박한 관속들을 당장 처벌하고, 옥에 갇혀 있는 천주교 신자들과 오늘 낮에 속임수를 써서 잡아간 진사 안태훈을 얼른 풀어 주시오."

그때 신천 군수 남효원은 안태훈에게 겁을 먹고 해주로 달아날 때와 달리 기세가 잔뜩 올라 있었다. 관찰부에서 갈라 준 감영병에다 신천에서 긁어모은 향리와 관속을 합쳐 수백 인마에 둘러싸여 있으니 안태훈의 포군도 겁나지 않았다. 거기다가 안태훈이 청계동으로 끌고 갔던 향장 유만현을 풀어 주었을 뿐만 아니라, 자신의 부름에도 순순히 따라 포군 한 명 거느리지 않고 해주 관아에 이르자 남효원은 더욱 기고만장해졌다. 향장 유만현의 말만 듣고 안태훈을 감옥에 가둔 뒤 날이 밝는 대로 엄하게 문초하리라

벼르고 있었다. 그런데 한번 문초해 볼 틈도 없이 이웃 안악군의 양교사가 들이닥쳐 제대로 알아듣기조차 힘든 말로 안태훈을 내놓으라 하니 남효원이 곱게 들어줄 리 없었다.

"내 한 고을의 관장이 되어 어찌 조정이 이웃 나라와 맺은 조약을 모른다 하겠소? 그러나 이번 일은 천주교도의 일이 아니며, 더군다나 안악의 천주교도를 관장하는 양대인과는 무관한 것이외다. 어디서 무슨 소리를 듣고 오셨는지 모르나, 이는 관납(官納)과 관련된 내정(內政)이니 양대인께서는 관여하지 않는 게 좋을 듯하오."

그러면서 빌렘 신부를 좋은 말로 돌려보내려 했다. 하지만 빌렘 신부가 곱게 물러날 사람이 아니었다.

"두라방 청계동은 신천군에 속하지만, 우리 교구(敎區)로는 안악 마렴 본당에 딸린 공소외다. 또 지금 이곳 관아에는 틀림없이 네 명의 우리 신도가 갇혀 있고, 낮에 군수께서 속여서 데려간 안태훈 베드로는 바로 청계동 신도회 회장이외다. 무어라고 변명하든 당신들은 우리 천주교도들을 박해하고 있는 거요. 이 일이 위로 올라가 조선 외부와 우리 공관의 시비, 나아가서는 조선 왕실과 우리 불란서 간의 시비가 되지 않도록 하시오."

그렇게 시퍼런 기세로 덤볐다. 남효원은 안태훈이 포군들과 천주교도들을 앞세워 저지른 짓과 천주교의 위세를 업고 사익을 챙긴 일을 일일이 대며 안태훈을 가둔 일이 천주교 박해와 무관함을 밝히려 했으나 소용없었다. 빌렘 신부가 다른 곳에서 있었던 천주교 탄압의 실례와 그 때문에 그 지역 관장이 받은 여러 불리한 처분을 예로 들며 우겨 대자, 심약한 남효원이 오래 버텨 내지 못했다. 이경(二更)에 들기도 전에 빌렘 신부는 안태훈과 포군 둘, 천주교 신도 둘을 데리고 신천 관아를 나설 수 있었다. 안태훈이 처음으로 실감한 천주교와 양대인의 위세였다.

다음 날 청계동으로 돌아온 안태훈은 남아 있는 형제들과 포군 영수들 및 새로 짜인 신도회의 간부들을 모아 놓고 선언하듯 말했다.

"아무래도 우리 청계동에 황해도 본당을 모셔 와야겠소. 그러자면 무엇보다도 이곳에 높고 큰 교당부터 올려야 할 것이오. 비록 종현성당같이 크지도 않고 석물(石物)로 세우지도 못하지만 적어도 우리 황해도에서는 가장 크고 높은 교당이 되도록 지어 봅시다. 마을 뒤쪽 천봉산 자락 높은 곳에 세우되, 나무로 지어도 굵은 기둥과 대들보를 쓰고, 궁궐이나 사찰의 격식을 빌려 다락을 올리면, 멀리서도 볼만한 교당을 지을 수 있을 것이오. 그런 다음 마렴 본당의 홍 교사를 이리로 모셔 오면 이곳이 바로 황해도의 본당이 되지 않겠소?"

고석로나 김 진사 같은 빈객들이 모두 떠나고 맏이 안태진마저 해주로 돌아간 뒤라 이제 청계동에는 안태훈을 말릴 수 있는 사람이 남아 있지 않았다. 그 말이 바로 청계동 모든 사람의 결정처럼 되어 며칠 후부터 마을 뒤 언덕 위에는 교당을 지을 터가 다듬어지기 시작했다. 안태훈은 원근에 수소문하여 솜씨 좋은 목수들을 찾아보게 하는 한편 목재를 구해 말리고 다듬게 하고 교당 안에 모실 성상과 성물까지도 널리 알아보게 하였다.

안태훈이 사포(私砲)의 무력에 의지하지 않고 제 발로 신천 관아를 찾아가 구금된 것은 새로 찾아낸 후원자인 천주교와 불란서의 위세를 가늠해 보기 위한 시험이었다. 하룻밤도 지나지 않아 그 첨병(尖兵)이랄 수 있는 양대인 빌렘 신부는 자신들에게 낡고 쇠약한 조선 조정의 권위를 제압하기에 넉넉한 힘이 있음을 보여 주었다. 이에 안태훈은 자신의 안목에 믿음을 가지고 전교 활동에 한층 더 열을 올리는 한편, 아직 신자 2백 명을 넘지 못하는 청계동에 천주교 본당 건립을 추진하였다.

하지만 빌렘 신부가 신천 군수 남효원을 상대로 얻어 낸 승리는 온전하고 영구적인 것이 못 되었다. 신천으로 돌아간 남효원이 다시 해주 관찰부로 공문을 올려 빌렘 신부가 안태훈과 천주교 신도로 위장한 사병(私兵)들을 모조리 감옥에서 빼내 간 일을 알리자, 관찰사 민영철이 더 참지 못하고 바로 의정부에 글을 올려 처벌을 주장했다.

신천의 진사 안태훈이 포군을 사사로이 기르고, 천주교에 빌붙어 서양 신부를 끌어들여 행패가 자심합니다. 관납(官納)을 함부로 거두고 백성을 제멋대로 다스려 신천의 군정(郡政)을 마비시켰으니 마땅히 거기에 상응하는 조처가 있어야 합니다.

그러자 대엿새 만에 의정부 찬정(贊政) 이완용의 지시가 내려왔다.

안태훈이 결전을 가렴(加斂)하고 포군을 사사로이 설치한 일은 천주교에 의탁해 저지른 짓보다 그 죄가 백배나 무거운 일이다. 안태훈이 포군을 설치한 일에 대해 보다 상세히 조사해 알리고, 그와 상종한 양교사의 소속과 성명도 아울러 적어 보내도록 하라.

이에 관찰사 민영철은 보름 뒤 이완용이 바라는 대로 상세한 보고를 올렸다.

갑오년 동비가 소요를 일으켰을 때 안태훈이 사사로이 수백 명의 포군을 모아 신천군 두라방 청계동에 자리 잡았는데, 그곳은 험한 산으로 둘러싸인 골짜기에 입구가 좁은 요해처(要害處)라고 합니다. 안태훈은 거기서 의병이라 일컬으며 눈을 치뜨고 흘기며 살육을 서슴지 않고 인근에서 함부로 재물을 빼앗는데, 궁장토에서 거둔 곡식으로부터 조정 대신들의 추수에 이르기까지 빼앗지 못할 게 없었습니다. 그러다가 악독한 소문이 도성과 시골에 아울러 돌아, 이른바 의병을 모두 혁파하란 조정의 명이 내려진 뒤에도 이 자[厥漢]는 그칠 줄 몰랐습니다. 의병을 해산하는 척하며 부서지고 부러져 못쓰게 된 무기만 조금 관가에 바쳤을 뿐, 총과 탄환은 감추어 두고 포군들은 흩지 않았습니다. 오히려 그들을 청계동에 붙들어 두고 나갈 때는 검은 옷에 총을 메게 해 위세를 떨쳤으며, 돌아와서는 골짜기의 요해처를 파수하게 하여 청계동을 하나의 든든한 소혈로 삼으니, 사람들이 저마다 두려워 감히 부근에 얼씬도 못했습니다. 그 밖에도 과부를 업어 가고 남의 산소를 억지로 파 옮기게 하며 저잣거리에서 행패를 부리고 관속을 차고 때리는 일이 한두 번이 아니었으나, 그곳 관장의 힘으로는 어찌할 수가 없어 나중 거기서는 아무도 공전(公錢)을 내지 않으려는 지경에 이르렀습니다. 하지만 그때 이후로 안태훈도 스스로 용서받지 못할 걸 알았던지 불측한 꾀를 내고, 지난겨울 서교(西教)에 몸을 던져 그 위세를 등에 업고 갈수록 흉악한 행패를 더했습니다. 그러다가 이번에 본군(本郡)의 향장을 저희 소혈 청계동으로 잡아가서는 도적 다루듯 형벌을 가하고 포군 방에 닷새나 가두었다가 놓아주는 지경에 이르니, 군수는 급한 칼끝을 피하여 해주에 있는 관찰부로 피신해 오고 그곳 관속들은 모두 겁을 먹고 흩어지는 판이었습니다. 그 뒤 안태훈은 양교사와 함께 서울로 올라가 조정의 힘 있는 사람들을 주무르고, 그 형 안태진은 포군을 이끌고 다시 신천읍으로 들어와 애긍전이란 이름으로 3냥을 가렴(加斂)하여 며칠 만에 다 거두었습니다. 백성들은 비록 마음속으로는 내고 싶지 않았으나, 모진 형이 눈앞에 닥쳤으니 아니 내고 어쩌겠으며 또한 어디다 하소연할 수 있겠습니까……

대강 그렇게 되어 있는데, 과장은 있어도 전혀 근거 없는 내용은 아니었다. 실제로 안태훈은 신천 관아에서 나오고 보름도 안 돼 빌렘 신부와 함께 서울로 올라갔고, 거기서 오랜 후원자인 김종한과 때마침 신임 황해도 관찰사가 되어 내려갈 준비를 하고 있던 김가진을 만나 앞일을 논의한 것으로 나와 있다. 그리고 당분간은 신천의 일을 덮어 두게 되지만, 그 뒤 여러 해에 걸쳐 불란서 공관과 조선 외부(외무부)를 시끄럽게 하였던 이른바 해서교안(海西教案, 황해도의 천주교 관련 분쟁)은 그때 이미 불이 지펴지고 있었다.

빌렘 신부를 데리러 마렴으로 말을 타고 달려갈 때부터 중근은 새로운 위기감으로 그 일을 지켜보았다. 아무도 딸리지 않은 채 홀로 형방을 따라나서는 안태훈의 모습은 중근의 기억에는 낯설기 짝이 없었다. 언제나 따르는 사람들에 둘러싸여 거침없이 세상을 호령하던 아버지였다. 그런데 관속들에게 둘러싸여 끌려가는 것이나 다름없이 동구를 나가는 것을 보고 중근은 비장한 느낌마저 들었다.

아버지는 자신의 승리를 믿어 의심치 않았지만, 그 돌아오는 모습도 중근에게 낯설기는 마찬가지였다. 이끌고 갔던 사람들에 둘러싸여 기세 좋게 돌아오던 이전과는 달리, 서너 명의 포군과 신자들 틈에 끼어 크고 건장한 빌렘 신부에 묻어오듯 돌아온 아버지에게서는 옛날의 호방한 기세는 찾아볼 수 없었다. 중근이 알아볼 수 있는 것은 다만 아버지가 승리로 여기는 것이 전과 달라졌다는 것뿐이었다.

중근은 그 변화의 실체가 무엇인지 알아보려 애썼다. 그새 중근의 나이 열아홉, 그때로서는 어디 내놓아도 밀릴 것 없는 성년이었다. 그러나 아직 사물의 배후에 숨어 있는 모든 진실을 다 읽어 낼 수 있는 안목을 기르지는 못했다. 다만 아버지가 먼저 터득한 천주학이 그런 변화의 원인이 되었으리라는 짐작으로 경건하게 신앙을 기르면서 앞서 간 아버지를 뒤따를 뿐이었다.

해주 감영과 의정부 사이의 엄중한 공문이 오가는 사이에도 1897년 여름은 별 탈 없이 지나갔다. 서울에서 돌아온 안태훈은 전보다 한층 뜨겁게 불붙은 신심으로 신천군 일대에서 전교(傳敎) 활동을 벌였다. 절반은 교리에 따른 설득이고, 절반은 안태훈 개인의 명망과 위세에 기댄 권유였지만, 그 효과는 놀라웠다. 몇 달도 안 돼 입교하겠다고 약속한 사람은 수백 명이 되었고, 영세를 기다리는 예비신자도 이미 영세를 받은 사람의 배가 넘었다.

기세가 오른 안태훈은 교당을 건립하는 일에도 있는 힘을 다했다. 당장은 새로운 청계동 공소를 짓는 것이었지만, 안태훈의 꿈이 황해도의 본당을 청계동으로 옮겨 오는 것인 만큼 그 규모는 당시 황해도에 열두 개나 되던 여느 공소와는 비할 바가 아니었다. 봄부터 마을 뒷산 자락에 닦은 교당터는 아흔아홉 칸 기와집을 지어도 될 만큼 넓었고, 이엉 이은 지붕 아래 말리는 목재도 산더미 같았다.

그런데 그해 여름이 다할 무렵 안태훈에게 교당 건립을 서두르게 할 일이 벌어졌다. 안악 마렴에 본당을 두고 있던 빌렘 신부가 갑자기 용문면 매화동(枚花洞)으로 본당을 옮긴 일이 그랬다. 거기가 거기라 할 만큼 가까운 거리인데도 빌렘 신부가 굳이 본당을 매화동으로 옮긴 것은 그곳 교당 건물의 위엄 때문이라고 여긴 안태훈의 마음은 다급해졌다. 진작부터 청계동 공소를 웅장하게 지어 빌렘 신부를 자신의 영역 안으로 불러들이고 싶어 했던 그는 교당 건립을 더 미룰 수가 없었다.

목재들이 어느 정도 말랐다 싶자 안태훈은 미리 알아 둔 대목, 소목들을 청계동으로 불러들여 대들보와 기둥감부터 다듬게 했다. 이어 안태훈이 일찍부터 머릿속에 그려 둔 대로 목조로 된 교당이 어우러지기 시작했다. 여섯 칸 대청 둘을 이은 건물에 팔각정 누각을 덧달아 팔각정 아래층은 건물 안과 이어진 강단으로 쓰고, 위층은 건물 지붕 위로 솟아 종탑으로 쓸 수 있는 형태였다. 팔각정의 아래층 절반은 열두 칸 대청 건물 안으로 들어가 있는데, 그 가운데 팔각정의 두 각이 만나는 곳을 기준으로 내벽(內壁)이 들어서 건물을 둘로 갈라놓고 있었다. 강단에서는 내벽 양쪽이 다 보이지만, 내벽 이쪽저쪽으로 갈라 앉은 남녀 신도는 서로를 볼 수 없게 만들어, 그때만 해도 엄하게 살아 있던 내외법(內外法)을 짐작하게 했다.

안태훈이 전교도 멈추고 교당 건립 일에 붙어서 독려하자 일은 빠르게 진척되었다. 나무를 깎기 시작한 지 달포 만에 대들보를 얹고, 대들보를 다 얹은 지 두 달도 안 돼 내벽 미장까지 끝났다. 그리하여 청계동 공소가 예배당으로 쓰일 채비가 끝난 것은 그해 11월 중순이었다.

공소 예배실 온돌바닥 위에 새로 엮은 볏짚 돗자리를 깔던 날 안태훈이 중근을 불러 말했다.

"오늘 매화동 홍 교사께 다녀와야겠다. 가서 양력으로 이달 하순에는 청계동 공소가 축성(祝聖) 받을 채비가 끝날 것이라 아뢰고, 날짜를 받아 오너라. 그날을 원근의 예비신자들에게 널리 알려 크게 잔치를 벌이고 싶구나."

중근이 그 말을 듣고 그 자리에서 말을 끌어내 매화동으로 달려갔다. 교당 앞에 새로 가꾼 작은 정원을 손보던 빌렘 신부가 언제나 그렇듯 무뚝뚝한 얼굴로 중근을 맞았다.

"그것도 청계동의 복인 모양이다. 마침 그때쯤 민 주교(閔主敎, 뮈텔 주교)님께서 우리 황해도로 사목(司牧) 방문을 오시게 되어 있다. 이왕이면 주교님으로부터 축성을 받는 게 어떠냐? 주교님께서 안악에 이르시는 게 추수감사절 무렵이니, 청계동에는 11월 27일쯤 갈 수 있겠다. 그때 나도 같이 가마."

빌렘 신부의 말대로 황해도를 사목 방문한 뮈텔 주교는 추수감사절 무렵 하여 안악에 들렀다가 11월 27일 빌렘 신부와 함께 청계동으로 왔다. 뮈텔 신부는 전에 종현성당에서 안태훈을 몇 번 본 적이 있었다. 그때는 안태훈에게서 어른거리는 세속적 욕망의 그림자들 때문에 못 미더워했으나, 입교한 지 1년도 안 되는 사이 그가 이뤄 놓은 전교 업적을 보니 실로 엄청났다. 거기다가 청계동 같은 궁벽한 곳에 황해도 본당보다 더 볼만한 공소를 지어 놓고 축성을 요청하니 기껍지 않을 수 없었다.

뮈텔 주교는 성심껏 새 공소를 축성하고, 며칠 더 청계동에 머물면서 그사이 찰고를 마치고 기다리던 예비신자들에게 세례까지 주었다. 11월 29일 열아홉 명, 그리고 30일에 다시 일곱 명에게 세례를 베풀었다. 특히 29일 세례에는 지난 부활절 세례 때 안태훈의 맏형 안태진이 말려 세례를 받지 못한 중근의 할머니 고 씨가 안나라는 이름으로 세례를 받은 게 이채롭다. 중근의 어머니 조 씨가 조 마리아로, 고모가 안 막달레나로 세례를 받은 것도 그때였다.

다음 날 뮈텔 주교는 청계동을 떠나 해주로 갔다. 그때 중근은 아버지 안태훈의 명을 받들어 포군들과 함께 해주까지 뮈텔 주교를 호위하였다.

안악 본당을 맡고 있는 빌렘 신부나 한국 교구장인 뮈텔 주교가 청계동 교당에 보여 준 신뢰와 호의는 여느 공소의 신축 때와는 달랐고, 청계동 공소의 규모도 황해도의 그 어떤 본당에 견주어 손색이 없었다. 하지만 청계동 공소가 황해도의 본당이 되기에는 아직 일렀다. 어지간한 안태훈도 이제 열린 지 겨우 한 해도 다 차지 못한 공소를 본당으로 삼아 달라고 조르지는 못했다.

청계동과 안태훈 일가가 천주교의 열기로 달아올라 있는 동안 조선왕조도 변화의 파고 위에 높이 올라앉아 있었다. 그해 봄 러시아 공관에서 경운궁으로 돌아온 조선의 대군주는 그 여름의 준비 끝에 대한제국을 탄생시켰다. 원구단(圜丘壇)에서 화려한 즉위식을 올리고 스스로 황제라 일컫고 연호를 광무(光武)로 쓰니 곧 광무 황제요, 대한제국이다.

한때 사람들은 대한제국을 이름만의 제국으로 여겼으나, 이제는 그 눈물겨운 실체를 아무도 부인하지 않는다. 그것은 절명을 앞둔 5백 년 조선왕조의 마지막 처절한 몸부림이었다. 그리고 그 몸부림에 함께 요동치며 변하는 세상과 더불어 청계동과 안태훈 일가도 가늠되지 않는 시대로 떠밀려 나아갔다.

이듬해 1898년 2월 반짝 살아난 대한제국의 후광을 입고 그 마지막 불꽃을 태우고 있던 구체제의 낡고 부패한 세력은 다시 한 번 안태훈 일가와 충돌했다. 지난해 천주교와 양대인의 위세에 몰려 다 잡은 안태훈을 놓아 보내야 했던 원한을 잊지 못한 황해도 관찰부가 벌인 일로, 안태훈의 아우 안태건 가밀로가 해주로 빚을 받으러 간 게 발단이 되었다.

해주는 안태훈 일가가 여러 대 뿌리 내리고 살던 곳이었다. 10여 년 전 중근의 조부 안인수가 아들 여섯 형제와 일가 칠팔십 명을 이끌고 청계동으로 옮겨 앉게 되기 전에는 모든 생활 기반이 그곳에 있었다. 따라서 10여 년이 지난 그때까지도 안태훈 일가는 여러 가지로 해주와 연관을 맺고 있었다.

그해 2월 안태건이 해주로 간 것은 오래 묵은 빚을 받기 위해서였다. 몇 해 전 해주 인근에 있는 안인수의 토지를 마지막으로 정리할 때, 안태건은 자신이 물려받은 몫을 돈으로 바꾸어 그 일부를 남에게 빌려 준 적이 있었다. 빚을 쓴 이가 해주 감영의 관속이고, 무엇보다도 빌린 돈으로 산 땅을 담보로 했기 때문에 안태건은 그를 미덥게 여겼으나, 그렇지가 못했다. 한두 해는 이자라도 쥐어 주며 빚 갚기를 미루더니, 지난해부터는 이렇다 말 한마디 없이 이자도 내지 않고 뻗대었다.

몇 번이나 사람을 보내 재촉해도 대답이 없자 해주로 달려간 안태건은 옛날 기세만 믿고 바로 빚쟁이를 찾아가 엄하게 다그쳤다. 하지만 이미 먹은 마음이 있어 앙버티던 그 관속은 짐짓 모르쇠를 대어 안태건의 화를 돋우었다. 그러고는 대단찮은 주먹질에 몸져누운 시늉을 하며 거꾸로 안태건을 관부에 고발했다. 관속으로 늙으며 눈치만 남아, 결전 시비 뒤로 안태훈 일가를 보는 해주 감영의 눈이 이전 같지 않음을 알아보고 벌인 짓이었다.

관속의 고발이 있자 해주 감영은 기다렸다는 듯 안태건을 잡아들였다. 안태건이 마땅히 받아야 할 빚을 받으려다 벌어진 시비임을 밝히려 했으나, 관속들은 서로 짜기나 한 듯 못 들은 척했다. 다급해진 안태건이 청계동으로 사람을 보내 그 일을 알렸다. 때마침 청계동에는 빌렘 신부가 와 있었다. 안태훈이 그 급한 소식을 듣자마자 행장을 꾸리며 빌렘 신부에게 말했다.

"신부님, 아무래도 제가 해주로 가 봐야겠습니다."

"거기 가서 무엇을 하시려는 거요?"

어두운 표정으로 무언가를 골똘히 생각하고 있던 빌렘 신부가 물었다. 그때는 안태훈 일가가 결전을 핑계 삼아 신천의 농부들에게서 돈을 거둔 일이 알려진 뒤라 빌렘 신부가 엄한 눈길로 안태훈을 살피고 있을 때였다.

"아우를 데려오고 아울러 해주 사람들에게도 우리 천주교를 알리겠습니다."

"옥에 갇힌 사람을 무슨 수로 그냥 꺼내 온단 말이오? 그리고 그곳에도 이미 다른 신부님과 교리교사들이 전교를 시작하였는데, 새삼 안 베드로가 가서 어쩌겠다는 거요?"

빌렘 신부는 안태훈보다 두어 살밖에 많지 않았다. 그러나 콧수염과 구레나룻으로 뒤덮인 얼굴에 서양인 특유의 주름살로 겉늙어 보이는 데다 우람한 몸집이 주는 위압감 때문인지 안태훈보다 10년은 많은 큰형처럼 보였다.

"아우 가밀로는 마땅히 받아야 할 빚을 받으러 갔으니 감옥에 갇혀야 할 까닭이 없습니다. 내가 가서 이치로 따지면 놓아줄 수밖에 없습니다. 또 해주에도 이미 전교가 시작된 것은 저도 알고 있습니다만, 신부님이나 교리교사들이 하는 방식은 너무 느립니다. 저를 가게 해 주시면 몇 주일 안으로 해주 전체를 천주님께 인도하겠습니다."

"거참, 알 수가 없군. 내가 들어 보니 해주의 관리들이 이미 마음먹고 안 가밀로를 얽어 넣은 듯한데, 안 베드로가 간다고 해서 순순히 내줄 리가 있소? 또 우리 신부님들과 교리교사들이 벌써 여러 해째 전교를 하고 있어도 아직 본당 하나 세우지 못했는데, 안 베드로가 무슨 수로 단 몇 주일 안에 해주 사람들을 다 교화한단 말이오? 나는 허락할 수 없소. 며칠 세밀하게 사정을 살펴 해주 관찰부를 찍어 누를 방도를 찾은 뒤에 나와 함께 갑시다. 설

건드렸다가는 도리어 일을 그르칠 수도 있소."

빌렘 신부가 엄한 형처럼 그렇게 안태훈을 말렸다. 그러나 안태훈은 듣지 않았다.

"비록 저희 교구를 맡고 계시지만, 신부님께서는 저를 붙들어 두실 수도 없거니와 제가 이제 하려는 일도 말리실 수 없습니다. 이것이 제 아우를 구해 내고, 우리 천주교를 번성케 하는 가장 좋은 길일 테니까요. 차라리 저를 허락해 주시고 축복해 주십시오."

말투는 공손해도 뜻은 여간 강경하지 않았다. 빌렘 신부가 아무리 이치를 따지고 시세를 일러 주어도 소용이 없었다. 그날 끝내 안태훈은 해주로 떠나고 그걸 못마땅히 여긴 빌렘 신부도 청계동을 떠나 전교 여행에 나섰다.

이틀 뒤 빌렘 신부가 청계동에서 그리 멀지 않은 산촌을 돌고 있는데 청계동에서 사람이 와 급히 찾았다. 빌렘 신부가 그 사람을 만나 보니 바로 중근이었다.

"신부님, 저희 아버님께서도 해주 감옥에 갇히셨다고 합니다. 부디 해주 관찰부로 가시어 아버님을 구해 주십시오."

평소의 당찬 표정과는 달리 근심 가득한 얼굴로 중근이 그렇게 말했다. 안태훈의 마음가짐으로 미루어 해주 감영 관리들과의 분쟁이 불 보듯 뻔하다고 여긴 빌렘 신부로서는 놀랄 일도 아니었다. 그러나 놀라움보다는 굳이 자신의 만류를 뿌리치고 떠난 안태훈을 향한 노여움이 더 컸다.

"안 도마, 보시다시피 나는 지금 전교 여행 중이오. 이 땅에 천주 야소를 드러내는 일을 중단하고 해주로 갈 수는 없소."

그렇게 잘라 말하고 짐짓 엄한 표정을 지었다. 중근이 결연하게 말했다.

"아버님께서도 전교를 하시다 붙잡혀 하옥되셨다 합니다. 만약 때를 놓치면 모진 형을 받을 수도 있습니다."

그래도 빌렘 신부는 표정을 바꾸지 않았다.

"안 베드로는 사제인 내가 가지 말라고 말렸는데도 굳이 그리로 간 것이오. 그의 전교도 내가 처음부터 그리해서는 안 된다고 했소. 이제 그는 그런 무모한 처신에 대해 벌을 받고 있는 거요. 나는 해주로 가지 않겠소."

그렇게 중근을 돌려보낸 뒤 사람을 해주로 보내 일이 어찌 되었는지를 알아보았다. 이틀도 안 돼 빌렘 신부가 보낸 사람이 돌아와 알렸다.

"안 진사는 해주 감영의 관속들을 꾸짖어 아우 안태건을 빼내려고 했으나, 관속들이 들어주지 않자 해주 인근을 돌며 전교를 시작하였습니다. 그런데 그 전교가 매우 불온하여 관리들을 성나게 하였습니다. 곧 천주교를 믿으면 복을 받아 재운이 성할 뿐만 아니라, 조정이 보낸 탐관오리와 토색질하는 향리들에게 대항할 수 있게 해 준다고 한 것입니다. 법국과 양대인의 위세를 과장한 것이었겠지요. 그런데도 사람들이 그 말을 믿고 다투어 입교(入敎)하겠다고 모여들자 감영에서 더 참지 못하고 안 진사를 잡아들이게 한 것 같습니다."

그 말을 들은 빌렘 신부는 다시 며칠을 더 머뭇거리다가 해주로 나가 안태훈을 구해 냈다. 관찰사를 만나 보고 안태훈과 안태건이 천주교 신도이며, 특히 안태훈은 전교 중에 투옥된 것임을 들어 강경하게 석방을 요구한 것이었다. 워낙 벼르고 있던 해주 감영이 벌인 일이라, 이번에는 불란서 공관의 전보와 뮈텔 주교의 패지(牌旨)까지 더하고서야 겨우 안태훈 형제를 구해 낼 수 있었다. 그러나 지난번 안태훈이 신천군의 향장을 청계동으로 잡아가면서 촉발된 충돌을 풀어 가는 과정에서 천주교 황해도 교구와 조선 조정의 관리들 사이에 팬 골은 그 일로 더욱 깊어졌다. 빌렘 신부는 빌렘 신부대로 자신의 말을 어기고 해주로 가서 일을 그렇게 뒤틀어 놓은 안태훈을 용서할 수 없었다.

그러는 사이 부활절 축일이 가까워졌다. 청계동 사람들은 유별난 열심으로 세례를 받은 뒤 처음 맞는 부활절을 맞을 채비를 했다. 그들은 무엇보다도 자기들에게 세례를 준 빌렘 신부가 와서 부활절 미사를 집전해 주기를 바랐다. 벌써 한 달 전부터 빌렘 신부에게 사람을 보내 부활절 축일을 청계동 공소에서 맞아 달라고 빌었다. 그런데 빌렘 신부의 대답이 냉담하기 짝이 없었다.

"청계동의 신앙은 안 베드로의 인도로 싹트고 자랐다. 그런데 그 청계동을 주무르고 있는 안 베드로가 사제인 내게 공공연하게 반항하고 있으니, 내가 어찌 청계동을 찾아갈 수 있겠는가. 만일 안 베드로가 나를 마중 나와 용서를 빌고, 자신의 잘못에 상응하는 벌을 달게 받겠다고 한다면 모를까, 이대로는 결코 청계동을 찾고 싶지 않다."

그 말을 듣자 억세기로는 어지간한 안태훈도 끝내 버텨 내지 못했다. 곧 빌렘 신부에게 글을 보내 용서를 구하고 그가 바라는 대로 하겠다는 뜻을 전했다. 빌렘 신부도 안태훈이 선선히 굽히고 들자 더 심하게 몰아대는 일은 하지 않았다.

"내 말을 듣지 않고 떠나더니 기어이 커다란 화를 불러일으키고 말았소. 이런 일은 여럿이 보는 앞에서 벌을 받아야 지난 잘못을 씻을 수 있을 것이오."

빌렘 신부는 부활절 축일이 되자 청계동 10리 밖까지 마중 나온 안태훈을 그렇게 꾸짖고 등허리에 지팡이질을 하는 시늉으로 처벌을 대신했다. 지난날의 안태훈으로 보면 참을 수 없는 모욕이 될 수도 있었으나, 그 처벌을 말없이 받아들임으로써 이후 빌렘 신부와 안태훈의 결속은 더욱 굳게 다져졌다.

그런데 빌렘 신부가 부활절 미사를 집전하고 떠난 지 열흘도 안 돼 이번에는 안악에서 고약한 일이 터졌다. 안악 군수가 천주교인 네 명에게 도둑의 누명을 씌워 옥에 가두었는데, 그중 하나가 해주 감옥에서 풀려난 지 두 달도 되지 않은 안태건 가밀로였다. 아우가 다시 도둑으로 몰렸다는 말을 듣고 성이 난 안태훈은 그 진상을 알아보게 하는 한편 이번에도 중근을 매화동으로 보내 빌렘 신부를 불러오게 했다.

"안악 관아에서 일하는 향리 하나가 아직은 외교인(外敎人)인 우리 교우의 아내를 꾀어 달아나자, 같이 일하는 관속들이 짜고 우리 교우들을 무고하기로 작정한 듯합니다. 곧 그 외교인의 남편을 비롯해 우리 교우 네 사람을 도둑으로 몰아 가둠으로써, 피해자가 자기 동료를 고소하지 못하게 할 뿐만 아니라 도둑으로 몰린 네 사람의 가산을 마음대로 약탈할 수 있도록 선수를 친 것입니다."

빌렘 신부가 중근과 함께 청계동에 이르자 그동안 일의 진상을 알아본 안태훈이 그렇게 알려 주었다. 이에 빌렘 신부는 먼저 피해자가 사는 신천으로 달려가 군수를 만나 보고 그 일을 따졌다. 이미 빌렘 신부와 한바탕 시비를 벌인 적이 있는 신천 군수가 냉랭하게 말했다.

"그들을 잡아 오라고 한 것은 안악의 군수요, 잡아간 것도 안악의 관속들이오. 더구나 도둑의 혐의를 씌워 잡아갈 때는 까닭이 있었을 터이니, 신천 군수인 나로서는 간섭할 수 없는 일이외다."

그러고는 모든 일을 안악 군수에게 떠넘겼다. 이에 빌렘 신부는 안태훈과 교도들을 거느리고 안악으로 달려가 안악 군수를 만났다.

"양대인의 말대로라면 우리 아전들이 자기 죄를 감추기 위해 양민을 무고했다는 것이지 않소? 하나도 아니고 여럿이 공모하여 죄 없는 사람을 넷이나 가두었으니, 우리 안악 관아는 이제 쑥대밭이 나겠구려. 하지만 나는 양대인의 말을 못 믿겠소. 법에 따라 조사하고 심문한 뒤에 판결하겠소이다."

안악 군수도 신천 군수와 마찬가지로 그렇게 버텼다. 이에 싸움이 길어질 것을 예감한 빌렘 신부는 거기에 대비하기로 하고 먼저 매화동으로 돌아가 본당부터 정리했다. 마침 거기 와 있던 우도(한국식 이름은 오보록(吳保祿)) 신부에게 본당을 맡기고 자신은 신천으로 옮겨 앉아 청계동 공소를 황해도에서 두 번째의 본당으로 만들었다. 그리하여 청계동 본당은 그로부터 5년 뒤 빌렘 신부가 만신창이로 소환되어 떠날 때까지 안태훈 일가가 벌인 호민(護民) 활동의 보루가 되었다.

복사

服事

안

다

묵

아버지 안태훈이 빌렘 신부를 등에 업고 무너져 내리는 조선왕조의 반동(反動)과 힘든 싸움을 벌이고 있는 동안 중근도 느리지만 한 발 한 발 천주교의 가르침 속으로 깊이 잠겨 들어갔다. 중세 천 년 법학과 더불어 서양 천재를 양분하여 갈고닦은 가톨릭의 교의는 피로 물려받은 중근의 상무(尙武) 정신을 종교적인 경건으로 순화해 나갔으며, 격렬하고 충동적인 기질에도 신덕(信德)의 참을성과 신중함이 드리우기 시작했다.

하지만 나이 스물이 되고 머지않아 아버지가 될 중근이었으나, 그 정신은 아직 안태훈의 아들이었다. 때로는 안태훈의 장자로서 가독(家督)을 대리하고, 때로는 그 전령이 되어 사람들과의 소통과 연결을 담당하면서, 아버지의 세속적 욕망이나 권력의지의 그늘에서 온전히 벗어나기는 어려웠다. 세례를 받고 천주의 다묵(多默, 토마스)으로 다시 태어나도 몸에 밴 호족 근성이나 협객 기질을 일시에 털어 버릴 수는 없는 것과 마찬가지였다.

거기다가 그해(1898년) 봄은 인천 감옥에 갇혀 있던 김창수가 탈옥한 소식이 세례 교인 안 다묵의 심사를 한층 뒤숭숭하게 휘저어 놓았다. 국모의 원수를 갚는다고 대마도 장사꾼을 일본군 장교로 오인하여 때려죽이고 인천 감리서로 끌려간 김창수는, 몸은 비록 감옥에 갇혀 있었으나 소문으로는 벌써부터 조선 천지를 휘젓고 다녔다. 김창수는 여러 날의 재판 끝에, 사람을 죽여 강물에 던지고 그 재물을 탈취한 강도로 몰려 교수형을 받게 되었다는 소문으로 듣는 사람들을 안타깝게 하더니, 다시 대군주 폐하의 특명으로 사형이 연기되었다는 소문을 끝으로 한동안은 잠잠했다. 그러다가 그해 3월 갑자기 함께 복역하던 죄수 몇 명과 함께 탈옥해 다시 요란스러운 소문으로 청계동을 찾아들었다.

그 소문을 들은 중근은 세례 교인 안 다묵답지 않게 충격을 받았다. 청계동을 떠난 김창수가 찬탄과 감개 속의 소문으로 떠돌기 시작하면서부터 느꼈던 막연한 선망과 경쟁심이 갑작스러운 열패감(劣敗感)으로 변해 다가온 탓이었다. 자신이 아버지와 천주 야소의 뜻을 받들어 가고 있는 길은 왠지 하염없이 헤매며 겉돌고 있는 것처럼 느껴지는 한편, 김창수는 훤한 지름길로 목표를 향해 돌진하고 있는 듯 느껴졌다. 그해 4월 하순 진고개 어름에서 중근이 다시 한 번 의협(義俠) 청년의 모습을 드러낸 것도 어쩌면 그런 김창수로부터 받은 자극 때문이었을 것이다.

세례 교인 안 다묵으로 청계동에 박혀 지내던 중근은 그날 오랜만에 몇몇 벗과 더불어 서울 구경을 나왔다. 만민공동회가 열린다는 독립공원에 갔다가 종현성당에 들른 뒤 일본인들이 몰려 산다는 진고개 쪽을 살펴보러 갔을 때였다. 저만치 이제 막 들어서기 시작하는 일본인들의 상점 거리가 보이는 곳에 이르렀을 때 갑자기 중근의 등 뒤에서 서투른 조선말로 외치는 소리가 들렸다.

"서라, 이 건방진 놈. 서지 않으면 베겠다!"

중근이 무심코 돌아보니 멀지 않은 곳에서 한 일본인이 말을 타고 오는 조선인 하나를 가로막고 지른 소리였다. 일본인치고는 키가 큰 데다 굽 높은 게다짝까지 끌고 있어 제법 거구로 보였는데, 하오리 자락 사이로 비죽이 드러나는 단검 손잡이가 꽤나 위협적이었다. 고삐를 당겨 말을 세운 조선인이 겁먹은 눈길로 그 일본인을 바라보았다.

"내려. 네놈은 말을 탈 자격이 없는 놈이다."

일본인 건달이 다시 그렇게 소리치며 안장에 붙은 걸 떼어 내듯 그 조선인을 말 등에서 끌어 내렸다. 겨우 땅바닥을 두 발로 디디고 몸을 가눈 조선인이 허옇게 질린 얼굴로 그 일본인을 쳐다보며 새된 소리를 질렀다.

"이보시오. 이 무슨 무례한 짓이오?"

나중에 혼마치[本町]로 불리며 일본인의 집단 주거지가 된 진

고개 부근은 그때도 이미 많은 일본인들이 자리를 잡고 있었다. 대부분은 보잘것없는 밑천으로 가게를 연 장사꾼들이었지만, 개중에는 할 일 없이 장바닥을 어슬렁거리며 조선 낭인 흉내를 내는 건달패도 있었다. 그들은 스스로 지사(志士)를 자처하며 일본의 머지않은 조선 침략에 유용한 정보를 수집하였는데, 그 정보 가운데는 민기(民氣)를 떠본다 하여 일본의 침략에 대한 조선 백성들의 반응을 살펴보는 것도 있었다. 그 조선인은 재수 없게도 거기에 걸려든 듯했다.

"네놈이 감히 말을 타고 남의 동네를 짓밟다니 용서할 수 없다."

일본 건달이 금세 칼이라도 빼들 듯한 기세로 그렇게 으르렁거리더니 갑자기 조선인에게서 말고삐를 잡아채려 했다. 그러나 허약해 뵈는 조선인도 그것만은 쉽게 내놓으려 하지 않았다. 두 손으로 매달리듯 하며 새된 목소리를 한층 높였다.

"나는 원래 나 있는 길을 지나간 것뿐이오. 남의 동네를 짓밟은 게 아니오!"

하지만 이미 먹은 마음이 있는지 그 일본인은 막무가내였다.

"이 말은 내가 몰수한다. 고삐를 놓지 않으면 그 손목을 베겠다!"

그러고는 정말로 단검 자루에 한 손을 얹었다. 조선인이 이제는 시퍼렇게 질린 얼굴로 사방을 돌아보며 애처롭게 소리쳤다.

"여러분, 이 왜놈 왈패가 내 말을 뺏으려고 수작을 부리고 있소.

나를 좀 도와주시오. 이자를 좀 말려 주시오!"

그때 마침 부근을 지나다가 그 시비를 구경하고 있던 조선 사람은 중근 말고도 여남은 사람이 더 있었다. 그러나 어찌 된 셈인지 누구도 선뜻 나서 말려 주려는 사람이 없었다. 저마다 찔끔하며 얼어붙은 듯 바라보고만 있거나, 무연한 얼굴로 돌아서 가던 길을 갈 뿐이었다. 조선인은 일본인에게 어떤 일을 당해도 참아 줄 것이라는 믿음을 가져도 좋을 만큼 무기력한 반응이었다.

그때 중근이 뛰쳐나갔다. 그들에게 달려간 중근은 왼손으로 그 일본인의 목을 틀어쥐며 오른손으로는 품 안에 숨겨 두었던 권총을 꺼내 들었다. 갑오년 동학군 토벌 때 아버지 안태훈에게서 받은 뒤로 멀리 길 떠날 때면 언제나 품고 다니던 권총이었다.

"네 이놈. 섬나라에서 온 쪽발이 놈이 이 무슨 행패냐? 남의 나라에 왔으면 조용히 지내다 돌아갈 것이지, 장안 대로에서 누구에게 손찌검이며 무얼 뺏겠다는 거냐?"

그러면서 총구로 그자의 배를 찌르니 이번에는 기세등등하던 그 일본인의 얼굴이 허옇게 질렸다. 하지만 그동안 해 댄 헛소리가 있어 움켜쥐고 있던 말고삐를 얼른 놓지 못하고 머뭇거리는데 중근이 다시 꾸짖었다.

"이 오랑캐 종놈[蠻奴]아, 이래도 함부로 못된 짓을 할 테냐? 어서 말을 주인에게 돌려주어라. 그러면 너를 살려 줄 것이려니와, 아니면 이 자리에서 쏴 죽이겠다."

그때 그곳에는 일본인도 여럿 구경하고 있었으나 누구 하나 나서 말리려는 자가 없었다. 오히려 조선 사람을 잘못 건드리면 큰 낭패를 당하리라는 자각으로 가슴 섬뜩해 말없이 보고만 있었다. 일이 그렇게 되자 그 일본인도 오래 뻗대지 못했다. 말고삐를 놓아 주고 오히려 중근에게 잘못을 빈 뒤 슬그머니 꽁무니를 뺐다. 그러자 그 광경을 보고 있던 조선 사람들이 모두 기뻐하면서 중근의 이름을 물으려고 다투어 모여들었다. 하지만 그들에게서 놓여나면서 서울 바람 쐬기를 마친 중근은 다시 신덕을 한창 쌓아 가는 천주교인 안 다묵으로 돌아갔다.

며칠 뒤 중근이 청계동으로 돌아가니 보름 전에 본당을 그리로 옮긴 빌렘 신부가 사람을 시켜 찾았다.

"도마, 서울에서 네가 한 일은 나도 들었다. 대낮에 서울의 큰 길을 막고 권총을 휘둘러 대다니 무슨 일이냐? 야소 기독(耶蘇基督, 예수 그리스도)의 사랑을 말하는 신도가 할 수 있는 일이냐?"

모르는 사람이 보면 언제나 뚱해 있는 것 같은 표정인 빌렘 신부가 목소리까지 엄하게 해서 물었다. 중근이 간단하게 그때 사정을 말하고 정당함을 주장했으나 빌렘 신부의 목소리는 풀어지지 않았다. 심문하듯 이것저것 캐묻다가 판결을 내리듯 말했다.

"안 도마는 당분간 복사(服事)로서 나를 따르며 삼덕(三德, 믿음·사랑·소망)을 기르도록 하시오. 칼을 잡은 자는 칼로 망할 것이니, 네 어버이를 공경하라는 계명이 중하나, 도마는 안 베드로(안태훈)의 길을 그대로 따라서는 아니 되오. 앞으로 어디든 내가 있는 곳에 함께 있어 천주님의 사랑을 세상에 펼쳐 가는 일을 도와야 할 것이오."

그 바람에 그로부터 몇 년간 중근은 복사 안 다묵으로서 빌렘 신부를 따라다니며 나날을 보내는 틈틈이 그로부터 불란서 말을 배우기 시작했다.

교안(敎案)이란 말은 원래 중국에서 기독교와 관련된 사건을 총칭하는 말로, 주로 천주교 박해를 가리키는 용어였다. 그러다가 19세기 후반에는 반(反)기독교 운동을 일컫는 말이 되어 의화단(義和團)운동과 더불어 중요한 역사적 사실로 취급되었다. 우리나라에서는 조선 말기 기독교 박해가 공식적으로는 종식된 뒤부터 신앙의 자유가 확립되는 시기로 이행되는 과정에 기독교, 특히 천주교와 연관하여 야기된 분쟁과 그에 따른 외교적 절충을 아울러 드러내는 역사 용어다.

그때 안태건과 천주교도 셋이 도둑으로 몰려 안악 관아에 간힌 일은 '안악사건'으로 불리기도 했는데, 교안으로 보면 '지방 관리와 천주교도의 분쟁' 또는 '지방관의 천주교 탄압'이라는 유형에 속한다. 안악의 관속들이 남의 아내를 꾀어 간 동료를 덮어 주려고 천주교도인 그 남편을 도적(역도)으로 몰고, 고문으로 거짓 자백을 받아 다른 천주교도 셋까지 잡아들인 일로, 차차 밝혀진 내막은 대강 이랬다.

안악군 관아에 속한 교졸(校卒) 가운데 오용학이란 자가 신천군에 사는 이준칠이란 천주교도의 아내를 꾀어 정을 통하고 지내다가, 그 일이 널리 알려져 이준칠에게 고발을 당하게 되자 못된 선수를 쳤다. 천주교도가 아닌 이준칠의 아내를 내세워 이준칠을 도적으로 본 일이 그랬다. 안악의 관속들은 그 일이 치정에 눈이 먼 간부(姦夫)와 간부(姦婦)의 무고인 줄 알면서도 한솥밥을 먹는 오용학을 덮어 주기 위해 이준칠을 잡아들이고 혹독하게 문초했다. 그러자 매를 못 이긴 이준칠이 없는 도적질을 자백하고 다른 천주교도 셋을 공범으로 끌어들였다. 그런데 그 셋 가운데 안태건이 있어 일이 커진 게 안악사건이었다.

빌렘 신부가 먼저 나서 신천 군수를 찾아보고 따졌으나 신천 군수는 모든 일을 안악 군수와 그 관속들에게로 돌리고 자신은 그저 모르쇠로만 나왔다. 이에 빌렘 신부는 안악 군수를 찾아가 옥에 갇혀 있는 신도 네 사람의 무죄를 주장하고 석방을 요구했다. 하지만 일이 그렇게 뒤집히면 교졸 오용학뿐만 아니라 자신이 부리는 관속 여럿이 다치게 되니 안악 군수도 선뜻 빌렘 신부의 말을 들어줄 수가 없었다. 법과 증거를 방패막이로 내세우고 뻗댈 수 있을 때까지 뻗대 보기로 하자 안악사건은 여러 날을 끌게 되었다.

자신에게 주어진 선교사의 치외법권적 지위만으로는 일을 해결할 수 없다고 본 빌렘 신부는 이번에도 천주교 조선 교구와 불란서 공관에 지원을 요청했다. 사건을 지방 관리의 천주교 탄압으로만 전해 들은 교구장 뮈텔 주교와 불란서 공사는 조선 외부(外部)에 엄중하게 항의했다. 이에 난처해진 외부가 공정한 처리를 지시하는 공문과 뮈텔 주교의 패지가 황해도 관찰부를 거쳐 안악 관아에 잇따라 이르렀다. 그렇게 되자 좁은 소견으로 제가 부리는 관속들이나 살려 보자고 앙버티던 안악 군수도 슬슬 뒤가 켕겨 오기 시작했다.

거기다가 그런 압박 못지않게 안악 군수를 겁주는 것은 안태훈의 무력 시위였다. 안태훈은 빌렘 신부가 안악 군수를 찾아올 때마다 빌렘 신부를 호위하는 천주교도라고 하며 백 명이 넘는 장정들을 데리고 왔는데, 그중에 태반은 갑오 의려 때부터 거느려 온 사포(私砲)라는 말이 있었다. 검은 옷에 화승총을 멘 장정이 여럿이었고, 빌렘 신부의 복사라는 안태훈의 아들 중근은 양총까지 메고 있었다.

몇 차례 안악 관아를 들락거리며 변화를 살피던 빌렘 신부는 때가 무르익었다 여겨지자 마지막 승부를 걸었다.

"좋소. 군수께서 법을 따르겠다 하시고, 또 증거를 중하게 여기신다니 말하리다. 그렇다면 우리 교도들을 고발한 관리와 문초한 관리들을 모두 불러 주시오. 그들과 얼굴을 맞대고 법과 증거를 따져 보겠소."

그렇게 몰아대자 안악 군수도 더 버틸 재간이 없었다. 곧 오용학과 그의 동료 관속들을 모두 동헌으로 불러들여 빌렘 신부와 대면시켰다. 뜻밖으로 일이 커져 그러잖아도 벌벌 떨고 있던 안악 관속들은 빌렘 신부가 엄한 심문과 함께 그동안 천주교도들을 풀어 수집한 각종 증거와 증언을 들이대자 오래 버텨 내지 못했다.

그 자리에서 그동안의 무고와 조작을 실토하고 잘못을 빌었다.

관속들이 모든 걸 자백하자 어떻게든 그들을 감싸 보려고 애쓰던 안악 군수도 마음을 바꾸었다. 관속들을 꾸짖고 그날로 안태건을 비롯하여 이준칠 등 갇혀 있던 천주교도 넷을 모두 풀어 주게 하였다. 하지만 일은 그것으로 끝나지 않았다. 신천에 있는 이준칠이 살던 마을이 당한 피해와 손실 때문이었다.

그때까지만 해도 반역에 대한 왕조적 금기가 서슬 푸르게 살아 있을 때였다. 누가 도적(역도)으로 몰리면 그가 살던 마을까지도 공공연한 약탈과 유린의 대상이 되었다. 도적질한 행적을 밝힌다면서 교졸들이 그 마을로 몰려가 함부로 돈과 재물을 빼앗고 가축을 잡아갔다. 이준칠의 경우도 마찬가지로, 그가 살던 마을은 여죄를 조사하고 증거를 보강한다는 구실로 몇 차례나 털려 황폐해져 있었다.

빌렘 신부는 우선 그 마을에서 약탈당한 재물을 조사하게 한 뒤 안악 군수에게 글을 보냈다. 약탈당한 재물의 품목을 길게 적은 뒤 우선 그것부터 변상해 달라는 요구를 곁들였다.

빌렘 신부의 글을 받아 본 안악 군수는 거기 곁들여진 물목(物目)을 보고 놀랐다. 그걸 모두 변상해 주려면 한 재산을 내놓아도 모자랄 판이었다. 거기다가 빌렘 신부는 만약 그것들을 변상하지 않으면 관찰부를 거쳐 조정에 변상을 요청할 뿐만 아니라, 다시 천주교 조선 교구와 불란서 공사에게 알려 조선 외부(外部)에도 정식으로 변상을 청구하겠다고 으름장을 놓고 있었다.

안악 군수는 빌렘 신부의 으름장이 두려웠으나 당장 아까운 것
은 재물이었다. 이래저래 밤잠 설쳐 가며 망설이는 동안에 빌렘 신
부는 부근의 공소로 옮겨 앉아 기다렸다. 며칠 뒤 갑자기 마음이
급해진 안악 군수는 시중꾼 하나만 딸린 채 빌렘 신부가 머물고
있는 신천의 공소로 말을 몰아 왔다. 그리고 빌렘 신부를 만나자
마자 화의(和議)를 요청했다. 빌렘 신부가 느긋한 얼굴로 받았다.

"군수께서 진정으로 잘못을 깨닫고 그 마을 사람들에게 변상
해 주신다면 화의하지 못할 것도 없지요."

"얼마나 물어 드리면 되겠소?"

혼자 마음이 급해진 안악 군수가 앞뒤 자르고 바로 물었다. 그
런데 빌렘 신부의 대답이 뜻밖이었다.

"군수님과 이 일에 관련된 안악 관속들의 한 달 치 봉록이면
됩니다."

그 말에 안악 군수는 가슴에 얹혀 있던 천 근 바윗덩어리가 거
두어진 느낌이었다. 걱정했던 것보다 너무 적은 변상에 오히려 고
마워하며 선선히 그 액수를 물어 주었다. 빌렘 신부도 만족한 표
정으로 그 돈을 받아 공소에 나온 그 마을 사람들에게 나누어 주
었다. 그도 그럴 것이, 빌렘 신부가 원했던 것은 돈이 아니라 작은
권력에 의지해 백성들을 탐학(貪虐)하는 관리로부터 굴복을 받아
내는 일이었다.

빌렘 신부가 신천 군수와 해주 관찰부에 이어 안악 군수까지
꺾자 그와 천주교를 바라보는 황해도 사람들의 눈길은 크게 달라

졌다. 그들은 자기들이 그토록 두려워하던 조정에서 내려보낸 관리들과 곁에서 괴롭히고 쥐어짜던 향리들을 한꺼번에 휘어잡는 빌렘 신부의 힘이 천주교에서 나왔음을 알고 자신들도 그 힘에 의탁해 보고자 했다. 뒷날 중근은 그때의 민심을 이렇게 회상했다.

그 당시 각 지방의 관리들은 함부로 학정을 일삼아 백성들의 기름기와 피를 빨아먹으니, 관리와 백성들은 서로 원수처럼 보고 도둑처럼 대했다. 그러나 천주교인들은 그런 관리들의 포악한 명령에 항거하여 그들의 토색질을 받지 않으니, 관리들은 교인들을 미워하기를 마치 외적을 대하듯 하였다.

그럴 때 보여 준 빌렘 신부의 대담성과 위력은 그 뒤에 있는 안태훈의 위세와 명망이 어우러져 황해도 사람들에게 갑작스러운 천주교 입교(入敎)의 열풍을 일으켰다.

어떤 기록은 중근의 아버지 안태훈과 빌렘 신부가 이끌던 청계동 본당의 교세 확장 과정을 구체적인 수치로 전해 주고 있다. 곧 빌렘 신부가 세례를 주기 시작한 첫해에는 2백 60명이 세례를 받았고, 이듬해에는 3백 65명, 그다음 해에는 5백 명이 넘었으며, 4년째는 세례 받은 이가 7백 15명에 교리문답을 배운 예비신자가 1천 5백 명이나 되었다고 한다. 인구 1천 5백만도 안 되던 당시의 조선 인구에 황해도 신천군 하고도 두라방이라고 하는 오늘날의 면(面) 단위 행정구역의 청계동이라는 산골 동네에 세워진

성당임을 감안하면 그 무렵 그 지역의 입교 열기가 어느 정도였는지 짐작할 만하다.

하지만 그런 열기가 순수하게 종교적 동기에서만 일어나지 않은 것은 청계동 본당을 연 안태훈 일가뿐만이 아니었다. 동학군이 패퇴하자 의지가지없게 된 농민들이 새로운 천주교의 위세에 보호를 받고자 몰려들기도 하고, 세력 있는 흐름을 타고 불안한 변화의 시기를 건너려는 기회주의적 민인(民人)들이 떼를 지어 몰려들기도 하였다. 빌렘 신부로서는 경계하며 맞지 않을 수 없는 입교자들이었는데, 한번은 이런 일도 있었다.

어느 날 화승총을 메고 화약통을 걸친 2백여 명의 포수들이 떼지어 청계동으로 몰려와 빌렘 신부에게 세례를 받기 원하였다. 안태훈 밑에 포군으로 들어 천주교에 먼저 입교한 동료 포수들을 앞세워 되도록이면 빨리 세례를 받겠다고 졸랐다. 안태훈 형제도 빌렘 신부가 그들 모두에게 얼른 세례를 주어 그들을 자신들의 세력으로 거둬들이기를 은근히 바라는 눈치였다.

그러나 빌렘 신부는 여느 때와 다름없이 그들을 하나하나 불러 찰고와 함께 그들의 입교 동기를 알아보았다. 짐작대로 그들은 천주교에 대한 아무런 지식도 없었고, 세례를 받을 마음가짐도 되어 있지 않았다. 천주교에 입교함으로써 천주의 신통력으로 전보다 사냥이 잘되고, 양대인들의 위세에 의지해 불법적인 사냥이나 이따금씩 저지르는 약탈 행각이 처벌당하지 않게 되기를 바랄 따름이었다. 빌렘 신부가 그들을 보고 말했다.

"여러분이 이렇게 함께 모여든 것을 보니 기쁘기 짝이 없습니다. 저희 사제들은 되도록이면 많은 사람들과 만나기를 좋아합니다. 하지만 여러분을 한 사람, 한 사람 만나 보고 나서는 걱정이 앞섭니다. 여러분 가운데 많은 사람이 무언가 부당한 희망을 품고 있는 듯 여겨지기 때문입니다. 여러분 가운데 우리 교회에 대해 진실한 믿음을 갖지 않았거나 선량한 생활을 하고자 하는 마음이 없는 사람은 신자가 되려는 생각을 버리십시오."

그러자 포수들은 험악한 표정으로 반항적인 기분을 드러냈다. 그러나 빌렘 신부는 흔들림 없는 목소리로 말을 이었다.

"그러나 진심으로 천주교 교리를 배우기 원하고, 자신의 지난 잘못을 회개하며 성실하게 살기를 원하는 이가 있다면, 기꺼이 받아들여 교리를 가르치겠습니다. 하지만 그때도 한 가지 부탁이 있습니다. 누구든지 천주교의 교리를 알고자 하거든 먼저 총부터 거두십시오. 나는 여러분의 총신(銃身)에 축복을 내리려고 온 것이 아닙니다. 총과 함께 오는 이에게는 결코 세례를 줄 수 없다는 것을 이 자리에서 분명하게 밝혀 둡니다."

그러자 실망한 포수들은 씁쓸한 표정으로 청계동을 떠났다. 안태훈은 적이 아쉬워하며 그들을 보냈지만, 빌렘 신부는 단호하게 그들과 작별하였다. 대신 진정성이 있는 입교 희망자들에게는 전보다 몇 곱절이나 뜨거운 열기로 다가들었다. 쉼 없는 전교 여행이 그것이었는데, 그때는 중근이 복사로 빌렘 신부를 따라갔다.

그 무렵 중근의 신심(信心)도 빌렘 신부의 불같은 전교열(傳敎熱)을 진심으로 받들고 도울 만큼 자라 있었다. 스무 살 때부터 중근은 언제든 빌렘 신부의 부름만 있으면 복사 안 다묵으로 그를 따라 황해도 일대를 돌아다니며 천주의 복음을 전파하였다. 그때 입교를 권하는 설교는 대개 빌렘 신부가 맡아 했지만, 어떤 때는 복사 안 다묵이 대신 나서서 사람들에게 입교를 권할 때도 있었다.

중근은 자신이 그때 한 설교를 뒷날 죽음을 앞두고 쓴 자서전 가운데 길게 인용했는데, 그 시작은 이랬다.

형제들이여, 할 말이 있으니 내 말을 꼭 들어 주시오. 만일 어떤 사람이 혼자서만 맛있는 음식을 먹고 그것을 가족에게 나눠 주지 않는다거나 또 혼자만의 용한 재주를 간직하고서 이웃에게 가르쳐 주지 않는다면 과연 그게 동포의 정리라 할 수 있겠소? 지금 내게 별미가 있고 기이한 재주가 있는데, 그 음식은 한 번 먹기만 하면 장생불사(長生不死)하는 것이요, 또 그 재주는 한 번 통하기만 하면 하늘로 날아갈 수 있소. 이제 그걸 가르쳐 드리려 하니 여러 동포들은 귀를 기울이고 들으시오…….

그렇게 시작된 중근의 설교는 주로 정하상의 『상재상서』와 정약종의 『주교요지』에서 펼치는 교리에 따르고 있었다. 삼혼설(三魂說)에 기초한 영혼론, 대군대부설(大君大父設)에 따른 충효론에 이어 천주의 존재 증명과 천당지옥론이 펼쳐지는데, 한결같이 정약종, 정하상 부자의 그늘이 짙게 드리워져 있다.

만일 사람이 천주님의 천당과 지옥을 보지 못했다고 해서 그것이 있는 것을 믿지 못한다고 하면, 그것은 마치 유복자가 아버지를 보지 못했다고 해서 자신에게 아버지가 있음을 믿지 않는 것과 같소. 또 소경이 하늘의 해를 못 보았다고 해서 하늘에 해가 있음을 안 믿는 것과 무엇이 다르겠소? 화려한 집을 보고서도 그 집을 짓는 걸 보지 못했다고 해서 그 집을 지은 목수가 있다는 것을 안 믿는다면 어찌 웃음거리가 되지 않겠소? 이제 저 하늘과 땅과 해와 달과 별들의 넓고 큰 것과 날고 닫는 동물과 뿌리박혀 땅을 덮고 있는 갖가지 식물들처럼 기기묘묘한 만물이 어찌 지은 이 없이 절로 생성될 수 있을 것이오?

그러다가 어떤 때는 아주 젊어서부터 그 싹을 보이는 중근의 허무주의적 세계 해석도 곁들여져 있다.

아, 사람의 목숨은 많이 가야 백 년도 넘지 못하는 것이요, 또 어진 사람이나 어리석은 사람이나, 그 귀하고 천하고를 물을 것 없이 누구나 알몸으로 이 세상에 태어났다가 알몸으로 저세상에 돌아가는 것이니, 이것이 이른바 빈손으로 왔다가 빈손으로 돌아간다는 것이외다. 세상일이란 게 이같이 헛된 것인데, 이미 그런 줄 알면서도 왜 허욕의 구렁텅이에서 허우적거리며 악한 짓을 하고도 깨우치지 못하는 것이오…….

비록 복사 안 다묵으로 따라나선 전교 길이었지만 그때 그의
나이 겨우 스물 남짓이었음을 돌이켜보면 왠지 애처로운 느낌까
지 든다. 하지만 설교의 마지막은 야소 기독(예수 그리스도)의 생애
를 조리 있게 정리하고, 가톨릭과 교황청의 정통성을 옹호하는 것
으로 끝을 맺고 있다. 뒷날의 기록이라 가감된 부분이 있을 테지
만, 일찍부터 확립된 중근의 신앙을 보여 주는 데는 별로 모자람
이 없을 것이다.

중근이 빌렘 신부의 복사로서 황해도 일대를 돌아다니며 전교
에 열중한 동안도 세상은 숨 가쁜 변화를 거듭하였다. 그중에도
그 무렵의 조선 사회를 뿌리부터 뒤흔든 것은 독립협회의 활동이
었는데, 창립 2주년이 지난 그때는 대한제국의 황제조차도 함부
로 억누를 수 없을 만큼 큰 영향력을 휘두르고 있었다. 예를 들
면, 그해 10월에는 독립협회의 항의로 법부대신 신기선이 해임되
었고, 뒤이어 그 요구에 따라 내각이 개편되었으며, 다시 황실의
주요 재원(財源)인 무명잡세(無名雜稅)를 폐지함과 아울러 내정 개
혁까지 약속해야 했다.
그러다 보니 1898년 여름이 지나면서 독립협회의 지방 지회(支
會)들이 여기저기서 설립되었다. 먼저 충청도 공주와 평안도 평양
에서 지회가 생기고, 이어 대구·강계·북청·목포 같은 곳에서도

지회가 결성되었다. 황해도라 해서 예외가 아니었다. 봉산·재령이 지회를 신청하고 해주·황주에서도 지회 설립의 움직임이 있었다.

하지만 중근의 아버지 안태훈의 압력으로 결국 독립협회의 황해도 지회는 설립되지 못했다. 안태훈은 지역 관원들과 토호 세력들을 근왕(勤王)의 대의로 들쑤셔 독립협회 지회가 설치되는 것을 방해하게 하였을 뿐만 아니라, 사병(私兵)처럼 부릴 수 있는 청계동 인근의 천주교도들과 포군들을 보내 무력으로 위협하기도 마다하지 않았다. 그리고 안태훈이 무력을 동원할 때면 중근은 잠시 복사 안 다묵에서 벗어나 아버지의 충실한 손발이자 선봉이 되었다.

안태훈이 독립협회의 황해도 지회 설립을 방해한 것은 궁극적으로 입헌군주제를 지향하는 그 본부의 정치 노선 때문이었다. 아직도 동도서기론(東道西器論)적 개화파의 사고를 벗어나지 못한 안태훈에게는 독립협회의 활동이 급진적이고 과격해 불온하게 보이기까지 했다. 그리고 안태훈의 그런 사상적 한계는 중근에게도 적용되어 그때까지도 중근은 서울을 중심으로 벌어지고 있는 변혁의 흐름에서 한 걸음 벗어나 있었다.

그러는 사이에 대한제국의 신참구본(新參舊本, 새로운 것을 참고하고 옛것을 본보기로 함)을 내세운 광무개혁(光武改革)이 있었고, 절대군주권의 강화를 위한 병제(兵制) 개편이 잇따랐다. 그리고 만민공동회와 황국협회의 충돌을 구실로 독립협회를 해산했다가, 만민공동회의 요구에 따라 독립협회의 부설(復設)이 허용되는 우

여곡절을 겪었다. 하지만 서울과 조정의 그런 혼란은 빌렘 신부와 안태훈에게는 각기 추구하는 바를 성취하고 획득할 좋은 기회가 되었다.

빌렘 신부는 급속히 불어나는 교세에 따라 황해도 여러 곳에 본당을 열고, 여덟 명의 신부들을 불러들여 황해도를 조선에서 가장 전교가 활발한 교구로 이끌어 갔다. 빌렘 신부 하나도 당해 내지 못하던 황해도 여러 고을의 관장(官長)들은 새로 불어난 그들 여덟 양대인들과 그들을 등에 업은 천주교 신자들로 골머리를 앓아야 했다. 나중에 이른바 '해서교안(海西敎案)'이란 이름으로 터질 심각한 외교 분쟁은 그때 이미 뿌리를 내려 가고 있었다.

그때 천주교의 세력에 기대 행패를 부리거나 사사로운 이득을 꾀하는 교인들을 특히 자세(藉勢)교인이라고 불렀다. 안태훈도 전형적인 자세교인으로서 빌렘 신부와 불란서 공관의 힘을 등에 업고 그 어느 때보다 활발한 호족 활동을 펼쳤다. 그렇게 되자 이제 청계동은 빌렘이 쌓아 올리고 있는 조선 천주교의 보루인 동시에 안태훈이 다스리는 작은 양산박이었다. 안태훈은 거기에 말기 왕조의 썩은 관리들이 자행하는 폭압과 착취로부터 벗어난 해방구를 열고, 자기 밑에 든 백성들의 호민관(護民官)을 자임하였다.

중근은 여전히 빌렘 신부의 복사로 그의 공격적인 전교 여행을 수행했지만 한편으로는 교민회 총대(總代)란 직함으로 아버지 안태훈의 호족 활동에 앞장서기도 했다. 어떤 때는 한 몸으로 그 두 가지 역할을 함께 담당했는데, 신천 금광의 감리(監理) 주가(朱哥)

와의 충돌은 그 대표적인 경우가 될 것이다.

주가는 신천에서도 금 산출량이 가장 많은 금광의 감리로서 거느린 광꾼만도 사오백 명이나 되었다. 그러나 위인이 광폭하고 존귀한 것을 두려워할 줄 몰라 까닭 없이 천주교를 비방하고 다니니, 전교에 여간 방해가 되지 않았다. 이에 중근이 청계동 본당 교인들의 대표가 되어 주가를 달래러 가게 되었다.

광산을 찾아가 처음 주가와 만났을 때만 해도, 중근은 빌렘 신부의 복사로서 천주교의 가르침 안에서 일을 해결할 작정이었다. 좋은 말로 이치를 따지며 주가의 부당함을 깨우쳐 주려 했다. 하지만 주가가 워낙 완악한 데다 중근의 나이 젊은 걸 깔보아 도무지 그 말을 귀담아들으려 하지 않았다. 몇 마디 꺼내기도 전에 언성을 높여 오히려 중근을 욕하니, 금세 자리는 험악한 싸움판으로 변해 갔다.

양쪽의 언성이 높아지고 말투가 거칠어지자, 그 소리를 듣고 광꾼들이 우르르 몰려들었다. 순식간에 사오백 명이나 몰려든 광꾼들은 감리인 주가에게 아첨을 겸하여, 시비도 가려 보지 않고 중근을 두들겨 패려 했다. 저마다 몽둥이와 돌멩이를 집어 들고 몰려오는데, 그 기세가 몹시 흉흉했다.

원래 중근은 먼 길을 나설 때면 아버지 안태훈에게서 받은 권총을 품에 지녔으나, 그날은 명색 전교와 관련된 길이라 허리춤에 숨긴 게 단검 한 자루뿐이었다. 하지만 법은 멀고 주먹은 가까우니 우선 그 단검이라도 써서 눈앞의 화를 면하는 길밖에 없었다.

광꾼들이 두 사람을 에워싸려 들자 중근은 오른손으로는 얼른 허리춤에서 단검을 뽑아 들고 왼손으로는 주가의 오른손을 잡으며 큰 소리로 꾸짖었다.

"비록 네가 백만 명을 거느렸다 해도 오늘 네 목숨은 내 손에 달렸으니 알아서 해라!"

자신이 보기에는 귀때기 새파란 야소꾼이 씨알도 먹히지 않는 수작을 부린다 싶어 얕보고 욕질하던 주가는 갑자기 목줄기에 시퍼런 칼날이 와 닿자 깜짝 놀랐다. 잡힌 손을 빼낼 생각도 못하고 떨리는 목소리로 물었다.

"어, 어떻게 하자는 거냐?"

"어서 저것들더러 물러나라 해라. 한 놈이라도 다가드는 놈이 있으면 바로 네놈의 목을 따 놓을 테다!"

그러자 주가가 몰려드는 광꾼들을 보고 소리쳤다.

"모두 손에 든 것들을 내려놓고 물러나라. 내 말을 어기는 자는 나중에 크게 경을 칠 것이다."

그 말에 광꾼들이 저마다 몽둥이와 돌을 내려놓으며 주춤주춤 물러났다. 그걸 본 중근은 오른손의 단검으로 주가의 목을 겨눈 채 왼손으로 주가의 오른손을 끌며 광산 사무소 밖으로 빠져나왔다. 광꾼들이 그런 중근을 슬금슬금 따라왔다. 중근이 그들을 보고 소리쳤다.

"따라오지 마라! 거기서 한 발자국이라도 다가드는 놈이 있으면 이 주가의 목은 없어지는 줄 알아라."

다급한 주가도 중근을 거들었다.

"물러나라고 하지 않았느냐? 내 이 사람을 산 아래까지 배웅하고 올 터이니 모두 돌아가 일이나 하여라."

그제야 광꾼들도 더는 따라오지 않았다. 광산을 빠져나온 중근은 거기서 10리나 멀어진 뒤에야 주가를 놓아주며 다시 한 번 엄중하게 꾸짖었다.

"오늘은 내가 야소 기독의 가르침을 어기고 이 단검으로 너를 벌했다만, 네가 기어이 회개하지 않으면 장차 이보다 몇만 배 무서운 하느님의 징벌이 이를 것이다. 부디 명심하고 자중하여라."

그런 중근은 종교적 경건함보다는 기지와 무력으로 위기를 벗어난 젊은 협객에 지나지 않았다. 하지만 그길로 청계동에 돌아와 빌렘 신부의 저녁 미사를 돕는 중근은 다시 신앙 깊은 복사 안 다묵으로 돌아갔다.

부패한 지방 관리들과의 싸움에서 잇따라 승리하는 한편 열정적인 전교 여행으로 크게 교세를 확장한 빌렘 신부는 청계동 본당으로 옮긴 이듬해부터 성당 뒤뜰에 넓은 정원을 가꾸기 시작했다. 구불구불한 소나무나 몇 그루 세워 두고 사이사이로 매화나 대나무를 심어 운치를 내는 조선풍의 정원이 아니라, 아름다운 꽃과 더불어 풍성한 과일도 생산해 주는 화원과 과수원이 어울린 성당 뒤뜰의 서양식 정원이었다. 빌렘 신부는 그곳에 품종이 좋은 벚나무와 매화나무를 심고 개량된 능금나무와 배나무로 작은 과수원을 일구었다. 그리고 그 한구석에는 역시 개량되어 무성한 줄기와 포도송이를 시렁에 얹은 포도원도 만들었다. 이른바 '빌렘 신부의 정원'이었다.

이 정원은 조선의 정원처럼 소박한 자연을 지향하는 것이 아니라 주인의 미학과 생산 욕구에 따라 구석구석 손질되고 간섭받는 정원이었다. 빌렘 신부는 끊임없이 심고, 캐고, 옮겨 꽃과 나무들을 자신이 원하는 곳에 자리 잡게 만들었다. 끊임없이 가지를 자르고 새순을 꺾고 잎을 따내서 자신이 원하는 모양을 만들어 내었고, 심할 때는 일껏 키운 나무를 둥치째로 잘라 버리거나 이미 아름드리로 자란 것을 커다랗게 분을 떠서 옮겨 심기도 하였다. 모두 서양식의 과수 재배법에서 나온 것이지만, 또한 주인의 엄청난 지배욕과 권력의지를 드러내는 손질이기도 하였다.

빌렘 신부는 그런 지배욕과 권력의지를 전교(傳敎)와 사목(司牧)에서도 그대로 내보였다. 천주교를 전파하는 데도 지켜 내는 데도 공격적이었으며, 신도들을 이끄는 것도 권위주의와 억압으로 일관했다. 아무리 신실한 교인이라도 교회와 권위에 저항하면 적대적인 외교도(外敎徒)를 겁주기 위해 만들어 둔 성당의 형틀에 서슴없이 매달았고, 대수롭지 않더라도 사제에게 맞서려 들면 들고 다니던 지팡이를 누구에게든 거침없이 휘둘렀다. 그런데 그것이 한창 다져지던 복사 안 다묵의 신심과 충돌했다.

복사로서 몇 년 그 곁을 지킨 중근은 누구보다도 빌렘 신부의 권위적이고 억압적인 행태를 잘 알고 있었다. 아버지 안태훈에게서도 그 비슷한 것을 보아 와서인지, 처음 한동안 중근은 그런 행태를 자부심과 확신감에 찬 정신의 특성으로 여겨, 빌렘 신부의 불같은 성품을 건드리지 않으려 애썼다. 온유와 겸손을 가르치는 사제로서보다는 불신(不信)의 세계를 상대로 호교(護敎)와 전교의 험난한 임무를 아울러 수행해야 하는 신앙의 투사로서 그를 이해하고, 교구의 번창과 더불어 그 독선과 폭력성이 누그러지기만을 기다렸다.

그러나 몇 해가 지나도 빌렘 신부가 교인들을 압제하는 폐단은 줄어들지 않았다. 대수롭지 않은 잘못이나 별것 아닌 말대꾸 몇 마디에도 신자들을 종이나 마소 보듯 후려치고 몰아대는 게 압제를 넘어 학대처럼 느껴지자 중근도 더는 참지 못했다. 어느 날 빌렘 신부가 또 뭔가 잘못을 저지른 교인을 때리는 걸 보고는 교인 몇을 모아 놓고 의논했다.

"거룩한 교회 안에서 어찌 이런 일이 있을 수 있겠소? 우리들이 마땅히 한성(漢城)에 가서 민 주교(뮈텔 주교)에게 청원하여 다시는 이런 일이 벌어지지 않도록 해야 할 것이오. 만약 민 주교가 우리 청원을 들어주지 않으면, 나마(羅馬, 로마) 교황께 가서 품해 올리더라도 기어이 이러한 폐단은 막도록 합시다."

그 말을 모두가 옳게 여겨 중근을 따르기로 했다. 그런데 그중에 마음 약한 교우가 하나 있어 빌렘 신부에게 그 일을 몰래 알려 주고 말았다. 다음 날 중근이 복사로서 사제관에 들어서자 성난 빌렘 신부가 중근을 꾸짖으며 들고 다니던 지팡이로 후려치기 시작했다. 그러다가 지팡이가 부러지자 마구잡이 주먹질로 중근을 무수히 때렸다.

아프고 분했으나 중근은 가만히 참았다. 빌렘은 아버지 안태훈보다 나이가 많을 뿐만 아니라, 자부심 강한 아버지도 함부로 덤비지 않는 사람이었다. 거기다가 무엇보다도 영혼을 인도하는 사제였다. 중근이 이를 악물고 그 욕스러움을 참아 내는 사이 빌렘 신부도 어느 정도 속이 풀렸는지 매질을 멈추었다. 그리고 획 돌아서 사라지더니 며칠 후 전에 없이 부끄러운 기색까지 보이며 타일렀다.

"내가 잠시 성을 낸 것은 육정(肉情)으로 한 짓이라 회개할 것이니, 우리 서로 용서하는 것이 어떤가?"

이에 중근도 감사하고 화해하였으나 그때 경험한 서양 선교사의 제국주의적 독선과 폭력성은 마음 깊이 상처가 되어 남았다. 그러다가 얼마 뒤 대학을 세우는 일로 다시 그들과 대립하게 되면서 새삼 덧나게 되었다.

황해도에서 교회가 점점 흥성해지고 신도가 수만으로 늘어 가던 어느 날 중근이 빌렘 신부에게 말했다.

"지금 조선의 교인들은 학문에 어두워서 교리를 전파하는 데 애를 먹고 있습니다. 하물며 국가 대세야 말해 무엇하겠습니까? 민 주교께 말씀드리고 서양 수사회(修士會)에서 박학한 학사 몇 사람을 불러와 대학교를 설립하면 어떻겠습니까? 나라 안의 재주가 빼어난 자제들을 거기서 교육시킨다면 수십 년이 지나지 않아 반드시 큰 효과를 볼 것입니다."

처음에는 빌렘 신부도 그 말을 옳게 여겨 중근과 함께 서울로 가서 뮈텔 주교를 만나 보기까지 했다. 그러나 두 사람의 말을 들은 뮈텔 주교는 그 자리에서 잘라 말했다.

"조선 사람들이 학문을 깊이 익히게 되면 천주의 교리를 믿는 일에 오히려 좋지 않을 것이니, 다시는 그런 의논을 꺼내지 마시오."

중근이 두 번, 세 번 간곡히 설명했으나 뮈텔 주교는 끝내 들어주지 않았다. 그리고 뮈텔 주교가 그렇게 나오자 빌렘 신부도 슬그머니 발을 뺐다. 그 바람에 어쩔 수 없이 헛걸음을 하고 고향에 돌아왔으나, 그때 중근의 가슴속에는 이미 민족주의적 자각이 일고 있었다.

"천주교의 진리는 믿을지언정 외국인의 심사는 믿을 것이 못 된다."

중근은 그렇게 맹세하고는 복사 노릇도 그만두고 배우던 불란서 말도 중도에서 그치고 말았다. 누가 불어 배우는 것까지 그만둔 까닭을 묻자 중근이 대답했다.

"일본어를 배우는 자는 일본의 종놈이 되고, 영어를 배우는 자는 영국의 종놈이 된다. 나도 불어를 배우다가는 필경 불란서 종놈을 면치 못할 것이라 그만두어 버렸다. 만일 우리 조선이 부강해져 세계에 위력을 떨친다면 세계 사람들이 조선말로 서로 소통할 것이니 아무 걱정할 것 없다."

저들을 지켜 주리라

빌렘 신부의 복사를 그만두고 온전히 안태훈의 맏아들로 돌아온 중근이 한동안 몰두한 일은 아버지의 호족 활동에 앞장서는 것이었다. 그때 안태훈은 자신이 사사로이 기른 무력과 천주교의 위세를 등에 업고 전보다 한층 강경하게 탐관오리의 폭압과 착취에 맞서고 있었다. 그리고 거듭된 승리로 백성들을 왕조 말기의 가렴주구(苛斂誅求)로부터 지켜 내면서 그들에 대한 안태훈의 영향력은 거의 지배력의 수준으로 자라 갔다.

하지만 그러다 보니 언제나 곤궁한 게 그런 사병(私兵)을 유지하고 손발이 되어 주는 백성들을 동원할 때 들어가는 재물이었다. 반(反)동학 의병을 일으킬 때는 군비란 명목으로 거두기도 하고 때로는 동학군이 비축해 둔 것을 빼앗아 쓰기도 했지만, 그때도 탁지부의 공무미와 고관들의 추수곡을 약탈했다 하여 여러 해 말썽을 겪었다. 또 조정이 농민들에게서 결전(結錢)을 이중으로 거둔 일에 개입하여, 결국 부당하게 한 번 더 낸 결전을 환급받게 하는 과정에서 부비(浮費)라는 일종의 수고비를 거두어 쓰기도 했다. 하지만 그러다가 신천 군수와 충돌하여 황해도 관찰부는 물론 의정부까지 시끄럽게 하고야 겨우 시비가 끝났다. 그러고도 사포대(私砲隊)를 유지하고 이런저런 명목으로 농군들을 동원하는 데 드는 물력(物力)이 언제나 달렸는데, 그 무렵 안태훈이 그 재원(財源)으로 삼은 것은 만인계(萬人契)를 운용하는 채표 회사(彩票會社)였다.

채표는 꿈으로 점을 쳐서 돈내기를 하는 예부터 전해져 온 일종의 도박이다. 서른여섯 가지 패 가운데 자신이나 가족들의 꿈이야기를 종합하여 가장 승산이 높다고 생각되는 패에 돈을 걸고 맞으면 서른 배의 배당을 받는 형태로, 오늘날의 복권이나 로또와 비슷한 데가 있었다. 꿈에 불난 것을 보았으면 장화관(張火官)이라는 패에 걸고, 송장을 보았으면 송정순(宋貞順), 피를 보았거나 흘렸으면 정필득(鄭必得)이라는 패에 거는 식인데, 그게 판주(販主)라는 운영자가 미리 골라 둔 패와 같으면 약속된 배당을 받게 되었다. 내기를 거는 패는 서른여섯 가지이고, 맞았을 때 배당은 서른 배밖에 되지 않아 처음부터 얼마가 손해 보고 들어가는 돈내기지만, 추수가 끝나고 동절기가 되면 동네의 남녀노소가 모두 참가하여 즐겼다고 한다. 그러나 그만큼 폐단도 많아 어느 집은 한겨울에 채표로 살림을 다 털어먹기도 하고, 어떤 곳은 봄이 되어도 채표에 몰두해 폐농(廢農)하는 집이 생겨날 지경이었다.

안태훈이 운영한 만인계는 바로 그런 채표의 원리를 변형시켜 만든 지역 복권 같은 것으로, 그 무렵 이미 그 높은 사행성 때문에 서울에서 큰 사회문제를 일으키고 있었다. 곧 1899년 여름에는 서문 밖의 만희사(萬喜社)와 양화진의 채표국(彩票局)이, 그리고 1901년에는 마포의 만인계와 남산동 만인계가 설립되어 부정한 방법으로 백성들을 등쳐 먹거나, 가난한 백성들이 일확천금을 노리며 덤볐다가 패가망신하여 거리를 떠돌게 되면서 세상을 흉흉하게 만든 일이 그랬다.

처음 대한제국 조정은 궁내부(宮內府)의 재정을 확충하고자 만인계를 허락했다가 전국 각처에서 그와 같은 폐단이 일자 이번에는 엄하게 금지하였다. 하지만 안태훈은 그런 조정의 금지를 모르는 척 신천에서 버젓이 만인계를 열고 그것을 운영하기 위해 채표 회사를 차렸다. 그리고 채표 회사 사장에는 이제 막 스물하나로 접어든 맏아들 중근을 앉혔다. 그때 중근이 맡은 채표 회사는 전통적인 채표에서 판주가 미리 적어 둔 패와 계원이 적어 낸 패를 맞춰 보는 대신, 채표기라는 추첨 기계를 돌려 며칠 만에 한 번씩 추첨하는 형식으로 당첨자를 정했다.

채표 회사의 사장을 맡은 중근은 한동안 그 말썽 많은 추첨 행사를 잘 처리해 나갔는데, 어느 날 큰일이 벌어졌다. 그날도 수만 명 계원들이 계장(契場)을 가득 메운 가운데 여느 때처럼 출표식(出票式)을 하는데, 출표기가 고장이 나서 하나만 나와야 할 표인(票印)이 대여섯 개나 한꺼번에 쏟아져 나왔다. 그러잖아도 잔뜩 의심을 품고 출표식에 나와 있던 계원들이 그걸 보고 가만히 있지 않았다.

"뭐냐? 어찌 된 거냐?"

"한 등수에 하나만 나와야 할 표인이 어째서 저렇게 많이 나오는가?"

처음 그런 웅성거림에서 시작된 소란은 곧 성난 외침으로 변했다.

"채표 회사가 야료를 부리고 있다. 지금까지의 출표는 모두 짜고 한 짓이었다."

"속았다. 저놈들이 협잡을 꾸몄다."

그러더니 시비곡직을 알아보려고도 하지 않고 난동을 부리기 시작했다. 저마다 소리소리 욕설을 퍼부으며 몽둥이와 돌멩이를 주워 들고 중근이 있는 단상으로 몰려들기 시작했다. 그때 단상에는 출표 입회와 질서유지를 위해 여러 명의 순검(巡檢)이 나와 있었으나 일이 그 지경에 이르자 아무도 막아 볼 엄두를 내지 못했다. 제 한 몸 성하게 달아나기 바쁘니 단상은 성난 군중에게 점거되고 채표 회사의 임원들도 여럿 다쳤다.

명색이 사장이라 어떻게 수습해 보려 하다가 중근만 단상 위에 남아 몰려오는 군중들에게 에워싸이게 되었다. 제풀에 흥분하여 눈이 뒤집힌 군중들이 돌을 던지고 몽둥이로 치며 중근을 덮쳐 왔다.

"모든 것은 저 사장 놈이 시킨 일이다. 사장 놈을 쳐 죽여라."

"저놈이 협잡으로 우리 돈을 도둑질해 간 놈이다. 살려 주지
마라."

그렇게 외치며 덤벼드는 기세를 보니, 그대로 있다가는 정말로
맞아 죽을 판이었다. 하지만 남들 따라 달아나려고 하니 그도 안
될 일이었다. 사장이란 자가 이대로 달아나 버린다면 절로 협잡을
인정한 꼴이 되어 채표 회사는 돌이킬 여지가 없게 될 것이요, 안
중근 개인의 명예뿐만 아니라 가문의 성세(聲勢)까지 무너질 판이
라 버텨 보기로 했다.

그때 중근의 품 안에는 얼마 전에 새로 장만한 권총 한 자루
가 있었다. 12연발의 신형 권총으로 나중에 하얼빈 역두(驛頭)에
서 사용하게 되는 것과 같은 백이의(白耳義, 벨기에)제 권총이었다.
중근이 그 권총을 빼 들고 공포 한 발을 쏘며 단상 가운데로 나
아가 소리쳤다.

"왜들 이러시오? 잠깐 내 말을 들어 보시오. 그대들은 무엇 때
문에 나를 죽이려 하오? 시비곡직도 가려 보지 않고 이렇게 소란
을 피우고 난동을 부리니 세상에 어찌 이같이 야만스러운 짓이
있을 수 있소? 그대들은 턱없이 나를 해치려 드나 나는 그대들에
게 맞아 죽어야 할 만한 죄를 지은 적이 없소. 그런데 어찌 까닭
없이 내 목숨을 버릴 수 있겠소? 나는 결코 죄 없이 죽지는 아니
할 것이오. 만일 나와 목숨을 다투어 볼 사람이 있으면 당당히 앞

으로 나서시오!"

그러자 겁을 먹은 군중들이 움찔하더니 모두 물러나 흩어지
며 더 떠드는 자가 없었다. 중근이 그걸 보고 속으로 안도의 한
숨을 내쉬었으나 아직 마음 놓기에는 일렀다. 갑자기 군중 사이에
서 한 사람이 솟아올라 빽빽이 몰린 군중의 어깨를 밟듯 하며 단
상 쪽으로 달려오는데, 그 빠르기가 나는 새와 같았다. 중근이 놀
라 바라보고 있는 사이 단상 아래에 이른 사내가 중근을 노려보
며 꾸짖었다.

"너는 사장이 되어 가지고 수만 명 계원을 불러 모아 놓고 이
무슨 짓이냐? 일을 이 지경으로 만들어 놓은 것도 모자라 이제 사
람까지 죽이려는 것이냐?"

중근이 놀란 중에도 가만히 살펴보니 나이가 자신보다 대여섯
위로 보이는 청년이었는데 신체가 건장하고 이목이 청수하며 목
소리가 우렁찬 게 한눈으로 세상에 드문 영걸임을 알아볼 만했다.
중근은 서슴없이 단 아래로 뛰어내려 그에게 허리 굽혀 예를 표한
뒤 그의 두 손을 맞잡다시피 하며 말했다.

"형씨, 형씨. 내 말을 들어 보시오. 지금 일이 이 지경에 이른
것은 결코 내가 뜻한 바 아니오. 출표하는 기계가 고장 나 그리됐
을 뿐인데, 난동 부리기 좋아하는 무리들이 공연히 소란을 일으
켜 일을 이렇게 끌고 온 것이오. 옛글에 죄 없는 사람 하나를 죽이
면 그 앙화가 천세에 이르고, 죄 없는 사람 하나를 살려 주면 그
음덕을 입은 영화가 만대에 미친다 했소. 부디 밝게 살펴 일을 바

로잡아 주시오."

달려 나온 기세가 있어서인지 중근의 간곡한 어조에도 불구하고 사내의 굳은 표정은 풀릴 줄 몰랐다. 중근이 섬뜩한 가슴을 쓸며 다시 한층 간곡하게 달랬다.

"성인이라야 성인을 알아볼 수 있고, 영웅이라야 능히 영웅과 사귈 수 있는 것이오. 보아하니 형은 영웅의 풍모와 기상을 갖추신 분이오. 감히 형과 견줄 바는 못 되나, 내게도 해서(海西)가 알아주는 별호가 있소. 갑오년 동학란 때 신천 의려의 선봉이었던 천강(天綱) 홍의장군 얘기는 형도 들으셨을 것인데, 그게 바로 여기 이 안중근이오. 지금 이 자리가 어수선하나, 그 또한 범상치 않은 인연일 듯싶으니, 우리 이로부터 백 년 교분을 맺고 함께 어지러운 세상을 헤쳐 나감이 어떠하오?"

그러자 사내도 중근의 진정을 비로소 알아들은 듯했다.

"좋소. 그리합시다."

잠시 머뭇거리는 법도 없이 그렇게 흔쾌히 말하고는 바로 군중들을 향해 돌아섰다.

"여러분. 자초지종을 들어 보니 여기 이 사장에게는 아무런 죄가 없소. 그런데도 굳이 사장을 해치려는 자가 있으면 내가 이 주먹으로 때려죽이고 말겠소!"

언제 눈을 부릅뜨고 중근에게 덤볐느냐는 듯, 그렇게 소리치고는 군중 사이로 뛰어들었다. 그가 두 손으로 사람들을 가르며 나가는 모습이 마치 큰 배가 거친 물살을 가르고 나가는 것 같았다.

사람들이 그 기세에 눌려 사태 지듯 무너지며 뒤로 쓸리더니 이내 가랑잎처럼 흩어지기 시작했다. 그 광경에 한시름 놓은 중근이 다시 사람들을 불러 모았다.

"여러분, 잠깐만 서시오. 가시더라도 내 말을 듣고 가시오!"

그리고 그 소리에 발걸음을 멈춘 군중들을 부드러운 목소리로 안심시킨 뒤에 타이르듯 말했다.

"오늘 일은 아니 있음만은 못하나, 또한 서로 그리 허물 될 것도 없소. 하필이면 이럴 때 기계에 고장이 나서 생긴 일이니, 바라건 대 우리 회사의 불찰을 너그럽게 보아 주시오. 그리고 오늘이 이 미 예정된 출표 날인만큼 이제라도 기계를 고쳐 식을 온전하게 거 행하는 게 어떻겠소?"

그런 다음 갑작스러운 변화에 어리둥절해 있는 군중들에게 한 번 더 달래듯 덧붙였다.

"오늘은 우리 모두 출표식을 온전히 거행한 뒤라야 남의 웃음 거리가 되는 걸 면할 것이오. 그러니 더는 의혹을 품지 마시고 어 서 식을 속행하여 출표를 끝내도록 합시다."

그러자 잠시 잊고 있던 군중들의 사행 심리가 다시 살아나기 시 작했다. 어쨌든 패부터 뒤집고 보자는 심사에 내몰려 손뼉을 치며 응낙하는 패거리도 있었다. 이에 중근은 달아나 숨거나 겁에 질려 떨고 있던 직원들을 찾아내 다시 출표 기계를 돌리게 했다. 다행 히도 이번에는 별 탈 없이 한 등수에 표인(票印) 하나씩만 나와 제 대로 출표식을 마칠 수 있었다.

그날 중근을 구해 준 이는 함경북도 사람 허봉(許鳳)이었다. 식이 끝난 뒤 중근은 허봉을 청해 구해 준 은혜에 감사하며 형제의 의를 맺고 크게 잔치를 열어 대접했다. 허봉은 독한 술을 백여 잔이나 마시고도 전혀 취한 빛을 드러내지 않을 만큼 술이 센 것 말고도 여러 가지 기이한 재주를 가지고 있었다. 개암나무 열매와 잣나무 열매 수십 개를 껍질째 손바닥 위에 놓고 그 위에 다른 손바닥을 얹어 비비면 마치 무거운 맷돌로 간 듯 으스러져 가루가 되었고, 두 팔로 기둥을 등져 안게 하고 밧줄로 꽁꽁 묶어 놓아도 눈 깜짝할 사이에 기둥만 남기고 묶인 채 빠져나가는 재주가 있었다. 오래 무예를 연마한 데다 차력술 같은 것을 곁들여 익힌 사람인 듯했다.

중근은 뒷날 쓴 자서전에서 허봉을 "주량은 이태백보다 낫고, 힘은 항우에 모자라지 않으며, 술법은 좌자(佐慈, 『삼국지연의』에 나오는 신비한 술사)에 비길 만하다."라며 탄복하고 있다. 그러면서 그 출표식에서 있었던 일을 호걸스러운 모험담으로 그려 놓고 있으나, 기실 그것은 아버지 안태훈으로부터 물려받은 호족 의식이 호민(護民) 정신으로 전환되는 과정에 있었던 일이라는 점에서 어떤 의미를 찾을 수 있을는지 모르겠다. 그리고 그런 변형을 거쳐 서서히 자라난 호민 정신은 천주교와 연대한 초기적 민권 의식을 거쳐 마침내는 굳건하고 투철한 민족주의로 성숙하게 된다고 볼 수도 있다.

중근이 신천에서 만인계를 운용하는 채표 회사 사장으로 출표 기계가 고장이 나서 곤욕을 치르고 있을 무렵 황해도는 이른바 '옹진사건'으로 들끓고 있었다. 옹진사건은 뒷날 해서교안(海西敎案)으로 불리게 되는 천주교와 조선 전통 사회와의 충돌 가운데 하나로, 그 전개는 '자세교인(藉勢敎人)의 횡포와 관민의 과잉 대응'이라는 유형에 속한다.

사건의 발단은 나중에 살인죄의 공범으로 밝혀진 김응호란 자가 천주교에 숨어들어 가브리엘이란 이름으로 세례를 받고, 불량한 교인 몇과 작당한 뒤 백성들의 재물을 빼앗은 일이었다. 김응호는 몇몇 못된 교인들을 이익으로 꾀어 들인 뒤, 집 안에 사사로이 형구(刑具)를 차려 놓고 양대인의 패지(牌旨)를 위조하여 일을 벌였다. 떠돌이 장사꾼들과 힘없는 농민들을 잡아들여 천주교를 비방하고 전교를 방해했다고 매질하며 돈을 빼앗았는데, 그 액수가 무려 2만 4천 냥에 이르렀다. 옹진의 관속들이 그걸 알고 그냥 있지 않았다. 옹진 군수에게 그들의 행악을 일러바치고 잡아들이려 했다.

그러자 김응호와 그 패거리가 선수를 쳤다. 다른 교인들을 시켜 옹진을 담당하는 김문옥(金文玉) 요셉 신부와 빌렘 신부를 찾아가 거꾸로 옹진 관속들의 침학(侵虐)을 일러바치게 하였다.

"옹진의 사령 한기중(韓己仲)이 본영(本營)에 사는 교우 윤 바오로에게게서 7백 냥을 빼앗아 갔고, 소강(蘇江)의 사령 한기종(韓基鍾)은 교우들의 돈을 강탈했을 뿐만 아니라, 우리 천주교를 비방하고, 천주교인들과 신부들을 모두 죽이라는 정부의 훈령이 있었다며 겁을 주고 있습니다. 신부님께서 가엾은 저희들을 구해 주십시오."

김 요셉 신부는 교인들의 말이라 철석같이 믿고, 다른 사람도 아닌 바로 그 김응호 가브리엘에게 신부의 패지와 함께 편지를 써 주며 그 일을 옹진 군수에게 고소하게 하였다. 진짜 신부의 패지를 받은 김응호가 기세 좋게 관아로 찾아가 순교(巡校)와 사령에게 내보이니, 그들도 당장은 천주교와 양대인의 위세에 눌려 겁을 먹었다. 군수에게 알리지 않고 동료를 타일러 빼앗은 돈을 물어 주도록 하겠다며 김응호 패거리를 근처의 여관에서 기다리게 했다.

그런데 그날 밤 뜻밖의 일이 터졌다. 관청의 사령과 보부상(褓負商) 10여 명이 여관으로 몰려와 돈을 돌려주기는커녕 김응호와 그 패거리 다섯을 죽도록 때리고 가진 물건을 모두 빼앗아 가 버렸다. 그때 사령들과 함께 몰려온 보부상들은 전에 김응호 패거리에게 돈을 뺏기고 분해하던 장사꾼들이었는데, 그들의 우두머리는 오세룡(吳世龍)이라는 자였다. 사령들은 그들에게서 김응호 패거리가 그동안 벌여 온 행악(行惡)을 듣자 마음 놓고 일을 벌인 것 같았다.

피투성이가 되어 달아난 김응호 패거리는 다시 그 일을 자기들이 천주교도로서 보부상을 동원한 관속들에게 핍박받은 일로만 꾸며 김 요셉 신부와 빌렘 신부에게 알렸다. 그동안 자기들이 저지른 못된 짓은 쏙 뺀 채였다. 그들의 말에 이번에도 속은 김 요셉 신부와 빌렘 신부는 옹진의 관속들에게 몹시 화를 냈다. 특히 빌렘 신부는 정색을 하고 나서서 관찰사에게 두 번이나 엄중한 편지를 냈다.

빌렘 신부의 편지를 받은 관찰사가 옹진 군수에게 훈령을 내려 그 일을 조사하게 했으나, 일은 더욱 고약하게 꼬였다. 김응호 패거리를 두들겨 팬 옹진의 관속들이 나서서 조사를 한답시고 교인들을 더욱 괴롭혔다. 견디다 못한 옹진의 교인들이 모두 집을 버리고 떠돌며 다시 두 신부에게 그 괴로움을 호소했다.

이에 김문옥 신부가 직접 나섰다. 김 신부는 공소를 닫아걸고 여러 교인들과 더불어 옹진으로 가서 군수에게 그 일을 따졌으나, 군수는 모르쇠로만 나왔다. 이에 김 신부는 교인들을 때린 보부상 우두머리 오세룡을 잡아들여 여럿이 보는 앞에서 매질하게 하고, 또 일이 그렇게 되도록 방관했다 하여 그곳 향장(鄕長)에게도 약간의 매질을 하였다. 그 위세에 눌린 옹진 군수가 김 신부에게 사죄하고 김응호 가브리엘의 일을 조사하여 바로잡겠다고 나왔으나, 거기서 일은 엉뚱하게 뒤집혔다.

옹진의 관속들이 김응호 가브리엘의 죄상을 낱낱이 파헤쳐 잡아 가두고, 그를 비호한 김문옥 신부까지 고발했다. 김응호는 천주교인이 되기 전에 다른 사람과 공모하여 사람을 죽게 한 적이 있을 뿐만 아니라, 교인이 되고 나서 저지른 죄악도 그동안 고발된 것 이상이었다. 곧 장사꾼들과 농민들에게서 돈을 빼앗은 것 외에도 빌렘 신부의 복사 최형규 시몬과 더불어 궁장토(宮庄土) 개간을 위해 파견된 궁내부 관원을 위협하여 만 냥을 빼앗은 적도 있었다.

그렇게 되자 황해도의 천주교회는 일시에 궁지로 몰리게 되었다. 김문옥 신부가 뮈텔 주교에게 글을 내어 위급을 알리고 빌렘 신부도 불란서 공관에 직접 사태의 엄중함을 알렸다. 황해도의 관찰사와 군수가 나서 천주교인들을 박해하고 신부를 잡아 가두려 한다는 보고를 받자 뮈텔 주교와 불란서 공관이 아울러 움직이기 시작했다. 그때 빌렘 신부가 다시 비상한 방법을 써서 불란서 공사 르페브르가 직접 나서 대한제국의 조정을 들쑤시게 만들었다.

빌렘 신부는 스스로 관찰사를 찾아가 김응호를 도운 죄로 갇힌 복사 최형규를 놓아주게 했다. 자신이 최형규 대신 감옥에 갇혀 있겠다는 조건이었다. 그러나 관찰사는 차마 빌렘 신부를 가두지 못하고 최형규만 놓아주었다. 그래도 빌렘 신부는 이런저런 핑계로 관찰부에 머물면서 르페브르 공사에게 자신이 해주의 감옥에 갇혔다는 전보를 치게 했다.

조선 조정이 천주교를 박해한 역사에 대해 잘 알고 있는 르페브르 공사는 또다시 자기 나라 신부가 옥에 갇혔다는 말을 듣자 몹시 놀랐다. 뮈텔 신부에게 옹진사건을 해결하는 데 적극적으로 관여하겠다는 약속을 하고 그날부터 대한제국의 법부와 외부를 가릴 것 없이 휘젓고 다녔다. 그러나 그때 이미 빌렘 신부는 관찰부를 나온 뒤였다. 빌렘 신부는 복사 최형규를 빼내고 또 불란서 공관을 자극하기 위해 자신이 감옥에 갇힌 것처럼 연출한 것이었다.

안태훈은 신도 회장인 아우 안태건과 더불어 그 모든 과정에서 빌렘 신부의 충실한 손발이 되어 주었다. 적절한 때에 포군이나 청계동의 교인들을 동원하는 일은 말할 것도 없고, 해서 지방과 서울에 있는 정치적 연줄을 빌리는 데도 힘을 아끼지 않았다. 그래서 신천의 채표 회사는 중근에게 맡겨 두고 그 무렵은 둘러보는 일조차 없었는데, 그 안태훈이 갑자기 채표 회사로 찾아왔다. 중근이 허봉을 대접해 보내고 다시 다음 출표식을 준비하고 있을 때였다.

"지난번 출표식 때 큰 소동이 있었다는 얘기를 들었다. 일이 난감하게 되었더구나."

안태훈이 중근과 마주 앉자마자 그 말부터 꺼냈다. 안태훈이 정색을 하고 한 말을 나무람으로 들은 중근이 변명처럼 받았다.

"예, 하필 그때 출표기가 고장 나는 바람에…… 하지만 잘 고쳐 일 없이 출표식을 마쳤습니다. 앞으로는 그런 일이 없을 것입니다."

그런데 안태훈의 다음 말이 너무 뜻밖이었다.

"앞일은 걱정할 거 없다. 이제 이 채표 회사는 그만 닫자."

그때로서는 엄청난 이권인 만인계였다. 그걸 운용하는 채표 회사를 그만둔다는 말을 무슨 난전 싸 말듯 여기는 안태훈의 말투에 중근이 어리둥절해 물었다.

"예? 무슨 말씀이십니까? 그만 닫자니요?"

"곰곰 헤아려 보니 우리가 너무 오래 뻗댔다. 지난 연말 신천 군수가 이 채표 회사 일로 감봉 처분을 당할 때 그만두었어야 했다."

지난해 말 신천 군수는 이미 전국에 금지한 만인계를 안태훈 일가에게 허용한 까닭에 징계를 받아 몇 달 감봉 처분을 받은 적이 있었다. 그 말을 듣자 중근도 아버지가 불쑥 꺼낸 말이 아님을 깨달았다.

"하지만 이 채표 회사는 우리 포군들을 기르고 우리를 위해 나서 줄 사람들을 돌보기 위해 반드시 지켜야 할 재원(財源) 아닙니까?"

"지난번 출표식 때의 소동을 듣고 깨달았다. 우리가 돌보아야 할 사람들은 이제 포군이나 청계동 교우들만이 아니다."

"그게 무슨 말씀이신지요?"

중근이 아버지의 뜻을 알 듯하면서도 아직 분명하지 않은 데가 있어 그렇게 물었다.

"너는 그날 거기 모인 민인(民人)들의 분노를 직접 겪고도 그걸 느끼지 못했느냐? 그동안 우리는 우리가 기르는 포군들과 우리 품에 든 사람들을 돌보기 위해 만인계로 저들을 알겨먹었다. 하지만 이제는 기껏해야 몇 백도 안 되는 사포대(私砲隊)와 앞뒤 모르고 우리를 따라 주는 농군들만으로는 헤쳐 갈 수 없는 세상이 되었다. 누구에게서 빼앗아 다른 누구를 먹이는 일만으로는 아무것도 할 수 없다. 우리 포군, 우리 사람만 안고 가는 것이 아니라 저들 모두와 하나가 되어 다가오는 시대와 맞서야 한다. 사해(四海)는 형제고 저들 모두가 동포다. 저들 모두를 우리가 지켜 주어야 하고 저들 모두와 함께 가야 한다."

안태훈은 전에 없이 길게 말했다. 아버지의 호족 의식을 비판 없이 물려받아 오랫동안 그 토호 활동(土豪活動)에 앞장서 온 중근 이었지만, 그런 아버지의 의식 변화가 전혀 낯설지는 않았다. 중근 에게도 갑오년 동학군 토벌 때 일본군에게 총살당한 동학군의 시 체를 보면서 느꼈던 어두운 감회가 아직 살아 있었다.

그런데 이제 아버지의 말을 들으니, 그날 출표식의 성난 군중 들에게서 난데없이 갑오년의 동학군이 떠오르면서 그 뒤로도 마 음 한구석에 남아 있던 물음의 답을 들은 듯한 느낌까지 받았다.

'그래, 아무도 돌봐 주지 않는 가여운 그들도 모두가 이 땅이 기 른 우리 동포다. 저들도 우리가 지켜 주어야 한다. 우리 포군, 우 리 농막, 우리 교우뿐만 아니라, 저들도 모두 우리가 안고 가야 한 다······.'

"알겠습니다. 곧 채표 회사를 정리하겠습니다."

이윽고 중근이 그렇게 아버지 안태훈의 뜻을 받아들였다. 한번 승복하면 성급하다고 할 만큼 사고의 전환이 빠르고 실천에 과감 한 중근의 개결(介潔)함과 결단력이었다.

"그럼, 여기 일이 정리되는 대로 청계동으로 돌아오너라. 네가 먼저 지켜 주어야 할 교우들이 기다리고 있다. 나는 이 길로 서울 에 올라가 봐야겠다. 옹진사건에 민 주교와 법국 공사까지 나서 외부(外部)를 압박하고 있으나, 아무래도 조정 내부의 원조도 있 어야 안팎으로 손뼉이 맞지 않겠느냐?"

안태훈이 그렇게 말하고, 갑작스레 흐뭇한 웃음기와 함께 슬며시 덧붙였다.

"청계동에 가면 듣게 되겠지만, 너도 곧 애비가 될 것 같다. 아녜스(김아려)에게 태기가 있다는구나."

중근의 나이 스물둘, 그때로 보아서는 아이를 갖기에 이른 나이가 결코 아니었다. 거기다가 결혼한 지 7년 만의 첫 임신이라 기다려 온 일이기도 했으나 그 말을 듣자 중근은 왠지 가슴 한구석이 철렁했다.

중근이 신천읍의 채표 회사를 정리하고 청계동으로 돌아간 것은 1901년 4월 하순이었다. 옹진사건이 불란서 공사관과 대한제국 외부 사이의 밀고 당기기로 넘어가서인지 청계동 본당에 돌아와 있던 빌렘 신부가 중근을 불렀다.

"안 도마가 신천읍에다 채표 회사를 차리고 젊은 나이로 사장이 되어 잘 운영하고 있다는 말은 나도 들었다. 또 그곳에서 책과 신문을 읽고 개화된 인사들과 교류하여 넓은 식견을 쌓아 가고 있다는 말도 들었다. 그런데 일전에 안 베드로(안태훈)가 말하기를 신천의 채표 회사를 닫고 도마를 청계동으로 불러들이기로 했다기에, 교회가 도마에게 새로 맡길 일이 있어 기다려 왔다."

평소의 과묵함에 어울리지 않게 빌렘 신부가 그렇게 길게 밑자리를 깔았다. 중근이 궁금해 물었다.

"새로 맡기실 일이 무엇인지요?"

"지금 우리 교구는 우리를 못마땅하게 여기는 외교인(外敎人)들과 우리 교회 때문에 백성들을 토색질하지 못하게 된 탐관오리들이 손을 잡고 들고일어나 사방이 벌집을 쑤셔 놓은 듯하다. 그들과 맞서는 일 가운데서도 교우들을 불러 모으고 앞장서는 일은 가밀로(안태건)가 나서고, 포군의 무력을 동원하거나 사방의 유력자들에게서 조력을 구하는 일은 베드로가 맡아 오고 있다. 하지만 서울의 검찰소(檢察所)에 가서 교회나 교우들이 관련된 송사를 맡아 돌보아 줄 사람이 없다. 도마가 그 일을 맡아 줄 수 없겠는가? 그동안 기른 식견에다 법률적인 지식을 힘써 닦으면 도마만큼 그 일을 잘 해낼 교우도 없을 것 같다."

"송사라면 어떤 것입니까?"

"이경주(李景周)란 교우의 일이다. 힘 있는 군대 장교에게 재산과 아내를 뺏기고 여러 해째 육군 법원에서 소송을 벌였으나 아직도 뺏긴 것을 찾지 못하고 있다. 또 하나는 전에 참판을 지낸 김중환(金重煥)이란 고관이 교우들이 많이 있는 옹진 군민들의 돈 5천 냥을 빼앗아 간 일인데, 반환을 요청해 보고 끝내 듣지 않으면 그 또한 법부에 호소할 수밖에 없다. 이 두 가지 일 모두 자세한 내막은 이따가 신도 대표 회의에서 알아볼 수 있을 것이다. 어떤가? 교우들이 너를 대표로 세우고 그 일을 해결해 달라고 하면 한번 나서 보겠는가?"

거기까지 듣자 중근이 의분으로 달아오른 얼굴로 받았다.

"신부님 말씀대로라면 그 두 가지 일은 반드시 바로잡아야지요. 교우들이 저를 대표로 뽑아 맡긴다면 한번 해 보겠습니다."

그러자 빌렘 신부는 사람을 보내 교인들을 모으게 하는 한편 미리 청계 본당에 와 있던 두 사람을 불러내 중근을 만나 보게 하였다.

"여기 이 두 사람은 옹진 본당에서 대표로 뽑혀 온 이들인데 두 사건의 자세한 내막을 알고 있다. 교우들이 모이기 전에 먼저 이들의 얘기부터 들어 놓는 게 좋겠다."

빌렘 신부가 그렇게 말하자 두 사람이 준비하고 있었다는 듯 그 두 사건을 앞뒤 내막까지 파헤쳐 가며 중근에게 자세히 들려주었다.

지금은 서울에 사는 전(前) 참판 김중환은 황해도에 전지(田地)가 많았는데, 그중 옛적에는 경지였으나 어떤 일로 묵어 산야로 돌아간 땅도 많았다. 대한제국의 세제 개혁과 더불어 그런 땅들이 다시 개간되기 시작하자, 김중환도 옹진 고을에 있는 임야 수십만 평을 인근 마을 사람들이 사서 개간할 수 있게 헐값으로 내놓았다. 교우들이 많이 사는 빈한한 산골 마을이었다.

워낙 헐값이라 마을 사람들이 빚까지 얻어 가며 김중환이 달라고 하는 만 냥을 만들어 냈다. 그러나 돈을 치르고 개간을 시작하려고 보니, 경지로 바꿀 수 있는 옛날의 전답 자리는 김중환의 임야가 아니고, 작인이 달아나 묵어 버리게 된 군역전(軍役田) 터였다. 이에 마을 사람들이 그 매매를 대행한 김중환의 마름을 찾아가 따지자 김중환은 겨우 절반인 5천 냥만 되돌려 주고는 입을 씻어 버렸다.

교우인 이경주가 당한 일은 훨씬 지독했다. 이경주는 평안도 영유군(永柔郡) 사람으로 원래는 한의였으나 종두의(種痘醫) 양성소에서 단기 교육을 받고 종두의를 겸하게 된 의사였다. 황해도 해주부에 옮겨 살면서 장사로 큰 돈을 번 천민 유수길(柳秀吉)의 딸과 결혼하여 아이까지 낳고 살았다. 유수길이 그런 사위를 사랑하여 많은 재물과 전답을 나눠 주니, 한동안 이경주 내외는 세상에 더 부러울 것이 없는 사람들로 행복하게 지냈다.

그런데 이경주가 의사 일로 한동안 서울에 가 있는 사이에 고약한 일이 벌어졌다. 해주부 지방대(地方隊) 병영의 위관(尉官) 한원교(韓元校)란 자가 이경주의 아내를 꾀어 간통하고, 이경주의 장인인 유수길을 위협하여 그 집과 재산을 모두 빼앗아 버린 일이었다. 거기다가 한원교는 빼앗은 유수길의 집을 차지하고 이경주의 아내와 보란 듯이 살았다. 사특한 꾀와 장교의 위세를 앞세워 여자를 꾀고, 제 밑의 병졸들을 풀어 힘으로 그 아비를 억누르면서 저지른 짓이었다.

서울에서 소문을 들은 이경주가 놀라서 급히 해주로 돌아왔지만 때는 이미 늦어 있었다. 살던 집으로 달려가 보니 아내는 벌써 한원교와 함께 친정으로 돌아가고 없었다. 성난 이경주가 다시 처가로 달려가 보았다. 하지만 더욱 끔찍한 일만 당하고 말았다. 한원교가 병졸들을 시켜 이경주를 죽도록 때리고 내쫓으니, 그 머리가 깨지고 온몸이 피투성이가 되어 차마 눈 뜨고 보기조차 어려울 지경이었다.

이경주가 원래 한미한 출신이요, 멀리 타향에 외롭게 떨어져 사
는 처지라 힘으로는 한원교를 어찌해 볼 수가 없었다. 겨우 달아
나 한원교의 손아귀를 벗어난 뒤에 곧 서울로 올라가 육군 법원
에 한원교를 고소하였다. 그러나 이번에도 결과는 신통치 못했다.
한원교가 유수길을 위협해 크게 한몫 잡은 재산이 무슨 요사를
부렸는지, 재판을 일고여덟 번이나 받았으나 겨우 한원교의 위관
계급만 떼었을 뿐, 아내와 재산은 되찾을 수가 없었다. 한원교는
빼앗은 유수길과 이경주의 재산을 팔아 치운 뒤에 이경주의 아내
와 서울로 옮겨 가 살았다.

그와 같이 자세한 내막을 듣자 중근은 의분으로 몸을 떨었다.
본당으로 모인 교인들이 두 번, 세 번 권할 것도 없이 총대(總代)직
을 받아들이고, 김중환과 한원교를 응징하는 일에 가진 힘을 다
하리라 다짐하였다. 그리고 다음 날로 옹진에서 온 총대 둘과 서
울로 달려갔다.

서울로 올라간 중근은 먼저 교동에 있는 김중환의 집으로 찾
아갔다. 청지기를 불러 명첩을 내밀고 당당하게 사랑방으로 안내
되어 들어가 보니 방 안에는 한눈에도 귀한 손님들이 가득했다.
주객이 서로 인사하고 성명을 통한 뒤에 자리를 잡고 앉자 김중
환이 먼저 물었다.

"그래, 무슨 일로 나를 찾아왔는가?"

"저는 본시 시골에 사는 어리석은 백성이라 세상의 규칙이나 법률을 잘 모르는 까닭에 대감께 여쭤 볼 일이 있어 왔습니다."

중근이 시치미를 떼고 느긋한 목소리로 그렇게 말했다. 아무것도 모르는 김중환이 다시 물었다.

"그렇다면 무슨 일을 물으러 왔는가?"

"만일 한성에 사시는 높으신 대감님이 시골의 어리석은 백성들로부터 재물 몇천 냥을 속여 빼앗고 돌려주지 않는다면 그것은 무슨 법률로 다스려야겠습니까?"

그러자 김중환도 비로소 중근이 무슨 말을 하려고 찾아왔는지 짐작한 듯했다. 한참이나 말없이 중근을 살피다가 할 수 없다는 듯 받았다.

"그것은 아마도 나와 관련 있는 일인 듯하네만……."

"그렇습니다. 대감께서는 무슨 일로 옹진 산골 백성들의 재산 5천 냥을 속여 빼앗고는 갚지 않는 것입니까?"

중근이 머뭇거림 없이 바로 그렇게 묻자 김중환의 얼굴에는 민망해하는 기색이 역력했다. 억지로 소리를 가다듬어 우물거리듯 말했다.

"갚지 않으려는 것이 아니네. 다만 당장은 가진 것이 없어 뒷날 힘이 되는 대로 갚을 작정일세."

"그 말씀은 믿을 수가 없습니다. 이처럼 크고 좋은 집에 온갖 것 갖추고 넉넉히 사시면서 5천 냥이 없다고 한다면 어느 누가 믿겠습니까?"

중근이 그렇게 받자 김중환이 한층 민망스러워하며 얼른 말을 받지 못했다. 그때 손님으로 와 있던 관리 차림의 사내 하나가 큰 소리로 중근을 나무랐다.

"김 참판께서는 연세 높은 대감이신데, 그대는 나이 적은 시골 백성이라면서 어찌 이리 무례한가? 어디서 감히 이처럼 불공한 말을 하는가?"

"공은 누구시오?"

중근이 갑자기 끼어든 그 관원에게 웃으며 물었다.

"나는 정명섭(鄭明燮)이라 하네. 한성부 재판소에 몸담고 있네."

그 관원이 몇 살 위인 나이를 앞세워 대뜸 하게를 하며 말을 받았다. 스스로 한성부 재판소에 몸담고 있다고 내세우는 데다 풍모나 차림도 허술하지 않아 은근히 사람을 위압하는 데가 있었으나 중근은 조금도 기죽지 않았다. 오히려 말귀 못 알아듣는 동배 나무라듯 말했다.

"보아하니 미관말직은 면한 듯한데, 공은 옛글을 읽어 보지도 못했소? 예로부터 지금까지 어진 임금과 훌륭한 재상은 백성을 하늘처럼 알았고, 어두운 임금과 탐욕스러운 관리는 백성을 밥으로 여겼소. 무릇 백성이 부유하면 나라가 부유하고 백성이 허약하면 나라도 허약해지는 법이오. 그런데 이처럼 어지러운 시대에 공들은 나라를 보필하는 신하로서 임금님의 거룩한 뜻을 받들지 못하고 이같이 백성들을 학대하니 어찌 나라의 앞길이 통탄스럽지 아니하겠소? 더구나 지금 이 방은 재판소가 아니니, 공이 함부로 나설 자리가 아니오. 그러하되 공이 만일 참판 대감을 대신해 5천 냥을 돌려줄 의무를 지겠다면 길게 얘기해 볼 수도 있소."

그러자 정명섭이라는 관원이 발끈했다.

"아니, 이 사람이 그래도…… 존귀(尊貴)를 알아보지 못하니 상종하지 못할 사람일세."

중근을 흘겨보며 그렇게 말하고 혀까지 찼으나, 달리 더 대꾸하지 못하고 입을 다물었다. 그때 김중환이 다시 민망해하는 얼굴로 두 사람을 돌아보며 말했다.

"두 사람이 서로 힐난할 것은 없네. 내가 며칠 안으로 5천 냥을 돌려줄 것이니, 자네들도 그만하게."

그 목소리가 자못 간곡한 게 임시변통으로 해 보는 소리 같지는 않았다. 그것도 서너 번이나 되풀이 약조하는 것이라 중근도 더는 김중환을 몰아대지 못하고 물러나지 않을 수 없었다.

"대감께서는 약조를 어기셔서는 아니 됩니다. 저는 이만 돌아가 옹진 군민들과 함께 목을 빼고 하회를 기다리겠습니다."

그리고 거처로 돌아오니 이경주가 와서 기다리고 있었다.

"한원교가 사는 곳을 알아냈습니다. 허나 한원교는 전에 위관을 지냈고 재력까지 갖춰 그냥 고소하는 것만으로는 아무 일도 안 됩니다. 법관이 부르면 무슨 핑계를 대든지 도망쳐 나타나지 않으므로 도무지 재판에 부칠 수가 없기 때문입니다. 따라서 우리가 먼저 한가 놈과 계집을 잡은 뒤에 법정으로 끌고 가 공판을 받도록 합시다."

이경주는 한원교와 변심한 아내가 함께 사는 집 주소를 알아냈을 뿐만 아니라, 어떻게 그들을 다뤄야 할지까지 궁리해 중근에게 말했다. 중근도 들어 보니 그렇게 하는 게 좋을 듯했다.

"그럼 저와 함께 동지 몇을 구해 그 독한 간부(姦夫)와 간부(姦婦)를 잡고 봅시다. 그런 다음 그것들을 묶어 재판소로 끌고 가면 될 것이오."

그러고는 이경주와 힘깨나 쓰는 교우 몇을 데리고 한원교의 집을 덮쳤으나, 눈치 빠른 한원교는 그새 낌새를 알아차렸는지 달아나고 없었다. 성난 이경주가 혼자 집을 지키는 한원교의 늙은 어미를 잡고 그 간 곳을 다그쳐 묻다가 꼬투리 잡힐 일만 생겼다. 그렇게 다그치는 중에 목청 몇 번 높인 일을 트집 잡아 한원교가 도리어 이경주를 한성부에 무고(誣告)했다.

"이경주가 저도 없는데 무리를 끌고 저희 집 안뜰까지 뛰어들어와 늙으신 어머니를 욕하고 때렸습니다."

그러자 어떻게 손을 썼는지 한성부는 두말 않고 이경주를 붙들어 검사에게 끌고 갔다. 그제야 이경주가 원래의 사안과 함께 억울함을 하소연하자 검사가 증인을 요구했다. 그때 이경주가 중근의 이름을 대어 중근도 한성부의 소환을 받게 되었다. 그런데 중근이 한성부 재판소에 이르러 검사를 만나 보니, 검사는 다름 아닌 정명섭이었다.

정명섭은 중근을 보자 김중환의 사랑방에서 당한 일이 떠올랐던지 얼굴에 성난 기색이 역력했다.

'나는 오늘 반드시 이 정가(鄭哥)에게 전날 김 참판 댁 사랑방에서 다툰 앙갚음을 받게 되겠구나.'

중근은 속으로 그렇게 중얼거렸으나, 한편으로는, 내가 지은 죄가 없는데 누가 나를 해칠 수 있겠느냐는 생각으로 마음을 다잡아먹었다. 그때 정명섭이 제법 검사의 위엄을 떨쳐 보이며 중근에게 물었다.

"그대가 여기 이 이가와 한가의 일을 증거할 만큼 아는가?"

"그렇소."

"그렇다면 그대도 그 자리에 있었다는 말이구나. 왜 한원교의 어머니를 때렸는가?"

"그런 일은 없소. 애초에 나는 그같이 늙은 부인네를 때린 적이 없소. 내가 당하고 싶지 않은 일을 남에게 하지 말라[己所不欲 勿施於人]는 성현의 가르침도 있거늘 내 어찌 남의 늙은 어머니를 때릴 수 있겠소?"

그러나 정명섭은 들은 척도 않고 다시 물었다.

"그렇다면 무엇 때문에 남의 집 안뜰까지 뛰어들었는가?"

중근도 기죽지 않고 당당하게 받았다.

"나는 본디 남의 집 안뜰에 뛰어든 적이 없소. 다만 이경주의 집 안뜰에 이경주와 함께 출입한 적은 있소이다."

그러자 정명섭이 날 선 목소리로 따졌다.

"어째서 그 집을 이경주의 집이라 하는가?"

"그 집은 한원교가 이경주에게서 빼앗은 돈으로 산 집이니 이경주의 집이라 할 수 있소. 또 그 방 안에 있는 살림살이도 모두 이경주가 전일 제 돈으로 장만해 썼던 것이며, 노비들도 역시 이경주가 부리던 노비요, 거기 사는 아낙도 바로 이경주가 전에 사랑하던 아내외다. 그런데 그게 이경주의 집이 아니고 누구의 집이란 말이오?"

그 말에 정명섭도 들은 것이 있는지 잠시 할 말을 찾지 못했다. 그때 마침 한원교가 불려 들어와 저만치서 멈칫거리고 있는 게 보였다. 중근이 한원교를 가까이 불러 꾸짖었다.

"한가야, 잠시 내 말을 들어 보아라. 무릇 군인이란 나라의 중대한 임무를 맡은 사람이다. 충의로운 마음을 길러 외적을 막아 내고 강토를 지키며 백성을 보호하는 것이 바로 너희 군인 된 자의 직분인 것이다. 그런데 너는 군인 중에도 위관이 되어 어찌 그와 같은 짓을 할 수 있느냐? 어진 백성의 아내를 강제로 뺏고, 그 재산을 토색질하며, 제 세력만 믿고 꺼리는 바가 없으니, 만일 한성(漢城)에 너 같은 도둑놈이 많이 산다면, 다만 한성 놈들만이 자손을 낳고 집을 보전하며 생업에 전념할 수 있을 뿐, 저 시골의 힘없는 백성들은 그 아내와 재산을 모두 한성 놈들에게 빼앗기고 말 것 아니냐? 이는 가여운 백성들을 죽이고 흩어 버리는 일과 다름없으니, 세상에 어찌 백성 없는 나라가 있겠느냐? 너 같은 한성 놈은 실로 만 번 죽어도 아깝지 않다……."

그런데 미처 중근의 말이 끝나기도 전에 검사 정명섭이 손바닥으로 책상을 치면서 중근을 꾸짖었다.

"이놈. 네가 한성 놈들, 한성 놈들 하는데, 한성이 어떤 사람들이 사는 곳이기에 네가 감히 그리 부르는 것이냐?"

정명섭이 호(呼)놈까지 하며 꾸짖는 게 분했으나 중근이 짐짓 웃으며 받았다.

"공은 무엇 때문에 그리 화를 내시오? 내가 말한 것은 저기 한원교를 두고 한 말이오. 한원교와 같은 도둑놈이 한성에 많다면 다만 한성 놈들만 생명을 보전할 것이요, 힘없는 시골 백성들은 모두 죽을 것이라고 했을 뿐이외다. 만일 저기 저 한가 같은 놈이라면 당연히 그 욕을 들어야 하지만 그렇지 않은 사람이야 무슨 상관이 있소? 공이 내 말을 잘못 듣고 오해한 것이오."

"네 말은 그릇된 일을 억지로 꾸며 대고 있을 뿐이다."

정명섭이 여전히 성난 얼굴로 그렇게 받았다. 중근이 빙글거리는 얼굴로 말했다.

"그렇지 않소. 좋은 말로 그릇된 일을 꾸며 댈 수도 있겠지만, 아무런들 물을 가리켜 불이라면 누가 그걸 믿어 주겠소?"

그러자 얼른 대꾸할 말이 떠오르지 않는지 말씨름은 그만두고 검사로서 처결을 내리기 시작했다. 먼저 순검을 시켜 이경주를 감옥에 가두더니, 정작 죄인인 한원교는 다음 소환 날짜만 정해 주고는 놓아 보냈다. 그러고 나서 중근을 노려보며 을러 댔다.

"너도 이경주와 함께 남의 가택을 무단히 침입하여 사람을 때렸으니 잡아 가두어야겠다."

그 말에 성이 난 중근이 정명섭을 엄하게 꾸짖었다.

"네가 아무리 검사라 하지만 어찌하여 나를 가둔다는 말인가?

오늘 내가 여기 온 것은 다만 증인으로 왔을 뿐, 피고로 붙들려 온 것이 아니다. 더구나 천만 조항의 법률이 있다고 해도 죄 없는 사람을 잡아 가두라는 법률 조항은 없을 것이다. 또 비록 감옥이 백만 칸이 된다고 해도 죄 없는 사람을 가둘 감옥은 없을 것이다. 오늘과 같은 문명 시대를 맞이하여 네 어찌 감히 사사로운 야만의 법률을 쓸 수 있는가?"

그러고는 말을 마치기 바쁘게 문을 걷어차듯 당당하게 그 방을 나와 버렸다. 그 기세에 눌렸는지 정명섭도 소리 한번 질러 보지 못하고 앉은 채로 중근을 보냈다.

얼핏 보면, 전 참판 김중환을 찾아간 것이나 검사 정명섭과 부딪친 일 둘 모두가 중근이 이긴 것처럼 보이지만, 그 두 가지 모두 이겨도 아무 소득 없는 승리였다. 김중환은 말로만 돌려준다 하였을 뿐 약조한 기한이 지나도 5천 냥을 옹진 군민들에게 돌려주지 않았고, 정명섭도 한원교의 무고만 받아들여 도리어 이경주를 가둬 놓고 재판을 한성부로 넘겨 엉뚱한 재판부터 지루하게 끌고 갔다.

그렇게 몇 달이 지났을까, 의분에 찬 중근이 아버지 안태훈의 연줄을 따라 백방으로 뛰고 있는데, 청계동에서 급한 전갈이 왔다. 안태훈이 위독하니 급히 돌아오라는 내용이었다. 놀란 중근은 그 자리에서 행장을 꾸려 길을 떠났다.

계절은 추운 한겨울인데, 온 세상은 흰 눈에 덮이고 하늘 가득 찬바람이 몰아쳐 왔다. 서대문을 나서 독립문을 지나면서 돌이켜보니 모두가 간담을 찢어 놓듯 비통한 일뿐이었다. 옹진 교우들이 김중환에게 빼앗긴 돈 5천 냥을 찾아 주고, 하루아침에 아내와 가산을 모두 잃은 교우 이경주의 억울함을 풀어 주겠다는 장한 뜻을 품고 청계동을 떠난 지 몇 달이 지났으나, 아무것도 이룬 것은 없었다. 김중환은 돈을 돌려주기는커녕 이제는 중근이 명첩을 디밀어도 대문 안에 들이지조차 않았고, 죄 없는 이경주는 도리어 감옥에 갇혀 있는데 추운 겨울에 그 고생을 어찌 견뎌 낼까 걱정이었다.

어느 날에나 저같이 악한 정부를 한주먹으로 두들겨 개혁한 뒤에 난신적자들을 쓸어버리고 당당한 문명 독립국을 이루어 명쾌하게 민권과 자유를 누리게 할 수 있겠는가.

뒷날 중근은 자서전에서 그때의 심경을 그렇게 적고 있다. 하지만 거기서 엿보이는 혁명 사상이나 민권과 자유에 대한 열망 같은 것이 정말로 그때의 심경인지 뒷날 그 일을 추체험하면서 덧붙인 감회인지는 알 길이 없다.

한겨울 눈바람 속에 홀로 천 리 길을 가던 중근은 도중 연안에 사는 친구 이성룡(李成龍)을 만났다. 마침 서울에서 말과 마부를 빌려 타고 고향으로 내려가는 길이던 이성룡은 중근에게 말을 번갈아 타며 함께 길을 가자고 권했다. 중근이 그 말을 따라, 덕분에 걷는 길은 말 등에서 다소 줄였으나, 불량스러운 마부 때문에 한 차례 곤욕을 치르고서야 청계동에 이르렀다.

서울에서 들은 대로 아버지 안태훈의 병은 매우 위독했다. 하지만 다행히도 중근이 돌아오자 차도를 보이기 시작해 몇 달 뒤에는 자리에서 털고 일어났다. 이에 중근이 다시 서울로 올라가 옹진 교우들과 이경주의 일을 마무리 지으려 했으나, 점점 더 긴박해진 청계동의 사정이 놓아 주지를 않았다. 이른바 해서교안(海西教案)이 그 무렵 들어 막바지로 치닫고 있었다.

천주교 또는 천주교인들과 기존의 전통 사회와의 충돌을 일컫는 교안(教案)은 원래 서양 신부나 선교사들이 새로운 전교지로 갈 때 지역민들이 전교(傳教)를 방해할 목적으로 일으킨 폭력 사태와, 이미 전교된 곳이라도 새로 교당을 지을 때 교당을 훼손하거나 파괴할 목적으로 일으키는 소동에서 비롯되었다. 그러나 그 무렵은 복잡한 원인과 다양한 형태로 불거지고 있었는데, 그 유형을 나누면 크게 다섯 가지였다.

첫째는 관(官), 민(民)의 충돌이다. 대개는 탐욕스럽고 부패한 관리의 수탈과 백성들의 저항이란 형태로 나타나는데, 이때 백성들은 특히 천주교를 믿는 백성들을 말한다. 천주교와 양대인이 지방관이나 향리들의 토색질에 개입하여 호민(護民) 활동을 벌이면서 생기는 충돌이다.

둘째는 천주교를 받아들이지 않은 일반 백성과 천주교인의 충돌이다. 관습상의 충돌이나 특정한 이익을 다투는 과정에서 일어나는데, 이때 비(非)교도인 백성들이 뭉쳐 천주교인들을 공격하거나 그들의 공격을 막아 내는 형태이다. 때로는 지역 관부의 도움을 받아 천주교 박해의 형태를 띠기도 한다.

셋째는 천주교인과 다른 교도들과의 충돌이다. 종교적 신념의 차이에서 비롯된 것으로 갑오년 동학도의 천주교 공격이나 일부 지방에서 볼 수 있었던 기독교 신구(新舊) 교도 사이의 갈등이 그 예가 된다. 향약(鄕約)을 앞세운 유교 사회와 천주교의 충돌도 교(敎)와 교(敎)의 충돌 유형에 넣을 수 있을 것이다.

넷째는 천주교인과 다른 사회집단의 충돌이다. 보부상 단체인 상무사(商務社)나 황국협회(皇國協會), 동학 후신인 진보회(進步會)나 일진회(一進會)와의 충돌 같은 것이 대표적이다. 동학과 천주교의 경우, 전에 동학의 중군장(中軍將)을 지냈던 자가 이번에는 천주교에 숨어들어 못된 짓을 하다가 교안의 빌미가 된 적도 있지만, 그보다는 어떤 기회로 세력을 얻을 때마다 동학이 천주교를 공격하는 형태가 더 일반적이었다. 기타 사회집단의 천주교 공격은 독자적이고 자발적일 수도 있으나, 때로는 관부나 다른 사회집단과 연계하여 벌어지기도 한다.

다섯째는 이른바 자세교인(藉勢敎人, 교단 혹은 종교를 비호하는 강대국의 세력에 의지해 횡포를 부리는 교인)의 횡포에 대한 관민의 반발로 일어난 충돌이다. 천주교인들이 불란서와 양대인의 위세를 업고 자기 이익을 지키거나 부당한 혜택을 누리고자 행패를 부리다가 관민과 충돌하는 경우다. 이때 물정을 잘 모르는 서양 신부들은 교인을 자처하는 사이비 교도들의 말만 믿고 무리하게 그들을 옹호하다가 문제를 키우는 경우가 많았다.

해서교안은 그런 여러 유형들을 두루 갖추고 여러 해 동안 황해도에서 진행되어 온 사건들을 묶어 말하는데, 그 대부분은 빌렘 신부를 비롯한 여덟 명의 서양 신부가 비호하고 있었다. 그리고 그중에서도 빌렘 신부가 도맡은 사건들은 거의가 천주교 조선 교구나 불란서 공관에 못지않게 안태훈이 거느린 사포대의 무력과 안태건이 천주의 이름을 빌려 동원한 다중(多衆)의 위력에 힘입고 있었다.

1897년 안태훈은 농민들에게 결전을 이중으로 거둔 일을 바로잡고자 몸소 포군들을 거느리고 신천 읍내로 쳐들어가 향장(鄕長) 유만현을 청계동으로 잡아갔다. 그리고 유만현을 가두고 매질했을 뿐만 아니라 신천 군수 남효원까지 잡아다 징치하겠다고 위협하여 해주 감영으로 달아나게 함으로써 해서교안의 첫머리를 장식했다. 이어 안악사건에 아우 안태건이 연루되자 빌렘 신부와 함께 나서서 결국 안악 군수를 굴복시켰으며, 자세교인 김응호가 일으킨 옹진사건에도 안태건을 보내 관여했다.

그 뒤로도 안태훈은 황해도에서 사건이 터질 때마다 알게 모르게 포군들의 무력과 다중의 위력을 동원하여 빌렘 신부가 동원하는 조선 교구와 불란서 공관의 위세와 보조를 맞추었다. 특히 그해(1902년)에는 보부상과 천주교인의 충돌인 황주사건에 개입하였고, 또 해주에서는 교당을 짓는 데 쓸 노송(老松)을 베는 데 반발한다 하여 주민들을 마구잡이로 두들겨 �고, 그중 둘은 교당으로 잡아 와 매질함으로써 천주교의 위세를 남용하였다. 그 밖에 재령 신환포(新換浦)에서 교당을 짓기 위해 비교인에게까지 애긍전(哀矜錢)을 거둔 일로 사건이 터졌을 때도 안태건 가밀로와 교인 백여 명을 보내 그곳 동민들을 매질하고 곡식과 돈을 빼앗았다는 기록을 남겼다.

하지만 그 모든 일의 중심에 서 있는 안태훈에게는 자신이 비호하고 있는 교우들이 바로 지켜 주어야 할 백성들이었고, 어떤 연유에서든 교인들을 불리하게 만들면 벼슬의 높낮이를 막론하고 백성을 학대하는 탐관오리에 지나지 않았다. 안태훈은 조금도 의심 없이 자신이 힘없고 가난한 백성들 편에 서서 탐관오리들로부터 그들을 지켜 주고 있다고 믿었다.

아버지 안태훈 곁에서 기꺼이 그 손발이 되어 여러 사건에 개입하고 있는 중근도 마찬가지였다. 자신은 그런 투쟁을 통하여 백성들을 지켜 내고 있을 뿐 아니라 천주의 사랑까지 실천하고 있다고 믿었다. 아직 민중 일반에 이르지는 못했지만, 그들을 지켜 내는 것은 바로 그가 자임한 '저들을 지켜 주는 일'이라 믿었으며, 자신들이 바로 자세교인이라 비난받게 될 줄은 상상조차 하지 못했다.

그런데 1903년에 접어들면서 그들 부자의 망상은 호된 대가를 치르기 시작했다. 그해 봄 안태건과 중근이 교인 열두 명을 데리고 장연 군청에 쳐들어가 전에 향장 노릇을 했던 김윤오란 사람이 백성들에게서 부당하게 염출해 간 돈을 내놓으라고 한 게 발단이었다. 김윤오가 사적으로 유용한 공금을 힘없는 백성들에게 덮어씌운 걸 알고, 그걸 되찾아 준다는 명목이었으나, 일이 뜻밖으로 번졌다. 김윤오가 유력한 신교도라 그 사건에 신구 교도의 충돌이란 반갑잖은 해석이 끼어든 데다, 장연 군수가 오히려 김윤오 편을 들어 천주교 신도들 가운데 여섯을 잡아 가두고, 그 사건을 자세교인들의 횡포로 해주 관찰부에 보고하였다.

그러잖아도 여러 해 빌렘 신부와 안태훈 일가에게 시달려 온 황해도 관찰부는 지난해 천주교에 적대적인 이용직이 새 관찰사로 오면서 양편의 충돌이 더욱 격화되고 있었다. 그런 차에 장연 군수의 보고가 들어오자 관찰부도 더 참지 못했다. 관찰사 이용직이 조정에 글을 올려 황해도에서 일어나고 있는 사태의 심각함을 과장하여 알렸다.

그때는 서울에 앉아, 빌렘 신부와 안태훈이 황해도에서 벌여 놓은 여러 사건들을 뒤치다꺼리하던 천주교 조선 교구와 불란서의 국력을 배경으로 한 불란서 외교 공관도 어지간히 지쳐 있을 때였다. 사건마다 나서 대한제국 외부와 법부를 압박하는 과정에서 차츰 자세교인의 실체를 알게 되면서, 교안의 처리에도 전과 같은 자신이 없어졌다. 거기다가 이번에는 황해도 여러 고을의 관장들이 모두 연명(連名)하다시피 하여 천주교도와 양대인들의 작폐를 호소해 왔다는 말을 듣자 더는 우격다짐으로 조선 외부를 몰아댈 수만은 없었다.

"이번에 조정에서 특별히 사람을 뽑아 황해도에 안핵사(按覈使)로 보낼 것이오. 그 안핵사로 하여금 그곳 서학 교도들과 연관된 사안들을 조사하게 한 뒤에 근원적인 대책을 마련해야겠소."

조선 조정에서 그렇게 나오자 불란서 공사관도 조선 교구도 받아들이는 수밖에 없었다.

조정의 명을 받고 황해도로 내려간 안핵사 이응익은 두 달 반에 걸친 조사 끝에 「해서안핵사보고서(海西按覈使報告書)」란 긴 장계를 올렸다.

안태훈과 안태건 형제가 청계동에 자리 잡고 앉아 외국인의 세력을 믿고 관청에 항거할 뿐만 아니라 힘없는 백성들을 침학(侵虐)함이 심합니다. 순검들을 보내 그들 형제를 잡아들이고 국법을 바로 세워야 합니다.

대략 그와 같은 내용을 전해 들은 조정은 순검 여럿을 청계동으로 보내 안태훈 형제를 잡아들이게 하였다. 그러나 안태훈은 병을 핑계 대고 얼굴조차 내밀지 않았고, 겨우 얼굴을 내민 안태건도 빌렘 신부와 천주교도 백여 명이 몰려와 순검들을 위협하는 바람에 잡아갈 수가 없었다. 순검들 모두가 동천 안으로 들어가 보지도 못한 채 퍼렇게 질린 얼굴로 쫓겨나고 말았다.

이에 비로소 사태가 엄중함을 깨달은 대한제국 조정은 빌렘 신부를 비롯한 불란서 신부들을 구속하여 재판하라는 조회문(照會文)을 불란서 공사관에 보내는 한편 광무 황제에게까지 길게 글을 올려 그 일을 알렸다.

　이번 해서 지방의 천주교도들이 일으킨 소요는 실로 옛날에도 없었던 변고입니다. 그들은 무리를 모아 각기 교파(敎派, 본당이나 공소를 일컫는 듯함)를 세우기도 하고, 관청에서 하는 것처럼 저희끼리 송사(訟事)를 처결하기도 하며, 형구를 만들어 놓고 백성들을 못살게 굴기도 했습니다. 또 사사로이 사람을 잡아들여 겁을 주고 그 재산을 빼앗는가 하면, 땅 주인을 위협하여 땅을 빼앗고, 심지어는 관청에서 보낸 사람들에게까지 맞서 내쫓는 등 그 흉악함이 극도에 달했습니다. 안태건은 교사(敎士)라는 신분을 이용하여 백성들을 억누르고 무기를 가진 무리를 모아 제 몸을 보호하였고, 이용각(李龍恪)이란 자는 세력을 키워 이웃 고을까지 호령하며 노약자들에게까지 형벌을 가하였습니다. 이들이 무리를 모은 까닭이 어디에 있겠습니까? 이들이 하는 짓은 강도 짓과 흡사하고, 명분 없는 재산을 모으는 것이 남의 집 재산을 도적질하는 것보다 더 심했습니다.
　……특히 안태훈은 청계동 와주(窩主)라는 말을 듣는 자로, 황해도를 어지럽히는 무리들의 괴수라는 지목을 받고 있는데, 아직까지 잡히지 않고 있으니 끝내 너그러이 용서하기는 어려울 듯합니다.
　홍 교사(빌렘 신부)라 불리는 자는 불란서 사람으로, 안태훈과 더불어 청계동에 자리 잡고 있습니다. 황해도 여덟아홉 고을이 모두 그

의 소굴이 되고 예닐곱의 불란서 교사가 그의 손발이 되어 움직이는
데, 전교(傳敎)를 핑계로 연줄을 맺고 폐단을 키우고 있으며 고을의
정사에 간섭하지 않는 것이 없습니다. 소송도 관아를 대신하여 그가
직접 판결하고, 손을 묶거나 발에 형틀을 채우고 무릎 꿇리는 따위
짓을 백성들에게 함부로 시행했습니다. 이는 천하의 법을 남용한 짓
으로, 우리 대한제국과 불란서 양국 사이의 조약에도 들어 있지 않은
바입니다. 또 곽 교사(郭敎士, 르 각 신부)라는 자는 재령에 터를 잡고
있는데, 홍 교사의 못된 짓을 모두 본뜨고 있습니다.

이런 자들을 그대로 둔다면 뒷날 이 나라의 큰 우환거리가 되지 않
을까 실로 걱정됩니다. 외부로 하여금 불란서 공사관에 공문을 보내
그 두 사람을 잡아다 조사하고, 그 나라의 율례(律例)에 따라 심판하
게 하는 것이 참으로 사리에 부합될 것입니다…….

그 글을 보고 성난 고종 황제가 그대로 시행할 것을 재가하여
일이 커졌다. 대소 관리들이 황제까지 등에 업고 덤비자 어지간한
안태훈과 빌렘 신부도 더는 버틸 수가 없었다. 안태훈은 청계동을
떠나 몸을 피하고, 빌렘 신부는 외교 분쟁으로 확대되는 것을 바
라지 않는 뮈텔 주교에게 소환되어 서울로 가야 했다. 천주교 조선
교구는 우선 말썽이 된 빌렘 신부를 황해도에서 빼내고, 해주 관
찰부의 조사 검속 및 재판 과정에 두셰 신부를 조정자로 파견하였
다. 불란서 공사관은 대한제국 외부에 서기관 트시에를 파견하여
빌렘 신부와 천주교도들 쪽의 주장을 반영하게 했다.

망국 전야
亡國

1903년 정월, 절정으로 치달은 해서교안(海西教案)은 그 뒤로
도 1년 가까이나 천주교 조선 교구와 해주 관찰부, 대한제국 외부
와 불란서 공사관의 분쟁거리가 되어 밀고 밀리다가 1903년 말
불란서 공사 플랑시가 귀국할 무렵에야 제주교안(濟州教案) 등과
더불어 한꺼번에 풀리게 된다. 중근도 때로는 포군(砲軍)을 이끌
고, 때로는 천주교 신도 모임의 총대(總代)로서 신도들과 함께, 해
서교안에 여러모로 관련되었으나 아버지 안태훈이나 숙부 안태건
처럼 몸을 피해야 할 필요는 없었다. 오히려 그런 아버지나 숙부의
그늘에 묻혀 관부에 쫓기는 일 없이 청계동을 지켰다.
　그런 중근에 비해 1903년 여름부터 몸을 피한 안태훈은 이듬
해 봄이 되어서야 청계동에 돌아올 수 있었다. 그때 안태훈은 건

강이 몹시 나빠져 있었는데 중근은 뒷날에 쓴 자서전에서 그 까닭을 이렇게 밝히고 있다.

황해도에서 천주교인들의 행패로 인해 행정 사법을 제대로 운영할 수 없다고 하여, 조정이 안핵사 이응익을 특파하였다. 해주부에 이른 이응익은 순검과 병사들을 각 고을에 보내 천주교의 우두머리 되는 이들이면 옳고 그르고를 가리지 않고 모두 잡아 올리는 바람에 교회 안이 크게 어지러워졌다. 내 아버님도 잡아가려고 순검과 병사들이 두세 차례 청계동으로 왔지만, 아버님께서 끝내 항거하셔서 잡아가지 못했다.

뒤에 아버님도 하는 수 없이 다른 곳으로 피신하셨는데, 탐관오리들의 악행을 통분하게 여기면서도 그저 탄식하실 뿐, 겉으로 드러내 놓고 말씀하시지 못하고 밤낮으로 술만 들이켜셨다. 그러다 보니 마음속의 울화가 병이 되어 나중에는 큰 병이 되고 말았다. 여러 달 뒤 고향 집으로 돌아와 병을 다스려 보려고 하셨으나, 의원을 불러도 효험이 없었다…….

그 글로 미루어 중근은 뒷날까지도 해서교안의 성격을 정확하게 파악하고 있었던 것 같지는 않다. 거기다가 아버지 안태훈의 피신 생활이 어떠했는지도 제대로 알지 못했다. 안핵사 이응익의 조사 뒤로 안태훈이 관부에 쫓기는 중죄인이 된 것은 사실이었지만, 그 처지가 중근이 상상한 것처럼 절박하지는 않았다.

안태훈은 그때까지도 포군 우두머리로 거느리고 있던 한재호 등과 의논한 끝에 청계동에서 멀리 떨어진 교우 집에 피신했는데, 거기서 보낸 나날은 마음 졸인 피신이라기보다는 유람이라 해도 좋을 만큼 유유자적한 것이었다. 어떤 기록에는 매주 일요일 미사가 끝나면 인근의 유생들을 모아 시회(詩會)도 열고 성리에 대한 강구(講究)와 담론을 나누기도 했다고 한다. 안태훈이 병난 것은 마음속의 울화 탓도 있겠지만, 그보다는 젊은 나이에 주독(酒毒)으로 코끝이 빨개지도록 마신 술 탓이라고 보는 편이 옳았다.

어쨌든 그때 이미 안태훈의 병은 깊어, 어디 용한 의원이 있다면 멀고 가까운 것을 가리지 않고 찾아보는 지경이 되어 있었다. 그해 4월 하순 중근이 무슨 일로 멀리 볼일을 보러 갔다가 안악읍을 지날 무렵 아버지가 그곳에 사는 친구 이창순의 집에 와 있다는 소리를 들었다. 이창순의 아버지 이용일(李龍一)은 안태훈과 오랜 교분이 있었다. 중근이 한걸음에 이창순의 집으로 달려가니 아버지는 이미 집으로 돌아간 뒤였다.

이창순이 술상을 내와 중근의 아쉬움을 달래 주며 함께 마시다가 뭔가 머뭇거리는 눈치로 말했다.

"실은 이번에 자네 아버님께서 공교롭게도 큰 욕을 당하고 돌아가셨다네."

그 말에 중근이 깜짝 놀라 물었다.

"그게 무슨 소린가? 아버님께서 큰 욕을 당하셨다니?"

"자네 아버님께서 이번에 신병을 치료하러 우리 집에 오셨다가 우리 아버지와 함께 안악읍에 있는 청나라 의사 서원훈(徐元勛)을 찾아가 진맥을 받았다네. 그런데 진맥이 끝난 뒤에 세 사람이 함께 술을 마시다가 그 청나라 의사 서가 놈이 갑자기 자네 아버님의 가슴과 배를 발로 차서 상처를 입혔다는구면. 마침 따라간 우리 하인들이 그걸 보고 덤벼들어 서가 놈을 붙잡고 때리려 했다네. 하지만 자네 아버님이 오히려 하인들을 말리고 타이르셨다는군. 오늘 우리가 여기 온 것은 병을 고치러 의사를 찾아온 것인데, 그런 환자가 의사를 때린다면 시비야 어떠하건 남의 웃음거리가 되지 않겠는가, 하고 말이네. 이름을 더럽히지 않기 위해서라도 참으라고 하시기에 모두가 분함을 억누르고 돌아왔다고 하네."

이창순의 말을 다 듣기도 전에 중근의 가슴속은 이미 천 길 불길이 치솟고 있었다. 두 번 생각해 보지도 않고 벌떡 몸을 일으키며 이창순을 보고 말했다.

"아버님께서는 대인(大人)의 풍도를 지키고자 그리하셨을 테지만, 나는 자식 된 도리로 그와 같은 일을 듣고도 어찌 참고 지나칠수 있겠는가? 당연히 서가 놈에게로 가서 잘잘못을 따져 본 뒤 법사(法司)에 호소해서 그 패악을 바로잡도록 해야겠네."

그러자 이창순도 중근의 말을 옳게 여겨 함께 따라나섰다.

중근과 이창순이 찾아가자 청국 의사 서가는 두 사람의 기색을 보고 알아차렸던지 사나운 눈길로 맞았다. 그리고 채 몇 마디 따져 묻기도 전에 큰 칼을 빼어 들고 중근의 머리 위로 내리치려 했다. 미리 대비하고 있던 중근이 서가에게로 바짝 다가들어 왼손으로 내리치려는 서가의 오른손을 막으며, 오른손으로는 권총을 꺼내 서가의 가슴팍을 찔렀다.

"이놈, 죽기 싫거든 어서 그 칼을 내려놓아라!"

중근이 그렇게 소리치자 겁을 먹은 서가는 칼을 내려치지 못했다. 중근의 친구인 이창순도 무골 기질이 있었다. 평소 지니고 있던 권총을 품고 왔다가 일이 급해지자 빼어 들고 공포 두 발을 쐈다. 그 소리에 놀란 서가가 허옇게 질린 얼굴로 몸이 굳은 듯 서 있었고, 중근도 놀라 잠시 굳은 채 주변을 둘러보았다.

이창순이 달려와 서가에게서 칼을 빼앗더니 섬돌을 내리쳐 두 동강 내 버렸다. 중근과 이창순이 각기 부러진 칼 한 토막을 집어 서가에게 내던지자, 기가 죽은 서가가 풀썩 무릎을 꿇으며 주저앉았다. 중근이 권총을 거두고 목소리를 가다듬어 물었다.

"다시 한 번 묻겠다. 의원이 왜 진료를 받으러 온 환자에게 발길질을 하였는가?"

그러자 서가의 눈길이 다시 사나워졌다.

"언사가 불손한 데다 감히 우리 대청(大淸)을 능멸하였다."

"그게 무슨 말이냐?"

"진맥하려고 방 안으로 들 때 저희끼리 주고받는 말을 들으니, 안(安) 아무개라는 그 서학쟁이 놈이 나를 되놈이라 부르며 내 의술을 비웃고 의심하였다. 또 진맥을 받을 때도 술 냄새가 나기에 예의지국 조선은 의원에게 진맥을 받을 때도 술을 마시고 오느냐며 나무랐더니, 대청 북양함대(北洋艦隊)는 군함에 여자까지 태우고 다니며 싸웠다는데 뭘 그리 따지느냐며 비웃었다."

그 말을 듣자 중근도 왜 그런 시비가 벌어졌는지 짐작이 갔다.
안태훈은 개화파를 자처하면서부터 반청(反淸) 감정을 키워 왔다.
한때 안태훈이 말하는 독립과 자주는 모두 청나라로부터의 독
립과 자주를 뜻했다. 그러다가 청일전쟁을 겪으면서 안태훈의 반
청 감정은 혐오와 경멸의 수준으로 자라 갔다. 북양함대가 군함
에 사관들의 아녀자를 태우고 싸웠다는 얘기는 중근도 들은 적
이 있었다.

"북양함대 일은 사실이지 않느냐?"

"너희들은 하나만 알고 둘은 모른다. 북양함대의 해군들은 가
족이 같은 배에 타고 있었기 때문에 그 가족을 위해 더욱 용감하
게 싸울 수 있었다. 게다가 그 안가 놈은 자결로 기함(旗艦) 정원
호(定遠號)와 함께 장렬하게 최후를 맞은 정 제독(정여창)까지 능
멸하였다."

청국 의사 서가가 다시 벌겋게 달아오르는 얼굴로 그렇게 목소
리를 높였다. 조선에 와서 개업을 하고 젊은 날을 보낸 서가였으
나, 그래도 제 나라는 잊지 않고 그 돌아가는 사정을 꼼꼼히 살펴
온 듯했다. 중근은 길게 말해 봐야 서가가 쉽게 승복할 것 같지
않아 그자를 끌고 가까운 감영으로 갔다. 서가가 가지 않으려고
뻗대는 바람에 한차례 주먹다짐이 있었는데, 나중에 서가는 몸을
움직일 수 없을 만큼 맞았다고 중근을 고소했다.

중근은 서가를 재판소로 넘겨 함부로 사람을 다치게 한 죄를

물으려 했으나 법관이 고소를 받아 주지 않았다. 서가가 청나라 사람이라 조선의 법으로 재판할 수 없다는 게 이유였다. 이에 분을 풀지 못한 중근은 다시 서가를 끌고 안악읍으로 돌아갔다. 그러나 이웃 사람들이 그 일을 듣고 모여들어 중근과 이창순을 말리는 바람에 서가를 놓아주고 각기 집으로 돌아갔다.

중근이 청계동으로 돌아온 지 열흘이나 지났을까, 안악의 이창순이 급한 편지를 보내왔다. 중근이 얼른 뜯어 보니 내용이 대강 이러했다.

자네가 떠난 지 대엿새쯤 되어 내 집에 큰 변고가 있었네. 그날 한밤중에 어떤 놈들이 일고여덟이나 작당하여 다짜고짜 집 안으로 뛰어들더니 내 아버님을 마구 때리고 잡아가려 들지 않겠는가. 마침 바깥방에서 자고 있던 나는 그 소란을 듣고 화적(火賊)들이라도 쳐들어온 줄 알았네. 급한 김에 단총을 찾아 들고 아버님을 끌고 집을 나서는 놈들을 뒤쫓으며 공중으로 몇 방을 쏘았다네. 그러자 그놈들도 나를 향해 마구잡이로 총을 쏘아 대며 겁을 주더구먼. 잘못하여 아버님이 다칠까 걱정되었으나 나도 마주 총을 쏘며 죽기 살기로 덤벼들었지. 자식 되어 두 눈 뻔히 뜨고 아버님이 화적 떼에게 끌려가는 꼴을 보고 있을 수만도 없지 않은가. 그러자 놈들도 안 되겠다 싶었던지 아버님을 버려두고 도망쳐 버렸네.
그런데 이튿날 사람을 놓아 여기저기 알아보니, 그놈들은 화적 떼가 아니었네. 청나라 의사 서가 놈이 삼화항(三和港, 진남포)에 있는 청국 영사에게 자네와의 일을 저 좋게만 일러바쳐 얻어 낸 순검 패거리였다고 하네. 가재는 게 편이라고 청국 영사가 서가의 말만 듣고 청국 순사 둘과 조선 순검 둘을 보내 자네를 잡아 오라고 한 것인데, 그것들이 잘못 알고 내 집을 덮쳤다는 것일세.

일이 이렇게 되었으니 그냥 보아 넘겨서는 안 될 듯하네. 청국 영사가 끼어들어 저희 순사뿐만 아니라 조선 순검까지 앞세워 자네를 잡게 하였다니, 서가가 법사(法司)에 선수를 친 셈 아닌가. 얼른 진남포로 가서 자세히 내막을 알아보고 조처해야 할 것이네.

편지를 읽어 본 중근은 그날로 말을 달려 삼화항으로 달려갔다. 가서 가만히 알아보니 대강 이창순이 알려 준 대로였다. 다른 것이 있다면, 그날 이창순이 쏜 총에 순검 하나가 얼굴을 맞아 중태에 빠졌다는 것과 삼화항 순검들은 자기들이 끌고 가려 한 이용일과 다른 한 사람을 중근과 이창순으로 잘못 알고 있다는 점이었다. 외부대신과 황해도 관찰사 사이에 오간 공문에도 그렇게 나와 있다.

……청국 영사가 삼화항 감리에게 안중근과 이창순이 청국 의사 서원훈을 때려 거동조차 할 수 없게 만든 일을 공식으로 문제 삼고 나오자, 삼화항 감리는 순검 여럿을 보내 안중근과 이용일(이창순으로 오인)을 잡아 오게 했다. 그런데 안중근과 이용일을 잡아가는 도중

괴한들이 나타나 총을 쏘며 순검들을 두들겨 쫓은 뒤에 두 사람을 구해 달아나 버렸다. 그 과정에서 순검 하나가 괴한들이 쏜 총에 얼굴을 맞아 중태에 빠졌다……

그러자 청국 영사는 그 시비를 서울에 있는 공사(公使)에게 보고하여 대한제국 외부에 알리고, 중근을 처벌하라고 요구했다. 이에 황해도 관찰부를 통해 그 일을 알아본 외부대신 이하영은 황해도 관찰사 이용직에게 중근과 이창순을 잡아들이게 했다.

체포를 피해 서울로 올라간 중근은 아버지 안태훈 때부터의 연줄을 동원해 외부에 청원을 냈다. 서원훈이 먼저 안태훈을 때린 일을 알리고 전후 사정을 털어놓자 다행히도 외부는 그 재판을 삼화항 재판소에 환부하도록 했다. 그 뒤 중근은 서원훈과 나란히 공판을 받게 되었는데, 끝내는 서가의 만행이 크게 드러나 재판에서 이겼다. 하지만 그 승리는 어쩌면 중근의 유별난 효성이나 지기 싫어하는 상무의 기개를 떨쳐 보인 것이 아니라, 대한제국의 대외 관계에서 그만큼 추락한 청국의 위상을 보여 주는 것이 될지도 모르겠다.

어쨌든 그 바람에 중근은 1904년 여름을 이겨야 크게 얻을 것도 없는 그 소송으로 보내었다. 그러다 보니 2월의 러일전쟁 발발과 한일의정서(韓日議定書) 조인부터 8월의 제1차 한일협약(第一次韓日協約)에 이르기까지 대한제국의 마지막 숨통을 죄어 오는 나라 안팎의 사건 사태들은 중근의 의식 깊이 파고들지 못했다. 하지만 당장의 안위를 옥죄어 오는 시비에서 벗어나자, 그 모든 일들은 추체험의 형태로 중근의 둔감과 무의식을 끊임없이 자극하였다.

갑오년 동학농민운동이 청일전쟁을 앞당기게 하였듯이, 청일전쟁의 승리는 일본으로 하여금 러일전쟁을 앞당기게 하였다. 일본은 청나라로부터 받은 막대한 보상금의 대부분을 영국제 무기 구입에 투입하여 해군 전력 증강에 힘을 쏟았다. 그리하여 당시로서는 가장 성능이 좋다는 평판을 듣던 영국제 군함으로 새롭게 함대를 편성하자, 러시아 발트함대에 품었던 막연한 두려움은 절로 가셨다.

거기다가 야마가타 아리토모[山縣有朋] 일파의 주장이 이토 히로부미[伊藤搏文] 쪽의 한만교환론(韓滿交換論)을 누르고 영일동맹(英日同盟)을 이끌어 낸 것도 러일전쟁을 앞당기는 데 한몫을 했다. 비록 일본의 대한제국 점령을 허용하는 '자유행동'이라는 표현을 승인하지는 않았으나, 아직은 영광의 절정에 있는 대영제국을 동맹국으로 삼았다는 것은 서구(西歐)라는 배후의 밀림에 든든한 울타리를 두른 느낌을 주었다.

청일전쟁의 승리로 한층 노골적이 된 조선 병합이라는 갈망도 이제 더는 억누르기 힘든 충동으로 일본을 내몰았다. 사이고 다카모리[西鄕隆成]가 죽고 오래잖아 은밀하게 부활한 그 정한론(征韓論)의 변형은 벌써 20년째 일본 정객들을 조급으로 달뜨게 하고 있었다. 그리하여 청일전쟁으로부터 꼭 10년이 되던 해 2월 드디어 일본은 러시아를 기습 공격함으로써 러일전쟁의 포문을 열었다.

2월 8일 일본의 선견부대(先遣部隊)가 인천에 상륙하고 다음 날에는 일본 해군 연합함대가 여순을 공격하여 러시아 군함 2척을 격침시켰다. 선전포고는 일본이 언제나 그러듯이 전투를 시작한 지 이틀이 지난 2월 10일이었다. 하지만 일본도 러시아도 제 땅을 떠나서 하는 전쟁이라, 전화(戰火)는 먼저 그 길목이 된 대한제국이 고스란히 덮어썼다.

지난해 이미 전시(戰時) 국외중립을 선언했던 대한제국은 일본이 러시아에 선전포고를 하던 날 다시 중립화의 의지를 표명했다. 그러나 선견 4개 대대만으로 간단히 서울을 제압한 일본군은 광무 황제를 협박하여 중립을 포기하고 공수(共守)와 조일(助日)을 골자로 하는 한일의정서를 체결하였다. 그 몇 년 그토록 공들여 군제를 개편하고 내탕금까지 풀어 군비를 강화한 최소 만은 넘는 대한제국의 군대가 겨우 천 명 내외의 일본군에게 총 한 방 쏘아 보지 못하고 길을 내준 경위는 그야말로 역사의 수수께끼일 수밖에 없다.

뒤이어 대규모 원정군을 상륙시킨 일본은 여기저기 토지를 군용지로 수용하고 멋대로 경부선과 경의선을 까는 한편 제 나라에서 하듯 온당한 보상도 하지 않고 필요한 물자와 인력을 징발했다. 특히 일본군이 러시아와 싸우기 위해 북상하는 길목에 살던 한국인들은 영문도 모른 채 일본군의 총칼에 떠밀려 군수품 운반을 맡아야 했다. 그때 옮기는 군수품에 따른 복장이나 기호를 마련하지 못한 일본군은 끌려 나온 조선 사람들의 얼굴을 여러 색깔로 환칠해 그들이 옮기는 군수품의 종류를 구별하게 했다. 그 바람에 길바닥은 그들을 꾸짖고 나무라는 일본군과 군속들의 고함 소리로 시끄러웠다.

"뺨에 붉은 칠을 한 놈들은 선발 부대 소속이다. 소속을 벗어나지 마라!"

"어이, 거기 보라색 점을 찍은 놈. 너는 공병대 소속이다. 혼동하지 마라."

한편 일본군에 징발당하지 않은 사람들은 아직 눈 덮인 산속으로 피란을 갔는데, 그 무렵 신문사의 특파원 자격으로 대한제국에 와 있던 미국 소설가 잭 런던은 그 광경을 보고 이런 글을 남겼다.

……오늘날의 전쟁은 인간사의 마지막 심판자이면서 또한 국민성을 시험하는 마지막 관문이기도 하다. 그런데 이 시험에서 대한제국 국민들은 실패했다. 외국 군대가 자기 나라를 통과해 가려고 하자 그들은 두려움을 이겨 내지 못하고 모두 달아났다. 그들은 문짝이며 창호 할 것 없이 주워 갈 수 있는 것은 모두 등에 지고 산속으로 들어갔다. 나중에 그들은 어쩔 수 없는 호기심에 이끌려 다시 마을로 내려오지만, 그야말로 단순한 호기심이었기 때문에 약간의 위험만 느끼면 서둘러 도망쳤다.

……대한제국의 북쪽 지방은 일본군이 통과할 때 이미 황폐해진 상태였다. 도시와 마을은 텅 비어 있었고, 논과 밭은 모두 버려져 있었다. 파종하지도 않고 김을 맨 적도 없었는지 들판에는 녹색식물이라고는 아예 찾아볼 수가 없었다.

그해 4월 일본은 용산에 주차(駐箚) 사령부를 설치하였고, 6월에는 한반도 전체의 경작지보다 훨씬 넓은 가경지(可耕地)에 황무지 개발권을 요구하다가 보안회의 활동과 대신들의 반대로 뜻을 이루지 못했다. 그러나 8월에는 제1차 한일협약을 맺어 고문(顧問) 제도로 대한제국의 외교권과 재정권을 먼저 박탈하였다.

개화파였던 아버지 안태훈의 영향으로 중근은 그때까지도 일본을 우호적인 눈길로 보고 있었다. 안태훈에게 일본은 조선을 청나라의 속국에서 벗어나게 해 준 우방이고, 자주독립의 후원자이면서 또한 조선이 반드시 이루어야 할 개화의 사표(師表)였다. 안태훈이 의병을 일으켜 일본군과 나란히 동족인 동학군을 토벌할 수 있었던 것도 그와 같은 일본에 대한 믿음 때문이었고, 그 믿음은 함께 싸운 중근에게도 그대로 전해졌다.

러일전쟁이 터졌을 때도 안태훈의 일본관(日本觀)은 크게 변하지 않았다. 안태훈은 그 전쟁이 일본의 자위를 위한 것이며, 아울러 한국을 러시아의 남하정책에서 지키기 위해서라는 일본의 선전을 그대로 믿었다. 거기다가 인종주의까지 곁들여 러시아를 부동항(不凍港)을 얻기 위해 동양을 넘보는 백인종 침략 세력으로 보고, 일본을 거기에 맞서는 황인종 수호 세력으로 여겼다.

개전 초기는 안태훈이 해서교안의 소용돌이에서 막 벗어난 때라 대한제국의 무능하고 부패한 관리들에게 진저리를 치고 있었고, 그 여름은 중근이 청국인 의사 서원훈과의 재판으로 일본의 대한제국 침탈 의도를 살필 여념이 없었다는 것도 그들 부자가 늦도록 일본에 대한 환상에 사로잡혀 있게 된 원인이었다. 그런데 이제 그 모든 것에서 벗어나 일본을 보니 전에는 보이지 않던 것들이 하나둘 드러났다. 특히 그해 8월 22일에 있었던 제1차 한일협약에서 드러난 일본의 보호국화 야욕은 중근에게는 큰 충격이 되었다.

해서교안의 책임을 지고 휴가 명목으로 잠시 본국으로 돌아가 있게 된 빌렘 신부도 그런 중근을 일깨웠다. 떠나기 전 빌렘 신부는 중근과 더불어 러일전쟁 이야기를 하다가 크게 한탄하며 말하였다.

"장차 대한제국이 크게 위태롭게 되었다."

"왜 그러합니까?"

중근이 그렇게 묻자 빌렘 신부는 전에 없이 침통한 어조로 말하였다.

"이 전쟁은 대한제국이란 먹이를 놓고 벌이는 러시아와 일본 간의 쟁탈전이다. 러시아가 이기면 러시아가 한국을 마음대로 하려 들 것이요, 일본이 이기면 일본이 한국을 차지하려 들 것이니 어찌 위태롭지 않겠는가?"

그 말을 듣자 중근은 가슴이 서늘하였다. 드디어 독립과 개화의 은인이란 환상은 사라지고 조국의 생존 자체를 위협하는 거대한 괴수로서의 제국주의 일본이 그 참모습을 드러내기 시작한 듯한 느낌이었다.

그때부터 중근은 천주교 신자로서의 열심에 못지않게 서울을 오가면서 급변하는 세계의 진상을 파악하는 데 힘을 쏟았다. 날마다 신문을 읽어 그때그때 세상 돌아가는 형세를 살피고, 잡지와 신서적(新書籍)으로 각국의 역사를 상고하여 조선의 현재와 미래를 헤아려 보려고 애썼다.

그렇게 몇 달을 보내는 사이 제국주의 일본의 정체는 더욱 뚜렷해지고, 거기에 맞서 싸우고 있는 조선 민중의 두 갈래 움직임도 선연하게 잡혀 왔다. 얼마 전 협동회(協同會)로 이름을 바꾸고 해체되어 사라진 보안회(保安會, 輔安會)의 애국계몽 활동과 홍천 등지에서 일어난 의병들의 무장투쟁이 그러했다. 거기서 중근은 자신이 그때껏 걸어온 길을 되돌아보게 되었다.

중근이 내디딘 사회 활동의 첫걸음은 아버지 안태훈의 호족 활동을 계승하여 동학군과 싸운 일이었다. 그 뒤 자신의 호족 활동을 비호해 줄 세력으로 천주교를 선택한 안태훈은 일가를 이끌고 천주교의 세례를 받았으나, 그의 호족 활동은 곧 호교(護敎) 활동을 거쳐 호민(護民) 활동으로 발전해 갔고, 중근도 그 길을 따라 걸어왔다.

중근이 천주교와 불란서의 세력을 업고 호민 활동을 벌일 때

주적(主敵)은 부패한 관리 및 백성들을 쥐어짜는 향리 계급과 토호 세력이었고, 그 정치적 지향도 가장 과격해졌을 때가 입헌군주제적 개혁이었다. 그러나 제국주의 일본의 홀연한 대두는 그 주적도 지향도 바꾸어 놓고 말았다. 이제 이 백성, 내 동포를 지키기 위해 먼저 해야 할 일은 이민족 침략자를 물리치는 일이 되었다. 호민 정신에서 민족주의로의 발전적 전개였다. 중근의 나이 스물다섯, 그때로서는 늦게 본 맏딸 현생(賢生)이 벌써 두 돌을 맞고 있었다.

'적이 달라지면 싸우는 방식도 달라져야 한다. 지금까지 걸어온 길은 이제 더 이상 내가 가야 할 길이 아니다.'

그런 생각으로 조선 사회가 제국주의 일본에 대항하는 양태를 살피던 중근은 먼저 보안회의 활동을 눈여겨 살폈다. 보안회는 조선에 대한 일본의 미간지(未墾地, 개발되지 못한 땅) 개간권 독점을 저지하기 위해 1904년 7월에 창립된 모임이었다.

그때 대한제국에는 이미 경작하고 있는 땅보다 더 넓은 가경미간지(可耕未墾地), 곧 개간만 하면 농사를 지을 수 있는 땅이 있었다. 러일전쟁을 틈타 주차 사령부를 설치하고 이 땅을 무력으로 제압한 일본은 갖가지 이권을 뺏는 과정에서 그 가경미간지에 눈독을 들였다. 황무지 개간이란 미명 아래 그 땅을 개간해 경지가 모자라는 일본 농민들에게 나눠 주는 방식으로 대규모의 식민(植民)을 획책한 것이었다.

일본이 전국 미간지 개간권을 대한제국 외부에 요청하고 허가를 강요하자, 백여 명의 서울 시민이 일본의 침탈을 저지하기 위해 보국안민(輔國安民)에서 이름을 딴 보안회를 만들었다. 그러나 1898년 독립협회와 만민공동회의 민족운동에 덴 적이 있는 대한제국 정부가 사회단체 결성을 엄금하고 있어 보안회는 처음부터 한시적이고 조직이 취약한 단체일 수밖에 없었다. 단체는 제기된 문제가 해결되는 날로 해산할 것을 언명하고, 회장단은 황제의 신임이 두터운 고관 출신의 인사를 위해 자리를 비워 둔 채 이름 없는 인사들로 임시 회장단을 구성하는 식이었다.

보안회의 활동도 단명하였다. 보안회는 공식적으로 7월 13일 창립하여, 8월 29일 해산함으로써 한 달 보름 남짓 존속하였다. 그러나 그동안의 활동은 볼만한 것이었다. 강화된 일본 주둔군의 총칼에 맞선 집회와 시위, 가두 투쟁으로 열흘 만에 먼저 대한제국 조정으로부터 일본에게 미간지 개간권을 주지 않겠다는 확약을 받아 냈고, 다시 보름도 안 돼 일본 공사 하야시로 하여금 개간권 요구 철회를 조선 외부 대신 이하영에게 통보하게 만들었다. 그 과정에서 적지 않은 사람들이 일본군에게 고초를 겪었으나, 일본 제국주의에 대한 조선 민중의 첫 번째 집단 투쟁으로서는 볼만한 승리였다.

보안회가 창립될 무렵만 해도 청국 의사 서원훈과의 쟁송이 막바지라 중근은 그 활동을 깊이 있게 살피지 못했으나, 해산할 무렵에는 사정이 달랐다. 쟁송에 이겨 마음의 여유가 생긴 데다가 새삼스러운 관심으로 서울을 오르내리며 세상을 살펴보기 시작한 때였다. 그때까지도 문제 해결의 마지막 수단은 무력이라 믿고 있던 중근의 상무(尙武) 기질에 보안회의 승리는 충격적이지 않을 수 없었다.

'아무리 북쪽에서는 러일전쟁이 한창이라지만 그래도 한반도에는 그 어느 때보다 일본군이 넘쳐나고 있다. 그런데 겨우 몇천의 군중이 단합된 의기와 성토(聲討)만으로 총 한 방 쏘지 않고 일본의 침략 의지를 꺾었다……'

중근은 보안회 활동에 못지않게 그때까지 지속되고 있는 의병 투쟁과 활빈당(活貧黨)으로 이름을 바꾼 화적들의 의적 활동 같은 무력 투쟁도 주의 깊게 살폈다. 하지만 을미사변 이후 10년에 걸친 지지부진과 지리멸렬함의 인상 때문인지, 오히려 그들 무력 투쟁이야말로 요란스럽기만 하고 얻는 게 없는 민족 역량의 낭비처럼 느껴졌다. 그 뒤 여러 해 중근이 애국계몽운동에 몰두하게 되는 것도 어쩌면 그때 보안회의 승리가 안겨 준 감동 때문이었는지도 모르겠다.

"아버님, 아무래도 이대로는 아니 되겠습니다. 지금 황해도의 천주교 교세는 이전의 절반도 안 되게 꺾였고, 서양 신부들도 더는 옛날의 그 위세 좋던 양대인이 아닙니다. 교우들은 셋 가운데 하나만 성하게 남아 있을 뿐, 다른 하나는 배교(背敎)하였으며, 나머지 하나는 냉담(冷淡) 교우가 되었습니다. 더욱이 여덟 명의 불란서 신부들 가운데 네 명이 황해도를 떠나 피신해야 했고 그중

몇은 아직도 돌아오지 못했습니다. 불란서 공사관도 마찬가지입니다. 대한제국 외부를 몰아세우던 갈림덕(葛林德, 콜랭 드 플랑시)은 본국으로 돌아가고, 이제 대리 공사 풍도래(馮道來, 퐁트네)가 맞서야 하는 것도 이전의 허약한 대한제국 외부대신이 아닙니다."

그해 말 여러 날 걸려 해서의 본당들을 돌아본 뒤 다시 서울을 다녀온 중근이 아버지 안태훈을 찾아보고 말했다. 그때 청계동에 머무르고 있던 안태훈은 이미 성하게 나다닐 때보다는 자리를 보전하고 누워 있을 때가 더 많은 병자였다. 갑오 의려 이래 10여 년, 때로는 호족으로 자신이 거둬들인 무리를 돌보기 위해, 때로는 격정과도 같은 호민 의식으로 힘없는 민초들을 지키면서, 왕조 말의 갖가지 부조리와 난맥에 맞서는 동안 쌓인 심신의 피로와 소모 때문이었다. 그동안의 잇따른 분전과 허세와 남모르는 노심초사가 이제 겨우 마흔 중반에 들어선 안태훈의 기력을 마지막 한 방울까지 쥐어짠 것일 수도 있었다.

"짐작은 했다만, 해서 본당들이 그 지경에 이를 줄이야. 게다가 이제 불란서 공사관이 상대해야 하는 것이 대한제국 외부대신이 아니라니 그건 또 무슨 소리냐?"

겨우 자리를 걷고 일어나 앉아 중근의 절을 받은 안태훈이 조용히 물었다. 중근이 절로 격해지는 목소리를 애써 가다듬으며 대답했다.

"지난 8월 제1차 한일협약에 따라 대한제국의 외교권은 일본이 보낸 외교 고문의 손에 넘어갔기 때문입니다. 듣기로는 곧 스

티븐슨이라는 친일 미국인이 그 외교 고문에 임명되리라고 하는
데, 그자는 결코 대한제국의 외부대신같이 불란서의 위세로 쉽게
몰아댈 수 있는 자가 아니라고 합니다. 거기다가 더욱 걱정스러운
것은 일로(日露)전쟁 이후 갈수록 조선 병탄의 야심을 노골적으로
드러내는 일본입니다."

"일본의 뜻이 정녕…… 그런 것이었단 말이냐? 서울의 공기가
그러하더냐?"

안태훈이 다시 그렇게 물어 놓고 가빠 오는 숨을 애써 진정시
켰다. 그러나 중근을 바라보는 눈길에는 그래도 한때 일본에 걸었
던 기대와 믿음을 놓아 버리고 싶지 않아 하는 미련 같은 게 내비
쳤다. 중근이 그 뜻을 알아보고 일본을 꾸짖는 언성을 낮추었다.

"일왕(日王)과 개화 원훈(元勳)들의 뜻은 어떠한지 아직 밝혀진
바 없으나, 이 땅에 와 있는 일본 공사나 주차군 사령관이 하는 짓
거리는 의심스럽기 짝이 없습니다. 무언가 크고 엄청난 일이 저들
일본에 의해 진행되고 있음에 틀림없습니다. 오늘 아버님을 찾아
뵌 것도 실은 그 때문입니다. 아무래도 당분간은 한성에 머물면서
시세의 흐름을 살펴보았으면 합니다. 다시 한 번 살펴 이제 우리
가 맞서 싸워야 할 적이 무엇인지부터 바로 알아보는 것도 뒷날의
후회를 면하는 길이 되지 않겠습니까? 싸우는 방식도 그렇습니다.
이제는 기껏해야 포군 백여 명 앞세우고 장정 기백 딸려 허술한 고
을 관아를 들이치는 것으로 바로잡을 수 있는 세상이 아닙니다."

중근은 이어 이제는 이준과 이상재, 이동휘 등 명망가들이 나

서 이름조차 협동회로 바꾼 보안회까지 이야기하려다가 아버지가 지쳐 보여 그만두었다.

"그렇게 일이 엄중해졌단 말이냐?"

안태훈이 그렇게 반문해 놓고 갑자기 10년은 더 늙고 쇠약해진 듯한 목소리로 말을 이었다.

"그런 일이라면 이제는 아범이 알아서 해라. 앞으로 이 세상을 더 오래 쓸 사람은 아범이 아니냐? 내게도 한때는 세상 모든 이치가 훤히 들여다보이는 듯하던 때가 있었다. 그러나 이제는 아무것도 모르겠구나. 지금 일어나고 있는 일은 해석할 수가 없고 미래는 전혀 예측이 되지 않으니……."

안태훈은 그렇게 모든 결정을 중근의 뜻에 맡겼다.

중근은 청계동을 떠나기에 앞서 아우 정근과 공근을 불렀다. 그때 정근은 나이 스무 살로 신천 만석지기의 딸 이정서(李貞瑞)와 결혼하여 청계동에 신혼살림을 차리고 있었고, 열여덟이 된 공근도 칠팔 년 익혀 온 한학(漢學)을 밀치고 서울과 신학(新學) 쪽으로 눈길을 돌리고 있었으나 아직은 청계동에 머물러 있었다. 두 아우가 오자 중근이 당부했다.

"아무래도 시절이 심상치 않다. 더는 청계동에 숨어 일문을 온전히 지키는 것만이 능사가 아니게 되었다. 세월과 함께 변화하지 못하면 살아남지 못한다. 나는 당분간 한성에 머물며 변화를 살펴볼 작정이다. 이제 너희들도 붉은 저고리 입은 아이들이 아니니,

내가 없는 동안 이 청계동을 지키고 집안을 돌봐 다오. 특히 아버님을 잘 모셔라. 이제 아버님은 조정에서 보낸 안핵사조차 '청계동 와주(窩主)'라고 부르며 두려워하던 예전의 그분이 아니시다."

그리고 해가 바뀌기 전에 서울로 떠나려 하는데, 이번에는 어머니 조 마리아가 중근을 불렀다. 여자라도 안태훈에 못지않은 기백을 지녀 치마 두른 군자라는 별호를 듣던 조 마리아였으나, 그녀도 격정에 휩쓸려 간 지난 세월에 시달린 탓인지 갑자기 늙고 지쳐 보였다.

"네 아버지한테서 얘기는 들었다. 당분간 서울에 머물게 될 것이라니, 아무리 어미라 하나 사랑에서 내리는 결정을 어찌 간섭하겠느냐마는, 그래도 일러 둘 게 하나 있다."

"무슨 일인지요?"

자신의 하는 일에 좀체 참견하지 않는 어머니가 일껏 불러 하는 말이라 중근이 그렇게 물었다.

"현생 어미에게 다시 태기가 있는 모양이다. 저번에도 너 없이 낳아 길렀는데, 이번에 또 네가 서울에 나가 있게 된다니, 현생 어미가 의젓한 데가 있다고는 하지만 그래도 안됐구나. 이번에는 함께 데리고 가면 아니 되겠느냐?"

"간다고 해서 아주 가는 것도 아닐뿐더러, 가고 오는 날이 기약되지 않은 길입니다. 거기다가 어린것까지 딸린 잉부(孕婦)를 어찌 데려간단 말입니까? 한 집안의 맏며느리가 되어 사구고(事舅姑, 시부모를 섬김), 접빈객(接賓客, 손님을 접대함)도 함부로 팽개쳐서는 안

374

되는 본분일 것입니다."

중근은 한마디로 그렇게 잘랐으나, 마음 한구석으로는 썰렁한 바람이 불어 가는 것 같았다. 중근의 상무적인 기질과 밖으로 나도는 습성 때문에 위기를 맞았던 부부의 정은 천주교 귀의를 통해 새롭게 되살아났지만, 워낙 분주했던 지난 몇 년이었다. 아버지 안태훈이 특유의 호민활동(護民活動)으로 주목받고 쫓기는 동안 맏이로서 그 몫을 대신해야 했던 중근은 청계동에 지긋이 머물러 있을 틈이 없었다. 어머니 조 마리아의 말대로 맏딸 현생은 중근이 교우들의 송사를 도맡아 서울을 드나들 때 태어났고, 한번 제대로 얼러 보지도 못한 동안에 벌써 세 살이 되어 있었다.

그날 밤 중근이 아내 아려에게 술상을 청해 호젓이 마주 앉게 된 것은 아마도 어머니 조 마리아의 그런 깨우침 때문이었을 것이다. 하지만 중근이 원래 그리 다사한 사람이 아닐 뿐만 아니라 가슴속의 정감을 드러내는 데도 능숙하지 못했다. 한 식경이나 말없이 술잔만 비우다가 불쑥 말했다.

"이슬과 같이 허무한 이 세상에 당신과 나는 귀한 부부의 인연을 맺었소. 허나 시절이 다난하여 정분 한번 제대로 나누지도 못하고 무망한 세월만 축냈구려. 그러다가 천주와 성모의 은총을 입어 다묵(도마, 토마스)과 아녜스로 다시 태어나 새 세상을 기약하게 되었소. 이제 우리를 합친 것은 천주 야소이니 사람이 나눌 수는 없소. 우리는 저세상토록 함께 갈 것이오. 다만 한 가지, 현생이도 그러하거니와 이제 태어날 아이도 천주 야소의 점지일 터, 만약 이번에 태어나는 아이가 현생과 달리 남아라면 나는 그 아이를 천주께 바치고 싶소. 그 아이에게는 가문과 겨레의 짐을 모두 덜어 주고 오직 천주께 자신을 봉헌할 수 있게 해 주고 싶소."

그러자 아려가 두 눈을 들어 가만히 중근을 바라보았다. 하지만 그뿐이었다. 가볍게 고개를 끄덕여 따르겠다는 뜻을 전하는 것을 대신하고 다시 그림자처럼 곁에 머물러 앉아 술잔을 비우는 중근을 지켜보기만 했다. 중근은 그로부터 사흘 뒤 서울로 떠났다.

1905년 1월 초순 노기 마레스케[乃木希典] 대장이 이끄는 일본군 제3군은 마침내 러시아 극동함대가 봉쇄당해 있는 여순(旅順)을 함락시켰다. 여순은 러시아가 삼국간섭의 대가로 중국에서 조차해 극동 제일의 얼지 않는 군항(軍港)으로 키운 도시로, 러시아군 10만 명이 수비하고 있었다. 일본 육군은 그 배가 되는 병력으로 여순을 포위 공격하여 6만의 사상자를 내고 함락시켰는데, 사상자 대부분은 노기 대장이 이끄는 제3군이었고, 그 가운데는 노기의 두 아들도 있었다.

노기의 승리는 이미 시작된 근대전을 이해하지 못해, 견고한 요새와 최신 병기인 기관총으로 무장한 대군이 지키는 고지를 정면으로 무모하게 공격하여 보병의 피해를 키웠다는 험담을 들었다. 그러나 그 엄청난 장병들의 피해를 자신의 탓으로 돌려 자결하려 한 노기의 담백한 무사 기질과, 자신이 살아 있는 한 노기는 자살할 수 없다는 메이지 천황의 칙명이 어우러진 후일담은 두 아들의 죽음이 담보한 진정성과 더불어 당대에 이미 신화가 되었다.

'아들 하나 잃었다고 서러워 마라. 아들 둘을 잃은 사람도 있다.'

러일전쟁이 한창인 그 무렵 유행했다는 그런 노래에는 노기를 향한 일본인들의 애정과 믿음이 실려 있다. 그러다가 뒷날 메이지 천황이 죽자 자결로 순사(殉死)하면서 노기는 군신(軍神)으로 숭앙받기도 했다.

같은 일본인이면서도 소설가 시바 료타로[司馬遼太郎]처럼 노기 대장의 군사적 재능을 의심하고 여순 함락의 득실을 달리 보는 사람도 있다. 하지만 어쨌든 그 일은 한 전투의 승리로서도 빛나는 것일 뿐 아니라, 교착의 형태까지 띠어 가던 러일전쟁의 국면을 일시에 전환시킨 계기로서도 의미가 크다. 지구를 반 바퀴나 돌아 오던 러시아 발트함대는 여순 함락의 충격에 사기가 크게 꺾였고, 뒤이은 봉천(奉天) 대회전도 큰 영향을 받게 된다.

봉천 대회전은 그 규모에 있어서 그때까지 유례가 드문 대군의 접전이었다. 그해 3월 1일 유럽으로부터 대규모로 증원군을 받은 러시아의 쿠로파트킨 대장은 봉천 인근에 32만의 러시아군을 펼쳐 여순 함락의 수모를 씻으려 했다. 이에 맞선 것은 오야마 이와오[大山巖] 대장이 이끄는 일본군 5개군 25만이었다.

초기 접전에서 일본군은 필사의 태세로 분전했지만 7만 이상의 사상자를 내고도 우세를 확보하지 못했다. 그런데 쿠로파트킨의 실책이 뜻밖의 전기를 마련해 주었다. 3월 6일 쿠로파트킨은 여순을 함락시킨 일본군 제3군을 과대평가하여 잘 형성된 전선을 뒤틀어 버렸다. 실제로는 4만의 전력도 안 되는 제3군을 10만으로 보고 그들이 배후를 위협할까 봐 봉천 전면의 대군을 빼내 그리로 돌린 게 화근이었다.

갑자기 전면의 압박이 줄어든 것을 감지한 일본군이 봉천으로 밀고 들어 3월 10일에는 봉천을 점령하고 말았다. 그러자 쿠로파트킨은 전선을 북상시켜 정비한 뒤 일본군을 만주 깊숙이 끌어들여 러시아 육군 특유의 장기전법으로 격파하려고 했는데, 그게 실책이었다. 봉천을 내주어 일본군이 승리한 인상을 준 데다, 이미 러시아 군대는 장기전을 펼칠 형편이 되지 못했다. 봉천 대회전에서 승리한 것이 된 일본은 동맹국 영국과 그 우방 미국으로부터 훨씬 더 굳건한 지원을 받게 되지만, 러시아는 여순 함락 직후 페테르부르크에서 벌어진 '피의 일요일'로 제1차 러시아혁명에 접어들고 있었기 때문이다.

거기에 다시 그해 5월 동해해전의 참혹한 패전이 러시아에 마지막 일격을 안겼다. 러시아는 육전(陸戰)에서의 열세를 해전에서 만회하고자 발트함대를 불러왔으나, 일껏 조성한 군항 여순은 함락되고, 육군은 봉천 대회전에서도 패한 뒤라 발트함대의 사기는 말이 아니었다. 지구 반바퀴를 돌아온데다 일본과 동맹을 맺은 영국의 방해책동으로 지치고 피폐해져 한반도에 이른 발트함대는 낯선 일본의 영해에서 싸우기보다는 몰래 대한해협을 빠져나가 블라디보스토크로 돌아간 뒤 다시 함대를 정비하고 나서 일본과 싸우려 했다.

발트함대는 밤중에 불을 끄고 대한해협을 지나 동해를 빠져나가려 했다. 그러나 기함(旗艦), 구축함, 순양함에 병원선까지 합쳐 38척의 대함대로 일본 해군이 눈에 불을 켜고 지키는 좁은 해협을 들키지 않고 빠져나가기란 어려운 일이었다. 27일 새벽 러시아 병원선의 부주의로 발트함대가 일본 연합함대에 발각되면서 대해전이 벌어졌다. 발트함대는 로제스트벤스키의 지휘 아래 이틀이나 분전했으나, 끝내 도고 헤이하치로[東鄕平八郎]가 이끄는 일본의 연합함대에게 전멸당하고 말았다.

발트함대를 격멸한 일본은 진작부터 짜여 있던 각본대로 러시아와의 강화(講和) 작업에 들어갔다. 동해해전이 있고 일주일도 안 돼 일본 정부는 루스벨트 미국 대통령에게 강화회의 개최 중개를 의뢰했다. 루스벨트는 일본과 동맹을 맺은 영국과 보조도 맞추고, 또 일본으로부터 필리핀 지배를 인정받고 싶던 미국의 대통령으로서 기꺼이 그 중개를 맡아 주었다.

러일전쟁 강화회의는 미국의 항구 포츠머스에서 열렸다. 러시아 외상 비테와 일본의 전권 공사 고무라 주타로[小村壽太郎]가 6월부터 8월까지 열 번에 걸친 회의를 열어 강화조건을 논의했다. 일본은 대한제국의 자유 처분(自由處分), 만주에서의 러시아군 철군, 요동반도 조차권과 동청철도(東靑鐵道)의 일부 양도를 요구하고, 군비 배상과 연해주 근해의 어업권 양도도 곁들였다.

몇 번의 전투에서 지기는 했지만 본토는 한 치도 잃은 적이 없는 러시아가 그런 일본의 요구를 받아들일 리가 없었다. 처음부터 자기 것이 아니었던 대한제국 처분권과 여순·대련 조차권, 그리고 연해주 어업권의 일부만 일본에게 넘겨주었을 뿐, 배상금과 만주에서의 철병은 단호히 거절하였다. 그것도 본국의 내란(제1차 러시아혁명) 때문에 러시아 육군 전통의 지구전으로 싸움을 계속하지 못함을 한스러워하면서였다.

강화회의 개최를 중개한 루스벨트는 은연중에 일본의 승리를 확인시키는 방향으로 러시아를 종용하였고, 그 회담이 끝나기도 전에 미국은 일본으로부터 은밀하게 그 대가를 받는다. 곧 그해 7월 말에 있었던 가쓰라-태프트밀약(密約)으로 대한제국을 일본에 넘기는 대신 미국은 일본으로부터 필리핀에서의 독점적 지배권을 인정받은 일이 그랬다. 그래 놓고도 루스벨트는 그 강화회의 중재의 공로로 멀쩡하게 노벨 평화상을 받았으니, 그 상에는 벌써 백년 전부터 교활한 정치 수완을 장식하는 기능이 있었던 모양이다.

일본은 러시아를 물리침으로써 한반도에서의 마지막 국제 경쟁자를 물리친 셈이었으나, 한반도 병탄 작업은 강화회의가 끝나기 전에도 끊임없이 진행되고 있었다. 그해 1월부터 서울 일원의 치안 경찰권은 일본 헌병대에 넘어갔으며, 그달 말에는 고등경찰 제도가 실시되었다. 대한제국의 황권(皇權) 존중이나 자주독립을 상소하는 자가 있으면 고하를 가리지 않고 체포 구금하였고, 한낱 현(縣)의 고시(告示)로 독도를 침탈하여 앞으로 있을 합병 때의 반응을 미리 살폈다. 4월에는 외국에 나가 있는 대한제국 공사(公

使)들을 모두 불러들이게 하여, 외교권 박탈에 분개한 주영(駐英) 공사 서리 이한응(李漢應)이 자결하기도 했다.

대한제국도 나름으로 저항을 계속했다. 황제가 밀서를 주어 미국으로 보낸 이승만이 《워싱턴 포스트》 지와의 인터뷰에서 일본의 대한제국 침략 실태를 폭로하고, 여순 함락과 '피의 일요일' 때문에 정신 못 차리고 있는 러시아 황제에게도 밀서를 보내 일본을 견제해 달라고 호소하였다. 가쓰라-태프트밀약을 앞두고 있는 미국의 대통령에게는 좀 엉뚱했겠지만, 광무 황제의 밀사 이승만과 윤병구는 루스벨트에게도 대한제국의 독립청원서를 전달했다.

하지만 그사이 러일전쟁은 끝이 나고 일본의 승리를 확인하는 형태로 강화조약이 맺어지자 마침내 대한제국에는 흔히 을사늑약(乙巳勒約)이라 불리는 임종 전의 마지막 응급조치가 내려진다. 다르게는 제2차 한일협약이라고도 하고 한일협상조약 또는 을사보호조약이라고 불리는 그 늑약이 체결되던 날의 참상을 돌아보는 것은 백여 년이 지난 지금도 끔찍하다.

1905년 11월 9일 일본의 특사로 서울에 온 이토 히로부미는 다음 날 광무 황제를 배알하고 천황의 친서를 전했다.

짐이 동양 평화를 위해 대사를 특파하오니, 대사의 지휘에 따라 조처하소서.

대강 그런 내용이었으나 친서를 봉정하는 이토의 언동은 다분히 위압적이었다. 이어 15일에 다시 광무 황제를 배알한 이토는 대한제국을 일본의 보호국으로 한다는 내용을 골자로 하는 새 한일협약안(案)을 바쳤다. 그 내용을 본 황제와 대신들이 다음 날 하루 종일 논의했으나 결코 받아들일 수 있는 것이 못 되었다.

하루를 기다려도 대한제국 조정의 응답이 없자 일본 공사 하야시는 대한제국 각부 대신들을 일본 공사관으로 불러 그 새로운 한일협약을 승인하도록 재촉했다. 조정의 대신들이 모두 궁궐 밖 외국 공사관에 불려 가 회의를 열 정도이니, 그때 이미 대한제국은 한 국가로서의 권위를 잃은 뒤였는지도 모르겠다. 하지만 거기서도 결론을 얻지 못하고 오후 3시를 넘기게 되자 하야시는 장소를 궁궐로 옮겨 어전회의(御前會議)로 바꾸었다.

그날 궁궐 주변과 광화문 일대에는 무장한 일본군이 뒤덮이다시피 삼엄한 경계를 펼치고 있었고, 일본군 대부대는 쉴 새 없이 시가지를 행진하며 위력 시위를 했다. 심지어는 어전회의가 열리고 있는 궁궐 안에도 착검한 헌병과 경찰이 거리낌 없이 드나들면서 살기를 내뿜었다. 하지만 그런 위협 아래서도 어전회의는 여전히 일본이 제안한 조약을 거부한다는 결정을 내렸다.

이에 이토는 주한 일본군 사령관 하세가와 요시미치[長谷川好道]와 함께 세 번이나 광무 황제를 찾아뵙고 위협하듯 재촉하였다.

"이는 우리 천황 폐하의 뜻이자 동양 평화를 위한 길입니다. 폐하께서는 속히 어전회의에 납시어 대신들과 숙의하고 원만한 해결을 보도록 하옵소서."

그러나 광무 황제가 끝내 거부하여 황제 없이 어전회의가 다시 열렸는데, 거기서도 원하는 결론이 나지 않자 일본 공사 하야시는 이토를 회의장으로 불러들였다. 주둔군 사령관 하세가와와 착검한 헌병들을 딸리고 회의장에 들어온 이토는 이미 끝난 회의를 다시 열어 대신들에게 차례로 조약에 찬성하는지 아닌지를 물었다.

그날 회의에 참석하였던 대신 가운데 당당히 반대의 뜻을 밝힌 사람은 참정대신(參政大臣) 한규설과 탁지부 대신 민영기였다. 법부대신 이하영과 농상공부대신 권중현은 반대에 가까웠으나 권중현은 나중에 찬성으로 돌아섰고, 나머지 참석한 대신들은 모두가 이토의 강압에 못 이겨 약간의 수정을 조건으로 찬성하고 말았다.

대신들의 변절에 격분한 참정대신 한규설이 고종에게 달려가 그 결정을 막게 하려다가 중도에 쓰러지자 이토는 한규설을 궁궐 한구석에 연금하고 다른 대신들과 회의를 이어 가 약간의 수정 끝에 마침내는 한규설과 민영기, 이하영을 뺀 다섯 대신들의 승인을 받았다. 그때 조약 체결에 찬성한 학부대신 이완용, 군부대신 이근택, 외부대신 박제순, 내부대신 이지용, 농상공부대신 권중현을 을사오적(乙巳五賊)이라 하고, 그 조약은 흔히 을사보호조약 또는 을사늑약이라 부른다.

이토 히로부미의 한문식 표기 이등박문(伊藤博文) 넉 자가 중근의 머릿속에 특별한 의미로 각인되기 시작한 것은 아마도 그런 을사늑약 체결 과정을 통해서였을 것이다. 이등박문은 그 전해에 도 메이지 천황의 특사로 조선에 온 적이 있으나, 그때는 감사 사절로 온 데다 중근이 다른 일에 몰두하고 있을 때라 별반 주의를 끌지 못했다. 하지만 이번에는 중근이 서울로 옮겨 앉아 유심히 시국을 살피고 있었을 뿐만 아니라, 중근이 읽고 있던 신문들도 조약 체결의 과정을 상세하게 보도하여 이등박문의 위세와 역할을 알아볼 수 있었기 때문이었다. 그러다가 그해 말 통감부가 설치되고, 이등박문이 초대 통감으로 오게 됨으로써 그 이름은 국권 침탈의 원흉(元兇)으로 더 깊이 각인되었다.

이토 히로부미의 출신과 성장 환경은 여러 가지로 임진왜란을 일으킨 도요토미 히데요시[豊臣秀吉]를 연상시키는 데가 있다. 농군 출신으로 타향을 떠돌던 도요토미가 최전선에서 싸우다가 소모되는 하급 무사 아시가루[足輕]가 되면서 신분 상승의 길을 가듯이, 이토 히로부미도 농군에서 하급 무사의 양자가 된 아버지를 따라 아홉 살에 비로소 무사의 신분을 얻고 출세의 첫발을 내딛는다. 어린 시절 이토 히로부미는 영민한 소년이란 평을 들었지만 동시에 거짓말쟁이란 말도 있었다. 아마도 그가 일생 의지한 계모(計謀)의 양면이 그렇게 나타났을 것이다.

전국 말기와 막부 말기가 다르듯 이토 히로부미의 성장 환경은 도요토미 히데요시와 많이 다르다. 도요토미가 문자도 깨우치지 못했다고 할 만큼 배움의 기회가 없었던 데 비해, 이토는 하급 무사의 아들로서 일찍부터 관청의 사환이 되어 고생하기는 해도 호코인[法光院]이라는 절에서 초보적인 교육을 받았다. 그리고 열여섯 때는 뒷날 '마쓰시타[松下]정경숙(政經塾)'으로 더 잘 알려진 쇼카손주쿠[松下村塾, 야마시다 학당]에서 공부하게 된다.

쇼카손주쿠는 일본 개화파의 선구자 요시다 쇼인[吉田松蔭]이 세운 사립학교로서 관학(官學)에서는 가르치지 않는 난학(蘭學, 네덜란드어)과 영어를 비롯해 주로 서양 문물을 가르쳤다. 이토는 거기서 1년 동안 공부했는데 세계 정세, 특히 서양 사정에 눈뜨게 된 것 못지않게 중요한 소득은 이른바 '쇼카 인맥(松下人脈)'에 닿게 된 것이었다. 이토는 요시다 쇼인을 존경하는 만큼이나 그로부터 총애를 받았고, 뒷날 조선 공사와 외무상을 거쳐 수상에 이르는 이노우에 가오루[井上馨]와 메이지 시대의 혁명아 다카스기 신사쿠[高杉晋作] 등을 만나 일생의 동지가 되었다.

이토 히로부미는 개화파의 지식을 습득하였으면서도 정치적으로는 존왕양이(尊王攘夷) 운동에서 출발하였다. 그런데 흥미로운 일은 이토가 처음으로 세상 사람들의 이목을 끈 정치 활동이 바로 암살이었다는 점이다. 스물한 살 때인 1862년 이토는 공무합체론(公武合體論, 천황 조정의 전통적인 권위를 빌려 막부(幕府) 권력의 재구축을 꾀한 운동)을 주장하는 나가이 우타[長井雅樂]를 암살하려 했고, 이듬해에는 막부 권력을 옹호한 국학자 하나와 다다토미[塙忠宝]와 가토 고지로[加藤甲次郎]를 고향 친구인 야마오 요조[山尾庸三]와

함께 암살하였다. 뿐만 아니라 그는 에도의 영국 공사관에 불을
질러 테러리스트의 또 다른 면모를 보여 주기도 했다.

잇따른 존왕양이 활동의 떠들썩한 성과인지, 1863년 영국 공
사관 방화로 숨어 지내던 이토 히로부미에게 새로운 기회가 주어
졌다. 고향인 조슈[長州] 번주(藩主)의 명을 받아 쇼카손주쿠의 동
창인 이노우에 가오루 등 이른바 '조슈 오걸(五傑)'과 영국으로 유
학을 떠나게 된 일이 그랬다. 영국으로 밀항하면서 상해에서 벌써
존왕양이파에서 개국론자로 바뀐 그는 유니버시티 칼리지 런던
에서 화학을 공부하게 되었다.

하지만 몇 달 되지 않아 미국·영국·불란서·네덜란드 네 나라
함대가 연합하여 조슈번(藩)을 공격하려는 계획을 탐지하게 되면
서 이토 히로부미의 짧은 유학 생활은 끝나고 만다. 1864년 11월
이노우에 가오루와 함께 먼저 조슈로 돌아온 그는 그동안의 견문
을 내세워 조슈 번주와 번사(藩士)들에게 개국이 불가피함을 주장
하며 전쟁을 막아 보려 했다. 그러나 결국 하관전쟁(下關戰爭) 또
는 시모노세키포격사건을 막지는 못하고, 참담한 패배를 맛본 조
슈번의 전후 평화 교섭에 통역으로 참가하게 된다.

하관전쟁에 이어 막장전쟁(幕長戰爭, 막부와 조슈(장주)번 간의 전
쟁)이 터지면서 이토 히로부미에게 또 한 번의 전기가 왔다. 하관
전쟁에서 쓴맛을 본 조슈번의 보수파들이 막부에 대해서도 타협
적인 태도를 보이자 진작부터 도막운동(倒幕運動, 막부를 쓰러뜨리
고 권력을 천황에게 돌려주자는 운동)에 가담하고 있던 이토는 또 다

른 쇼카손주쿠의 동창인 다카스기 신사쿠 등과 함께 군사를 일으켜 조슈번의 실권을 장악한다. 그때 주류파는 번정(藩政) 개혁에 착수했는데 이토는 주로 외교교섭을 담당하였다.

그 뒤 3차에 걸친 막부의 정벌을 버텨 낸 조슈번은 또 다른 도막(倒幕) 세력인 사쓰마번[薩摩藩]과 연합하여 1868년 마침내 메이지 유신에 성공한다. 이때 비로소 이름을 이토 히로부미로 바꾼 이토(본명은 하야시 도시스케[林利助]로 당시는 슌스케)는 이듬해 신정부에 참여하여 외국사무국 판사, 현(縣) 지사 등 여러 요직을 거쳤다. 그때 그의 나이 스물여덟이었는데, 뒷날 그를 포살한 안중근이 블라디보스토크로 망명하던 때의 나이와 같았다.

1870년 이토 히로부미는 재정과 화폐 제도를 살펴보기 위해 미국에 다녀온 뒤 이듬해 다시 이른바 '이와쿠라[岩倉] 사절단'에 끼어 두 해나 더 구미 제국을 시찰하고 돌아온다. 이와쿠라 사절단은 이와쿠라 도모미[岩倉具視]가 이끄는 46명의 대규모 사절단인데, 그 속에는 오쿠보 도시미치[大久保利通]와 기도 다카요시[木戶孝允] 같은 거물들이 있었다. 특히 이와쿠라와 오쿠보, 기도는 사이고 다카모리[西鄕隆盛]를 비롯한 급진적 정한론자(征韓論者)들을 축출하고 서남전쟁(西南戰爭)을 진압한 뒤 메이지 시대를 주름잡은 정객들로 이토 히로부미가 존경한 정치적 선배들이었다. 그때 이토 히로부미는 통역으로 따라가 그들 모두에게서 인정을 받고 특히 오쿠보 도시미치로부터는 총애에 가까운 신임을 얻게 된다.

안중근은 나중 하얼빈 역두에서 처음 본 이등박문(이토 히로부미)의 모습을 이렇게 묘사하고 있다.

앞을 보니 노서아(러시아) 일반 관리들이 호위하고 오는 중에 맨 앞에 얼굴이 누르고 흰 수염을 단 조그마한 늙은이 하나가 이같이 염치없이 감히 하늘과 땅 사이를 횡행하듯 걸어오고 있었다. 나는 '저것이 곧 늙은 도둑 이등박문일 것이다.' 하고 단총을 뽑아 들고…….

이토 히로부미를 늙은 도둑, 그것도 조국의 국권을 앗아 간 도둑으로만 여기고 있는 안중근에게는 그의 당당하고 자신감에 찬 걸음걸이가 "염치없이 감히 하늘과 땅 사이를 횡행하는"것처럼 보였을 것이다. 그러나 어떻게 보면 이토의 정치적 생애는 1873년 이와쿠라 사절단과 귀국한 뒤부터 줄곧 그런 걸음걸이로 이어져 왔는지도 모를 일이다. 1878년 오쿠보 도시미치가 암살당하자 이토는 서른일곱의 나이로 그 뒤를 이어 내무경(內務卿)이 되었고, 1885년 내각 제도가 시행되면서 마침내는 총리대신에 뽑혀 일본의 초대 수상에 올랐다. 그를 메이지 정부의 중심으로 끌어들이는 계기 또한 암살이라는 것도 의미 있게 기억해 둘 대목일 듯하다.

마흔다섯에 수상이 되어 정권의 정점에 올랐으나 그 뒤로도 이토 히로부미의 승승장구는 이어졌다. 1889년 후임 총리에게 내각을 넘긴 이토는 유럽으로 건너가 독일과 오스트리아의 저명한 헌법 학자들로부터 강의를 받고 돌아온 뒤 '대일본제국 헌법' 초안과 제정에 중심적인 역할을 했다. 이로써 일본은 아시아 최초의 근대적 입헌 국가가 되었으며, 이토는 '메이지의 원훈(元勳)'이란 칭송을 듣게 된다. 1890년대에는 주로 국제문제에 국가의 원로로 관여해 그 정책 결정과 국제적 조정에 중요한 역할을 담당했다.

1900년대 초반 대(對)러시아 정책에서는 친로정책을 표방하고, 아리가타 요리토모[山縣有朋] 등의 영일동맹(英日同盟) 주장에 반대했다. 또 한만교환론(韓滿交換論)을 주장하여 일찍부터 대한제국 병합의 길을 열었다. 그러다가 1905년 러일전쟁에서의 승리가 예측되자 한반도로 건너와 을사늑약 강제 체결을 진두지휘하고, 이듬해에는 초대 통감으로 와서 대한제국 병합의 기초를 다지게 되었다.

중근이 청계동으로 돌아갈 마음을 먹은 것은 《황성신문》에서 장지연의 「시일야방성대곡(是日也放聲大哭)」이란 사설을 읽은 날 아침이었다.

'이등(伊藤)은 평일에 동양 3국이 솥발같이 갈라서서 태평 안락하게 되기를 스스로 담당하고 주선하던 인물이라, 금일에 대한제국에 오는 것이 필경 우리나라가 독립을 완전히 공고케 할 방략을 권고하기 위함이리라.'

장지연이 말한 대한제국 인민들의 그와 같은 기대는 중근에게도 그 아침까지 간절하게 남아 있었다. 하지만 을사늑약이 체결되고, 드디어 모든 것이 명확해지자 자신이 해야 할 일의 경중과 완급의 순서가 한순간에 잡혀 왔다. 중근은 그날로 말을 빌려 청계동으로 달려갔다.

중근이 집으로 돌아가니 아버지 안태훈은 이미 중병으로 누워 있는 환자였다. 비록 청계동 깊이 틀어박혀 성한 날보다 앓아누워 지내는 날이 많았지만, 안태훈도 들을 것은 다 들어 알고 있는 듯했다. 울분과 상심으로 나날이 무거워지던 병은 마침내 안태훈을 자리보전하고 눕게 만들었다.

"지난 3일 일진회(一進會)가 대한제국의 외교권을 일본에 위탁해야 한다고 주장했다는 말을 듣고 화를 내시다가 혼절하신 뒤로 여태껏 일어나지 못하고 계십니다."

기특하게도 안태훈 곁에 남아 병 수발을 들던 막내아우 공근이 그렇게 근황을 일러 주었다. 그 소리에 깨었는지 잠들어 있는 듯하던 안태훈이 가만히 눈을 떠 중근을 살피다가 몸을 일으켰다. 자다가 일어난 사람처럼 별일 없는 듯이 보이려고 애썼지만, 방바닥을 짚고 일어서는 것이나 알아보게 떨리는 두 팔에서 힘들어하는 기색이 절로 드러났다. 원래 몸져누운 어른께는 절하고 뵙는 법이 아니지만, 워낙 아버지가 병색을 감추려고 애쓰는 걸 보고 중근은 큰절로 문안을 드렸다.

"네가 이렇게 돌아온 걸 보니 서울에 무슨 변고가 있는 모양이구나. 무슨 일이냐?"

안태훈이 병자같이 보이지 않으려고 애쓰며 물었다. 그러나 사람을 꿰뚫는 듯한 눈빛도, 낭랑하지만 자르는 듯한 목소리도 없었다. 중근이 콧마루가 시큰해 오는 것을 참으며 담담하게 받았다.

"이틀 전 조선과 일본 사이에 조약이 맺어져 조선은 일본의 보호국이 되었습니다. 이제 외국과의 교섭이나 군사를 거느리는 권한은 모두 일본인에게 넘어갔습니다."

"해주에서 그런 전보가 왔다는 소리를 나도 전해 들었다. 그래, 일이 어쩌다가 그리되었으며, 이제 우리는 어찌해야겠느냐?"

안태훈이 별로 상심한 기색을 드러내지 않고 다시 그렇게 물었다. 중근도 쓸데없는 강개를 드러내지 않으려고 애쓰며 대답했다.

"일본이 아라사(러시아)와 개전했을 때, 전쟁을 선포하는 글 가운데 동양의 평화를 유지하고 대한제국의 독립을 굳건히 하겠다는 말이 있었습니다. 허나 싸움에 이긴 일본은 그와 같은 대의를 저버리고 야심에 찬 책략을 자행하고 있는데, 그것은 모두 일본의 대정치가인 이등박문의 못된 꾀에서 나왔습니다. 먼저 강제로 조약을 맺고, 다음으로 이 땅의 뜻있는 사람들이 만든 모임을 없앤 뒤에 삼천리강토를 삼키려는 것이 우리 조선을 망치는 책략이요, 이등박문의 못된 꾀입니다.

그러므로 어서 빨리 계책을 세우지 않으면 이 나라 이 겨레는 큰 화를 면하기 어려울 것입니다. 어찌 두 손 처매 놓고 아무 계책 없이 앉아서 죽기만을 기다리겠습니까. 하지만 이제 와서 의려(義旅)를 일으켜 이등박문의 술책에 반대한들 이미 강약(强弱)이 같지 않으니 부질없이 죽게 될 뿐, 아무것도 얻는 바가 없을 것입니다.

이제 길은 하나, 힘이 있을뿐더러 일본과 원험 진 외국으로 나가 그들과 힘을 합쳐 일본을 치고 이 땅의 자주와 독립을 회복하는 것뿐입니다. 요사이 듣자 하니 청나라 산동(山東)과 상해(上海) 등지에 우리 동포들이 많이 옮겨 살고 있다고 합니다. 또 청나라는 갑오전쟁(甲午戰爭, 청일전쟁)에 진 분한을 잊지 못해 밤낮으로 원수 갚을 방도를 강구하고 있다고 들었습니다. 우리 집안도 모두 그리로 옮겨가 살면서 앞뒤 방책을 도모해 보는 것이 어떻겠습니까?"

"청나라라면 큰 바다를 건너야 하고, 시절도 20년 전 우리가 해주에서 청계동으로 옮겨 앉을 때와는 다르다. 우리가 그리로 건너가는 일이 어찌 그리 쉽겠느냐?"

드디어 병심(病心)이 나오는지 안태훈이 갑자기 처연한 목소리로 물었다. 중근이 함께 처연해지지 않으려고 애쓰며 말했다.

"제가 먼저 그리로 가서 형세를 살펴보고 올 것이니, 그동안 아버님께서는 가만히 떠날 마련을 하시고 짐을 꾸리신 뒤에 가족들을 데리고 삼화항으로 나와 기다리십시오. 제가 돌아오는 날 다시 의논해서 정하면 큰 낭패는 없을 것입니다."

그 말에 안태훈이 고개를 끄덕여 부자간의 의논은 정해졌다. 며칠 뒤 중근은 다시 여장을 꾸려 청나라로의 먼 길을 떠났다.

홀로 헤쳐 가는 길

처음 중근은 뭍으로 길을 잡아 압록강을 건너 청나라로 들어갈 작정이었다. 그러나 관서 지방은 러일전쟁 동안 일본군 쪽의 병참로이자 기지이기도 하여서 지나기가 불편할 정도로 황폐해져 있었고, 여순 공방전을 중심으로 러일전쟁의 주된 전장 중 하나였던 압록강 건너편의 요동(遼東) 일대도 민심이 황폐하기 짝이 없었다. 산동과 상해의 형세를 살펴보기 위해 뭍길로 지나기에는 시간과 물력(物力)의 낭비가 너무 심할 것 같았다.

　이에 해주로 내려간 중근은 거기서 청나라 사람들이 부리는 낡은 기선을 얻어 타고 청도(靑島)로 갔다. 청도는 원래 교주(膠州)만의 작은 어항에 지나지 않았으나, 일고여덟 해 전 독일이 교주만을 조차한 뒤 상항(商港)으로 개발하여, 그 무렵에는 외국의 기선들이 제법 드나들고 있었다. 거기다가 뱃길도 가까울 뿐만 아니라, 청나라의 북양함대에 이어 러시아의 극동함대와 발트함대를 잇달아 격멸하고 제해권을 장악한 일본 해군의 안마당이 된 황해를 가로지르는 것이라 안전하였다.

세계를 향해 열린 상항답게 청도에도 새로 흘러든 동포들이 있었다. 그러나 새로 열린 항구처럼 와서 산 지 오래지 않을뿐더러 머릿수도 그들과 무슨 일을 꾀할 만큼 많지 않았다. 며칠 머물러 뱃길의 여독을 풀기 바쁘게 동포들이 모여 산다는 곳으로 발길을 옮겼다. 연대(煙臺)나 위해위(威海衛) 같은 바닷가뿐만 아니라, 태산을 돌아 제남(濟南)까지 동포들이 모여 산다는 곳은 대강 돌아보고 일가가 옮겨 살 만한 곳이 있는지를 살펴보았다.

뱃길이 가까워서인지 산동 지방은 옛날부터 조선의 북쪽 끄트머리 같은 느낌이 있어 변란의 시대가 되면 조선 사람들이 몸을 피하는 곳이 되었다. 그러나 쪽배로는 건널 수 없는 뱃길이라는 점이 압록강 북변인 서간도(西間島), 북간도로 옮겨 간 조선 유민(流民)들과는 다른 특성을 띠게 하였다. 구걸로 연명하며 몸으로 굴러 반도 서북 땅을 가로지른 뒤 무인지경에 가까운 산골에 땅을 일궈 눌러앉은 사람들과 그래도 큰 배에 자리를 마련하고 있는 대로 싸 말아 새로이 살 곳을 찾아 나선 사람들의 차이였다.

'가진 자'라고까지 할 것은 없지만, 적어도 말 그대로 '뿌리 뽑힌 자'의 처지는 아닌 이주민들이 더 많은 산동 지방의 동포들에게는 멀리 바다 건너 조국의 문제보다는 새로 옮겨 앉은 땅에 정착하는 일이 더 급했다. 서로 도와 생계를 도모하는 데는 도움이 될 수 있어도, 조국을 위해 외석과 싸우는 일에는 그리 큰 힘이 되어 줄 것 같지 않았다. 거기다가 그들의 머릿수도 일을 당해 긁어모은다 해도 산동을 통틀어 일여(一旅, 5백 명 정도의 군대)를 채우기 어려울 것 같았다. 이에 중근은 제남에서 기차를 타고 상해로 내려갔다.

중근이 상해역에 내린 것은 12월 초순의 겨울바람이 매서운 밤이었다. 아무도 기다리지 않는 역두의 가스등 아래로 걸어 나오면서 중근은 문득 망명객의 비감(悲感)에 젖어 들었다.

'조국 대한은 만 리 밖이다. 아무도 기다리지 않는 이국땅에서 이제 다시 시작해야 하는구나……'

밤늦어 휑해 보이는 역 광장을 돌아보며 중근이 그렇게 중얼거리는데, 광장 구석 어두운 곳에서 한 떼의 인력거가 몰려오면서 알아듣지 못할 소리를 질러 댔다. 제남에서 이미 들은 말이 있어 중근은 품에서 종이쪽 한 장을 꺼내 펼쳐 보였다. 조선 사람들이 많이 산다는 동네 이름을 적은 것으로 필담을 대신해 내민 것이었다. 글을 잘 몰라서인지 종이쪽지를 받은 인력거꾼들이 저희끼리 무어라고 떠드는데, 뒤편에서 귀에 익은 소리가 들려왔다.

"그곳이라면 내가 데려다 주겠소. 나는 조선 사람이오."

중근이 반가운 눈길로 그를 보니 추레한 중국옷을 걸치고 있었으나 어딘가 낯익은 느낌이 드는 얼굴이었다. 인력거를 타고 가면서 들으니 어느 해 난리 때 조선에서 도망쳐 나와 간도로, 요동으로 흘러 다니다가 몇 해 전 상해 역두에 인력거꾼으로 눌러앉게 된 사람이었다. 꾸며 댄 듯한 이름은 대도, 관향(貫鄕)이나 이력은 굳이 밝히지 않으려는 것으로 보아 무언가 조선 땅에 곡절 많은 과거가 있는 사람 같았다.

　노상해(老上海, 옛 상해성이 있던 지역)의 빈민가에서 여인숙을 하는 어떤 조선인의 집에 거처를 정한 중근은 다음 날부터 인근에 옮겨 와 살고 있는 동포를 찾아보기 시작했다. 상해 인근에는 들었던 것보다는 많은 조선인들이 살고 있었다. 그러나 구미인(歐美人)들이나 일인들처럼 조계(租界)를 가지고 번성하기는커녕, 중국인들의 거리 골목골목에 흩어져 헐벗고 고단한 삶을 이어 가기조차 어려울 지경이었다. 거기다가 벌써 백만이 넘는 인구가 북적대는 대도시에 빌붙어 사는 유리함만큼이나 각박하고 살벌한 생존 경쟁을 치러야 하기 때문인지, 그들의 실상은 산동의 동포들이나 크게 다를 바 없었다.
　하지만 상해와 산동의 동포들에게 다른 게 전혀 없는 것은 아니었다. 아편전쟁 이래 구미 여러 나라에 대한 개항장(開港場) 노릇을 하면서 얻은 국제성이나 도시의 실권이 외국인 해관세무사(海關稅務司)의 손에 넘어가면서 발전된 조계의 치외법권 같은 것들은 상해에 도피처 또는 망명지로서의 특성을 더하였다. 그리고 그런 특성에 맞게 상해에는 조선의 이름난 인물들도 여럿 망명해 와 있었다.
　중근은 그들 가운데 먼저 민영익(閔泳翊)을 주목하였다. 민영익은 민태호의 아들로서 민비의 양오라비인 민승호가 폭살(爆殺)당하사 양사로 입석되어 민씨 척족(戚族) 정치의 핵심이 되었다. 그 이태 뒤 문과에 급제하자마자 이조참의에 올랐고, 이어 여러 요직을 거치면서 일본과 미국을 둘러보고 와서 개화파가 되었다. 그러나 가문의 한계로 친군영(親軍營)의 우영사(右營使)가 되어 개화파를 견제하게 되면서 미움을 받아, 갑신정변 때는 개화파의 자객에게 온몸이 난자당하기도 했다.

그 뒤 다시 정부 요직을 맡아 김옥균 암살을 지휘하기도 하고 임오군란 뒤에 청나라에 끌려간 대원군의 환국을 가로막기도 했다. 병조판서 때는 조선 조정이 러시아와 손잡고 청나라에 맞서려는 정책을 원세개(袁世凱)에게 밀고하였다가, 정치적으로 위협을 느끼자 내탕금을 빼내 청나라로 달아난 뒤, 홍콩과 상해를 오락가락하며 숨어 살았다. 그러나 얼마 뒤 조선으로 돌아왔는데, 민비를 잊지 못하는 광무 황제가 다시 그를 무겁게 써서 선혜청 당상(善惠廳堂上)에까지 올랐다. 하지만 오래잖아 고종 폐위 음모 사건에 연루되어 또다시 상해로 망명하였다.

중근이 상해에 갔을 때는 민영익이 10년째 망명 생활을 하고 있을 때였다. 그러나 민씨 척족의 핵심인 데다 조선 조정의 거물로 지냈던 터라 민영익의 명망은 아직 남아 있었다. 거기다가 재물은 귀신도 부린다던가, 조선에서 싣고 간 엄청난 재물은 청나라 관리들도 무시할 수 없는 위세까지 더해 주었다. 중근이 민영익을 만나고자 한 것은 바로 그 명망과 위세 때문이었다. 비록 죽은 명성황

후의 조카로서 부당하게 누리고 있는 명망과 위세였지만, 조선의 자주와 독립을 되찾기 위해 일제와 건곤일척의 결전을 벌일 때는 쓰임이 있을 듯해서였다.

중근은 여러 날 수소문 끝에 민영익의 집을 알아냈다. 민영익은 불란서 조계(租界) 가까운 주택가에 큰 저택을 얻어 살고 있었다. 중근이 양풍(洋風)의 커다란 철문을 두드리자 양복 차림을 한 청지기가 나와 문도 열어 보지 않고 거만하게 물었다.

"댁은 뉘시오? 어찌하여 왔소?"

"나는 조선에서 건너온 안중근이라 하오. 민영익 대감을 만나 뵈러 왔소."

중근이 그렇게 대답하자 청지기가 비웃듯 대답했다.

"그렇다면 헛걸음하셨소. 우리 대감은 조선 사람을 만나 주시지 아니하오."

그 말에 중근은 울컥 화가 치밀었으나 그날은 참고 돌아왔다.

며칠 뒤 중근은 다시 민영익의 집을 찾아가 만나기를 청했다. 그러나 그때도 이전의 그 청지기가 나와 문도 열어 보지 않고 전과 같은 말로 돌려보내려 했다. 중근이 이번에도 참고 미리 준비해 간 서찰을 문틈으로 들이밀며 말했다.

"그럼 대감께 이 서찰이라도 올려 주시오. 며칠 후에 다시 오리다."

그 서찰은 아버지 안태훈의 이력에다 그 전해까지 장례원경(掌隷院卿)과 비서감경(秘書監卿)을 지낸 김종한과의 유별난 인연까지 곁들인 자기소개서였다. 하지만 소용없었다.

며칠 뒤 중근이 다시 민영익의 저택을 찾아가자 겨우 대문을 열고 나온 청지기가 비웃듯 말했다.

"내 무어라 했소? 우리 대감은 조선 사람을 만나지 않는다 하지 않았소? 공연히 인심 내어 공의 글을 전했다가 꾸중만 들었소."

그 말에 더는 참지 못한 중근이 목소리를 가다듬어 준엄하게 말했다.

"그대는 민 대감에게 내 말을 전해 주시오. 반드시 이대로 전해 주셔야 하오!"

그래 놓고 문득 크게 소리 높여 꾸짖었다.

"그대는 조선 사람이 되어 가지고 조선 사람을 만나지 않겠다면 대체 어느 나라 사람과 만난다는 것인가? 더욱이 그대는 조선에서 여러 대 나라의 봉록을 먹은 신하로서, 이같이 어려운 때를 만나 전혀 백성을 사랑하는 마음 없이 베개를 높이 하고 편안히 누워 조국의 흥망을 잊고 있다. 세상에 어찌 이와 같은 도리가 있을 수 있는가? 오늘날 나라가 위급해진 것은 그 죄가 오로지 그대 같은 고관대작에게 있고 백성들의 허물 탓이 아니기 때문에 낯부끄러워 그들을 만나지 못하는 것인가?"

그렇게 한참을 꾸짖고 돌아선 뒤 두 번 다시 민영익의 집을 찾지 않았다.

중근이 두 번째로 찾아본 조선 사람은 서상근(徐相根)이란 상인이었다. 그는 상해 번화가에 점포를 가지고 있었는데, 그 재산이 몇 만금인지 모른다는 소문이었다. 큰일을 위해 사람을 모아 부리려면 무엇보다도 자금이 있어야 한다는 것을 잘 아는 중근으로서는 또한 만나 보지 않을 수 없는 사람이었다.

다행히도 서상근은 찾아온 중근을 피하지 않고 만나 주었다. 중근이 자신을 소개하고 나서 넌지시 물었다.

"내가 공을 찾아온 것은 지금 조선의 형세는 위태롭기가 아침저녁을 기약하지 못할 지경에 있어서이니 이를 어찌하면 좋겠소? 혹시 무슨 좋은 계책이 없겠소?"

중근은 갑작스레 물음을 받아 대답이 궁한 서상근이 오히려 자신에게 계책을 물어 주기를 은근히 바랐으나, 서상근은 넘어가지 않았다. 중근의 물음이 떨어지기 바쁘게 낯빛까지 변하며 목소리를 높였다.

"조선의 일이라면 내게 말하지 마시오. 나는 한낱 장사치로서 한때는 재운이 있어 조선에서 수십만 원에 이르는 거금을 모은 적도 있소만, 썩어 빠진 조선 조정의 고관(高官)에게 모두 뺏기고 겨우 한목숨 건져 여기 이렇게 피해 와 있는 사람이오. 그런 내게 조선의 위급이 무슨 상관이겠소? 더구나 한낱 장사치인 내게 나라 정치가 당키나 한 것이오?"

비분으로 떨리는 말투로 보아 조선에 있을 때 탐욕스러운 세도가에게 된통 당한 적이 있는 듯했다. 중근이 그런 서상근을 이해하려고 애쓰며 웃음기 띤 얼굴로 말했다.

"그렇지 않소. 공께서는 하나는 알고 둘은 모르시는 듯하구려. 만일 백성이 없으면 어떻게 나라가 있을 수 있겠소? 더구나 이 나라는 몇몇 대관들의 나라가 아니라 당당한 2천만 민족의 나라외다. 국민 된 의무를 행하지 않고서 어찌 민권과 자유를 얻을 수 있겠소? 거기다가 지금은 세계의 민족들이 다투어 일어나는 시대요. 어째서 우리 조선 민족만이 홀로 남의 밥이 되어 앉은 채로 멸망하기만을 기다려야 한단 말이오?"

그 말에 서상근의 기세가 꺾이기는 했으나 차갑고 야박한 장사꾼의 낯빛은 그대로였다.

"공의 말도 그르다고는 할 수 없으나 내게는 과분한 듯하오. 나는 한낱 장사치로서 몇 푼 벌어 입에 풀칠이나 하는 처지이니, 내게 더는 정치 이야기를 하지 마시오."

그래도 중근은 어떻게든 서상근을 달래 보려고 두 번, 세 번 좋은 말로 자주독립의 대의를 말해 보았으나 그야말로 쇠귀에 경 읽기였다. 이윽고 중근은 대꾸조차 않으려고 돌아앉는 서상근의 집을 나서면서 하늘을 우러러 탄식했다.

'우리 조선 사람들의 뜻이 모두 이와 같다면, 나라의 앞길은 말하지 않아도 훤히 알 수 있겠다.'

그리고 거처로 돌아와 며칠이나 비분강개하며 침상의 베갯잇을 눈물로 적셨다.

그사이 12월이 되고 세모(歲暮)가 가까웠다. 며칠 여관방에서

문을 닫아걸고 울적해하던 중근의 귀에 성당의 종소리가 들려왔다. 가만히 헤아려 보니 그날이 주일이었다. 문득 오래 미사에 참예하지 못했음을 떠올린 중근은 외투를 걸치고 여관을 나왔다. 종소리는 멀지 않은 불란서 조계(租界) 쪽에서 울리고 있었다.

종소리를 따라 얼마 걷기도 전에 저만치 성당의 첨탑이 보였다. 불란서 조계 안에 세워진 성당인데 종현성당보다 규모는 작았지만 더 유서가 깊어 보이는 건물이었다. 중근이 공연히 두근대는 가슴을 억누르며 구내로 들어가니, 이미 미사가 시작되었는지 마당에는 아무도 없었다. 교구가 다르고 교우들이 낯설지만 그래도 오랜만에 미사나 드릴까 하고 성당 안으로 들어가려는데 누가 어두운 성당 안에서 달려 나오며 소리쳤다.

"네가 어찌하여 여길 왔느냐?"

중근이 놀라 그 사람을 보니 그는 재령 본당을 맡고 있던 곽 신부였다. 황해도에서 전교하던 여덟 명의 불란서 신부 가운데서도 빌렘 신부와 가장 손발이 잘 맞아, 지난번 해서교안(海西敎案) 때는 빌렘 신부 다음으로 조선 관리들에게 주목을 받던 신부이기도 했다. 천주교 재령 본당은 신천 본당과는 가장 가까운 데다, 몇 가지 사안은 두 본당이 함께 저지르기도 했다. 따라서 곽 신부와 안태훈 일가는 진작부터 유대가 깊었고 특히 중근과는 절친하게 지냈다.

"이야기하자면 깁니다. 그런데 신부님이야말로 어떻게 여기에 와 계십니까?"

중근도 반가워 곽 신부의 두 손을 맞잡으면서 되물었다.

"나는 지난달에 향항(香港, 홍콩)으로 휴양차 왔다가 돌아가는 길에 여기 상해에 들렀는데, 이제 한 주일 되었다. 내일은 이만 조선으로 돌아갈까 한다."

곽 신부가 그렇게 대답하더니 문득 주변을 돌아보며 말했다.

"우리 여기서 이럴 게 아니라, 자리를 옮겨 얘기하자. 어디 가까운 곳에 갈 만한 곳이 없겠느냐?"

"제가 묵고 있는 여관이 여기서 그리 멀지 않습니다. 그리로 가시지요."

중근도 기꺼이 곽 신부를 자신의 여관으로 이끌었다. 여관으로 돌아와 차를 청해 놓고 기다리는 중에 곽 신부가 다시 물었다.

"그래, 너는 무슨 일로 여기에 왔느냐?"

중근이 대답 대신 되물었다.

"신부님께서는 지금 조선이 처한 비참한 꼴을 알지 못하십니까?"

"나도 오래전부터 듣고 있다."

그 말에 비로소 중근이 미루던 대답을 털어놓았다.

"이미 신부님께서 알고 계시다시피, 작금의 우리나라 형편이 그러하니 어찌하겠습니까? 먼저 가족들을 외국으로 옮겨다가 살게 해 놓고 일을 시작해 볼까 합니다. 그런 다음에 외국에 있는 동포들과 연락하여 여러 나라를 돌아다니며 우리 조선의 억울한 정상을 호소하고 공감을 얻어 두어야 하겠지요. 그러다가 때가 오기를 기다려서 한 번 크게 떨치고 일어나면 어찌 목적을 이루지 못하겠습니까?"

그 말을 들은 곽 신부가 한참이나 말없이 중근을 바라보다가 천천히 입을 열었다.

"나는 종교인이며 특히 전교사(傳敎師)라 정치와는 전혀 무관한 사람이다마는, 네 말을 들으니 느꺼운 정을 이길 수가 없구나. 네 뜻이 그러하다면 한 가지 방도를 일러 줄 터이니, 만일 이치에 맞거든 그대로 하고, 그렇지 않거든 네가 하고 싶은 대로 해라."

"그 방도를 듣고 싶습니다."

중근이 공손히 그렇게 말하자 곽 신부가 마치 준비하고 있던 사람처럼 쏟아내었다.

"네가 하는 말도 그럴듯하지만, 그것은 하나는 알고 둘은 모르는 말이다. 가족을 외국으로 옮겨 놓고 무슨 일을 하겠다는 것은 아무래도 그릇된 계획 같다. 만약 2천만 조선 민족이 모두 너같이 한다면 나라 안이 온통 비고 말 것이니, 그리되면 이는 곧 너희 민족의 원수들이 원하는 바를 이루어 주는 것이나 다름이 없다.

우리 프랑스가 독일과 싸우다가 알자스와 로렌 두 지방을 독일에 내주게 된 일은 너도 들어 알 것이다. 보불전쟁(普佛戰爭)이 있고 어언 40년, 그동안 그 땅을 회복할 기회가 두 번이나 있었지만, 거기 살던 뜻있는 사람들이 온통 외국으로 피신해 갔기 때문에 프랑스는 아직도 그 뜻을 이루지 못했다. 너희도 그 일을 본보기로 삼아야 할 것이다.

나라 밖으로 나가 해 보겠다는 일도 그렇다. 해외에 나와 있는 동포들은 나라 안에 남아 있는 동포들에 비해 그 사상이 곱절이나 굳건해, 서로 연락하고 모의하지 않아도 언제든지 같이 일할 수 있으니 걱정할 것 없다. 또 열강(列强) 여러 나라의 움직임도 네가 바라는 바와는 다를 것이다. 네가 돌아다니며 한국의 억울한 사정을 말한다면, 들을 때는 가엾다고 여길 수도 있겠지만 결코 한국을 위해 군사를 일으켜 싸워 주지는 않을 것이다.

이미 세계 각국은 한국의 참상을 잘 알고 있다. 하지만 각기제 나라 일에 바빠서 남의 나라 일을 팔 걷어 부치고 돌봐 줄 겨를이 전혀 없다. 다시 말해 한국의 국운이 다하지 않아 뒷날 때가 이르면 일본의 불법한 행위를 성토할 기회가 생길 것이나, 오늘 네가 세계 각국을 돌아다니며 하는 설명은 별로 효과가 없을 것이다. 옛말에 이르기를 '하늘은 스스로 돕는 자를 돕는다.' 하였으니 너는 어서 한국으로 돌아가 네가 마땅히 해야 할 바를 하여라."

"그게 무엇입니까? 제가 한국으로 돌아가 무슨 일을 해야 하겠습니까?"

곽 신부의 간곡한 말에 가슴 서늘해진 중근이 그렇게 물었다. 곽 신부가 미리 준비하고 있었던 사람처럼이나 차분히 일러 주었다.

"첫째는 교육의 발달이다. 아는 것이 힘이라 하였으니, 허약한 백성을 일시에 강성하게 만들 방도로는 깨우치고 가르치는 일보다 더한 지름길은 없다. 둘째로는 사회의 확장이다. 이는 모래알처럼 낱낱이 흩어져 있는 백성들을 사회단체로 조직하는 일이니, 가는 싸릿대도 한 줌만 모아 묶어 두면 쉽게 꺾을 수가 없다. 셋째는 민심의 단합이다. 지금은 민족의 시대, 국가의 시대이니 뭉치지 못하는 백성은 살아남지 못한다. 넷째는 실력의 양성이다. 독립이든 자주든 말만으로는 얻지 못하니, 스스로 보전할 힘을 기르지 못하고는 아무것도 이룰 수가 없다.

이 네 가지를 확실하게 성취하기만 하면 2천만의 정신력이 반석과 같이 든든해져서 비록 천만 문(門)의 대포를 가지고도 공격하여 깨뜨릴 수 없을 것이다. 한 지아비[匹夫]의 뜻도 뺏기 어렵다고 하거늘, 하물며 깨우치고 단합된 2천만 민족의 정신이겠는가. 그렇게만 된다면 강토를 빼앗겼다는 것도 형식으로만 된 것일 뿐이요, 강제로 맺었다는 조약도 종이 위에 적힌 빈 문서에 지나지 않는 것이라 허사로 돌아가고 말 것이다. 이 네 가지 방책은 세계 여러 나라에서 두루 통하는 본보기가 되는 것이라 권하는 것이니, 너는 잘 헤아려 보고 따르라."

그런 곽 신부의 말은 마른땅에 스며드는 물처럼 중근의 마음 깊이 스며들어 더 헤아려 보고 말고 할 것도 없었다. 갑자기 눈앞이 환해지는 느낌으로 힘차게 말했다.

"신부님 말씀이 옳습니다. 그대로 따르겠습니다."

그러고는 그날로 행장을 꾸린 뒤 선편이 닿는 대로 삼화항으로 가는 기선을 얻어 타고 귀국하였다. 다사다난했던 1905년도 저물어 가는 12월 하순이었다.

　몇 해 뒤에 진남포시로 이름을 바꾸게 되는 삼화항은 대동강
을 경계로 황해도와 닿아 있으나 행정구역으로는 평안남도 용강
군에 둘러싸인 포구였다. 원래 대동강 강구 북안(北岸)의 잡초가
우거진 소택지(沼澤地)였는데, 일본이 관서 지방의 물산(物産)을 차
지하고자 개항을 추진하면서 급속히 항구도시의 면모를 갖춰 갔
다. 하지만 일본은 러시아의 방해로 개항의 뜻을 이루지 못하고,
오히려 관세 수입을 늘리려는 대한제국에 의해 1897년 목포항과
함께 개항장이 되었다.

　삼화항에 해관(海關)이 설치되고 항구가 열리자 기다리던 일본
상인들이 진출하고 청나라 상인들도 경쟁적으로 몰려들었다. 이
에 양국의 영사관이 들어서고 거류민들이 늘어나면서 조선 사람
들까지 몰려 차츰 근대적인 항구도시로 커갔다. 나중에는 삼화 군
청이 옮겨 앉고 감리서(監理署)까지 자리 잡아 평안남도에서는 평
양 다음으로 번창한 곳이 되어 갔다.

　중근이 상해로 떠날 때 아버지 안태훈과 의논하여 우선 일가
를 삼화항으로 옮겨 놓기로 하였다. 해외에 마땅한 망명지를 찾으
면 중간 항구로 삼화항을 쓰고, 그렇지 않으면 근거를 삼화항에
옮겨 세상의 변화에 대응할 작정이었다. 부자 모두가 삼화항이 가
진 개항장으로서의 근대성과 신흥 도시로서의 활력 및 기세에 주
목한 듯했다. 그것들이면 세상의 이목을 따돌릴 수 있을 만큼 외

지면서도 물러나 지키기에 좋은 청계동의 지리(地利)에 갈음할 만하다 여겼을 것이다.

배에서 내린 중근은 두근거리는 가슴으로 오랜만에 보는 가족들을 찾아 원당 쪽으로 가 보았다. 청계동에서 포군 대장 노릇을 하던 한재호 형제가 그곳에 옮겨 와 살고 있어 누구보다도 안태훈 일가가 자리 잡은 곳을 잘 알 것이라 여긴 까닭이었다. 용케 한재호는 집에 있었으나 그가 들려준 집안 소식은 마른하늘에 날벼락이나 진배없었다.

"안됐네만 자네 가족들은 아무도 여기 없네. 지난달에 계씨(季氏)들이 진사 어른을 모시고 한차례 삼화항을 살피고 가신 적이 있을 뿐이네. 며칠 전 자네 처남 김능권(金能權) 씨에게 듣기로는, 식구대로 가산을 정리해 이리로 이주해 오는 도중 애통하게도 진사 어른께서 돌아가시는 바람에 모두 영구를 모시고 청계동으로 돌아갔다고 하네."

"아니, 아버님께서 어찌 그리 갑자기 돌아가셨단 말이오? 무슨 일이 있었소? 누가 아버님을 해친 것이오?"

눈앞이 캄캄한 게 하늘이 무너지는 것 같은 느낌 가운데서도 중근이 버럭 소리쳐 물었다. 달포 전 청나라로 떠날 때 아버지의 용태가 좋지 않은 것은 중근도 알아본 일이었다. 그러나 그때도 그저 아버지의 병이 깊어졌다는 느낌과 거기서 비롯되는 막연한 불안 정도였을 뿐, 죽음까지 걱정하지는 않았다. 거기다가 그때 안태훈의 나이 겨우 마흔넷이었다. 그런데 갑자기 아버지가 세상을 떠났다는 말을 듣자, 중근은 지병보다는 다른 사인(死因)부터 의심하였다.

"아닐세. 상심과 비통이 진사 어른의 병을 덧나게 해 끝내는 목숨까지 앗아 간 듯하네. 우마차에 가산을 싣고 식구대로 이리 옮겨 오는 도중 재령에 있는 자네 처가에 하룻밤 묵게 되었는데, 거기서 갑자기 돌아가셨다 하네. 듣기로 그날 밤 안 진사 어른은 저녁 잘 드시고 자리에 드셨다가 삼경 무렵 피를 한 말이나 토하시더니 급히 불려 온 의원이 손써 볼 틈도 없이 숨을 거두셨다더군. 그 바람에 자네 가족들은 날이 새는 대로 이삿짐 앞에 영구를 앞세우고 온 길을 되짚어 청계동으로 돌아간 것이네. 오래 몸담았던 그곳에서 진사 어른의 장례를 치른 뒤에 다시 이리로 나오든지 어쩌든지 하겠다는 것인데, 식구들이 하나같이 막막한 얼굴이었다고 하드만. 아마도 가족 모두가 응칠 자네가 돌아오기만을 목을 빼고 기다릴 것이네."

그러면서 한재호가 중근의 손을 가만히 잡았다. 한재호는 중근보다 아홉 살이나 많았으나 포군 대장으로 갑오 의려에서 생사를 함께한 정리 때문인지 중근을 벗처럼 대했다. 실제로도 뒷날의 신문(訊問) 기록에서 중근의 아우 정근은 한재호를 중근의 친구라고 말하고 있다.

한재호의 말에 중근도 아버지 안태훈이 누구에게 해를 입어 죽음을 당한 것이 아님을 알았다. 비로소 중근은 천붕지통(天崩

之痛)이란 말을 실감하면서 목을 놓아 울었다. 안태훈은 중근에게 말 그대로 하늘이었고, 그의 죽음은 바로 하늘이 무너진 슬픔이 되었다.

스물일곱 그날까지 중근은 열심히 자신이 걸어야 할 길을 찾고, 나름으로는 그 길을 걷고 있다고 믿기도 했다. 하지만 정작 그를 이끈 이상의 별은 언제나 아버지 안태훈이었다. 또 중근 역시 눈여겨 시대를 살피고 때로는 스스로 세상을 이해하였다고 믿었지만 그도 아니었다. 그 또한 아버지 안태훈이 보여 준 것만 보고 이해시키려고 한 것만 이해한 것인지도 몰랐다. 그런데 이제 그 하늘은 무너지고[天崩] 중근은 살아남은 자의 슬픔과 외로움을 목 놓아 울고 있었다.

그날 중근은 호천망극(昊天罔極, 어버이의 은혜가 넓고 커서 다함이 없음)을 통곡하다 몇 번이나 까무러쳤다. 하지만 그 지극한 효심은, 그런 중근을 보다 못한 한재호가 술상을 내와 그를 위로하려 할 때 한층 더 처연한 빛을 뿜었다. 윗대로부터의 내림인지 중근도 아버지 안태훈에 못지않게 술을 즐겼다. 벌써 열일고여덟 나이에 평생 특히 즐겨 하던 일 네 가지를 들며, 술 마시고 노래하고 춤추기[飮酒歌舞]를 그 두 번째로 내세우고 있었다. 그런데 그날은 한재호가 내온 술상을 거들떠보지도 않고 단호하게 말했다.

"아버님의 병환을 덧나게 한 것이 상심과 비통이라면, 그것은 아버님께서 일생 보살피고 지켜 내려 하시던 이 땅과 이 겨레가 외적의 손에 넘어가는 것을 보시면서 얻게 된 것 아니겠소? 특히 이등박문이 강권한 오조약(五條約)은 무능한 이 조정과 부패한 관리들의 가렴주구(苛斂誅求)에 맞서 싸우시면서 상할 대로 상한 아버님의 가슴에 시퍼런 비수가 되어 박혔을 것이외다. 그렇게 돌아가신 아버님의 한이 바다같이 깊고 하늘같이 높은데, 그 한 가닥도 풀어 드리지 못한 내가 어찌 감히 백락지장(百樂之長, 백 가지 즐거움 중에 으뜸가는 즐거움)을 즐길 수 있겠소? 이제 나는 맹세코 우리 대한이 독립하고 외적이 물러나 2천만 겨레가 이 땅의 온전한 주인이 되는 그날까지 술을 마시지 않을 것이오!"

그러고는 곧 몸과 마음을 추슬러 한재호의 집을 나섰다. 실제로 중근은 그 맹세를 지켜 그날 이후 죽을 때까지 그토록 즐겨 왔던 술을 단 한 번도 입에 대지 않았다.

중근이 청계동에 이르니 안태훈이 세상을 떠난 지 벌써 열흘이 넘었는데도 가족들은 중근을 기다리느라 발인을 하지 않고 있었다. 그사이 재령 본당의 곽 신부가 먼저 상해에서 돌아와 중근도 곧 돌아올 것임을 알려 준 때문이었다. 돌아올 여장을 꾸린 것은 오히려 중근이 먼저였으나, 선편(船便)을 얻는 데 시일을 끌어, 남포항에 내린 것은 중근이 곽 신부보다 엿새나 늦었다.

서둘러 발인한 중근은 아버지 안태훈을 조부 안인수가 묻힌 선산 발치에 모시고 가족들과 함께 청계동에 눌러앉아 남은 경모(敬慕)와 추원(追遠)의 의식을 다하였다.

안중근이 가족들을 데리고 삼화항으로 옮겨 앉기로 한 것은 그 겨울을 고애자(孤哀子)의 눈물 속에 난 뒤였다. 입춘이 지나고 며칠 되지 않은 어느 날 안중근이 아우 정근과 공근을 불러 말했다.

"아버님께서 너희들에게도 말씀하신 것으로 안다만, 우리는 삼화부(三和府)로 옮겨 살기로 했다. 어쩌면 스무남은 해 전 할아버님이 백숙부 여섯 형제와 그 가솔 쉰 명을 이끌고 이곳 청계동에 든 것과 같을 수도 있으나, 우리가 삼화부를 고른 뜻은 둘째아버님께서 청계동을 고를 때와 다르다. 청계동은 숨어 살고 물러나 지키기에 좋은 천험(天險)의 땅이지만, 삼화항은 해외를 나드는 길목이 될뿐더러 이 땅에 남아 싸우는 데도 요충이 될 수 있는 땅이다. 내가 먼저 삼화항으로 가 우리 일가의 거처부터 마련할 것이니, 너희도 곧 가솔들을 데리고 따라 나오너라. 신천의 땅 백 두락을 남겨 두면 우리 집안 양식은 모자라지 않을 것이다. 나머지 가산은 정리하여 삼화항에서 새로운 산업을 열어 보자."

안중근은 정근과 공근에게는 형이라도 열 살 가까이 터울 지는 엄형(嚴兄)이었다. 거기다가 안태훈까지 죽은 뒤라 가독(家督)의 권위까지 보태지니 정근과 공근 모두에게 딴소리가 있을 수 없었다.

안중근 일가가 삼화항으로 나온 것은 1906년 3월이었다. 그 달 초순 청계동에서 50리쯤 떨어진 곳에 있는 전답 백 두락은 일가의 계량(繼糧)을 위해 남겨 두고 인근의 다른 가산을 정리해 몇 천 원을 마련한 안중근이 먼저 삼화항으로 나왔다. 이어 보름 뒤에는 안중근의 아우 정근과 공근이 어머니 조 마리아와 큰형수 김 아녜스를 모시고 가솔들과 함께 뒤따라왔다. 이미 여러 해 전에 해주로 돌아간 큰아버지 안태진을 뺀 네 명의 백숙부와 명근을 비롯한 여러 종반들은 그때까지도 청계동에 남아 있었다.

삼화항에 새로 마련한 양옥에다 일가를 안돈시킨 안중근은 곧 삼화 본당을 찾아갔다. 아버지 안태훈과 빌렘 신부를 따라 몇 군데 해서교안에 개입하게 되면서 안중근은 이미 황해도뿐만 아니라 평안도의 천주교도에게까지 이름이 알려진 교우가 되어 있었다. 삼화 본당을 맡고 있던 포리 신부가 빌렘 신부의 소개장을 읽기도 전에 반갑게 맞아 주었다.

포리 신부는 사제(司祭)이면서도 또한 뛰어난 식물학자로서, 조선의 식물을 연구하여 몇 개의 신종(新種)에 자신의 이름을 붙이고 유럽 학계에 보고해 인정받기도 했다. 그래서인지 교육에도 관심이 많아 삼화 본당 부설로 돈의학교(敦義學校)라는 초등교육 기관을 운영하고 있었다. 안중근이 얘기 끝에 상해에서 곽 신부를 만난 일과 교육에 대해 관심을 드러내자 포리 신부가 반색을 하며 말을 받았다.

"그렇다면 안 도마 교우가 맡아 키워 주었으면 하는 학교가 있소. 마침 마땅한 사람을 찾던 차에 잘됐소."

"그게 무슨 학교입니까?"

교육이라고는 해도 아직은 모든 게 막연하기만 하던 안중근도 그 말에 귀가 번쩍 뜨여 물었다.

"돈의학교라고, 우리 본당에서 설립한 초등교육을 맡고 있는 학교로 학생은 스물대여섯 되오. 지금 이(李) 바드리시오 교우가 교장을 맡고 있는데, 문을 연 지는 여러 해 되지만 재정이 뒷받침되지 않아 제구실을 못 하고 있소."

"제구실을 못 하다니, 어떤 면에서 그렇습니까?"

"우선 교원부터 모자라오. 지금 임 요셉 교우와 순검(巡檢) 정 씨가 학생들을 가르치고 있는데, 아무래도 그들만으로는 감당하기 어려울 듯싶소. 임 요셉은 이미 쉰을 넘겨 개화파로 유식하다고는 해도 신교육을 가르치기에는 너무 나이가 들었소. 또 정 씨는 서울에서 파견된 외사경찰(外事警察)인데, 비번(非番)인 날 아이들에게 신식 체조를 가르쳐 주는 정도요."

"제가 무엇을 어떻게 하면 되겠습니까?"

"교장을 맡아 돈의학교를 제대로 키워 보시오. 그리하여 아이들을 잘 가르쳐 낼 수 있다면, 르 각 신부님이 말한 교육의 발달에서 그리 멀리 떨어진 일이 아닐 것이오."

"알겠습니다. 그리해 보지요."

안중근은 더 망설이지 않고 그렇게 응낙했다. 얼마 뒤 포리 신부는 안중근을 돈의학교의 2대 교장으로 세우고 운영을 맡겼다.

안중근은 새로 시작하는 자의 열정으로 돈의학교 일에 매달렸다. 교원은 요셉이란 세례명을 쓰는 임안당과 사범교육을 새로 받고 돌아온 그의 아들을 유급(有給)으로 두어 신식 교육을 맡겼고, 교습 시간도 전보다 늘려 교육과정을 충실하게 짰다. 이듬해 안중근이 막내아우 공근을 서울로 보내 경성사범학교에 보낸 것도 앞으로 펼쳐 나갈 교육 사업과 무관하지 않았을 것이다.

안중근이 운영을 맡으면서 학습 자료나 교육 설비와 비품도 풍성해졌다. 거기다가 안중근 자신이 아침저녁 돌아보며 보살피니 돈의학교는 눈에 띄게 달라졌고, 학생들이 늘어나 이듬해에는 곱절이 불어났다. 안중근이 떠난 뒤이기는 하지만, 어느 해는 황해도와 평안도 80여 학교 3천여 명의 학생들이 참가한 운동회에서 돈의학교가 1등을 한 적도 있었다.

돈의학교가 차츰 자리를 잡아 갈 무렵의 어느 날이었다. 저녁나절 안중근이 학교를 돌아보고 있는데, 어떤 사람이 찾아와 교장을 찾았다.

"제가 교장을 맡고 있는 안중근입니다. 무슨 일로 오셨습니까?"

안중근이 그를 맞아들이고 물었다. 마흔 안팎의 양복을 단정하게 차려입은 사내가 신식으로 악수를 청하며 말했다.

"저는 삼화항 해관(海關)에 나가는 오일환(吳一煥)이라고 합니다. 교장 선생님과 같은 교우이고 세례명은 요왕(요한)입니다. 몇 년 전에 객기를 부려 감당하지도 못할 일을 벌여 놓고 혼자 냉가슴을 앓다가 이제 소문을 듣고 교장 선생님을 찾아왔습니다."

"그게 어떤 일인지요?"

"삼화 본당 안에 부설한 삼흥학교(三興學校) 일입니다. 딴에는 교육 구국(救國)의 큰 뜻을 품고 세운 학교인데, 중등 과정이지만 영어를 주로 가르치는 야학교라, 쥐꼬리만 한 제 월급으로도 어찌 휘어 낼 수 있을 듯싶었습니다. 교사(校舍)는 미사가 없는 날 본당 건물을 빌려 쓰고, 교원은 신부님들이나 영어를 배운 교우들로부터 도움을 받으면 큰 재정 부담 없이 꾸려 볼 수 있을 줄 알았지요. 하지만 막상 일을 벌여 놓고 보니 쉽지 않았습니다. 학생이 마흔 명을 넘으면서 본당을 교사로 빌려 쓴다는 것도 만만치 않고, 높은 월급으로 서울 신식 학당에서 공부한 사람을 모셔 오기 전에는 영어 가르칠 교원 구하기도 어려웠습니다."

거기까지 듣고 나니 안중근은 더 안 들어도 오일환이 왜 자신을 찾아왔는지 알 만했다. 돈의학교 교장을 맡아 재정을 꾸려 가는 걸 보고 삼흥학교도 도움을 받기 위해 왔음에 틀림없었다. 어찌 보면 귀찮게 여길 만도 하였으나 안중근은 그러지 않았다.

"잘 오셨습니다. 저희도 그리 넉넉한 자금은 아닙니다만 뜻을 같이하는 일이니 못 들은 척할 수는 없겠습니다. 그래, 어느 정도면 도움이 될 수 있겠습니까?"

오일환의 말을 끊고 그렇게 시원시원하게 물었다. 오일환이 감격하며 말했다.

"우선 마흔 명 학생이 들어앉아 공부할 교사가 급합니다. 거기에 좋은 선생님을 모실 지속적인 재정 원조가 있으면 더 바랄 게 없겠습니다. 학교를 연 지 이태젠데, 저로서는 벌써 기진맥진입니다."

"큰일에 낭패 없다 하였습니다. 나라와 겨레를 위한 뜻인데 도울 수 있으면 도와야지요. 허나 재화란 필경 유한한 법이니, 먼저 제가 얼마나 도울 수 있을지 알아보고 대답해 드리겠습니다. 사흘 뒤에 다시 뵙지요."

안중근은 그렇게 말하고 오일환을 돌려보냈으나 은근히 부담스럽지 않은 것은 아니었다. 아버지가 남긴 재산 중에 신천의 전답 백 두락을 뺀 나머지도 제법 되어, 다 팔면 제일은행권(券)으로 칠팔천 원은 되었다. 그러나 삼화항에 여남은 식구가 함께 들어 살 새집과 새살림을 장만하는 데 적잖은 돈이 들었고, 또 돈의학교에 기부한 금액도 그새 천 원을 넘어, 사업 한번 제대로 벌여 보지 못하고 돈은 벌써 절반 가까이나 줄어 있었다. 거기다가 다시 삼흥학교에 기부하려고 보니 안중근도 적잖이 마음이 쓰였다. 어쨌거나 안중근은 해주 사람들로부터 '안 억지'라는 별명을 들을 정도로 이재(理財)에 악착스러운 면이 있었던 안인수의 손자요, 일생에 걸친 호민 활동에도 불구하고 끊임없이 재물과 얽힌 시비에 시달렸던 안태훈의 아들이었다.

그런데 그날 저녁 안중근이 집으로 돌아가니 뜻밖의 손님이 와서 그 부담을 덜어 주었다. 자정(慈情)이 유별나던 장인을 대신해 손아래 누이 아려가 새로 사는 곳을 보러 온 처남 김능권(金能權)이었다. 갑오 의려 때부터 남달리 가까웠던 처남 남매간의 얘기 끝에 안중근이 삼흥학교 일을 말하게 되고, 그 말을 하다가 자신도 모르게 걱정하는 투가 되었는데, 가만히 듣고 있던 김능권이 불쑥 말했다.

"그게 나라와 겨레를 위한 길이고, 또 자네가 반드시 도와야 할 일이라면, 그 학교 교사 짓는 일은 내가 어찌해 보겠네."

"아니, 형님이 어떻게 그 적지 않은 돈을 갑자기……?"

안중근이 놀라 그렇게 묻자 김능권이 덤덤한 얼굴로 말했다.

"마침 아버님께서 아려 몫으로 논마지기 제쳐 놓은 게 있는데 이제라도 내놓으면 엽전 1만 5천 냥은 나올 것이네. 그걸로 집 한 채 얽으면 아무리 다락같이 오른 삼화부 땅값이라 하지만 학생 마흔 명 들어앉을 교실 한 칸이야 못 내겠는가?"

그 말에 안중근은 다시 힘이 났다. 언제 그 일을 망설인 적이 있었느냐는 듯, 다음 날로 두 아우를 불러 말했다.

"교육의 발달이 왜 망해 가는 이 나라를 되살릴 길이 되는지에 대해서는 다시 말하지 않겠다. 어쨌든 내가 돈의학교를 맡아 재정을 담당하고 있는 것은 너희도 알 것이다. 그런데 이번에 다시 삼흥학교를 맡게 되었다. 다행히도 신환포의 큰 처남이 1만 5천 냥을 내어 교사를 지어 주기로 했으나, 내가 담당해야 할 몫도 기천 원은 될 것이다. 하지만 신천의 채표 회사를 닫은 이래 따로 사업으로 벌어들인 돈이 없으니, 그 돈은 곧 아버님께서 물려주신 가산에서 물게 되는 것이라 특히 너희들에게도 얘기한다. 너희에게 묻지 않고 교육에 희사하는 것을 괴이쩍어 마라. 그 재물을 물려주신 아버님의 뜻은 내가 안다. 아버님께서는 저세상에서도 우리가 이렇게 재물을 쓰는 일을 굽어보시며 흐뭇해하실 것이다."

그때 둘째 정근은 만석 거부인 처가가 인근에 마련해 준 새집으로 딴살림을 나갔고, 막내 공근은 사범학교에 들어갈 준비를 한답시고 서울을 들락거렸지만, 그날은 둘 다 집에 돌아와 있었다.

막내 공근은 아홉 살이나 터울 지는 맏형 안중근의 말이라 그런지 말없이 듣고만 있었다. 그러나 공근보다 두 살 위인 정근은 뒷날 보여 준 사업가로서의 기질을 드러내 제법 정색을 하고 물었다.

"형님, 우리가 삼화부로 나온 지 아직 한 해가 다 차지 않았는데, 환금해 온 자산은 벌써 절반이나 줄었습니다. 교육 사업도 좋지만 우리 가산이 화수분이 아닐진대, 이렇게 곶감 빼먹듯 해서야 얼마나 배겨 내겠습니까?"

하지만 한번 마음을 먹으면 '천하의 안태훈'이라 불리던 아버지도 말리지 못하던 안중근의 고집이었다. 가만히 정근을 쏘아보다가 잘라 말했다.

"그 길이 의로우면 지성으로 갈 뿐이다. 재물이 다하면, 그때 가서 방도를 찾아보면 된다. 그렇다고 재물 다하는 게 겁나 벌벌 떨며 안고만 갈 것이냐?"

그러고는 형제 세 사람의 이름으로 삼흥학교 재정을 뒤봐주었다. 안중근이 삼화항을 떠나고 몇 달 안 돼 삼흥학교는 심각한 재정난에 빠지고 결국은 오성학교(五星學校) 야학부로 재편되는데, 이로 미루어 안중근 형제의 뒷받침이 어느 정도였는지를 알 수가 있다. 이듬해 《대한매일신보》에도 삼흥학교를 일으키다시피 한 김능권과 안중근 형제의 미담이 나왔다. 그래서 나온 기억의 과장인지 안중근은 뒷날 쓴 자전적 회고록에서 자신이 돈의학교와 더불어 삼흥학교를 설립했다고 말하고 있다.

초등교육 과정과 중등교육 과정의 학교를 하나씩 운영하게 되면서 안중근은 다시 대학 설립의 꿈을 되살렸다. 예닐곱 해 전 빌렘 신부와 함께 뮈텔 주교를 찾아가 말을 내었다가 무참하게 거절당한 적이 있었지만, 안중근은 새로운 열정으로 그 일에 매달렸다. 청계 본당에 남아 있는 빌렘 신부에게 간곡한 글을 내고 다시한 번 뮈텔 주교를 만나 보자고 졸랐다.

하지만 아우 정근의 말이 아무래도 마음에 걸렸던지, 그때부터 안중근은 돈벌이 쪽으로도 눈을 돌려 이것저것 여러 가지 사업에도 손을 댔다. 안중근이 가장 먼저 손댄 것은 할아버지 안인수가 거기 기대 수백 석 재물을 일으켰다는 곡물 장사였다. 그러나 그때 이미 삼화항의 곡물 상권은 일본인들 손에 넘어가 있어 크지 않은 자본으로 끼어들 데가 마땅하지 않았다.

그다음으로 안중근은 역시 할아버지가 예전에 재미 본 적이 있다는 청어잡이에 대해서도 알아보았다. 그러나 삼화항은 해주와 다를뿐더러 청어잡이로는 큰돈을 벌 수 있는 시절도 아니었다. 이에 다시 이곳저곳 더 기웃거리던 안중근이 가진 자금 거의 모두를 털어 설립한 것이 삼합의(三合義)라는 석탄 회사였다.

1907년 1월 초순 안중근은 그새 살림을 조금 모은 한재호와 자신처럼 사업거리를 찾던 송병운(宋秉雲)이란 사람을 끌어들여 1만 원의 자금을 모은 뒤 평양에서 기세 좋게 회사를 열었다. 바로 삼합의로서, 한 사람이 3천 몇 백 원씩 내 만든 그때 돈 1만 원은 회사 자금으로도 적은 돈이 아니었다. 거기다가 안중근으로서는 식구들이 계량(繼糧)할 신천의 백 두락 말고 남은 자산 거의 모두라 긴장하지 않을 수 없었다.

그때는 이미 석탄 사용이 대중화되어 공업용이나 선박, 기차용 외에 일반 난방용으로도 널리 쓰이고 있었다. 그 석탄을 광산에서 대량으로 싸게 사서 분류, 가공한 뒤에 대중들의 난방용으로 내다 파는 것이 삼합의(三合義)의 주된 사업 내용이었다. 안중근을 비롯한 세 사람은 직원 수십 명을 두고 그 사업을 시작했다.

처음 세 사람이 모두 평양에 머물면서 직원들과 함께 삼합의 경영에 팔 걷어 부치고 나설 때는 제법 흥청거리기도 했다. 하지만 안중근의 처지가 평양에 머물면서 돈벌이에만 마음을 쓸 만큼 자유롭지 못했다. 삼화항에서는 돈의학교와 삼흥학교가 애타게 안중근을 기다리고, 삼화 본당과 청계 본당 교우들 가운데도 신도회 총대(總代) 안 다묵을 찾는 이가 많았다. 거기다가 부모, 형제와 처자도 마냥 삼화항에 버려둘 수는 없었다.

이에 안중근은 평양에 머문 지 달포도 안 돼 삼합의를 한재호와 송병운에게 맡기고 자신은 삼화항으로 돌아갔다. 그리고 돌보아야 할 두 학교와 가족들이 살고 있는 삼화항을 주된 거처로 삼고 평양은 가끔씩 둘러보는 방식으로 회사를 경영하게 되는데, 그나마도 가진 힘을 다하지는 못하였다. 오래잖아 밀어닥치는 국채보상운동(國債報償運動)의 회오리에 휩쓸린 탓이었다.

그해 2월 하순 안중근은 《대한매일신보》 잡보(雜報)에서 기이

한 감동을 주는 기사를 한 편 읽었다.

　　삼가 아룁니다. 대저 신하와 백성 된 자 충성에 따르고 의를 숭상
하면 그 나라가 흥하고 그 백성이 편안하나, 충성하지 않고 의가 없으
면, 곧 그 나라가 망하고 백성이 멸하게 됩니다. 이것은 고금의 역사에
도 뚜렷한 증거가 있을 뿐만 아니라, 오늘날의 구라파에서도 부강한
나라와 멸망하게 된 나라 또한 그 백성이 충의를 행하고 숭상하는가
에 달려 있지 않음이 없습니다.
　　역대의 일과 구라파의 먼 곳은 그만두고라도, 우리 동양의 가까운
이웃의 일로 더구나 우리가 두 눈으로 직접 본 것이 바로 일본의 일
입니다. 지난번 청국, 아라사(러시아)와 개전할 때 일본이 작은 것으
로 큰 것을 이긴 것은, 병사에 감사대(敢死隊)가 있어 죽기를 결심하
고 혈우육풍(血雨肉風) 속을 즐거움 가득한 땅 지나가듯 여기고, 백
성들은 신을 삼고 패물을 팔며 여자들은 금가락지를 모아 군비(軍備)
에 보태는 등 충과 의를 다한 까닭입니다……

　　이렇게 시작한 그 취지서는 대한제국의 위급을 알림과 아울러,
제 몸과 제 집만 알고 나라와 임금이 있는 것을 알지 못하는 백성
의 위험을 경고하였다. 그리고 영국에 많은 빚을 졌다가 나라까지
잃게 된 애급(埃及, 이집트)을 비롯하여 앞서 망한 월남(越南)과 파
란(波蘭, 폴란드)의 본보기를 들면서 분발을 촉구하였다.
　　이어 그 취지서는 1천 3백만 원에 이르는 국채(國債)의 심각함

을 일깨우면서, 대한제국도 나라 형편으로는 국채를 갚을 형편이 안 되니, 자칫 국채 때문에 나라를 빼앗기게 되는 일을 걱정하였다. 그런 다음 2천만 동포의 힘으로 갚아 보자고 호소하는데, 그 방도가 참으로 기발하였다.

국채를 보상할 길이 한 가지 있으니, 그 길을 따르면 수고롭거나 손해 보지 않고 능히 국채를 갚을 만한 재물을 모을 수 있습니다. 그것은 2천만 동포로 하여금 석 달을 기한하여 남초(南草, 담배) 피우는 것을 그만두게 하고, 그 대금으로 한 사람에게 달마다 20전씩 거두게 하는 것입니다. 그러면 그 합계는 거의 1천 3백만 원이 되는데, 이는 우리나라가 일본에게 진 빚의 총액과 같습니다. 그리고 설령 그 액수가 다 차지 못하더라도 응당 자원해서 1원이나 10원에서 크게는 1백 원이나 1천 원까지 돈을 내는 사람도 있을 것입니다.

사람이 마땅히 해야 할 일로 보면, 단연(斷煙)과 같은 잠시의 결심을 품는 것이 일본 군대의 결사대와 출전하는 병사들을 위해 신을 삼는 일본 백성과 반지를 빼어 군비로 내놓은 일본 아낙네들이 한 일에 비하여, 그 어느 편이 무겁고 그 어느 편이 가벼우며, 그 어느 편이 어렵고 그 어느 편이 쉽겠습니까? 아! 우리 2천만 동포 중에서 진실로 터럭만큼이라도 애국 사상이 있는 사람이라면 반드시 두말하지 않고 이 취지에 따를 것입니다……

그 글은 대구에서 서상돈, 김광제 등이 일으킨 국채보상운동의 취지서를《대한매일신보》가 전재한 것이었다. 그걸 읽은 안중근은 그날부터 남다른 관심으로 그 운동의 추이를 살펴보았다.

대구민의소(大邱民議所)가 북후정(北後亭)에서 군민대회를 가지고 국채보상운동 취지서를 발표한 다음 날 서울에서도 국채보상기성회가 생겨 전국을 총괄하는 기구를 자임하였고, 이틀 뒤에는 역시 대구 남일동에서 패물폐지부인회(佩物廢止婦人會)가 생겨 가락지나 장신구 같은 패물을 내놓음으로써 여성들도 국채보상운동에 동참하였다. 며칠 뒤에는 그 소문을 들은 광무 황제도 단연을 실천하고 황세제[皇世弟, 이은(李垠)]의 길례(吉禮)까지 연기하며 절용(節用)을 내세웠다. 그러자 전국 곳곳에서 국채보상운동에 호응하며 한 달 남짓 사이에 스물일곱 군데의 지역별 국채보상 상환소가 생겨났다.

안중근이 살고 있는 평안도에도 국채보상 관서동맹(關西同盟)과 평양 국채보상회가 생겨나 국채보상운동에 가담했다. 안중근은 관서동맹에 들어가 관서 지부장으로 활동했다. 그 한 달 국채보상운동의 추이를 살피면서 받은 감동과 처음 그 운동을 시작한 서상돈이 아우구스티노라는 세례명을 가진 독실한 교우라는 점이 서슴없이 거기에 뛰어들게 한 것이었다.

이때 안중근의 아내 김아려 아네스도 남편을 따라 국채보상운동에 적극적으로 참여했다. 시어머니 조 마리아와 시누이 안 막달레나 및 여러 동서들과 함께 패물과 금반지를 뽑아 성금으로 냈고, 나중에는 삼화항 패물폐지부인회를 이끌었다.

국채보상운동의 열기는 대단하였다. 《대한매일신문》, 《황성일보》, 《제국신문》, 《만세보》 등 당시의 민족 신문들은 대구민의소가 연 군민대회부터 앞다투어 그 운동의 전개와 현황을 보도하였으며, 그만큼 일반인들의 호응도 뜨거웠다.

지식인층이나 지역의 유지와 신사는 말할 것도 없고, 산골 초동(樵童)과 이승(尼僧)에다가 기생, 보부상, 백정, 상노(床奴) 같은 천민들까지 가진 것을 모두 털어다 바쳤다. 외국에 나가 있는 동포들도 저마다 정성을 다했고, 조선에 와 있는 서양인들이나 심지어는 일본인 교사까지도 의연금을 내었다. 「국채보상가」란 노래가 나와 서상돈을 기리고, 여섯 살, 아홉 살 난 어린아이들까지도 의연금을 들고 나오는 정성을 상찬하며 서로를 북돋웠으며, 「담박고 타령」이란 노래가 만들어져 국민들의 경각심을 고취했다.

하지만 안중근이 그 열기에 국채보상운동 관서 지부에서 삼흥학교로, 삼흥학교에서 돈의학교로 팽이처럼 바쁘게 돌며 삼화항에 붙들려 있는 사이에 평양의 삼합의는 급속하게 망해 갔다. 석탄 채굴권이 대개 일본인 광산업자들의 손에 들어가 있는 데다, 운송망과 판매로까지 일본 상인들에게 독점되어 있다시피 한 상태에서 조선인들의 석탄 회사는 처음부터 무리였다. 그런데 그걸 경험 없는 한재호와 송병운 둘이서 무리하게 끌고 가면서 겨우 다섯 달 만에 회사는 원금 한 푼 건질 수 없는 껍데기만 남아 있었다.

(2권에서 계속)

죽어 천년을 살리라 1

신판 1쇄 발행 2022년 5월 27일
신판 2쇄 발행 2023년 4월 3일

지은이 이문열

발행인 양원석
펴낸 곳 ㈜알에이치코리아
주소 서울시 금천구 가산디지털2로 53, 20층 (가산동, 한라시그마밸리)
편집문의 02-6443-8842 **도서문의** 02-6443-8800
홈페이지 http://rhk.co.kr
등록 2004년 1월 15일 제2-3726호

ISBN 978-89-255-7824-8 04810
    978-89-255-7822-4 (세트)